中华诗文选读丛书　伍恒山　主编

辽金元明清诗选读

伍恒山　编著

长江出版传媒｜崇文书局

中华诗文选读丛书
编著人员

主　编　　伍恒山

编著者　　（姓氏笔画为序）

　　　　　王滔滔　　伍恒山　　余瑞思

　　　　　姜　焱　徐　全　唐　焱

出版说明

"中华诗文选读丛书"是一套实用的、系统的中国古代文学普及读本，面向初、中等文化程度以上的读者。

丛书所选诗文，从先秦至近代，按文学发展的时代脉络分若干段，每时段中，以诗、文、词、曲、联分列编选并加注释、解读，每一编内大致以作者生年先后为序。

一、选编原则

1.代表性。所选诗文以其思想性与艺术性在中国文学史上有相当代表性为原则。

2.普泛性。所选诗文涵盖古文献经、史、子、集四部，比较系统全面。

3.经典性。所选诗文注重质量，以经典美诗、美文为主，情、词、义并茂，有相当的文采和审美价值。

4.可读性。所选诗文和解读不为艰深，务求简约，雅俗共赏。

本编虽以短小隽永、内涵丰富、个性特出、意境较高的美文（诗、词、曲、联）为重，但仍收有一些篇幅较长的文章。如先秦庄周等人的散文，短章径自选入，长篇则择其重要片段；屈原的诗歌《离骚》，有二千余字，比较长，但因为它在文学史上有极为重要的地位，且其内容非常精彩，所以整篇收入。

又因为文学不是孤立的存在，与中国文化的发展有密不可分的关系，所以选诗选文有意作文化与文学的会通，采取了与以往选本不同的视角，适当选择在中国文化史上有重要作用和地位的篇目，以求尽可能反映中国文学或文化的面貌。如汉代董仲舒《粤有三仁对》，其中"正其谊不谋其利，明其道不计其功"的论点是后代儒者着力之处，并被朱熹列入《白鹿洞书院学规》；宋代周敦颐《太极图说》、张载《西铭》等，都是在文化思想史上具开辟性，产生过重要作用、影响和意义的文章。同时兼顾了艺术上的丰富多彩，收录了一般文学选本很少涉及的书、画以及音乐内容，如先秦的《乐记》、汉蔡邕的《笔论》、唐孙过庭的《书谱》、唐末五代荆浩的《画山水赋》等，这些文章既有精美的文采，又有艺术上的指导作用，对后世影响巨大。还有一些倾向于史论、政论、哲学类的文章，如唐慧能的《坛经·自序品》，刘知幾《答郑惟忠史才论》《直书》，明黄宗羲的《明儒学案序》，顾炎武的《正始论》《论廉耻》，近代陈寅恪的"看花愁近最高楼"，等等，这些文章或诗歌要么从史学角度出发，要么从思想角度立论，要么因感时伤世抒情，都有如曹丕《典论·论文》中所说是"经国之大业，不朽之盛事"，所以是必须让我们现代的读者约略了解的。这也是本套丛书一个重要的特色。

二、选编依据

1. 总集（选集）：刘义庆编《世说新语》，萧统编《文选》，洪兴祖《楚辞补注》，郭茂倩编《乐府诗集》，王霆震编《古文集成》，元好问编《中州集》，清高宗敕编《唐宋诗醇》《唐宋文醇》，吴之振编《宋诗钞》，沈德潜编《古诗源》《唐诗别裁集》《明诗别裁集》《清诗别裁集》，许梿编《六朝文絜》，董诰等编《全唐文》，彭定求等编《全唐诗》，阮元校刻《十三经注疏》，吴楚材、吴调侯编《古文观止》，严可均辑《全上古三代秦汉三国六朝文》，姚鼐编《古文辞类纂》，李兆洛编《骈体文钞》，蘅塘退士选编《唐诗三百首》，曾国藩编《经史百家杂钞》，黎庶昌编《续古文辞类纂》，陈衍编《近代诗钞》，卢前编《全元曲》，胡君复编《古今联语汇选》，黄涵林编《古今楹联名作选粹》，逯钦立编《先秦汉魏晋南北朝诗》，唐圭璋编《全宋词》，隋树森编《全元散曲》，钱仲联编《近代诗钞》，龚联寿编《联话丛编》，王重民校辑《敦煌曲子词集》，龙榆生编《唐宋名家词选》，任中敏编《名家散曲》，曾昭岷等编《全唐五代词》，张岱年主编《中国启蒙思想文库》，戴逸主编《近代文史名著选译丛书》，钟叔河主编《走向世界丛书》，以及明、清、近代多种诗文选集等。

2.诸子、史、别集：《老子》《关尹子》《孙子》《列子》《墨子》《庄子》《荀子》《韩非子》《晏子春秋》《吕氏春秋》《国语》《战国策》及《史记》《汉书》《后汉书》《三国志》等，以及各大家如李白、杜甫、王维、苏轼等的别集。

三、选读内容

内文内容包含五项：（一）原文；（二）作者简介；（三）注释；（四）解读；（五）点评。其中，第二项，作者有多篇诗文的，"作者简介"就只放置在第一篇诗文的下面；第五项，"点评"是历代名家精到的"点睛"之语，有的点评较多，择优而选，有的没有点评，只能如孔子所说"君子于其所不知，盖阙如也"。注释和解读中，或释典故，或解词语，或点明主旨，或述其内容，或探讨源流，或普及知识，或介绍人物、背景及时代，有的还纠正通常的错误解读，如《明代散文选读》中高启的《游灵岩记》，解读中就纠正了历来以为作者"清高"、不屑与饶介等人为伍的"暗讽"主旨。

《历代名联选读》在体例上稍有例外，它不依上述五项的格式，因为很多名联的作者是佚名的，同时一联中大多上下联都有两位作者,所以"作者简介"不好固定位置,只得随文释义,将它和注释、解读融会在一起加以处理。又坊间对于名联的注释和解读向以道听途说或穿凿附会、习非成是者居多,本书力求破除牵合附会之习,以征信为原则,有理有据,几于每一联下均列出确切出典,以示体例的严谨。

全编搜罗较广,拣择精严,注释、解读务求精切、客观和通达,旨在令读者更好、更全面地了解中国古代文学和文化,并得到阅读的愉悦、知识的增进和身心的陶冶。

编　者

2022 年 5 月 31 日

前　　言

辽(907—1125)，是中国历史上由契丹族建立的朝代，共传九帝，享国二百一十八年。神册元年(916)，辽太祖耶律阿保机建国，国号"契丹"，定都上京临潢府(今内蒙古巴林左旗东南波罗城)。会同十年(947)，辽太宗耶律德光率军南下中原，攻占汴京(今河南开封)，于汴京登基称帝，改国号为"辽"。统和元年(983)，辽圣宗耶律隆绪复更名"契丹"。咸雍二年(1066)，辽道宗耶律洪基复国号"辽"。直至1125年被金国所灭。

契丹族自北魏以来，在今天的辽河上游一带过着游牧生活，唐代在该地区设置松漠都督府，并任契丹首领为都督。阿保机本为契丹族迭剌部首领，于10世纪初统一契丹八部，并控制了邻近的女真、室韦等族，终至开国称帝。起初没有文字，直到任用汉人，改革其习俗，并创制文字之后，才有了初步的文明制度。由于辽代禁止文书传入中土，所以他们的文化在中国流布得很少，我们现在所知所存仅是断简残编中爬搜剔拣的一些材料，如《辽诗话》《辽文存》，所收作品，只是寥寥数篇。所以辽文学在历史上不占重要的地位。

金(1115—1234)，是中国历史上由女真族建立的统治中国北方和东北地区的政权。西与西夏、蒙古等接壤，南与南宋对峙。共传十帝，享国一百二十年。辽天庆四年(1114)，金太祖完颜阿骨打统一女真诸部后起兵反辽。于翌年在上京会宁府(今黑龙江哈尔滨阿城区南白城)立国,国号"金"。天会三年(1125)灭辽,两年后又灭北宋。天会八年(1130),宋高宗赵构向金帝上降表称臣,南宋成为金朝属国。贞元元年(1153),海陵王完颜亮迁都中都(今北京)。金世宗、金章宗统治时期政治文化达到巅峰,金章宗在位后期急剧由盛转衰。金宣宗继位后,内部政治腐败、民不聊生,外受蒙古国南侵,被迫迁都汴京(今河南开封)。天兴三年(1234),金在南宋和蒙古南北夹击下覆亡于蔡州。

辽与金都是马背上的国家,人民骁勇善战,以弓刀横行天下,文化的根基都很薄弱。金朝鼎盛时期统治疆域包括淮河以北华北平原、东北地区和俄罗斯联邦的远东地区,疆域辽阔。金是真正接受了中原汉文化,且已经灌注于其血液的。因为它在短短十余年间发展为统治半个中国的王朝,客观形势要求它迅速进行经济、文化建设,而光依靠它自己本身的力量是不能完成这任务的。特别在文化上,女真族于完颜阿骨打称帝后才有女真文字,所以它不得不大量吸取宋与辽的文化(主要是宋文化)。

在文学史上,金的地位远较辽重要。辽文学本有率真任情的传统,宋文学则有重理轻情的倾向。但留在金统治区的汉族士大夫既经历了北宋灭亡的大动乱,又身受金初期的民族压迫,其内心大都颇感痛苦。这就使他们写出了一部分含有较强烈情感的诗歌,突破了重理轻情的藩篱,呈现出清新率真的风格。这是无意中力矫宋诗词之弊,回归文学抒情传统的一次大的转变。

金初的诗人很多是由宋入金。较著名的有宇文虚中、吴激、蔡松年、高士谈等。吴、蔡长于词作,宇文虚中等人则以诗名世。由于他们仕金都有特定的条件或难言的苦衷,因而在作品中表现了颇为复杂的感情,一方面是去国怀乡,一方面又无力摆脱现状,采取回避现实的态度,希望在林影水光之间了此一生。这些复杂而真挚的感情,和反映在南北朝时期庾信晚年作品中的感情一脉相通,因此,往往具有强烈感人的艺术力量。

其后,金世宗大定(1161—1189)、章宗明昌(1190—1196)年间,金代进入相对稳定的时期。这一时期创作涉及的生活领域比较广泛,或以昂扬的格调见长,或以闲适的情趣取胜,反映了由动乱走向安定的社会现实。这些文士不拘一格,各自成家,声誉最著者,有蔡珪、刘迎、党怀英、赵秉文、王庭筠等,为金代文学的全盛时代。在这些人的作品中,时时可见由于当时农村经济的恢复和发展所带来的兴盛景象,同时又有对繁荣背后的社会矛盾的深刻揭露。

金代文学末期,是院本杂剧与诸宫调的兴起和流行。在诗词方面,则总收束于元好问。元好问所编《中州集》,恰好作为金朝一代诗人的总集。元好问的诗,缘其身经亡国之痛,故情感益为深挚,"慷慨悲歌,有不求工而自工者"。

元朝(1206—1368),是中国历史上首次由少数民族建立的大一统王朝。定都大都(今北京),传五世十一帝,从1206年成吉思汗建立蒙古政权始为163年,从忽必烈定国号"元"开始历时98年。元朝退出中原后的北元政权一直持续到1402年。

蒙古统治者进入中原以后,也越来越多地接受了汉族文化。1260年,世祖忽必烈即位,建元"中统",自命为中原正统帝系的继承者。后又据《易》"大哉乾元"之义改国号为"元"。这些都意味着蒙古政权文化性质的某种转变。但蒙古统治者在政治上始终奉行民族压迫政策,这较集中体现在所谓"四等人制"上,即把国民分成蒙古、色目、汉人和南人四种等级。

虽然如此,元代社会仍有一些前代所没有的积极因素,这既表现为由于蒙古族入主中原,带来了某些文化的"异质",给中国固有的文化传统增添了新的成分、新的活力,也表现为由于意识形态控制的放松,使得社会思想能够较多地摆脱传统规范的束缚,以及蒙古统治者某些为自身利益考虑的政策,从而产生了有利于文化发展的效果。这在文化方面,体现出的一个最显著的变化,就是元曲等文化形式的出现,内容更世俗化;且长篇连贯的史诗性小说如《水浒传》《三国演义》等的成功创作,开启了中国历史上又一个文学的高峰。

表现在诗歌方面,它们正处于唐宋而后一个衰微的阶段,远没有新兴起的散曲和杂剧那样光芒万丈,但因为遭遇蒙古人入据中原一大变故,诗歌的风格因民族的交流、融合而发生相应的变化,所以元朝的诗歌也有其特别的一面。

元诗大致可分为前、中、后三个时期。前期主要作家有戴表元、郝经、刘因、仇远、赵孟頫等。这一时期,社会充满兵戈、饥馑和灾难,无论是中原地区还是江南地区的士人,大多经历了亡国之痛、流徙之苦,因此在他们的诗中笼罩着时代的浓重的悲哀。中期以"元四大家"虞集、杨载、范梈、揭傒斯为代表,这时期政治局面相对稳定,经济也较繁荣,前期诗中的哀伤、空幻的情绪基本消逝。此四家皆以盛唐诗风作为典范。

元诗的真正高潮是后期,这是个奇才辈出的时代。主要作家有萨都剌、杨维桢、高启、顾瑛、王冕等。这个时期,东南地区的经济发展很快,商业、手工业都达到历史的最高水准。这一地区形成一种独特的文化形态,即崇尚"功利",重视个性,政治和伦理的色彩相对浅淡,这与程朱理学形成某种对峙的趋势。这些诗人都居住在江浙一带,与城市生活有不同程度的联系,如顾瑛是个富商,王冕卖画为生,而萨都剌晚年是寓居杭州一带的。

这些人的诗歌对于认识诗的发展趋向有两个方面的意义:一

方面是诗中富于世俗生活的情调；另一方面，是自我意识的觉醒。这种自我从儒家传统的政治依附与伦理信条中游离出来，带有个人化倾向。他们的诗敢于写前人所不敢写的东西，敢于有惊世骇俗的语言、意象，诗歌风格也表现出强烈的个人特征。如杨维桢的"铁崖体"，因其特异诗风，被有些人攻击为"文妖"；高启诗则既有高华的一面，又有沉潜的一面，揭示了诗人复杂、丰富的内心世界，呈现出一种处于日常生活中的被诗化了的、更富于人性的、真实的自我。总之，元后期的诗歌表现了新的历史意义，也给中国诗史带来了一些重要的变化。

明代（1368—1644）的诗歌，总体上来说相当繁荣，无论诗人或诗作的数量，都超过前代。但是明代诗歌发展的道路很曲折，状况也很复杂。

明诗歌初期，即太祖洪武至英宗天顺年间，正像郑振铎所说，是"朱元璋一手摧残了明初的文坛。王冕、倪瓒、戴良、杨维桢诸大家，无不直接或间接死在他手里。少年诗人高启的死，尤为残酷。刘基为他迫逼出山，非其本愿；打平了天下之后，仍不免于一死。袁凯以病自苦，仅而得免。我们读这段诗史，其不愉快实不下于元初蒙古族的入主中原的一段"。这个时期，起初诗人还能基本上"各抒心得"，做到"隽旨名篇，自在流出"，如刘基以雄浑奔放见长，高启则以爽朗清逸取胜，但在文网渐密、文士动辄得祸的政治形势下，许多诗人开始回避现实，不敢抒写现实中的真情实感，大家都追求台阁体的"稳妥醇实"，诗歌没有灵魂，诗坛"遂一趋于庸碌肤廓，千篇一律"。当然，也有特例，那就是在土木堡之变力挽狂澜的于谦，其诗作展现一种慷慨悲凉的风貌，表现出迥异的刚强风格。但这种大范围的萎靡氛围，以及一代诗人性格的形成，都与朱元璋的高度打压所奠定的格局相关，所以在明诗歌中期和晚期所倡导的复古运动，也正是"今"无可写，只好逃遁到"古"的路数上去。

中期，主要是在弘治、正德间以李梦阳为首的"前七子"和以在嘉靖、万历年间以李攀龙、王世贞为首的"后七子"所提倡的文学"复古"运动，他们强调"文必秦汉，诗必盛唐"，也是要力矫前弊，但在实践过程中，太过于形式的模仿，而内容缺乏，导致诗歌流于形似，最后发展到"剽窃成风，万口一响"（袁宏道《叙姜陆二公同适稿》）。当然，在前七子之外，也有一批江南的画家兼诗人，如沈周、文徵明、唐寅、祝允明，作诗不事雕饰、自由挥洒。虽不免失之浅露，但其中亦有些生趣盎然、才情烂漫的诗歌。这是明诗歌中的可贵之处。

晚期，万历至天启年间，以"公安三袁"（袁宗道、袁宏道、袁中道）为代表的公安派挺身而出，在明思想家李贽"童心说"的基础上，反对"前七子"和"后七子"的拟古风气，主张"性灵说"，即"独抒性灵，不拘格套"，他们认为，"出自性灵者为真诗"，好诗就是"任性而发""——从自己胸中流出"（袁宏道《识张幼于箴铭后》），发前人之所未发，表现出了清新活泼、自然率真的诗风。

末期，为崇祯及南明诸王年间。这期间诗歌的主要成就，表现在既是政治结社又是文学团体的复社、几社里的几位诗人身上。其中最著名的是陈子龙和夏完淳。陈子龙反对当时影响较大的公安派和竟陵派，立意与之抗衡。他强调诗歌反映现实的战斗作用，认为"作诗而不足以导扬盛美，刺讥当时，托物连类而见其志，则是《风》不必到十五国，而《雅》不必分大小也，虽工而余不好也"（《六子诗序》）。加之他是处在社会变动异常激烈的时代，很快就扭转了"以形似为工"的模拟倾向，面对惨痛现实、忧愤时乱，向诗歌倾注了沉重的感情，显得悲劲苍凉。

清初诗坛的主流是"遗民诗"。在当时汉族人民和清朝统治者之间存在尖锐的民族矛盾的情况下，具有反清思想的明朝"遗民"诗人，他们有的直接参加抗清的政治、军事斗争，甚至以身殉难，有的以流亡隐居或削发为僧保持气节，志行皎然。他们写了不少表现爱国情怀、闪耀战斗光芒的诗篇。有的诗篇因受禁锢而失传，但流传下来的还是富有反抗精神的。这些诗人，主要有傅山、黄宗羲、归庄、顾炎武、吴嘉纪、王夫之等。

以明臣而仕清的诗人，最著名的是钱谦益、吴伟业、龚鼎孳，称"江左三大家"。三人中，龚鼎孳较少特色。钱谦益声名和影响都较大，他作诗反对明人的偏激，力扫前后七子和竟陵派之弊，兼取唐诗及宋、金诸名家之长，才藻富赡，在明季的作品，已显露能够挽诗坛衰势的气概。吴伟业写晚明史事及兴亡、身世之感，"韵协宫商，感均顽艳，一时尤称绝调"。其七言歌行，《四库全书总目》评为："格律本乎四杰（初唐四杰），而情韵为深。叙述类乎香山，而风华为胜。"有很大的感染力和影响力，在诗歌史上有创新意义。

康熙、雍正两朝的诗人，有所谓"南施北宋"两家。施指施闰章，诗学唐代的王、孟、韦、柳，以"温柔敦厚"著称，乐府歌行有一部分能反映现实生活；宋指宋琬，诗学宋代的陆游，兼师唐代的杜、韩，以"雄健磊落"著称。不过"南施北宋"并不能代表当时诗坛主流，这时期的第一流诗人应推王士禛。王士禛作诗提倡"神韵"，是清代"神韵派"的领袖，左右诗坛数十年。他擅长的七言近体诗，涵情绵邈而出以纡徐闲适，善于融情入景。他主要崇尚的是王维、韦应物一派的"唐音"，在艺术上有新的特色；唯内容多属模山范水、吊古抒情之类，是清诗进入"盛世"时期后反映社会矛盾的精神趋于淡漠的标志。和王士禛齐名的朱彝尊，是著名学者，作诗才力宏富，但独创新貌不如王士禛。这时期的诗人，还有尤侗、彭孙遹、梁佩兰、吴雯、洪昇等人，诗以疏畅隽永胜；有陈维崧、吴兆骞、田雯等人，诗以豪迈典丽胜。

乾隆时期，能开新格局的是袁枚和赵翼。袁、赵和蒋士铨合称"乾隆三大家"。袁枚的思想在当时比较通达，论事论情，务求平恕，敢于菲薄崇古、泥古的观念。他作诗反对模拟，提倡自写"性灵"。作品从内容到形式，都有新鲜之处。赵翼也是学识博通、重视创新的人。此外，郑燮每画必题以诗，有题必佳。其题画诗关注现实生活，有着深刻的思想内容。黄景仁是一个早熟而短命的诗人，诗才极高。他的描写社会不平和个人遭遇不幸之作，感情强烈，笔调清新，境界真切，兼有"清窈之思"和"雄宕之气"，读起来使人回肠荡气。

乾隆后期和嘉庆时期的著名诗人有张问陶，他的七言律绝，佳句络绎。张问陶也好谈"性灵"，赞成袁枚论诗主张，可以算是"性灵派"的诗人。此外，还应提到的有气概豪迈、工于咏史的严遂成，以清迥为宗的姚鼐，笔势奔放、语多奇崛的洪亮吉等。

总之，本集从辽、金、元、明一直到清代，跨度约千年，诗人一百多位，所选诗篇力求以有代表性和符合美学为原则，解读也力求通透，希望能为读者了解这些稍有些陌生的时代、陌生的诗歌提供一些帮助。

前言中的论述，参考引用了郑振铎《插图本中国文学史》，章培恒、骆玉明《中国文学史》等著作，在此向他们深表谢意！

伍恒山

2022 年 1 月 15 日

目　录

辽

金

元

明

清

辽

海上诗①

耶律倍

小山压大山，大山全无力。
羞见故乡人②，从此投外国。

【作者简介】

耶律倍(899—936)，契丹人，辽太祖耶律阿保机长子。辽神册元年(916)被立为皇太子。首请建孔子庙。天显元年(926)从征渤海，破其国，改称东丹，被封东丹王。太祖死，被迁于东平，遭疑忌。天显五年(930)浮海奔后唐。后唐明宗赐姓李，改名赞华，授怀化军节度使等。倍知音律，通医术，书法绘画并善。工画塞外人马。性残忍好杀。后唐清泰三年(936)，为末帝李从珂所杀。

【注释】

①海上：渤海之上，亦指渤海国土之上。
②羞：以为耻辱，难为情，惭愧，怕。

【解读】

这是一首汉译契丹文诗，是见于记载的辽代最早的五言诗。作者为辽太祖耶律阿保机的长子，本已立为太子。阿保机死后，因其母意旨，把帝位让给了弟弟德光。不料耶律德光(即辽太宗)即位后，反而猜疑和排挤他。天显五年(930)，后唐明宗得知此事，遣人来招致，遂投奔后唐。临走时，他"立木海上"，并刻诗于木。

渤海，唐代中国东北以靺鞨粟末部为主体，结合其他靺鞨诸部和部分高句丽人所建政权。武周圣历元年(698)由粟末部首领大祚荣建立。初称振国(亦称震国)。先天二年(713)，唐封大祚荣为左骁卫大将军、渤海郡王、忽汗州都督，改称渤海。渤海按唐制立国，使用汉文。

经济以农业为主。最盛时辖境有五京、十五府、六十二州。其中设在乌苏里江东岸一带有四府十一州。首府上京龙泉府遗址在今黑龙江宁安西南渤海镇。

辽太祖天显元年(926),耶律倍从征渤海国,并灭之,改称东丹,被封为东丹王。后迁辽河流域,都辽阳。作者泛海入五代唐后,东丹建置渐废。部分遗民以鸭绿江畔今吉林白山为中心建立定安国,辽圣宗时亦并入辽。

诗本无题,后人习称为《海上诗》。开头两句的比喻虽显笨拙,但设想奇特,颇能表现兀傲之气、不平之感。

诗歌大意:弟弟压在哥哥头上,哥哥全然没有力量反抗。因为怕见到故乡人,所以我从此就逃亡到外国去。

此诗以物拟人,大山喻作者自己,小山拟弟太宗耶律德光,仅寥寥几笔,即勾勒出皇室内部斗争的残酷场面。袁行霈在《中国文学史·辽代诗歌》中指出:"山是契丹小字,其义为可汗,与汉字之山形同义异。"把契丹文与汉文融合在同一个比喻中,是一种特殊的双重比兴手法。由此可见,该诗是一首典型的中原文化与契丹文化相融合的诗作。全诗直接叙述事实,直抒胸臆,感情愤激,殊少蕴藉,艺术上尚未纯熟,也体现了身为草原游牧民族的作者直率而欠委婉的民族性格。

【点评】

"情词凄婉,言短意长,已深有合于风人之旨矣。"([清]赵翼《廿二史札记》)

塞　上①

赵延寿

黄沙风卷半空抛,云动阴山雪满郊②。
探水人回移帐就③,射雕箭落著弓抄④。

鸟逢霜果饥还啄⑤，马渡冰河渴自跑⑥。

占得高原肥草地，夜深生火折林梢⑦。

【作者简介】

赵延寿(？—948)，本姓刘。五代时常山(治今河北正定)人。后为卢龙节度使赵德钧养子。初仕后唐，娶后唐明宗兴平公主。长兴三年(932)，出为宣武、忠武两镇节度使。后晋天福元年(936)，为契丹所获，出任幽州节度使，封燕王。契丹许以灭后晋立其为帝，故引契丹入侵中原，直至灭晋。后授中京留守、大丞相。旋废黜。今存诗一首。

【注释】

①塞上：边塞地区，亦泛指北方长城内外。

②阴山：山脉名。在内蒙古中部及河北北部。东西走向。山间垭口自古为南北交通孔道。

③探水：寻找水。帐：帐篷，即蒙古包。

④抄：拾取，拿起。

⑤霜果：经霜成熟的果实。

⑥跑(páo)：走兽用脚刨地。

⑦林梢：林木的尖端或末端。

【解读】

本诗真实再现了契丹民族生活的塞外沙漠草原风光和北方游牧民族逐水草而居的生活方式。

首联描写大漠中黄沙蔽空、雪满郊原的景象。"黄沙风卷"是"风卷黄沙"的倒装句。"半空抛"的"抛"字用得极有力，既显示了沙之重，更表现了风力之强劲。"云动阴山"也是倒装句，指阴山上的云在飘动着。极目四顾，漫山遍野都被积雪覆盖。如此，荒凉、冷寂的自然景象就呈现出来，显得气象雄浑。

颔联写游牧民族的特性,是依水而居、游猎而生。寻找水源的人回来了,告知大家哪里有水,于是便决定迁移到那里去;猎人在风沙卷地、雪满郊野的环境中,仅见雕在空中飞过,于是弯弓射雕,手起雕落,然后用弓抄拾着雕回营地。这两句抓住了塞外牧民典型的生活特征,真实而又形象生动。

颈联,写两种动物在这冰天雪地的活动,也是符合草原冬季典型特征的。一是鸟饿了,没有食物,就是霜冻了的果子它也不放过,要抢着吃;马在渡过冰河时,渴了,就用蹄刨河岸边的冰,想找到冰下的水源解渴。这里用"跑"字,是阳平声,发 páo 音,而不是上声的奔跑的"pǎo",这从这首律诗用的是平声韵就可看出来,否则就不协韵。马是有灵性的动物,渡过冰河时,感觉冰下有水,所以要用蹄刨冰找水喝。这两句十分生动形象。

以上颔联和颈联四句,用四个景,由牧民而及鸟兽,从不同侧面、不同角度,描绘了一幅大漠冬季的生活图景。

尾联仍是写景,写牧民找到水草肥美之地,支起帐篷,夜间燃起篝火,取暖或烧烤猎物以供食用。篝火的炊烟从林梢冒出,可见其热烈的场面。"折林梢"的"折"字,有的作折断、折取解,但"林梢"词义为树林的尖端,要将尖端折下来做篝火,于理不合。这个情景应当是篝火的烟雾曲折弥漫上林梢,在远处都能看得见。末句就将视角拉开移向远处,将游牧民族生活的长焦镜头生动地展现出来了。

本诗情景逼真,叙写朴实,略无藻饰,写景记事,笔墨中见出一种疏秀的奇气。

题李俨《黄菊赋》①   耶律洪基

昨日得卿《黄菊赋》,碎剪金英填作句②。
袖中犹觉有余香,冷落西风吹不去③。

【作者简介】

耶律洪基（1032—1101），字涅邻。即辽道宗，辽朝第八位皇帝。在位四十六年。颇以风雅好学自命，开科取士，积极推行汉文化。但不久即沉湎酒色，游猎无度，以致谗巧竞进，内部矛盾日剧，国势倾颓。性格沉静严毅，通音律，善书画，爱好诗赋。有《清宁集》，今佚。

【注释】

①李俨（？—1113），赐姓耶律，又称耶律俨，字若思。辽析津（今北京城西南隅）人。好学有诗名，为人勤敏。历都部署判官、将作少监，累迁知枢密院事，封漆水郡王。执政十余年，善于逢迎，深受道宗宠遇。

②碎剪：细剪。金英：指菊花。

③冷落：冷清。

【解读】

这是辽道宗耶律洪基为丞相李俨《黄菊赋》而作的一首绝句。据陆游《老学庵笔记》卷四："辽相李俨作《黄菊赋》，献其主耶律弘基。弘基作诗题其后以赐之。"这首诗就题写在赋的后面。

本诗既是赞美《黄菊赋》，也是赞美黄菊。诗前两句用"赋"的写法，直陈其辞。首句开门见山，言李俨昨日呈献《黄菊赋》一事，第二句讲出自己对《黄菊赋》的看法，他认为李俨剪裁精妙，不是草率构成，而是字斟句酌，仿佛是剪碎了菊花而写成的。三、四两句，写作者自从读了李俨的赋以后，袖中至今还有余香留存，即便是寒天的冷风也吹不走。这是对李俨《黄菊赋》高度的赞美。既写菊，也写赋；是借赋写菊，更是为写赋而写菊；既对赋做出巧妙传神的评价，更突出了黄菊独傲风寒、历久弥香的清贞品格。

三、四两句是本诗的精彩之笔，可谓全篇精神所在，非常警策。特别末句，"冷落西风吹不去"，写尽了菊花的品格，将诗的意韵升华，提高到新的境界。

怀 古

萧观音

宫中只数赵家妆^①，败雨残云误汉王^②。

惟有知情一片月，曾窥飞鸟入昭阳^③。

【作者简介】

萧观音(1040—1075)，辽道宗耶律洪基的第一任皇后。工诗，能自制歌曲，擅琵琶。由于谏猎秋山被皇帝疏远，作《回心院》诗十首，颇能表现宫闱妇女的苦闷情绪。后为人诬陷，被迫自尽。

【注释】

①数(shǔ)：数说，数落，责备。赵家妆：汉成帝皇后赵飞燕的装扮。

②败雨残云：比喻男女恩爱中绝，欢情未能持续。误汉王：指汉成帝皇后赵飞燕与其妹赵合德专宠，而谋害皇子，害死汉成帝。西汉绥和二年(前7)，成帝无病暴死。或归罪皇后赵飞燕及其妹，责其"执贼乱之谋，残灭继嗣，以危宗庙"。史谓："先是，有童谣曰：'燕燕，尾涎涎，张公子，时相见。木门仓琅根，燕飞来，啄皇孙。皇孙死，燕啄矢。'"见《汉书·外戚传下·孝成赵皇后》。后以"燕啄皇孙"为后妃谋害皇子之典。

③昭阳：汉宫殿名。据传赵飞燕为了固宠，与人私通，希望生个"太子"作靠山，事发后被打入冷宫。

【解读】

诗歌大意：宫中只是数落赵飞燕姊妹的打扮，她们的云雨诱惑断送了汉成帝的生命。事实上，汉成帝的死跟她们又有多少关系，这只有夜间的月亮才了解真情，它曾分明看到昭阳宫早已冷寂，平时只有天上的飞鸟才能进入。

据辽王鼎《焚椒录》，此诗作于辽道宗大康元年（1075），身为皇后的萧观音因谏阻道宗单骑驰猎，已久被疏远，心情孤寂而苦闷。同情赵飞燕，是写作此诗的心理因素和感情基础。

这首诗通过对汉代赵飞燕入宫后被人指责"误汉王"鸣不平，糅入作者的自我身世之感，表达了对赵飞燕的同情。此诗思绪缠绵，用语含蓄，具有很好的艺术效果。

此诗末句，有两个版本，王鼎《焚椒录》为"曾窥飞鸟入昭阳"，清《辽诗话》则为"曾窥飞燕入朝阳"，后者也是现在所传通俗版本。一字之差，意义就可能大不一样。

通俗版本认为：飞燕出身甚微，本是阳阿主家的婢女。汉成帝到阳阿主家寻欢作乐，"见飞燕而说（悦）之"。飞燕为了在倾轧无常的宫中立住脚跟，才与人私通。在当时的宫中，能够体谅飞燕这番良苦用心的，看来只有那"一片月"了。因此断定，诗作者萧观音在这里大胆地对赵飞燕表示了由衷的同情。但从写作手法上看，如用"曾窥飞燕"，虽然比较直接，落实了对象，但诗歌明显就少了些婉转曲折的余味。

另一版本，"曾窥飞鸟入昭阳"，也可作另一种解释：断送汉成帝的是汉成帝自己，那时赵飞燕早已被冷落，所居昭阳宫冷冷清清，平时只有飞鸟进出，成帝的死跟她又有多少关系？至于后来，用红颜祸水栽罪于赵飞燕姊妹，迫令其先后自杀，那都是政治斗争所酿制的悲剧而已。结合因谏辽道宗而遭受冷落的境遇，萧观音借《怀古》一诗以抒发一己"幽情"，她对赵飞燕的同情自是跃然纸上。不过，这首诗却成了她自己一生命运的诗谶，这是她所意料不到的。这里用"飞鸟"入诗，意境就比较深。

金

渡混同江^①

蔡松年

十年八唤清江渡，江水江花笑我劳。

老境归心质孤月^②，倦游陈迹付惊涛^③。

两都络绎波神肃^④，六合清明斗极高^⑤。

湖海小臣尸厚禄^⑥，梦寻烟雨一渔舠^⑦。

【作者简介】

蔡松年（1107—1159），字伯坚，号萧闲老人。真定（今河北正定）人。金代文学家、政治家。北宋宣和末年，从父镇守燕山，宋军败绩，随父降金。在金朝，累官至右丞相，封卫国公。诗作风格隽爽；词作尤负盛名，与吴激齐名，时称"吴蔡体"。著有《明秀集》。

【注释】

①混同江：古水名。即今吉林、黑龙江二省的松花江。辽金时称为"鸭子河"。辽太平四年（1024）圣宗耶律隆绪诏改鸭子河为混同江，始见其名。

②老境：老年时期。《礼记·曲礼上》："七十曰'老'，而传。"质：对质，验证。孤月：指月亮。因明月独悬天空，故称孤月。

③倦游：厌倦游宦生涯。陈迹：旧迹，遗迹。

④两都：两个首都。这里指上京会宁府城和东京辽阳。波神：水神。

⑤六合：天地四方，整个宇宙的巨大空间。斗（dǒu）：星宿名。因像斗形，故以为名。指北斗七星。

⑥尸：享，居。指在其位而无所作为。

⑦渔舠：一种刀形的小渔船。

【解读】

诗歌大意:数年来,我多次到混同江,呼唤着船夫载我渡过清清江水,想必江水和江边的花朵也在笑我过于奔波忙碌了吧。现在已是七十岁的人了,只想着回归故乡,这种强烈的思乡之情只有悬在天空孤独的月亮明白。游宦的生涯我早已厌倦,那些过去的事情我不想再提起,全扔给江上的波涛。上京与东京之间往返络绎奔波,水神肃穆注视着我每次经过,上下四方是这样清澈明朗,北斗高悬天际,照亮我艰辛的行程。我不过是漂泊江湖河海中的一个小官,却享受着丰厚的俸禄而没有什么作为,(这使我惭愧,)只梦想摆脱游宦的生涯,以后能在烟雨茫茫中乘坐一只渔船过上无拘无束、自由自在的生活。

作为宋之降臣而官至金右丞相的蔡松年,在他的心中,多年来就时时为是仕宦还是归隐矛盾着。愈近老年,这内心矛盾就愈加困扰着诗人,那浓浓的归隐之思,也就更难拂去了。本诗便是这种晚年心境的写照。全诗通过对诗人乘船渡混同江所见和想象的描写,反映了作者对游宦生涯的厌倦,表现了渴求弃官归隐之心。

晚登辽海亭①　　　　高士谈

登临酒面洒清风②,竟日凭栏兴未穷③。
残雪楼台山向背④,夕阳城郭水西东。
客情到处身如寄⑤,别恨他时梦可通⑥。
自叹不如华表鹤⑦,故乡常在白云中⑧。

【作者简介】

高士谈(?—1146),字子文,一字季默。先世燕(今河北)人。为人温文尔雅,多与诗友唱和。宋宣和末任忻州(今属山西)户曹参军。入金官至翰林直学士。后因宇文虚中案牵连被害。能诗词,有《蒙城集》,已佚。元好问《中州集》录其诗词 30 首。

【注释】

①辽海:辽东,泛指辽河流域以东至沿海地区。

②酒面:饮酒后的面色。

③竟日:尽日,整日。凭栏:身倚栏杆。

④向背:正面和背面,这边和那边。

⑤客情:客旅的情怀。如寄:好像寄居。

⑥他时:昔日,往时。

⑦华表鹤:晋陶潜《搜神后记》卷一:"辽东城门有华表柱,忽有一白鹤集柱头。时有少年举弓欲射之,鹤乃飞,徘徊空中而言曰:'有鸟有鸟丁令威,去家千岁今来归。城郭如故人民非,何不学仙冢累累?'遂高上冲天而去。"后以"华表鹤"指久别之人。

⑧白云:喻思亲。《旧唐书·狄仁杰传》:"其亲在河阳别业,仁杰赴并州,登太行山,南望见白云孤飞,谓左右曰:'吾亲所居,在此云下。'瞻望伫立久之,云移乃行。"

【解读】

诗歌大意:饮酒后,登上辽海亭,我的脸上仍泛着浓浓的酒意,清风吹拂,洒在我的身上,感觉是如此凉爽。从早到晚,我身倚栏杆遥望着远方,兴味无穷。高大的楼台两边的山上仍堆积着残雪,城郭被夕阳映照着,辽水自西而东穿过。背井离乡的情怀任到哪里都像是身体寄居在他处,昔日的离愁别恨只有在梦中常常想起。感叹自己比不上成仙后化鹤飞还故乡的汉朝辽东人丁令威,我的故乡在那白云底下的远方,常想着回去,可愿望总无法达到,只有思乡之情久久挥之不去。

本诗是作者思乡的代表作,体现了作者对家乡、对赵宋王朝的眷恋之情和身处异国孤独失落的伤感。诗人感叹自己不如汉朝辽东人丁令威,成仙后还可以化鹤飞还故乡,而自己则是有家归不得,没有归期,只有思念,写得悲怆淋漓,力透纸背。

医巫闾①

蔡　珪

幽州北镇高且雄②,倚天万仞蟠天东③。
祖龙力驱不肯去④,至今鞭血余殷红⑤。
崩崖岸谷森云树⑥,萧寺门横入山路⑦。
谁道营丘笔有神⑧,只得峰峦两三处。
我方万里来天涯,坡陀缭绕昏风沙⑨。
直教眼界增明秀⑩,好在岚光日夕佳⑪。
封龙山边生处乐⑫,此山之间亦不恶。
他年南北两生涯⑬,不妨世有扬州鹤⑭。

【作者简介】

蔡珪(? —1174),字正甫。金真定(今河北正定)人。蔡松年之子。天德三年(1151)进士,官至翰林修撰、同知制诰,终潍州刺史。珪以文名世,辩博号称天下第一。有文集五十五卷,已佚。《中州集》存其诗四十六首。

【注释】

①医巫闾:山名。亦称"六山""广字山"。在辽宁西部、大凌河以东。呈东北一西南走向。主峰望海山在北镇市西北。《周礼·夏官·职方氏》:"东北曰幽州,其山镇曰医无闾。"亦省称"医闾"。
②幽州:古"九州"之一。《尔雅·释地》:"燕曰幽州。""燕"指战国

燕地，即今北京、河北北部及辽宁一带。北镇：北方的主山。指医巫闾山。《旧唐书》卷二十四《志第四·礼仪四》："五岳、四镇、四海、四渎，年别一祭，各以五郊迎气日祭之。……北镇医巫闾山，于营州。"

③万仞：喻指山极高。仞，古代长度单位，古时八尺或七尺叫作一仞。蟠（pán）：盘曲，盘结；遍及，充满。

④祖龙：指秦始皇。《史记·秦始皇本纪》："（三十六年）秋，使者从关东夜过华阴平舒道，有人持璧遮使者曰：'为吾遗滈池君。'因言曰：'今年祖龙死。'"裴骃《集解》引苏林曰："祖，始也；龙，人君象。谓始皇也。"

⑤殷红：深红，红中带黑。

⑥崩崖：崩裂的石崖。岸谷：高深的山谷。森：高耸密布。云树：云和树，或指高耸入云的树木。

⑦萧寺：唐李肇《唐国史补》卷中："梁武帝造寺，令萧子云飞白大书'萧'字，至今一'萧'字存焉。"后因称佛寺为萧寺。

⑧营丘：古邑名。在今山东临淄北，以营丘山而得名。这里指宋画家李成。成，营丘人，以山水画知名。宋苏轼《王晋卿所藏〈着色山〉》二首之一："缥缈营丘水墨仙，浮空出没有无间。"

⑨坡陀：山坡。缭绕：回环旋转貌。风沙：风和被风卷起的沙土。

⑩直教：直接让，简直使某人或某事如何。

⑪岚光：山间雾气经日光照射而发出的光彩。

⑫封龙山：又名飞龙山，位于河北石家庄西南约十五公里。西倚太行，东临平原，主峰巍然崛起，雄伟壮观。

⑬生涯：生活。

⑭扬州鹤：《渊鉴类函·鸟部·鹤三》引南朝梁殷芸《小说》："有客相从，各言所志，或愿为扬州刺史，或愿多赀财，或愿骑鹤上升。其一人曰：'腰缠十万贯，骑鹤上扬州。'欲兼三者。"后以"扬州鹤"形容十分如意之事。

【解读】

这是一首描写医巫闾山的七言古诗。诗歌大意:医巫闾山,山势雄壮,位在幽州,为北方主山。山高万仞,盘踞在天之东方。以前秦始皇想将它驱逐,它也不肯离去,至今身上仍留有被皮鞭驱打后深红的血痕。它的崖岸高峻,山谷幽深,树木高耸密布,与云天相接。山麓建有佛寺,正当入山之路中间。宋代营丘人、著名画家李成是下笔如有神的丹青高手,曾描画过它,可是也只描画出峰峦的三两处地方。我从万里之外到北疆做官,来到这天之涯的处所,一路山势曲折,风沙漫天,昏沉一片。直到来到医巫闾山,才耳目一新,目光所及,是一片明净秀美的境界,这时,太阳西下,天气晴好,山岚浮现,真的是非常美好。我从小生活在河北的封龙山边,封龙山的环境也很好,风景也很秀美。倘若将来能够在南北两地生活,那就真是心满意足了。

本诗共十六句,四句一转韵,平、去、平、入,共四韵。前八句写景,后八句写景兼抒情。

首四句描写医巫闾气势和来历,既写出了山势的高雄,又写出了历史的悠久,笼罩全篇,将读者带进一个空旷、邈远的神奇时空之中。接着,诗人具体描写山势峭拔有崩崖裂石之势,树木丰茂有高耸入云之姿;又写佛寺正当山路的当中,这里始掺入人事的痕迹。山景应接不暇,佳趣纷至沓来,写不完也道不尽,这时诗人突然笔头一转,引出一位北宋山水画家李成来。李成是被誉为"古今第一"(《宣和画谱》)的北方山水画家,传世之作有《茂林远岫图》《晴峦萧寺图》等,有"咫尺之间夺千里之趣"(《宋朝名画评》)之妙。可是诗人认为,李成的山水画,只不过表现三两处峰峦,像医巫闾这样气势磅礴的全景,他也画不出来。这样一写,便有力地收束住对山景的描绘,为读者留下一片广阔的想象空间。

后八句,诗人开始抒发游宦北地的感慨。据《金史》本传记载,蔡珪于天德三年(1151)登进士第后,不求调,久乃除澄州军事判官。澄州在金属东京路,今地在辽宁海城。初入宦途即远征北疆,当然会引起诗人心态极大的波动。最初的感受是道路崎岖,盘旋缭绕,风沙漫天,生理上心理上都很不适应。直到来到医巫闾山间,明秀的山色令诗人的心境豁然开朗,旅途的风尘烦恼也一扫而光。"好在岚光日夕佳"一句,化用陶渊明《饮酒·其五》"山气日夕佳"句意,表明诗人对医巫闾山的流连忘返。

最后四句直接联想到自己的家乡,自己从小生活在封龙山边。封龙山也一样风景明秀,使自己快乐。而宦游之地医巫闾也有着同样美好的山水,所以在南在北,都能享受到人生的乐趣。结尾借用"扬州鹤"的典故,表明了诗人想在两地生活的强烈愿望。

本诗叙写奇特,层次清楚,转接突兀而自然,卒章显志,似隐而显,戛然而止,却有兴味悠然之妙。

题画屏 完颜亮

万里车书盍混同①,江南岂有别疆封②?
提兵百万西湖上,立马吴山第一峰③。

【作者简介】

完颜亮(1122—1161),字元功,女真名迭古乃,虎水(今黑龙江哈尔滨)人。金朝第四位皇帝。熙宗时任丞相。皇统九年(1149),杀熙宗自立。即位后,多用契丹、渤海、汉人掌朝政。贞元元年(1153)迁都燕京,改为中都。正隆六年(1161)南征,在采石为宋军所败,后东至瓜洲为完颜元宜等所弑,时年四十。其诗词雄浑遒劲。

【注释】

①车书:《礼记·中庸》:"今天下车同轨,书同文。"谓车乘的轨辙

相同,书牍的文字相同,表示文物制度划一,天下一统。后因以"车书"泛指国家的文物制度。混同:合一,统一。

②疆封:犹版图,疆域。

③吴山:山名。俗名"城隍山",又名"胥山",在今浙江杭州西湖东南。

【解读】

完颜亮自幼天才英发,一向深沉有大略,其才能为金熙宗完颜亶所忌惮。皇统九年(1149),年仅二十七岁的完颜亮弑君而篡位称帝,改元天德。在位十二年,励精图治,鼓励农业,整顿吏事,厉行革新,完善财制,并大力推广汉化,极度加强中央集权。但其为人则残暴狂傲,淫恶不堪,杀人无数。曾自述其志向:"吾有三志:国家大事,皆我所出,一也;帅师伐远,执其君长而问罪于前,二也;无论亲疏,尽得天下绝色而妻之,三也。"其猖狂骄纵的狰狞面目生动如画。《金史·本纪第五·海陵》评价说:"海陵智足以拒谏,言足以饰非。欲为君则弑其君,欲伐国则弑其母,欲夺人妻则使之杀其夫。三纲绝矣,何暇他论?至于屠灭宗族,翦刈忠良,妇姑姊妹尽入嫔御。方以三十二总管之兵,图一天下,卒之戾气感召,身由恶终,使天下后世称无道主以海陵为首。可不戒哉!可不戒哉!"

虽然他是一位荒淫、残暴无道的昏君,最终也没有得到善终,但他胸怀天下、占有天下的雄心壮志,则是与历朝历代雄才大略的帝王如出一辙。正隆六年(1161),完颜亮兵分四路,自将三十二总管兵对南宋发动全面进攻。不久,却在瓜洲渡江作战时激起兵变,死于完颜元宜等人手中。死后先被追废为海陵炀王,不久又被废为庶人。作为君主或者个人,完颜亮的行为完全不值得称道,但仍值得一提的是,他生前也善诗文,这一首题于画屏的诗就是出自他手,从中可见其诗歌豪迈的特色,在金代文学史上仍是为数不多的上乘之作。

这首诗首句开宗明义,提出要混一万里的疆土。车书,虽指文物制度,也是国家统一的标志。第二句,是说江南也不例外。这时江南正是南宋的地盘,所以作者的口吻也就是要征伐南宋而灭之,使之统一在金国的版图之内。三、四两句,是写作者誓必统率百万雄师,占领南宋首都杭州,立马吴山之上,其志得意满之态全现。第三句为什么要提到西湖?因为西湖在唐宋时是风物繁华美丽的标志性景点,能够提兵西湖,立马吴山,也就是说彻底拿下了南宋的首都,打败了南宋。

曹丕在《典论·论文》中说:"文以气为主,气之清浊有体,不可力强而致。"本诗豪宕不羁,论其佳处,亦纯以气势胜。据宋罗大经《鹤林玉露》卷一叙述北宋词人柳永作《望江潮》(今多称《望海潮》),写尽杭州的风光繁华,致令金主亮亦闻之心动:"此词流播,金主亮闻歌,欣然有慕于'三秋桂子,十里荷花',遂起投鞭渡江之志。"虽然志意未酬,但作者包举宇内、并吞四海之心,昭然若揭,此非有他,多半由其位置与天性所致,此曹丕所谓"不可力强而致"者。

出八达岭^①

刘 迎

山险略已出,弥望尽荒坡^②。
风土日已殊^③,气象微沙陁^④。
我老倦行役^⑤,驱车此经过。
时节春已夏,土寒地无禾。
行路不肯留,奈此居人何。
作诗无佳语,以代劳者歌。

【作者简介】

刘迎(?—1180),字无党,号无诤居士。东莱(郡治今山东莱州)人。金世宗大定十四年(1174)进士。除豳王府记室,改太子司经。能诗文,有《山林长语》,今佚。《中州集》录其诗七十五首。

【注释】

①八达岭:长城关口之一。在北京西北延庆南,为军都山山峰之一。明蒋一葵《长安客话·边镇杂记》:"……路从此分,四通八达,故名八达岭。"

②弥望:充满视野,满眼。

③风土:本指一方的气候和土地,泛指风俗习惯和地理环境。殊:差异,不同。

④沙陁(tuó):同"沙陀",沙滩,沙漠。沙陀又为我国古代部族名,西突厥别部,即沙陀突厥。

⑤行役:旧指因服兵役、劳役或公务而出外跋涉,泛称行旅、出行。

【解读】

"八达岭"之名,最早见之于作者《晚到八达岭下,达旦乃上》和《出八达岭》这两首诗。元代,这里称"北口",是与南口相对而言。南口在北京北郊昌平境内,从南口到北口,中间是一条四十里长的峡谷,峡谷中有万里长城的著名关口居庸关,这条峡谷因此得名叫"关沟"。八达岭高踞关沟北端最高处。这里,两峰夹峙,一道中开,居高临下,形势极其险要。

八达岭风景秀丽,但山路却极其迂曲难行,尤其是从南口通往八达岭这一段路非常艰险。本诗是作者随驾出行,途经八达岭后所作。它通达流畅,平实易解,叙述了八达岭山险固然险,但远不如岭外所见到的荒凉景象带给他的触目惊心。表现了作者对居住环境恶劣的沉重担忧,也表达了对当地居民生活不易的深刻同情。

作者写到山路艰险,出入不畅通,春天已过,夏季到来,但土地仍然没有长出谷物,抬眼望去,尽是一片荒芜。前八句叙事兼概括描写,一个"尽"字将八达岭外凄冷空白、荒如沙漠的景象描写得淋漓尽致。"行路不肯留,奈此居人何?"诗人说自己只是随驾出行来到这里,作为一个过路人看到这样的环境都不愿在此多停留,何况是长期在此居住的人呢？他们一定过着艰苦的生活。"作诗无佳语,以代劳者歌。"作者说自己作不出什么精彩的诗句,但愿以此诗来代替那些在艰苦环境下劳作的劳动者发出几句哀苦的声音。

中秋觅酒 宇文虚中

今夜家家月,临筵照绮楼①。
那知孤馆客②,独抱故乡愁。
感激时难遇③,讴吟意未休④。
应分千斛酒⑤,来洗百年忧。

【作者简介】

宇文虚中(1079—1146),字叔通,别号龙溪居士。成都华阳(今四川成都)人。宋徽宗大观三年(1109)进士,历任国史编修官、中书舍人、资政殿大学士等职。南宋高宗建炎二年(1128),出使金国,被扣留。后仕金国,任翰林学士、知制诰兼太常卿,号为"国师"。金人每欲南下,辄饰辞谏阻。皇统六年(宋绍兴十六年,1146),金廷疑其谋反,被杀。孝宗淳熙间,赠谥肃愍。有《宇文肃愍公文集》。

【注释】

①筵:以竹篾、蒲苇等编织成的席子,古代用来铺地作坐垫。也指酒席。绮楼:华丽的楼宇。

②孤馆:孤寂的客舍。

③感激:感奋激发。

④讴吟:歌唱吟咏。

⑤斛(hú):量词,多用于度量粮食。古代一斛为十斗,南宋末年改为五斗。

【解读】

诗歌大意：今夜中秋明月照着千家万户，它也照临着雕梁画栋的楼阁，到处笙歌鼓舞，盛筵大张。哪里知道孤独的客馆里，我这个天涯游子却满怀故乡的愁思。家国沦陷，兴复机会难遇，不免忧愤交加，情感激荡，用歌唱吟咏也难以纾解心中的隐痛。还是借酒浇愁吧，用那千斛美酒来洗涤蕴积多年的忧结情怀。

诗由中秋起兴，叙写了作者孤寂思乡的情怀，同时抒发了其有感机会难遇、壮志难酬的惆怅心情。语言简朴平易，没有深奥的词句。这也是辽、金、元诗一般共有的特点，它一反唐、宋诗词的恢宏气势、华丽藻饰或者艰深道理，而是以平实的思想写小我或大我的情怀，真切的情绪中，有着不张扬的温雅的风致。诗的前四句以中秋之夜金朝首都之繁华及家家赏月欢聚来反衬诗人异乡作客的孤寂。后四句承上引出题意，写自己在中秋夜的感叹，表现了对故国沉沦的悲慨和独处异域难返故土的乡愁。

题西岩二首　　　　刘汲

其一

卜筑西岩最可人①，青山为屋水为邻。
身将隐矣文何用，人不知之味更真。
自古交游少同志，到头声利不关身②。
清泉便当如渑酒③，浇尽胸中累劫尘④。

其二

人爱名与利，我爱水与山。
人乐纷而竞，我乐静而闲。

所以西岩地，千古无人看。

虽看亦不爱，虽赏亦不欢。

欣然会予心，卜筑于其间。

有石极峭屼⑤，有泉极清寒。

流觞与祓禊⑥，终日堪盘桓⑦。

此乐为我设，信哉居之安。

【作者简介】

刘汲，生卒年不详，字伯深，自号西岩老人。金天德三年（1151），与弟刘渭同登进士第。累官朝散大夫、应奉翰林文字、西京路转运司都勾判官。晚节倦于游宦，放浪山水间。有《西岩集》，已佚，今存诗十三首。

【注释】

①卜筑：择地建筑住宅，即定居之意。可人：称人心意。

②声利：犹名利。关身：犹关己，跟自己有关。

③渑（shéng）酒：《左传·昭公十二年》："齐侯举矢曰：'有酒如渑，有肉如陵。寡人中此，与君代兴。'"晋杜预注："渑水出齐国临淄县，北入时水。"极言酒多。

④累劫：连续数劫。谓时间极长。劫，梵语Kalpa之音译，劫波的略称。

⑤峭屼（wù）：高陡突兀。屼，高耸貌。

⑥流觞：古代习俗，每逢三月上旬的巳日（三国魏以后定为三月初三日），人们于水边相聚宴饮，认为可祓除不祥。后人仿行，于环曲的水流旁宴集，在上流放置酒杯，任其顺流而下，杯停在谁的面前，谁就取饮，称为"流觞曲水"。亦省作"流觞"。祓（fú）禊（xì）：犹祓除。每年于春季上巳日在水边举行祭礼，洗濯去垢，消除不祥，叫祓禊。源于古

代"除恶之祭"。或濯于水滨,或秉火求福。

⑦盘桓:徘徊,逗留。

【解读】

第一首是七律言志诗。起首两句,叙述作者意欲定居在西岩,已经选好地址建筑房子,接着描写这里的环境特别好,青山环绕,绿水潺湲,适合隐居。所以中间四句就直接说到目的就是要隐居,用不着再舞文弄墨,也不用再去谋取什么功名利益,这一切都与他没有关系了,"卜筑西岩",找到这样一个偏僻少人知的地方,也不再与俗世有多少交流,清静快乐,味道最真,是最为称心如意的。末二句,是说这里清泉多,以清泉当酒,用它来浇洗胸中历经大劫难之后留下的灰烬,表达了作者对充满污浊和纷争的社会的不满,要用隐居这种脱俗的行为来解脱自己。全诗语言通俗,感情真挚,首尾照应,结构完整。

第二首是五言古诗。前四句,开宗明义表明自己的志趣:别人热衷名利,我则热爱山水;别人喜欢纷争,我则喜欢闲静。次四句,叙写西岩这个地方很偏僻,无人留意,也不会有人热爱。接着阐述这被世人所冷落的特性,却正是诗人所喜欢的,所以卜居其间。这里有山石陡峭突兀,有清泉极为寒冽,正好在这里举行三月初三日被禊的活动,流觞曲水,盘桓终日,也不会让人厌倦。这个快乐是单独为诗人所安设的,居住在此确实会很安然。

本诗叙写官场争名夺利的生活使人感到倦乏,诗人意欲摆脱名利的牵绊,以"青山为屋水为邻",求得自适。语言通俗,无奥言涩句,议论、叙述、描写三位一体,承接自然。宋代理学家刘子翚(huī)对其诗给出很高的评价:"质而不野,清而不寒,简而有理,澹而有味。盖学乐天而酷似之。观其为人,必傲世而自重者。颇喜浮屠,邃于性理之说,凡一篇一咏,必有深意,能道退居之乐。皆诗人之自得,不为后世论议所夺,真豪杰之士也。"

渔村诗话图

党怀英

江村清境皆画本^①，画里更传诗语工。
渔父自醒还自醉，不知身在画图中。

【作者简介】

党怀英(1134—1211)，字世杰，号竹溪。奉符(今山东泰安)人，祖籍冯翊(今陕西大荔)。金大定十年(1170)进士，调莒州军事判官，任泰宁军节度使，官至翰林学士承旨，世称"党承旨"。修《辽史》未成，卒。擅文章，工画，篆、籀称当时第一。著有《竹溪集》十卷。

【注释】

①画本：绘画的范本。

【解读】

诗人所题的这幅画，显然是一幅诗意画。画家择取描写渔村的诗句，并与现实的"江村清境"结合起来，加以创造性的想象发挥，从而构成形象的画面。这种诗意画，诗人称之为"诗话图"。这幅画面的重心是一位"自醒还自醉"的悠然自得的渔父，暗示出原诗所描写的渔村景观，非常自然贴切；而这画所传达出的诗篇意境，也非常完美协调。所以诗人称许道："画里更传诗语工。"用一点两面的简练笔触，对原诗与图画都表达了由衷的赞美。

画家创作诗意画，不仅需要潜心体悟诗句的意境，而且需要贴近生活，以"江村清境"作为构图的素材。而诗人题画，也需要将画面与现实的"江村清境"相比较。诗人将画面中"自醒还自醉"的渔父形象突显出来，称他"不知身在画图中"。这分明是诗人看画的感受，却说成是画中渔父不自知。这就造成了一种真真假假、虚虚实实、惝恍迷离的艺术效果,因而产生无穷的韵味。清人许印芳曾总结题画诗创作的规律说:"凡写画景,以真景伴说乃佳。"(《律髓辑要》卷一)这首题画诗是符合这一创作规律的。

绝　句

王庭筠

竹影和诗瘦,梅花入梦香。
可怜今夜月①,不肯下西厢②。

【作者简介】

王庭筠(1156—1202),字子端,自号黄华山主。熊岳(今属辽宁营口)人。金大定十六年(1176)进士,调任恩州军事判官。在任时,为政宽简,开释无辜,活民无数。仕至翰林修撰。文词渊雅,字画精美。著有《王翰林文集》《黄华集》等,大多亡佚。现存诗近三十首,存词十多首,收入元好问《中州集》及《中州乐府》。

【注释】

①可怜:可爱,可惜。
②西厢:传统建筑四合院里面西面的厢房。

【解读】

竹与梅,在"岁寒三友"里占其二,喻示其玉洁冰清、傲立霜雪的品格,这是中国传统文化中高尚人格的象征。诗人以这两种植物融入诗篇,也暗喻其怀有经冬不凋的高尚品格。

诗的前两句从视觉和嗅觉的角度来描写,清瘦的竹影,散发着清香的梅花,在如水的月夜里,显得如此的清幽。一个"瘦"字将"竹"与"诗"两个意象联系起来,并为全诗营造了清瘦的意境氛围。竹具有清瘦的形象,梅具有暗香浮动的特性,诗具有清瘦的风格,这样就创造出一个情在景中、景在情中,情景浑融莫分的高妙意境。在后两句中,诗人将"月"托出。当诗人信步庭院时,月光与竹影、梅香是那样的和谐;而回到居室,这月光却不能"下西厢",这多么令人遗憾! 这里流露出诗人的感慨,月亮当是满月,有圆满的意味,但这个圆满只是外边的,而诗人的内心却是孤独的、有缺憾的,诗人借月的"不肯下西厢",透露出某些人事上的遗憾,并寄托些许幽怨的情怀。

暮　归

赵秉文

贪看孤鸟入重云①,不觉青林雨气昏②。

行过断桥沙路黑,忽从电影得前村③。

【作者简介】

赵秉文(1159—1232),字周臣,晚号闲闲老人。磁州滏阳(今河北磁县)人。金代著名文学家、书法家。金大定二十五年(1185)进士。历平定州刺史,累拜礼部尚书。金哀宗即位,改翰林学士,兼修国史。历仕五朝,自奉如寒士,未尝一日废书。能诗文。著有《资暇录》《闲闲老人滏水文集》等。

【注释】

①重云:重叠的云层。

②青林:苍翠的树林,清静的山林。

③电影:闪电的光影。

【解读】

本诗题名"暮归",是写诗人黄昏归来时沿途所见景象,从中描绘出一幅雷雨前动态的山水画卷。

  诗歌大意:作者在旅行回来途中,因为贪看孤鸟在天空中飞翔,越飞越高,渐渐进入重叠的云层之中,不知不觉,已是黄昏,这时树林凝重苍翠,空气中弥漫着雨的气息。诗人赶紧赶路,走过一座断桥,天就黑了,沙路也暗了,正愁前路不知还有多远,突然电闪雷鸣,从闪电的光影中,发现有一座村子就在前面。

  这首诗由几个动态的词"看""入""昏""行""黑""得",几个静态的意象"孤鸟""重云""青林""雨气""电影"等组成,通过动、静意象的组合,描写了夜幕降落前"落霞与孤鹜齐飞"的美景和夜幕下,闪电中,前面村庄忽隐忽现的瞬间画面,生动传神地刻画出暮归的旅人由悠然自得突然进入一种心慌意急的状态。诗的前两句侧重以沿途物象点染暮归的氛围,第三句则以"过断桥"正面写"行",借"黑"与"昏"的照应,从天色、天气的变化上显现时间、行程的演进。末句则是"行"中的一个特写。诗人在闪电"稍纵即逝而及其未逝,转瞬而改当其未改"的刹那间,抓拍了"得前村"的动态定格,将瞬时的动态,凝之于裁截的掠影,更有尺幅千里的时空张力。

  作品凝时间、行程和天气变化于一体,由看得见飞鸟到天黑,由重云到闪电,借时间的跨度和景物"动"的结果串联起"暮归"的全程,整个时间、天气、天色的变化过程尽蕴其中。而重云、林昏、路黑,各以其不同时分的色调、氛围以及其潜含的"动"的演进,随"行"而逐步渲染烘托,从不同时空演绎、支托起阴雨天暮归时特有的"山雨欲来风满楼"般的景象。这是旅途的自然背景,也是暮归人的情感生态,从中亦传出在这氛围演进中诗人内心对景象的体验过程。

寄王处士^①

赵秉文

寄与雪溪王处士，年来多病复何如？

浮云世态纷纷变，秋草人情日日疏。

李白一杯人影月^②，郑虔三绝画诗书^③。

情知不得文章力^④，乞与黄华作隐居^⑤。

【注释】

①王处士：指翰林学士王庭筠，字子端，别号雪溪。承安元年（1196），"为言事者（赵秉文上书事）所累"而下狱、削职。

②"李白"句：李白有《月下独酌》诗，有"花间一壶酒，独酌无相亲。举杯邀明月，对影成三人"之句。

③郑虔三绝：谓唐郑虔诗、书、画皆精妙。唐李绰《尚书故实》："郑广文学书而病无纸，知慈恩寺有柿叶数间屋，遂借僧房居止，日取红叶学书，岁久殆遍。后自写所制诗并画，同为一卷封进，玄宗御笔书其尾曰'郑虔三绝'。"

④情知：深知，明知。

⑤乞与：给予。

【解读】

作者和王庭筠是朋友。根据诗意，此诗当在王庭筠调任馆陶主簿，任满后卜居彰德（即相州，今安阳），买田隆虑，读书黄华山寺，自号"黄华山主"之时所作。

此诗标题有几个不同版本，《闲闲老人滏水文集》作"寄王学士"，或"寄王处士子端"，《四库全书》本《滏水集》作"寄王处士"，当以"寄王处士"或"寄王处士子端"为是，因为"王学士"是在金章宗明昌三年

(1192)，召入馆阁，为应奉翰林文字之后，才有此称呼。首句"寄与"两字，是根据《四库全书》本《滏水集》所出，而《闲闲老人滏水文集》作"寄语"，两者语意相同，均可用。

首联直接发问，一年来多病的你现在状况如何？急切的语气中饱含关切之意，自然真挚，毫无做作之态。颔联切入世事，因为王庭筠在馆陶主簿任满后，就买田筑室，做隐居的事业，这也意味着王在仕途上未得到重视，所以作者说世态如浮云纷纷，瞬间变幻，朋友官场不顺，不得已隐居黄华山，这也是世态所致，而诗人自己也有类似的境遇，这是诗人以知己的身份劝慰朋友；而自从官场不得意，也容易见到世态炎凉的变化，就像秋天的草一样，一天比一天衰黄，人情也一天比一天疏淡，言下之意，来交游的客人也一天比一天少了。这是一种自然现象，所以也没有什么值得感伤的。劝慰的语言里有看破世情之意，也流露出诗人对朋友感情的坦诚和纯真。

颈联讲述朋友的状况，就像唐朝的大诗人李白那样，举杯对月，与影共成三人，写出朋友天才飘逸、狂放不羁的诗酒生活；同时又用唐朝郑虔"诗书画"三绝的典故，以郑虔作比拟，盛赞其诗书画的成就。尾联，讲述明知得不到文章之力，不如就与朋友在隐居时尽量发挥。意思是王庭筠的才华没有用在官场上，可以用在诗书画等文章才艺上。

全诗自然朴实直率，感情十分真挚，描写世态人情亦很生动形象。

题雨中行人扇图 麻九畴

幸自山东无税赋①，何须雨里太仓皇②。
寻思此个人间世，画出人来也着忙③。

【作者简介】

麻九畴(1183—1232),字知几。易州(今河北易县)人。幼颖悟,弱冠入太学,有文名。金宣宗兴定(1217—1222)末,试开封府,词赋得第二名,经义居魁首。《中州集》收其诗三十一首。

【注释】

①幸自:本自,原来。

②仓皇:匆忙急迫。

③着忙:着慌,着急。

【解读】

金刘祁《归潜志》卷九载:"麻征君知几在南州,见时事扰攘,其催科督赋如毛,百姓不安,尝题《雨中行人扇图诗》云……虽一时戏语,也有味。"

按此意,诗人用的是反语的修辞手法。反语是指正话反说或反话正说,又称"倒反""反说""反辞"等,即通常所说的"说反话",故意说跟自己真实意思相反的话,含有否定、讽刺以及嘲弄的意思,是一种带有强烈感情色彩的修辞手法。不论是正话反说,还是反话正说,比起直白的表达都更为有力,语气更为强烈,情感更为充沛,给人的印象也更加鲜明。辞表和辞里的极端偏离,使言外之意、弦外之音更为深刻。

这首诗正是正话反说,当时麻九畴在南州,见到时事纷纭扰攘,赋税多如牛毛,民不聊生,所以在《雨中行人扇图》上题写了一首诗。诗歌大意是:本来山东没有赋税,何须雨中那么匆忙急迫地奔跑呢?我思考这个人世,可能是过于匆忙了,所以画出个人来也这么着忙。

但诗骨子里要表达的意思是,本来金代那时山东赋税很重,诗人却偏说没有赋税;本来雨中理应着急回家,却反说何须太匆忙。这就巧妙地建立了诗意和画面之间的联系,并为后两句结论创造了前提。所以,麻九畴巧妙地用"这个世界是匆忙的",来暗示那时百姓的日子都是难过的。正话反说,这样表达,读者会心一笑之余,自会深刻地感受到那种反讽的强烈效果。

山　中 马天来

青林寂寂鸟关关^①,画出风烟落照间^②。
脱却草鞋临水坐,野云分我一边闲。

【作者简介】

马天来(1172—1232),字云章。介休(今属山西)人。金至宁元年(1213)进士,官至国史院编修。为人诡怪好异,博学多能,善塑像;画入神品,元好问称"百年间无出其右者"。作诗多用俳体作讥刺语,元好问称"乏中和之气"。《中州集》卷七录其诗一首。

【注释】

①关关:鸟类雌雄相和的鸣声,后亦泛指鸟鸣声。
②落照:夕阳的余晖。

【解读】

这是一首七言绝句,诗人描绘了一幅极美妙的山中夕阳图。

诗歌大意:苍翠的树林很空寂,鸟儿在鸣叫,夕阳下,清风拂面,烟雾笼罩,眼前真是一幅天然的图画。诗人行旅至此,且将草鞋脱下,在临水的岸边稍坐休息,山野闲云悠悠,我亦被感染,悠然得享此闲适之趣。

此诗之妙处在于将自得闲适之情叙写得栩栩如生。特别是后两句,脱下草鞋,临水而坐,微风吹拂,野云悠悠,竟要与诗人分此一段悠闲。拟人化的手法将天机自然的情趣描画得淋漓尽致,诗人从容恬静的心态和神态亦跃然纸上,令人心驰神往。

箕　山①

元好问

幽林转阴崖②，鸟道人迹绝③。

许君栖隐地④，唯有太古雪⑤。

人间黄屋贵⑥，物外只自洁⑦。

尚厌一瓢喧⑧，重负宁所屑⑨。

降衷均义禀⑩，汩利忘智决⑪。

得陇又望蜀⑫，有齐安用薛⑬。

干戈几蛮触⑭，宇宙日流血。

鲁连蹈东海⑮，夷叔采薇蕨⑯。

至今阳城山⑰，衡华两丘垤⑱。

古人不可作⑲，百念肝肺热。

浩歌北风前，悠悠送孤月⑳。

【作者简介】

元好问(1190—1257)，字裕之，号遗山，世称遗山先生。太原秀容(今山西忻州)人。著名文学家、史学家。七岁能诗。金宣宗兴定五年(1221)进士，官至行尚书省左司员外郎。金亡不仕，以著作为己任。所辑《中州集》，录金二百余人诗词。为文备众体，诗尤奇崛，且以身处金元之际，多兴亡之感。有《遗山集》。

【注释】

①箕(jī)山：又名许由山，在今河南登封东南。以上古高士许由葬于山巅而著名。《史记·伯夷列传》："尧让天下于许由，许由不受，耻之逃隐……太史公曰：余登箕山，其上盖有许由冢云。"

②阴崖：背阳的山崖。

③鸟道：鸟走的路，比喻险峻狭窄的山路。

④许君：即许由。晋皇甫谧《高士传》："许由字武仲，阳城槐里人也。为人据义履方……尧让天下于许由……不受而逃去。……由于是遁耕于中岳颍水之阳，箕山之下……"栖隐地：指箕山。

⑤太古：远古，上古。

⑥黄屋：古代帝王之车用黄缯为车盖。此代指帝王权位。

⑦物外：世外，谓超脱于尘世之外。只：但。

⑧"尚厌"句：相传许由隐居箕山之下，颍水之阳，躬耕自食，以手掬饮。人遗一瓢，挂于树，风吹历历作声，以为烦，弃之。箕山有弃瓢岩，相传为许由弃瓢处。

⑨重负：沉重的负担，指尧让天下于许由这样重大的责任。宁（nìng）所屑：岂是他所措意的。屑，注意，措意，重视。

⑩降衷：施善，降福。《尚书·汤诰》："惟皇上帝，降衷于下民。"伪孔传："衷，善也。"

⑪汩（gǔ）利：沉迷（或淹没）于利益。智决：明智的决断。

⑫"得陇"句：《东观汉记·岑彭传》："西城若下，便可将兵南击蜀虏。人苦不知足，既平陇，复望蜀。每一发兵，头鬓为白。"后遂以"得陇望蜀"喻贪心不足。唐李白《古风》其二十三："物苦不知足，得陇又望蜀。"

⑬"有齐"句：见刘向《战国策·齐策一》"靖郭君将城薛"章。靖郭君，即田婴，齐威王之子，封于薛地。与齐王是兄弟关系，在齐国担任宰相。有一次靖郭君想将封地薛建筑一座城堡，其门客劝谏，打了一个"海大鱼"的比方，说："海里的大鱼，渔网钓钩对它无能为力，但一旦因为得意忘形离开了水域，那么蝼蚁也能随意摆布它。以此相比，齐国也就如同靖郭君的'水'，如果永远拥有齐国，要了薛地有什么用呢？而如果失去了齐国，即使将薛邑的城墙筑得跟天一样高，又有什么作用？"田婴认为有理，便停止筑城。

⑭蛮触:《庄子·则阳》:"有国于蜗之左角者,曰触氏;有国于蜗之右角者,曰蛮氏。时相与争地而战,伏尸数万,逐北旬有五日而后反。"后以"蛮触"为典,常以喻为小事而争斗者。

⑮"鲁连"句:《史记·鲁仲连邹阳列传》:"彼秦者,弃礼义而上首功之国也。权使其士,虏使其民。彼即肆然而为帝,过而为政于天下,则连有蹈东海而死耳,吾不忍为之民也。"

⑯"夷叔"句:《史记·伯夷列传》:"武王已平殷乱,天下宗周,而伯夷、叔齐耻之,义不食周粟,隐于首阳山,采薇而食之。"

⑰阳城山:在今河南登封东北。许由葬于箕山之巅,阳城山之南。

⑱衡华:南岳衡山、西岳华山。丘垤:小土堆。上句赞扬许由高尚,此句谓衡华二岳与许由葬地箕山相比,如两个小土堆。

⑲作:及。

⑳悠悠:思念貌,忧思貌。

【解读】

《金史》云:"下太行,渡大河,为《箕山》《琴台》等诗。礼部赵秉文见之,以为近代无此作也。于是名震京师。"在礼部尚书赵秉文的推荐、鼓吹之下,此诗使年轻的元好问获取了巨大的荣誉。

本诗为五言古诗。作者时年二十八岁。贞祐四年(1216)二月,蒙古军围太原。作者老家在山西忻州,离太原很近,受战火所及,这年夏天遂奉母移居河南三乡,这就是所谓的"下太行,渡大河"之行。这时,金朝首都燕京也早在1214年被蒙古军攻破,不得已迁都汴京。当时的形势,金朝被蒙古所侵迫,节节败退,其统治正处于分崩离析、风雨飘摇之中。作者在河南家居期间,1216年冬季,写下这首《箕山》诗。本诗借许由起兴,以厌恶天下扰攘,不贪势利,洁身隐退的高尚之举,抨击了那些为一己私利,致使生灵涂炭、人民流血牺牲的不义战争,在抒发内心忧愤的同时,借诗中"鲁连蹈东海,夷叔采薇蕨"表明作者"义不食周粟"的坚贞之志。

颖亭留别①

元好问

同李冶仁卿、张肃子敬、王元亮子正分韵得画字②。

故人重分携③，临流驻归驾④。

乾坤展清眺⑤，万景若相借⑥。

北风三日雪，太素秉元化⑦。

九山郁峥嵘⑧，了不受陵跨⑨。

寒波淡淡起，白鸟悠悠下⑩。

怀归人自急⑪，物态本闲暇⑫。

壶觞负吟啸，尘土足悲咤⑬。

回首亭中人，平林澹如画⑭。

【注释】

①颖亭：在阳翟县（今河南禹州）西。唐阳翟令陈宽建，并作《颖亭记》。

②李冶（1192—1279），原名李治，字仁卿，自号敬斋，真定栾城（今河北石家庄栾城区）人。金元时期的数学家、文学家、诗人。金正大七年（1230）进士，辟知钧州。入元后长期隐居。讲学于山西、河北各地。常与元好问唱和，世称"元李"。著有《敬斋集》《测圆海镜》《益古演段》等。其父李遹辞官居阳翟，作者多次登门拜访。张肃（？—1278），字子敬，河中（今山西永济）人，李冶侄婿。王元亮（？—1243），字子正，后改名粹，平州（今河北卢龙）人，工诗，时与从弟王郁居阳翟。分韵：旧时作诗方式之一。作诗时先规定若干字为韵，各人分拈韵字，依韵作诗，也称"赋韵"。得画字：作者拈得"画"字，就是以"画"字所在的韵部作诗。

③分携:分手,指离别。

④流:流水,指颍水。驻归驾:停下回家的车马。

⑤乾坤:天地。展清眺:放眼远望。

⑥借:助。

⑦"太素"句:言大自然掌持着万物的变化。太素,《列子·天瑞》:"太素者,质之始也。"秉,主持,掌握。元化,万物本源的变化。唐陈子昂《感遇》:"古之得仙道,信与元化并。"

⑧九山:指河南西部的轘辕、颍谷、告成、少室、大箕、大陉、大熊、大茂、具茨等九座山。郁:出,高出。峥嵘:山势高峻的样子。

⑨了不:一点儿也不,全不。陵跨:跨越,凌驾。

⑩悠悠:悠适闲暇的样子。

⑪怀归:《诗·小雅·出车》:"岂不怀归,畏此简书。"

⑫物态:自然景物的状貌情态。

⑬"壶觞"二句:言此次从军幕府辜负隐逸旨趣,尘容俗状令人悲叹。壶觞,盛酒的器具,觞是盛有酒的杯子。吟啸,歌吟呼啸。咤,悲叹,悲愤。

⑭平林:平原上的树林。澹:安静的样子。

【解读】

此诗作于金哀宗正大三年(1226),作者时年三十七岁。秋季,辞完颜斜烈幕府职,自方城(河南南阳下辖县)归嵩山路经阳翟,与故人相会,在颍亭分别时所作。作者通过对自然景物的描写,吐露了与友人的依依惜别之情和久积胸中的对时事的郁愤。境界开阔宏伟,笔调浑重冷峻,其中"寒波淡淡起,白鸟悠悠下"一联,状写自然,甚为传神,素为后人所称道。

诗歌大意:与故人分离,依依惜别,索性下了马车,与朋友临水而坐,把酒共饮。这里一切安详静谧,放眼望去,天长水阔,但见天地间万物纷沓,各种自然景物仿佛在彼此争辉。朔风吹过,大雪三日,就这样告别了吧,生死穷通皆有定数,悲欢离合总归难免。你看,那九座大山郁然而出,气势峥嵘,全然不受侵迫,更不可凌跨,那不正像我们凛然的志节不可侮辱吗?水波带着寒意微微兴起,洁白的水鸟悠然飞下。我归去的心情如此急迫,自然的景致却如此闲淡有致。空对着面前的酒壶酒杯,后悔此次从军幕府,真的辜负了吟啸之心;我奔走在风尘之中,满脸风霜实在令人悲叹。诗人频频回首张望,朋友们仍旧伫立长亭,但身影渐渐模糊,终于织进一片漠漠烟林。

诗人以寒波白鸟的悠闲反衬人事之仓促。"寒波"二句寄托了诗人的向往之情,他希望自己也化作寒波、白鸟,融入那画面中去。这意境中也有诗人自我的个性。

通过此诗,我们可以发现,诗人交游的朋友,也都是杰出不凡的人物。李冶"经为通儒,文为名家",在金元时期是著名的学者。平时读书作文,操守纯正,更有意思的是此人特立独行,在古代称得上异端,一反士人常径,别出心裁,进行数学方面的研究,做出了很重要的成绩,在数学研究方面主要的贡献有天元术(设未知数并列方程的方法),用以研究直角三角形内切圆和旁切圆的性质。他是与杨辉、秦九韶、朱世杰并称为"宋元数学四大家"的人物。见贤思齐,这对我们今天的进德修业也具有一定的借鉴意义。

论诗三十首(其四)　　　元好问

一语天然万古新①,豪华落尽见真淳②。
南窗白日羲皇上③,未害渊明是晋人④。

【注释】

①一语天然:谓陶渊明诗脱口而出,语言自然而不雕饰。宋严羽

《沧浪诗话·诗评》："谢所以不及陶者,康乐(谢灵运封康乐公)之诗精工,渊明之诗质而自然耳。"

②"豪华"句:宋葛立方《韵语阳秋》:"陶潜、谢朓诗,皆平淡有思致……大抵欲造平淡,当自组丽中来,落其华芬,然后可造平淡之境。"真淳,真率淳朴。

③羲皇:即伏羲氏。古人想象羲皇之世其民皆恬静闲适,故隐逸之士自称羲皇上人。晋陶潜《与子俨等疏》:"常言五六月中,北窗下卧,遇凉风暂至,自谓是羲皇上人。"

④"未害"句:谓陶崇尚古人,任真自得,不为晋代时风习染。未害,不妨碍。渊明,即晋代诗人陶渊明,一名潜。

【解读】

这首诗是作者二十八岁时所作。同一年,他创作了《论诗三十首》,对汉魏直至宋代诸多有名的作家和流派进行了梳理和评论,旨在提倡自然淳朴的诗风,重视创造精神,倡导灵性与豪放诗风的结合兼容。《论诗三十首》是继杜甫之后,又一个通过绝句组诗的形式,系统阐释诗歌理论的作品,对后世有着深远的影响。这是其中第四首,评论晋代诗人陶渊明。

此诗意思是说陶渊明的诗语言平淡、自然天成,摒弃纤丽浮华的敷饰,露出真朴淳厚的美质,令人读来万古常新。

开头第一句称其选言造语风格省净、不假词采,淡泊平和中具有清新明丽的面目。正如朱熹《朱子语类》所说:"渊明诗所以为高,正在不待安排,胸中自然流出。东坡乃篇篇句句依韵而和之,虽其高才,似不费力,然已失其自然之趣矣。"第二句称其性情的抒发表达,真淳朴实,毫无虚情矫作之态。其句意本于黄庭坚《别杨明叔》诗的"皮毛剥落尽,唯有真实在"。全联以"天然""真淳"四字概括陶诗之作,具有形象生动、词约旨丰的特点。其第二句多被用以赞叹艺术作品风格朴茂,不尚雕琢的自然之美。三、四两句表明,虽然陶渊明高卧南窗,向往古代，但他并不超脱，还是运用自然平淡的文笔反映了晋代的现实。这个观点深刻指出，陶渊明与晋代现实的联系并未超脱于现实之外。

论诗三十首（其十一） 元好问

眼处心生句自神①，暗中摸索总非真。
画图临出秦川景②，亲到长安有几人③？

【注释】

①"眼处"句：谓亲见实境，引发感情，自能写出绝妙的诗句。眼处，指亲眼所见到的事物。

②"画图"句：宋代著名山水画家范宽作画力主师法自然，遍历秦中，观览奇胜，作品有《秦川图》。秦川，古地区名，泛指今陕西、甘肃的秦岭以北平原地带，因春秋、战国时地属秦国而得名。

③长安：古都城名。汉高祖七年（前200）定都于此。此后西汉、新、东汉（献帝初）、西晋（愍帝）、前赵、前秦、后秦、西魏、北周、隋、唐于此定都。西汉末绿林、赤眉，唐末黄巢领导的农民起义军也曾建都于此。故城有二：汉城筑于惠帝时，在今西安西北。隋城筑于文帝时，号大兴城，故址包有今西安城和城东、南、西一带。唐末就旧城北部改筑新城，奠定今西安城基础。

【解读】

诗歌大意：作家用自己的眼睛观察生活，欣赏景物，激发出内心的诗情，自然能写出入神的诗句；倘若不去接触生活，一味暗中摸索，闭门觅句，那么写出来的诗就没有真情实感，缺乏感人的魅力。杜甫在长安题咏秦川景物，每首诗都很传神，很真切，但是像杜甫这样亲到长安，身历其境写作的人，古来又能有几个？

本诗是论述诗歌与生活的关系。作者认为诗歌来源于生活,是现实生活及内心感情的反映,只有经历或感受了生活,像杜甫那样"亲到长安",对客观的描写对象有了实际的接触和体验,才能激发内心的感受,写出入神的诗句。而那些没有亲身体验,仅仅是一味"暗中摸索",临摹前人的作品,是永远不可能在诗中真实地描绘出现实对象的("总非真")。这首诗所评论的主要是唐以后,特别是宋代江西诗派推崇杜甫,只是仅仅局限于其表面的东西,因袭模拟,缺乏真实情感的现象。作者这一看法的意义,就在于他认识到了现实生活对艺术的制约作用,艺术真实是建立在生活真实之上的。

论诗三十首(其二十四)　　元好问

有情芍药含春泪^①,无力蔷薇卧晚枝。
拈出退之《山石》句^②,始知渠是女郎诗^③。

【注释】

①"有情"两句:引用秦观《春日五首》之二诗原句,意思是说:一宵春雨过后,芍药花上积着晶莹的水珠,就像春天的眼泪;蔷薇花略显散乱地低伏在枝上,仿佛含着默默的哀怨。宗廷辅《古今论诗绝句》:"此首排淮海。上二句即以淮海诗,状淮海诗境也。"

②拈:用两三个手指头夹、捏取物。泛指夹,取。退之:韩愈,字退之。《山石》句:指韩愈的诗篇《山石》诗句,此诗气象雄浑,笔力刚劲,清奇流畅,具有独特的艺术风格。

③渠:他。女郎诗:指诗歌娇柔婉丽,缺乏刚健之气。

【解读】

此诗主要是评论秦观的诗。诗人论诗一向崇尚刚健豪放,清新遒劲,所以对秦观的那种工丽纤巧、婉弱无力的诗歌表示不满,并讥嘲为"女郎诗"。这首绝句前两句引用秦观原诗,既体现了秦观诗歌柔弱纤丽的风格,又说明了其伤时感春的情调,显得自然贴切。第三句用韩愈的《山石》诗与之作比较,以韩诗的雄浑刚健、清奇峭劲进一步地反衬出秦观诗的软弱无力,从而表达了作者鲜明的审美观点。

论诗三十首(其二十九) 元好问

池塘春草谢家春①,万古千秋五字新②。
传语闭门陈正字③,可怜无补费精神④。

【注释】

①谢家:指南朝诗人谢灵运。这句是化用他的《登池上楼》诗中"池塘生春草,园柳变鸣禽"的句子。宋叶梦得《石林诗话》:"世多不解此语为工,盖欲以奇求之耳。此语之工,正在无所用意,猝然与景相遇,借以成章,不假绳削,故非常情所能到。"

②五字:指"池塘生春草"。本句意思是说:像谢灵运这样自然清新的词句,不论时间多久,总是耐人寻味的。

③"传语"句:陈师道,字无己,官秘书省正字。黄庭坚《病起荆江亭即事》有"闭门觅句陈无己"句。

④"可怜"句:此处借谢诗评陈,讽刺他闭门苦思,背离了"眼处心生句自神"的创作正途。无补,无益,无所帮助。宋陈师道《后山诗话》:"荆公诗(《韩子》)云:'力去陈言夸末俗,可怜无补费精神。'而公平生文体数变,暮年诗益工,用意益苦。"

【解读】

这首诗是批评江西诗派的代表人物陈师道。陈师道是宋代江西

41

诗派重要诗人,他作诗时总是闭门不出,苦苦寻思,他的诗着意于锤炼字句,在形式技巧上下功夫。这是崇尚自然清新诗风的作者所不满意的,所以拈出南朝谢灵运《登池上楼》的名句"池塘生春草,园柳变鸣禽",以此说明这种眼前景、口头语,意象清新,浑然天成,不假雕饰,亲切感受自然流出的作品,具有永久的魅力。作者在这里对谢灵运自然天成的作品进行了赞颂,进而对陈师道闭门觅句的创作方式进行了讽刺,认为他这样做,只是徒然浪费精神,是写不出好作品的。

元

自集庆路入正大统途中偶吟① 元文宗

穿了毡衫便着鞭②,一钩残月柳梢边。

二三点露滴如雨,六七个星犹在天。

犬吠竹篱人过语,鸡鸣茅店客惊眠③。

须臾捧出扶桑日④,七十二峰都在前⑤。

【作者简介】

元文宗(1304—1332),即孛儿只斤·图帖睦尔,元朝第八位皇帝。明宗弟。泰定帝时封怀王,居建康,迁江陵(今湖北江陵县)。致和元年(1328),泰定帝驾崩,燕铁木儿等迎立于大都。天历二年(1329)正月,让位于兄明宗,八月明宗暴死,重新即位。次年,改元至顺。在位期间,出兵镇压陕西、云南等地宗王反抗。命翰林国史院官与奎章阁学士纂修《经世大典》,整理并保存大量元代典籍。至顺三年(1332),在上都病卒。

【注释】

①集庆路:路名。元天历二年(1329)以文宗潜邸改建康路置,属江浙行省。治所在上元、江宁二县(均位于南京主城),辖境相当于今江苏南京、句容、溧阳等市县(区)地。集庆寓意"汇集喜庆"。图帖睦尔先封怀王是一重喜庆,后由怀王成为皇帝是二重喜庆。元至正十六年(1356)朱元璋将集庆路改为应天府。入正大统:指外藩进入朝廷登基称帝。

②毡衫:即毛衫,毛翻在外面的皮衣。也称蒙衫。

③茅店:用茅草盖成的旅舍。言其简陋。

④须臾:片刻,短时间。扶桑:神话中的树名。传说日出于扶桑之

下,拂其树梢而升,因谓为日出处。亦代指太阳。

⑤七十二：古以为天地阴阳五行之成数,亦用以表示数量多。

【解读】

此诗作于自集庆路入京师途中。据《元史》载,致和元年(1328)七月,泰定帝驾崩,钦察军事贵族燕铁木儿在大都政变成功,决定拥立图帖睦尔为帝,派人星夜兼程前往迎接。八月,图帖睦尔快马赶赴大都,继位为帝。在赴大都的路上,他写下了这首诗。

前两句写作者一听到迎接自己前往大都入正大统的消息,便穿上毛衫,拿着马鞭出发了,这时正是后半夜的凌晨,柳梢边上有一钩残月。这两句表明作者心情的迫切和行动的匆忙。三、四句写静态的景,树枝上有几颗露水滴下像雨点,头上有六七个星稀疏地悬挂在天中。这是模仿唐五代卢延《松寺》"两三条电欲为雨,七八个星犹在天"及宋辛弃疾《西江月》词"七八个星天外,两三点雨山前"的句式和内容,但化用在这里情景切合,妥帖自然,与诗轻快的格调非常吻合、融洽。五、六句叙述竹篱边有狗在叫,有鸡在鸣,将简陋旅店中的旅客都惊醒了。这是动态的描写,作者骑马夜行,势必会惊动周边生物,狗是守夜的,鸡是司晨的,这两种生物在这个时候发出声音最具有典型意义,因为一是表示这时有人的活动,二是表示天就要亮了。最后两句写不久天就亮了,东边树林上捧出一轮鲜艳的红日,群山巍巍,一幅雄伟壮观的画面就出现在眼前。"捧出扶桑日"有象征意义,在古代,日,即太阳,一般指称君临天下的皇帝,句意也就是说我已经被推戴为皇帝,就像那太阳,正冉冉地从东方升起来。

全诗明白如话,词语不加雕琢。体现了诗人即将君临天下的踌躇满志。虽然有意锋芒内敛,但轻快的语言之中,仍然掩不住得意之色。

村居杂诗

刘　因

其一

邻翁走相报，隔窗呼我起。

数日不见山，今朝翠如洗。

其三

独立偶怀古，临风还自伤。

一声樵唱起①，回首暮山苍。

【作者简介】

刘因（1249—1293），字梦吉，号静修。雄州容城（今属河北）人。元代著名理学家、诗人。刘因父祖皆为金朝人。至元十九年（1282），应召入朝，为承德郎、右赞善大夫，不久以母病辞官，不再出。著有《四书集义精要》《易系辞说》等。著作被编为《静修先生文集》。

【注释】

①樵唱：犹樵歌，打柴人唱的歌。

【解读】

第一首诗歌大意：邻居老翁跑过来，隔着窗户就将我叫起来，告诉我说，好几天没有看见山了，今天早晨山色明净苍翠，就像被水洗过了一样。

第二首诗歌大意：我独自站着，偶然想起古时候的事，风吹来，颇有些伤感。这时突然听见打柴人唱着歌回来，再回头一看，暮色降临，山已经变成苍茫的一片。

第一首诗将邻居老翁见到山色苍翠如洗掩抑不住的喜悦心情表露无遗。特别是前两句里用了两个动词"走"和"呼",不仅自己感受到喜悦,同时要将这喜悦之情迫不及待传递给他人,闻其声,见其人,老翁的可爱之状跃然纸上,非常生动有趣。全诗明白如话,清新自然。

第二首诗,短短二十个字,将诗人一时的孤独、彷徨、伤感、迷茫的情绪刻画得淋漓尽致。四句诗中,一、二、四句是静态的描写,诗人落入了一种静境,如禅修时入定一般,寂然不动,就会陷入死境,这时突然"一声樵唱起",就将诗人从定境中唤醒,使诗有了生动的意义,同时也唤醒了诗人心灵的生机。

秋　尽　　　　　戴表元

秋尽空山无处寻,西风吹入鬓华深。
十年世事同纨扇^①,一夜交情到楮衾^②。
骨警如医知冷热^③,诗多当历记晴阴。
无聊最苦梧桐树,搅动江湖万里心。

【作者简介】

戴表元(1244—1310),字帅初,号剡源。奉化(今属浙江)人。宋咸淳七年(1271)进士,授建康府教授。元初,授徒卖文为生。大德八年(1304),被荐为信州教授。再调婺州,因病辞归。论诗主张宗唐得古。著有《剡源戴先生文集》。

【注释】

①纨(wán)扇:细绢制成的团扇。
②楮(chǔ)衾(qīn):纸被。楮,指纸。楮皮可制皮纸,故有此代称。

47

衾,大被。

③"骨警"句:骨头像医生那样提示我冷了或者热了。警,警告,警示。

【解读】

这首诗讲的是秋冬之交,诗人百感交集,抒发了由于老病、穷困、无聊所感受到的凄清、寂寞的意绪,以及对世事蜩(tiáo)螗(táng)的密切关注和担忧之情。

诗的首联写秋天过去了,"我"在荒芜空寂的山岭上寻找秋意,但秋的影子一点儿也找不到了,只有凛冽的西风深深吹进"我"的鬓发。颔联是对多年来人事的回忆和感受,漫长岁月间所发生的事永远地过去,像一把弃置的团扇,被深藏在心底。"纨扇"用的是汉班婕妤《怨歌行》的典故:"新裂齐纨素,鲜洁如霜雪。裁为合欢扇,团团似明月。出入君怀袖,动摇微风发。常恐秋节至,凉飙夺炎热。弃捐箧笥中,恩情中道绝。"这里不是象征着美好的人或物的"见弃",而是暗示了诗人久久挂念的某人某事再也无法重现。楮衾,是纸被,有的释义为纸帐,但在秋尽冬至再怎样暖和的帐子也不能替代被子,所以解释为纸帐是不合适的。这里应当指楮纸做的被子。第四句是说夜里在楮纸被里辗转反侧,一直睡不着,总是思念着那朋友,十多年的交情,怎样也忘不掉。颈联,讲到诗人自己的境况,天气寒冷,被子又薄,影响到身体,骨头示警,像一位医生那样,告诉我身体哪里又出了问题;日子过得浑浑噩噩,只能靠写诗打发,直到实在觉得写无可写,通篇只记录天晴、天阴诸如此类,简直可以替代历书。这表明诗人在病体支离下寂寞无奈的心情。尾联,直陈心境,秋尽的梧桐落叶纷飞,无可挽回,也像世事蜩螗,天下将要衰亡的结局,此情此景,不禁牵动诗人对人世间的关注和关心,但老病交加,难有作为,只在百无聊赖之余,感到深深的痛苦。

全诗没有深奥的词句,明白易解,只是诗人所传达的隐微的情感和志虑只有了解诗人的生平和社会背景方可约略懂得。

博浪沙^①

陈 孚

一击车中胆气豪，祖龙社稷已惊摇^②。
如何十二金人外^③，犹有人间铁未销？

【作者简介】

陈孚（1240—1303），字刚中，号勿庵。浙江临海人。元代学者。至元年间（1264－1294），以布衣上《大一统赋》，署上蔡书院山长，考满，谒选京师。后调翰林国史院编修、礼部郎中，官至奉直大夫、台州路总管府治中。诗文不事雕琢，七言古体诗最出色。著作甚富，有《观光稿》《交州稿》《玉堂稿》等。

【注释】

①博浪沙：地名，在今河南原阳东南。张良与力士狙击秦始皇于此。《史记·留侯世家》："良尝学礼淮阳，东见仓海君。得力士，为铁椎重百二十斤。秦皇帝东游，良与客狙击秦皇帝博浪沙中，误中副车。秦皇帝大怒，大索天下，求贼甚急，为张良故也。"

②祖龙：秦始皇。社稷：古代帝王所祭的土神和谷神，旧时亦用为国家的代称。惊摇：惊慌动摇。

③金人：《史记·秦始皇本纪》："收天下兵，聚之咸阳，销以为钟镰（jù），金人十二，重各千石，置廷宫中。"秦始皇在灭六国之后，将天下的兵器收缴集中到咸阳，然后将它们销毁，铸成钟镰等乐器，又铸成十二个金人，每个都有一千石重，将它们都放置在宫殿里。古时一石（dàn）为一百二十市斤。

【解读】

本诗是一首怀古之作。诗的前两句用秦末韩国丞相后裔张良为国报仇,远至东夷,求得力士,制作重百二十斤的铁椎,在秦始皇东游途中,于河南原阳东南的博浪沙,设伏刺杀、误中副车的故事。虽然此举并未刺杀成功,但已经使秦始皇惊慌,也震动了秦朝的政权。"一击车中",指铁椎击中秦始皇的车队(副车),说明张良胆气过人,是真正的英雄豪杰。后两句是说,秦始皇灭了六国后,已将天下的兵器都收缴上来了,且已经铸成了十二个铜人,摆放在宫廷中,天下应当没有制作兵器的金属了,为什么还有铁器没有销毁掉呢?意指东夷力士所使用的铁椎没有销毁掉。

全诗借用张良与力士椎击秦始皇故事,说明不管极权统治如何对人民进行残酷恐怖的控制,总会有那些"胆气豪"的英雄豪杰出来奋力一搏,为民伸张正义。这里作者借以寄托对当时无人能像张良那样勇敢出来担当大义的感慨。

金山寺①

陈孚

万顷天光俯可吞②,壶中别有小乾坤③。
云侵塔影横江口,潮送钟声过海门④。
僧榻夜随鲛室涌⑤,佛灯秋隔蜃楼昏⑥。
年年中有中泠水⑦,不受人间一点尘。

【注释】

①金山寺:在江苏镇江西北金山上。东晋时创建,为国内佛教禅宗名寺。民间传说《白蛇传》中的金山寺即指此。

②万顷:百万亩。百亩为一顷。常用以形容面积广阔。天光:倒映着天色的江水。

③"壶中"句:传说东汉费长房为市掾时,市中有老翁卖药,悬一壶

于肆头,市罢,跳入壶中。长房于楼上见之,知为非常人。次日复诣翁,翁与俱入壶中,唯见玉堂严丽,旨酒甘肴盈衍其中,共饮毕而出。事见《后汉书·费长房传》。后即以"壶天"谓仙境、胜境。又《云笈七签》卷二八引《云台治中录》:"施存,鲁人,夫子弟子,学大丹之道……常悬一壶如五升器大,变化为天地,中有日月如世间。夜宿其内,自号'壶天',人谓曰'壶公',因之得道在治中。"

④海门:海口。内河通海之处。

⑤鲛室:传说中在水底织绡的鲛人的居室。

⑥蜃(shèn)楼:海上出现的虚幻城楼,相传是由蜃(大蛤蜊)吐气而形成的。

⑦中泠(líng):泉名。原在长江中,因江水西来受二礁石阻挡形成三泠(泠即水曲),泉在中间水曲下得名。相传其水烹茶最佳,有"天下第一泉"之称。

【解读】

本诗是一首七言律诗。这首诗描写金山寺的高敞、气势的雄壮,加上神话的虚渺,以及水质的清洁,塑造了一个有如仙境般的超凡脱俗的世界。

诗的首联,首句从大处落笔,只要一低头,便可将万顷江水一口吞下,可见金山寺的地势之高,视野之阔,气势非凡。次句从小处深入,一壶茶水之中,又别有天地,既指金山寺有仙境之名,同时轻易地将中泠泉"天下第一泉"的独有特色点出来,布局有草蛇灰线之妙。

颔联,一气贯注,具体描写金山寺的气势,因其寺宇广阔,寺中的塔影横占江口,天上的白云也只能侵占塔影的一部分;因其地势高旷,寺里的钟声能传播极远,直至大江的出海口。颈联,写寺中的景象,带有虚幻缥缈的色彩,夜间僧榻会随着鲛室的涌动而起伏,佛灯在秋天会因蜃楼的阻隔而昏暗。这既有神话的内涵,也符合佛寺的特征,使得金山寺更显得神秘。

尾联,是全诗的重点,也是点睛之笔。中泠泉号称"天下第一泉",此泉在金山寺北,扬子江中,其水常清,绝无尘埃,最宜烹煮茶水。所以诗中以"不受人间一点尘",状写其泉水之清,也借以渲染金山寺超凡脱俗之韵,呼应首联,坐实金山寺特有的仙境之妙。

全诗对仗工整,构思奇妙,在元人诗中,堪称佳作。

岳鄂王墓^①

赵孟頫

鄂王坟上草离离^②,秋日荒凉石兽危^③。

南渡君臣轻社稷^④,中原父老望旌旗^⑤。

英雄已死嗟何及^⑥,天下中分遂不支^⑦。

莫向西湖歌此曲,水光山色不胜悲。

【作者简介】

赵孟頫(1254—1322),字子昂,号松雪道人。湖州(今属浙江)人。至元二十三年(1286),仕元,历任集贤直学士、济南路总管府事、江浙等处儒学提举、翰林学士承旨等职,受元世祖、武宗、仁宗、英宗四朝礼敬,封魏国公,谥"文敏"。博学多才,能诗善文,通经济之学,工书法,精绘艺,擅金石,解律吕,尤以书法和绘画的成就为最高。著有《松雪斋集》等。

【注释】

①岳鄂王墓:即岳飞墓。在杭州西湖边栖霞岭下。宋宁宗时追封岳飞为鄂王。

②离离:野草茂盛浓密的样子。

③石兽危:石兽高耸着。石兽,指墓前的石马之类。危,高耸。

④南渡:犹南迁。北宋灭亡,宋高宗渡长江迁于南方,建都临安,史称南渡。

⑤望旌旗:意为盼望岳家军的旗帜来到。岳飞军队于绍兴十年(1140),挥师北伐,大败金军,逼近北宋故都开封,打到朱仙镇,河南、河北人民纷起响应。旌旗,代指军队。

⑥嗟何及:后悔叹息怎么来得及。

⑦"天下"句:意为从此国家被分割为南北两半,而南宋的半壁江山也不能支持,终于灭亡。

【解读】

宋绍兴十一年十二月二十九日(1142年1月27日),南宋抗金名将岳飞被秦桧等以莫须有罪名阴谋杀害,狱卒隗顺背负其遗体葬于北山。绍兴三十二年(1162)孝宗即位,以礼改葬于杭州栖霞岭的南麓。宋亡后,作者经过岳王墓,触景伤情,写了这首凭吊的诗。诗中谴责窃据高位的统治者,只知苟安享乐,不思收复失土,终于导致了宋朝的灭亡。这里作者不但表达了对岳飞的钦敬、赞美之情,而且对南宋统治者祸国殃民表示了极大的愤慨。

诗歌大意:岳王墓上杂草茂盛地生长着,坟前石兽高耸矗立,在秋日阳光下,这里显得一片荒凉。南渡的君臣轻视社稷,苟安一隅,不曾想着一鼓作气、收复河山,可中原父老还在盼望着宋王朝旌旗的到来。像岳飞这样有兴复之志力的英雄却被冤杀,自毁长城,现在后悔也来不及,天下被隔成南北两半,最终支持不住,灭亡已成定局。不要再向西湖吟唱悲哀的曲子,分明水光山色都蕴含同样不尽的悲愤。

作者为宋朝宗室,对南宋的灭亡自然有切肤之痛,对于岳飞的被冤死怀有无穷的悲感。来到岳飞墓前,看到"鄂王坟上草离离",不免油然兴黍离之悲,但此时天下已归蒙元,兴复无望,黯然神伤之余,遂只有将一腔悲愤寄托于"水光山色"之间而已。首联入题,写景抒情,反映了诗人凄苦苍凉的心绪。颔联直斥宋高宗苟且偷安,不思进取,置中原父老乡亲的生死于不顾。颈联感叹岳飞被害、南宋颓势难挽，天下中分，偏安一隅的局面终不能支撑。尾联表达了作者对南宋灭亡的无限悲愤、伤感之情。

【点评】

"岳王墓诗，不下数百篇。其脍炙人口者，莫如赵魏公作。"（[元]陶宗仪《南村辍耕录》)

"'南渡君臣轻社稷，中原父老望旌旗'一联深厚简切。"（[明]李东阳《麓堂诗话》)

绝　句

赵孟頫

春寒恻恻掩重门①，金鸭香残火尚温②。
燕子不来花又落，一庭风雨自黄昏。

【注释】

①恻恻：寒冷貌。重门：一层层的门。
②金鸭：鸭形的铜香炉。唐戴叔伦《春怨》诗："金鸭香消欲断魂，梨花春雨掩重门。"

【解读】

这是一首低吟春愁的小诗。诗歌大意：春寒料峭，冷意彻骨，于是把层层的门都关上，室内铜香炉上只有那余温尚存的香火，尚能给人些许暖意。这个季节，燕子还没有飞回来，花儿却已纷纷飘落；整个庭院里风雨不断，不知不觉，又到了黄昏。

作品寓情于景，从室内到室外，层层渲染，通过一系列清冷寂寞的环境景物描写，从中自然流露出作者心境的孤寂与凄恻。也许写此诗之时正当宋王朝灭亡之际,身为宋宗室子弟的作者,从这春寒逼人、花叶飘零的黄昏景象中,看见了时代巨变的征兆。

罪 出

赵孟頫

在山为远志①,出山为小草。
古语已云然,见事苦不早。
平生独往愿,丘壑寄怀抱②。
图书时自娱,野性期自保③。
谁令堕尘网④,宛转受缠绕!
昔为水上鸥,今如笼中鸟。
哀鸣谁复顾? 毛羽日摧槁⑤。
向非亲友赠,蔬食常不饱。
病妻抱弱子,远去万里道。
骨肉生别离,丘垄谁为扫⑥。
愁深无一语,目断南云杳⑦。
恸哭悲风来⑧,如何诉穹昊⑨!

【注释】

①"在山"两句:见宋代孙嵩《感兴》诗:"在山为远志,出山为小草。不足调谢安,适可谓殷浩。"语出《世说新语·排调》:"谢公(安)始有东山之志,后严命屡臻,势不获已,始就桓公(温)司马。于时人有饷桓公药草,中有远志,公取以问谢:'此药又名小草,何一物而有二称?'谢未即答。时郝隆在坐,应声答曰:'此甚易解,处则为远志,出则为小草。'谢甚有愧色。"其意为在山中隐居,高卧不出,这是志节高尚之士,值得

人敬重;轻易为势利离开山林,出仕于非法或名义不正的朝廷或官员手下,这就是小人,就要被人轻视。

②丘壑:山陵和溪谷,泛指山水幽美的地方,一般指隐逸之士寄迹之处。

③野性:难以驯服的生性。或指喜爱自然、乐居山野的性情。

④堕尘网:下落掉入尘网。尘网,旧谓人在世间受到种种束缚,如鱼在网,故称尘网。

⑤摧槁:被摧残变得枯槁。

⑥丘垄:坟墓。

⑦杳(yǎo):深远,高远;消失,不见踪影。

⑧恸(tòng)哭:痛哭。恸,极其悲痛。

⑨穹昊:犹穹苍,苍天。

【解读】

标题"罪出",是作者以出仕元朝为罪,这是对自己轻易出山的责备和谴责。作者是宋朝宗室,宋太祖十一世孙,宋朝灭亡后,出仕元朝,得到元世祖礼敬,从兵部郎中,做到翰林学士承旨、荣禄大夫,这种行径,在古代称为失节,是会受到崇尚气节的士人的谴责、遭受唾弃的,就连他的堂兄之子都以为耻辱,"闭门不肯与见"。起初,作者肯定也颇有悔过之意,而且心中十分痛苦。这首诗正好是他当时的内心写照。

此诗开篇借"远志"起兴,痛诉其"见事苦不早"的悔恨。接着叙述作者平生的愿望,只想要寄迹山林,以图书自娱,保持天然的秉性。谁知被人举荐,一旦掉落尘网之中,受尽许多牵绊和纠缠,过去的自由身,现在则变成了笼中鸟。这是指至元二十三年(1286),赵孟頫被行台侍御史程钜夫举荐,赴北京出仕元朝。以下叙述自己出仕元朝,遭到世人的谴责和唾骂,所以深感痛苦。人在痛苦之中,总不免抚今追昔,慨叹悲啸。宋亡后,诗人曾一度处于贫寒难挨之境:病妻、弱子,三餐不继。倘若不是亲友周济,连身家性命都难以保持。而今虽已任职元朝,身居高位,不再担忧"蔬食常不饱"的困境,却又故乡万里,骨肉分离,相隔天涯,有谁能慰藉他的生离之痛,又有谁去祭扫父母、祖先的坟墓? 想到此,不得不"愁深无一语,目断南云杳",望尽天涯,直至白云消逝得无影无踪,也依然无法摆脱哀愁。这是一种孤独无助的痛苦,所以对着寒风挥泪痛哭,其中有悔恨,有绝望,一腔委屈的愁思只有向上天哭诉。诗中所吐露的是悔恨交集的真情,自有一种凄楚动人的韵致。

知非堂夜坐 何　中

前池荷叶深,微凉坐来爽。
人归一犬吠,月上百虫响。
余非洽隐沦①,隙地成偃仰②。
林端斗柄斜③,抚心独凄怆④。

【作者简介】

何中(1265—1332),字太虚,一字养正。元抚州乐安(今江西乐安)人。南宋末年进士,无意仕进,以布衣讲学终老。元文宗至顺二年(1331),任江西龙兴路东湖书院、宗濂书院山长。著述甚丰,大多亡佚,今存《知非堂稿》六卷等。

【注释】

①洽(qià):符合,融洽。隐沦:隐居。
②隙地:空地。偃仰:安居,游乐。《诗·小雅·北山》:"或栖迟偃

仰,或王事鞅掌。"

③斗柄:北斗柄。指北斗的第五至第七星,即玉衡、开阳、摇光。北斗,第一至第四星象斗,第五至第七星象柄。

④抚心:抚摸胸口。表示感叹。凄怆:凄惨悲伤。

【解读】

何中是元朝后期的一位学者兼隐者,知非堂是他的居处,在他的家乡乐安。他大约一生多住在此,所以后来他的文集命名为《知非堂稿》。

这首诗叙写诗人在夏天的夜晚,在堂前闲坐乘凉时,所见所闻之景,以及自己抚今追昔的感想。

诗的前两句,写堂前的荷池里,荷叶长得非常茂盛,夏天的炎热也略微退去,有一丝微微的凉意产生,坐在池边,感觉到心神皆爽。这是静景。

三、四句,写外面有人回来,有一只狗在叫,天已黑了,月儿从西边出来,升上天空,众多的昆虫在鸣叫。这是写夏夜的动景。

五、六句,作者自承并非合当隐居,只是世事纷纭,社会动荡,有一小块空地栖身安居也就罢了。这里隐约透露出作者自有抱负,并非甘于隐遁沉沦。

末两句,写诗人一直坐到斗柄倾斜,即夜半时分,突然联想到似乎人生已过去了一半,功业一无所成,心有不安,油然生起一种无奈、凄楚、伤痛的感觉,不免对月长叹。

这首诗属于五古,语言工致,诗境清逸。

宗阳宫望月分韵得声字① 杨 载

老君台上凉如水②,坐看冰轮转二更③。

大地山河微有影,九天风露寂无声④。

蛟龙并起承金榜⑤,鸾凤双飞载玉笙⑥。

不信弱流三万里⑦,此身今夕到蓬瀛⑧。

【作者简介】

杨载(1271—1323),字仲弘。元浦城(今属福建)人,徙居杭州。少孤,博涉群书。年四十不仕,以布衣召为翰林编修,与修《武宗实录》。仁宗以科目取士,遂登延祐二年(1315)进士第,授承务郎、浮梁州同知,迁宁国路总管府推官,未赴卒。载以文名,自成一家,诗尤有法,一洗宋季之陋。与虞集、范梈、揭傒斯齐名。有《杨仲弘集》等。

【注释】

①宗阳宫:道宫名。《西湖游览志》载:"宗阳宫,本宋德寿宫后圃也……咸淳四年,以后圃筑道宫,曰宗阳,祀感生帝,每遇孟享,车驾尝临幸焉。"

②老君:指老子。李老君或太上老君的省称。

③冰轮:指月亮,这里形容中秋月圆而色冷。

④九天:谓天之中央与八方。《楚辞·离骚》:"指九天以为正兮,夫唯灵修之故也。"王逸注:"九天谓中央八方也。"或泛指天空最高处。

⑤蛟龙:古代传说的两种动物,居深水中。相传蛟能发洪水,龙能兴云雨。

⑥鸾凤:鸾鸟与凤凰。

⑦弱流:即弱水,古水名。由于水道水浅或当地人民不习惯造船

而不通舟楫,只用皮筏济渡,古人往往认为是水弱不能载舟,因称弱水。后来就泛指遥远险恶,或者汪洋浩荡的江水河流。《海内十洲记·凤麟洲》说:"凤麟洲,在西海之中央,地方一千五百里,洲四面有弱水绕之,鸿毛不浮,不可越也。"

⑧蓬瀛(yíng):古代传说中海外三仙山中的蓬莱和瀛洲。

【解读】

宗阳宫,在西湖,本来是宋朝德寿宫种有花木的后园。这首诗是作者和几位朋友在后园的老君台上赏月时,相约赋诗,他拈得"声"字韵,所作的一首七律。写二更时分,所见闻到的如仙境般的美景。

诗歌大意:我们坐在宗阳宫老君台上,夜色如水般清凉。一轮明月像寒冰一样纯净,时光正悄悄流转,现在已到二更时分。这时,满天月色清莹,大地上留下万里山河朦胧的影子;长空中,清风吹拂,露水下浸,寰宇寂静一片,听不到一丝声响。宗阳宫中,门口一对蛟龙托起金色的匾额,檐前两只翘起的鸾凤伴着玉笙歌唱。简直不敢相信,我从很远的地方乘船而来,今晚好像身在仙境。

首联切题,交代地点、时间,当时月色清莹,夜凉如水,"凉如水"写月色的寒冷,"冰轮转"写月光的皎洁以及时间的推移。这多半是在深秋季节。一个"坐"字,写作者和朋友们赏月时悠然的心境。颔联,写所见闻到的景象,大地山河,风露无声,前者从视觉入手,后者从听觉入手,写环境的宏阔和境界的静谧,既真切,又富有意韵。颈联就眼前所见,宗阳宫中石雕的蛟龙托起门前的金色匾额,屋两侧的飞檐伴着悠扬的笙歌声仿佛要飞向云天,既写静景,又写动韵,可以想象宗阳宫实景的金碧辉煌,以及悠扬的笙歌所渲染出来的优美气韵。尾联,写作者的感受,有可能作者从福建乘海而来,刚迁徙到杭州,所见闻到的美妙境界,使他有置身仙境之感。

这首诗词采清丽雄浑,韵味悠然,思致奇妙,气势宏阔,给人一种境界高华清幽的美感。

至正改元辛巳寒食日
示弟及诸子侄^①　　　　　　　虞　集

江山信美非吾土^②，飘泊栖迟近百年^③。

山舍墓田同水曲^④，不堪梦觉听啼鹃^⑤。

【作者简介】

虞集(1272—1348)，字伯生，号邵庵。元崇仁(今属江西)人。先世为蜀人。成宗大德(1297—1307)初，以荐授大都路儒学教授，历国子助教、博士。仁宗时，迁集贤修撰，除翰林待制。文宗即位，以奎章阁侍书学士领修《经世大典》。工诗文。有《道园学古录》《道园遗稿》。

【注释】

①至正改元：1341年，元顺帝改年号为"至正"，凡二十八年。1368年元亡，顺帝北走应昌，仍用至正年号。改元，君主改用新年号纪年。年号以一为元，故称"改元"。

②"江山"句：江山确实很美，但不是我的故乡。语出东汉王粲《登楼赋》："虽信美而非吾土兮，曾何足以少留。"

③栖迟：滞留，漂泊失意。

④水曲：水流曲折处，曲折的水滨。

⑤梦觉：梦醒。啼鹃：杜鹃的啼叫声。杜鹃，鸟名，又名杜宇、子规。相传为古蜀王杜宇之魂所化。

【解读】

1341年，元顺帝至正改元，农历辛巳，寒食日，作者写下这首诗，给自己的弟弟及子侄辈们看。诗歌大意：江山确实很美，但它不是我的故乡，我们家漂泊异乡滞留于此已经将近百年。青山、屋舍、坟墓、田地、曲折的流水和家乡的都相同,但就是不能忍受梦中醒来听到杜鹃凄苦的鸣叫声。

寒食节,被称为中国民间第一大祭日,是在冬至后 105 日,清明节前一两日。这一日要禁烟火,只吃冷食,民间会举行祭扫、踏青、秋千、蹴鞠等活动。作者在这一天和弟弟及子侄辈们到山上祭扫先人之墓,不禁感慨系之。前两句用东汉王粲《登楼赋》句意,抒发怀念家乡之情,传达了作者漂泊栖迟之感,作者祖籍四川,其父迁居江西,至今已将近百年。后两句写虽然这里很美,很富足,山舍墓田,以及水滨曲折,都跟故乡一样,但身在异乡的感觉总不能消除,每当清晨醒来听到外边杜鹃的鸣叫声,仿佛声声都在喊着"不如归去,不如归去",感觉就像有一种揪心的痛,让人不忍卒听。

春末夏初,杜鹃鸟常昼夜啼鸣,声音凄切,故借以抒悲苦哀怨之情。它的啼叫声,极像"不如归去",所以过去常用以作思归或催人归去之辞。宋梅尧臣《杜鹃》诗:"不如归去语,亦自古来传。"明李时珍《本草纲目·禽部》:"杜鹃,其鸣若曰不如归去。"作者借杜鹃之啼,表思归之切,用典非常贴切。

挽文丞相①   虞　集

徒把金戈挽落晖②,南冠无奈北风吹③。
子房本为韩仇出④,诸葛安知汉祚移⑤。
云暗鼎湖龙去远⑥,月明华表鹤归迟⑦。
何须更上新亭望⑧,大不如前洒泪时。

【注释】

①挽:牵引丧车,表示哀悼之意。《汉书·景帝纪》:"其葬,国得发

民挽丧,穿复土,治坟无过三百人毕事。"颜师古注:"挽谓引车也。"文丞相:即文天祥,南宋末政治家,抗元名臣,宋恭帝德祐二年(1276)任右丞相兼枢密使。

②"徒把"句:谓文天祥想挽救南宋垂亡的国势是徒然的。金戈挽落晖,典出《淮南子·览冥训》:"鲁阳公与韩构难,战酣日暮,援戈而挥之,日为之反三舍。"落晖,指夕阳,落下去太阳的光辉。

③南冠:春秋时楚人的帽子。冠,帽子。《左传·成公九年》:"晋侯观于军府,见钟仪,问之曰:'南冠而絷者,谁也?'有司对曰:'郑人所献楚囚也。'"后以借指囚犯。这里指文天祥被俘后解往北方,囚于京城。

④子房:汉留侯张良字。本为韩国人,先辈五任韩国宰相,秦灭韩后,张良遣刺客椎击秦皇未遂,后来辅佐刘邦灭秦,建立汉朝。

⑤诸葛:指诸葛亮,辅助刘备建立蜀汉,终为魏所灭。汉祚(zuò):指汉朝的皇位和国统。祚,君位,福运。这两句以张良、诸葛亮事说明文天祥精忠报国,却不知南宋运数已尽,无法挽救。

⑥鼎湖龙去:《史记·孝武本纪》:"黄帝采首山铜,铸鼎于荆山下。鼎既成,有龙垂胡须下迎黄帝。黄帝上骑,群臣后宫从上者七十余人,龙乃上去。"后以"鼎湖龙去"指帝王去世,这里指宋朝皇帝之死。元世祖至元十六年(1279)春,陆秀夫携南宋末帝赵昺投海,南宋亡。

⑦华表鹤归:传说汉辽东人丁令威在灵虚山学道成仙,后化鹤归来,落城门华表柱上。有少年欲射之,鹤乃飞鸣作人言:"有鸟有鸟丁令威,去家千年今始归,城郭如故人民非,何不学仙冢累累。"此处谓文天祥如死而有知,将有"城郭如故人民非"之感。

⑧新亭:在今江苏南京西南,三国吴筑。东晋时为朝士游宴之所。

【解读】

宋丞相文天祥为抗元名臣,被俘后宁死不屈,元世祖至元十九年十二月初九日(1283 年 1 月 9 日)就义于燕京(今北京)。诗人感怀于此,作下此追挽之作。既是追挽文天祥,也是哀悼南宋的覆亡。

诗的首联是说南宋灭亡已成定局,文天祥虽做了最大努力,但毕竟无力回天,最终不得不身陷重围,兵败被执。"徒把""无奈"两词吐露了时局的不可为,以及作者的无限惋惜之情。

颔联,借用张良为韩国复仇以及诸葛亮佐汉的典故,表示文天祥的才干及胆勇亦如此两人,其功勋亦如之,但张良成功,诸葛失败,这是天命须要如此,人力不可转移。其意是说,文天祥无力回天,这是气数所致,并不是他个人的责任。两句暗含对文天祥的理解和同情。

颈联,是说宋末帝已死,天地同悲,文天祥坚贞不屈,亦终以身殉国,如其魂魄南归,亦当有江山易主、物是人非之感。这里末句用"迟"与上句"远"相对,暗寓南宋已亡而文天祥仍坚持斗争之意。不仅写出文天祥肝胆照人的高风亮节,也充分地显示文天祥忠于国家、忠于事业的不屈精神。

尾联,借用新亭泪的典故,表达作者怀念故国或忧国伤时的悲愤心情。典见《晋书·王导传》:"过江人士,每至暇日,相要出新亭饮宴。周颛中坐而叹曰:'风景不殊,举目有江河之异!'皆相视流涕。惟导愀然变色曰:'当共勠力王室,克复神州,何至作楚囚相对泣邪!'"这两句是说如今元灭南宋,其结局与东晋相比较,也大为不如。言外之意是东晋尚能占据半壁江山,而南宋则全盘覆灭,江山非旧,垂泪悲叹亦无济于事,出语极为沉痛。

寒夜作

揭傒斯

疏星冻霜空,流月湿林薄[①]。
虚馆人不眠[②],时闻一叶落。

【作者简介】

揭傒斯(1274—1344),字曼硕。元龙兴富州(今江西丰城)人。仁宗延祐元年(1314),任翰林国史院编修,迁应奉翰林文字,前后三入翰林,拜集贤学士,封豫章郡公。元至正三年(1343)顺帝下诏修辽金宋三史,命揭为总裁。次年,《辽史》成,《金史》将竣,揭因积劳成疾,卒于任所。著有《揭文安公全集》。

【注释】

①林薄:交错丛生的草木。《楚辞·九章·涉江》:"露申辛夷,死林薄兮。"王逸注:"丛木曰林,草木交错曰薄。"

②虚馆:虚寂的旅舍。

【解读】

诗歌大意:稀疏的星星好像被霜冻结在空中,流走的月光下,丛生的草木好像都被露水打湿了。虚寂的旅馆里我辗转难眠,不时听见一片枯叶从树枝上落下的声音。

本诗写寒夜,当是深秋时候。首句一"冻"字极生动,突显秋夜的寒冷;次句一"湿"字,展现秋月流动的感觉。前两句叙写寒星冻结在天空,草木看上去被露水打湿,意境显得极为凄清,借物起兴,借景抒情,描写自己心境同样凄冷无比。

后两句以动写静,以小见大,"时闻一叶落",正是万籁俱寂,所以偶然一片叶子飘落地面,其声音都能清晰听到,足见旅居客店时辗转难眠的情状及思潮起伏极端无聊的心绪。

秋　雁

揭傒斯

寒向江南暖①,饥向江南饱。
莫道江南恶,须道江南好。

【注释】

①江南:泛指长江以南的地区。各时代的含义有所不同:汉以前一般指今湖北长江以南部分和湖南、江西一带;近代专指今苏南和浙北一带。

【解读】

这是一首写秋雁的五言古诗。短短四句,用语很直白。诗歌大意:寒冷的时候,秋雁要飞向南方,因为江南是暖和的地方;饥饿的时候,也要奔向江南,因为江南是富庶的地方。不要总是讲江南的不好,江南是一个美好的地方,要从内心称赞它的好。

此诗寓意幽微深邃,却含而不露。元朝统治者奉行种族歧视政策,以蒙古、色目人为上等人,以汉人、南人为下等人。蒙古、色目人到江南之地,自然以主人自居,凌驾于南人之上,作威作福。这里将元朝统治者比作北方的秋雁,他们吃江南人的粮食,穿江南人的衣服,靠江南人养活,却处处歧视、践踏江南人,将他们划作末等的贱民,诗人心有不平,故作此诗以讥之。

女儿浦歌①（其二）

揭傒斯

大孤山前女儿湾,大孤山下浪如山②。
山前日日风和雨,山下舟船自往还。

【注释】

①浦:港汊,可泊船的水湾。

②大孤山:山名。在江西鄱阳湖出口处。因山形似鞋,又名“鞋山”。宋孙光宪《北梦琐言》卷十二:“西江中有两山孤拔,号大者为大

孤,小者为小孤。"

【解读】

这是一首依照《竹枝》曲调填制的民歌体《女儿浦歌》歌词。诗歌大意:大孤山前的女儿湾,很不平静,几乎天天不是风就是雨,大浪如山。可山下的舟船还是照旧自由自在地行走。这是为什么? 不是风不狂,不是雨不急,不是浪不恶,而是驾船的人从容不迫,处险不惊,经验丰富,技艺超凡。

歌词很通俗,明白易懂。描写了大孤山下的船民,不管风浪如何险恶,总是无所畏惧,表现了大孤山下人民的刚毅勇敢。

归　舟
揭傒斯

汀洲春草遍①,风雨独归时。
大舸中流下②,青山两岸移。
鸦啼木郎庙,人祭水神祠③。
波浪争掀舞,艰难久自知。

【注释】

①汀洲:水中小洲。

②舸(gě):大船。

③木郎庙、水神祠:均为乡村民间私祀的神庙。

【解读】

这是一首描写风雨中归来的船的五言律诗。诗歌大意:水中的小洲长满了青青的春草,我独自一人在风雨中赶回家乡。大船在中流劈开波浪迅捷而下,两岸的青山飞快地掠过舷窗。木郎庙上空的乌鸦盘旋聒噪,水神祠中祭祀的人来来往往。船底的波浪不停地上下翻滚,奔走多年我已熟知路途艰难异常。

首联写春回大地而诗人在风雨中独自归乡;颔联写舟行之快,大船顺流而下;颈联写两岸景色和民间习俗;尾联写水上波浪起伏,航行中困难重重。路途的艰辛似暗示官场险恶之境。全诗十分流畅,末句有含蓄不尽之意。

湖州竹枝词^①　　　　　　张　雨

临湖门外是侬家^②,郎若闲时来吃茶。
黄土筑墙茅盖屋,门前一树紫荆花。

【作者简介】

张雨(1283—1350),字伯雨,号句曲外史。钱塘(今浙江杭州)人。年二十弃家为道士,居茅山,道名嗣真。博学多闻,善谈名理。兼擅诗、书、画,诗作清新流丽。著有诗集《贞居集》(又名《句曲外史集》)五卷。

【注释】

①湖州:州、路、府名。隋仁寿二年(602)置,治乌程(今浙江湖州)。《旧唐书·地理志》:"取州东太湖为名。"唐辖境相当于今浙江湖州、德清长兴、安吉等市县地。竹枝词:乐府《近代曲》名。本为巴渝(今重庆)一带民歌,唐诗人刘禹锡据以改作新词,歌咏三峡风光和男女恋情,盛行于世。后人所作也多咏当地风俗或儿女柔情。其形式为七言绝句,语言通俗,音调轻快。

②侬家:旧时女子称自己的家。

【解读】

这首竹枝词,其实就是一首湖州的爱情歌曲。主角是女性,向男子介绍自己家并邀请他到家中做客。诗歌大意:我家靠近太湖,你若有空可到我家来喝茶。到了太湖边,你只要找到那黄土筑的墙,茅草盖的屋顶,门前有一树紫荆花的,那就是我家。

诗歌语言流畅,格调也很明快,符合竹枝词的特点。末句,"门前一树紫荆花"意象很热烈,将前面三句平淡略显暗淡的色调一下掩过,紫荆花这明媚的亮色也反映了女子心境的欢喜和热烈。

芦花被 贯云石

仆过梁山泊①,有渔翁织芦花为被。仆尚其清②,欲易之以绸者。翁曰:"君尚吾清,愿以诗输之③。"遂赋,果却绸④。

> 采得芦花不浣尘⑤,翠蓑聊复藉为茵⑥。
> 西风刮梦秋无际,夜月生香雪满身⑦。
> 毛骨已随天地老,声名不让古今贫⑧。
> 青绫莫为鸳鸯妒⑨,欸乃声中别有春⑩。

【作者简介】

贯云石(1286—1324),本名小云石海涯,元功臣阿里海涯孙,父名贯只哥,遂以贯为氏,号酸斋,又号芦花道人。元畏吾儿(即维吾尔族)人。散曲家。幼勇猛,善骑射。曾率兵镇永州。仁宗时,官至翰林侍读学士,知制诰。后归隐江南,卖药钱塘。作品风格豪放,清逸兼具,与徐再思(号甜斋)齐名,后人合辑其作品为《酸甜乐府》。

【注释】

①仆:自称的谦辞。梁山泊:湖名。亦作梁山泺。在今山东梁山、郓城、巨野等地间。

②尚其清:以其清为尚,看重它的清白。尚,推崇,看重。清,洁净,清白,高洁。

③输:转送,献纳,交换。

④却:拒绝,推辞。

⑤涴(wò):污染,弄脏。

⑥翠蓑:绿色的蓑衣。聊:姑且,暂且。藉为茵:垫作褥子。

⑦雪满身:指芦花被洁白如雪。

⑧"毛骨"二句:既指芦秆已干枯,又指诗人虽然年纪渐老,清白的名声却不亚于古今高洁的贫士。毛骨,毛发与骨骼。

⑨青绫:青色的绫绢。鸳鸯:绣在绫绢上的鸳鸯图案。

⑩欸(ǎi)乃:象声词,摇橹声。这里指划船时歌唱之声。

【解读】

此诗作于元仁宗延祐初年(1314)后。此年秋天,贯云石辞官后南游,途经梁山泊。他看到一位渔翁用芦花做的被子,十分喜爱。作者想用绸被换他的芦花被。岂料这渔翁并非等闲之辈,说:"你看重我芦花被的清白,我却愿意用它来换你的诗。"于是作者赋诗一首,渔翁果不负前言,将芦花被给了他,且拒绝收他的绸被。

这个故事在欧阳玄撰贯云石神道碑也有记载:"云石尝过梁山泺,见渔父织芦花絮为被,爱之,以绸易被。渔父见其以贵易贱,异其为人,阳曰:'君欲吾被,当更赋诗。'公援笔立成,竟持被往。诗传人间,号芦花道人。公至钱唐(钱塘),因以自号。"

诗歌大意:采来的芦花没有污染尘土,姑且用蓑衣再作为坐垫。西风吹着我进入睡眠,梦里都是一片无边无际的秋色,夜月之中,身上披满洁白如雪的芦花,感觉香气扑鼻。渔翁年岁已老,但他高洁脱俗的名声却不亚于古今高洁的贫士。绣有鸳鸯的青绫被不要妒恨主人拿你来换取芦花被,因为渔翁划船时的歌唱中别有一番春的意思。

诗上半段写景,下半段写人,但全诗句句不离"芦花被",并借芦花被的"清"以抒情言志。序中"仆尚其清"四字,即是诗的主脑,明确表达了诗人以锦绣的绸被换芦花被的真实动因。其"清"之一字,具有双重意蕴,既指芦花被的洁白简净,又影指渔翁避世隐居、自食其力、虽清贫却高洁的生活。这也是诗人所推崇的高尚品格。

初秋夜坐(其二)　　　赵　雍

月明如水侵衣湿,台榭沉沉秋夜长①。
坐久高僧禅语罢②,澹然相对玉簪香③。

【作者简介】

赵雍(1289—约1361),字仲穆,号山斋。湖州(今属浙江)人。赵孟頫子。官至集贤待制、同知湖州路总管府事。工书画,名重当世。存世作品有《溪山渔隐图》《澄江寒月图》等。

【注释】

①台榭:中国古代将地面上的夯土高墩称为台,台上的木构房屋称为榭,二者合称为台榭。沉沉:形容寂静无声或声音悠远隐约。

②高僧:精通佛理、道行高深的和尚。

③澹然:恬淡安静貌。玉簪:植物名。秋季开花,色白如玉,未开时如簪头,有芳香。

【解读】

本诗是写作者在初秋之夜与一位高僧在台榭上对坐赏月时有所

观感的七言绝句。诗歌大意：初秋的夜里，月光很明亮，它的光照射下来，像流水般侵入我们的衣服，看起来像打湿了一样。坐在台榭上，四周寂静无声，感觉秋天的夜十分漫长。坐的时间太长了，高僧也沉默了，我们都很安静地对着玉簪，默默地嗅闻着它散发出来的幽香。

诗写的是静境。前两句交代时间、地点以及环境，月明如水，台榭深沉，初秋的夜里略显凉意，四周十分寂静。第三句，表动态的完成，"坐久""语罢"，终归于沉默，又归于静，意境从容恬静。末句余韵悠长，耐人寻味。

郊饮醉归①

张养浩

昨朝醉田间，欲借山为枕。
青山不肯前，却枕白云寝。

【作者简介】

张养浩（1270—1329），字希孟，号云庄，又称齐东野人。济南（今属山东）人。幼有行义，读书勤奋。入京师，为平章政事不忽木所赏识，后选授堂邑县尹，有惠政。武宗时拜监察御史，疏时政万余言，言皆切直，为当国者所不能容。改除翰林待制，复以事罢之。后复召用。仁宗延祐时累官礼部尚书。文宗天历二年（1329），关中大旱，起为陕西行台中丞。散家财，赈贫乏，葬死者，终日无少怠，得疾而卒。工散曲。有《云庄休居自适小乐府》《三事忠告》《归田类稿》。

【注释】

①郊饮：在郊野饮酒。

【解读】

本诗应是作者辞官后所作，记述了一次在田家饮酒，醉后回家途中的经历,语言生动形象,将喝醉酒的情状描画得淋漓尽致。

诗歌大意:昨天在田家饮酒,喝醉了,回来的途上,便醉倒在田间,想好好地睡一觉,要借山作枕头。可青山不肯过来,只好枕着白云沉睡了。

诗的篇幅短小,意境却很奔逸,作者纵情自然、与天地同在的精神气概跃然纸上。

游香山①

张养浩

常恐尘纷汩寸心②,好山时复一登临③。

长风将月出沧海,老柏与云藏太阴④。

宝刹千间穷土木⑤,残碑一片失辽金⑥。

丹崖不用题名姓⑦,俯仰人间又古今⑧。

【注释】

①香山:北京西郊西山山岭之一。

②尘纷:尘土纷飞,亦指纷乱的尘世。汩(gǔ):扰乱,搅浑。寸心:指心。旧时认为心的大小在方寸之间,故名。

③时复:犹时常。

④太阴:指月亮。与太阳对举,日称太阳,月称太阴。

⑤宝刹:敬辞,称僧尼所在的寺庙。佛寺或佛塔的美称。这里指香山寺。香山寺,旧名甘露寺,始建于金大定年间(1161—1189)。

⑥辽金:指辽朝和金朝。

⑦丹崖:红色的石崖。

⑧俯仰:低头和抬头,比喻很短的时间。王羲之《兰亭集序》:"夫人之相与,俯仰一世。"

【解读】

这是作者在大都任职时所写的一首七言律诗,记述了游览香山的情景,抒发了登临所见的感慨。

首联写来香山游览的原因,作者经常担心自己纯洁的心灵被世俗之见所扰乱,所以要经常登临佳美的山水一洗尘纷。颔联写登临香山所见,远风把月亮从沧海中送出来,古老的柏树连同片片白云早已隐藏在朦胧的月色之中,若有若无,给人以静谧神秘之感。前句写眼前景物,又点出游山时间,是在夜间。颈联写香山寺宏伟壮丽,极尽土木建筑之能事;并叙写参观寺内所见凄凉景象:石碑多已残破,辨认不出是辽还是金所树立。尾联写俯仰之间,人类社会就发生了巨大变化,使人感到有古今之分,抒发了人生易逝的感慨,伤时之情隐见言外。

哀流民操^① 　　　　张养浩

哀哉流民,为鬼非鬼,为人非人。
哀哉流民,男子无缊袍^②,妇女无完裙。
哀哉流民,剥树食其皮,掘草食其根。
哀哉流民,昼行绝烟火,夜宿依星辰。
哀哉流民,父不子厥子,子不亲厥亲^③。
哀哉流民,言辞不忍听,号哭不忍闻。
哀哉流民,朝不敢保夕,暮不敢保晨。
哀哉流民,死者已满路,生者与鬼邻。
哀哉流民,一女易斗粟,一儿钱数文。
哀哉流民,甚至不得将,割爱委路尘^④。

哀哉流民,何时天雨粟⑤,使女俱生存⑥。

哀哉流民!

【注释】

①流民:流离失所的人。操:琴曲。《史记·宋微子世家》:"纣为淫泆,箕子谏,不听……乃被发佯狂而为奴,遂隐而鼓琴以自悲,故传之曰《箕子操》。"裴骃《集解》引应劭《风俗通义》:"其遇闭塞,忧愁而作者,命其曲曰操。操者,言遇灾遭害,困厄穷迫,虽怨恨失意,犹守礼义,不惧不慑,乐道而不失其操者也。"

②缊袍:以乱麻为絮的袍子。古为贫者所服。《论语·子罕》:"衣敝缊袍,与衣狐貉者立,而不耻者,其由也与?"

③"父不"二句:父不子其子,子不亲其亲。即父不能抚育其子,子不能孝养其亲,形容灾民流亡,各顾生死。"厥",通"其"。

④"甚至"二句:紧接上句,甚至无法携带,只好忍痛把子女抛弃在路途。将,携带。割爱,割断所爱。委:舍弃,丢弃。

⑤天雨粟:天掉下粟米。古人传说天下将饿,则有此兆。《淮南子·本经训》:"昔者苍颉作书,而天雨粟,鬼夜哭。"

⑥女:通"汝",指流民。

【解读】

元文宗天历二年(1329),关中发生特大旱灾,朝廷特派张养浩为陕西行台中丞,赴陕赈灾。到达陕西后,目睹赤地千里,百姓痛苦流离的惨状,焦急万分,感而成诗。

这首诗从衣食住行等各个方面,详尽真切地描绘了流民水深火热、挣扎在死亡线上的情景。作者以哀痛而细致生动的笔触,把流民遭遇的苦难原原本本地展现出来,既具有毋庸置疑的历史真实性,又有着撼人心魄的艺术力量,使作者记载的六百多年前中华民族历史上的关中惨剧今日读来如闻如见,催人泪下。

　　这首诗在艺术上卓有特色。作者借用古琴曲的某些艺术形式和表现手法,"哀哉流民"一句如沉痛的主旋律,经十二次重复,愈来愈哀,愈来愈悲,使惨痛的情绪不断强化,而透过悲怆的旋律,作者同情民生疾苦,正直清廉的形象也如在目前,令人肃然起敬。

　　作者本人因忧劳过度,赴陕任仅四月,即病卒于任所,即此,我们当充分体认《哀流民操》中作者那人所难及的哀痛民生情怀,以及高尚的品格情操。

秋夜闻笛　　　　　萨都剌

何人吹笛秋风外,北固山前月色寒①。
亦有江南未归客,徘徊终夜倚阑干②。

【作者简介】

　　萨都剌(约1307—1359后),字天锡,号直斋。以回鹘人徙居雁门(今山西代县)。泰定四年(1327)进士,授应奉翰林文字,擢南台御史,以弹劾权贵,左迁镇江录事司达鲁花赤,累迁江南行台侍御史,左迁淮西北道经历,历官闽海廉访知事、河北廉访经历等职。擅绘画,精书法,尤善楷书。性喜山水,尝登安庆司空山太白台,结庐其下,优游以终余年。为文雄健而诗笔清丽,长于抒情,主要成就在诗词创作。著有《雁门集》《天锡词》等。

【注释】

　　①北固山:在江苏镇江东北江滨,有南、中、北三峰。主峰北峰三面临江,凌空而立,形势险固,故称"北固"。
　　②阑干:栏杆。用竹、木、石头或金属等构制而成,设于亭台楼阁

或路边、水边等处作遮拦用。

【解读】

这首诗是作者客居江南的时候，夜晚听闻笛声而作。萨龙光《雁门集笺注》把这首诗的写作时间定为元文宗天历二年(1329)秋季，此时萨都剌登进士第后被派往镇江，任京口录事司达鲁花赤。

诗歌大意：是什么人在外边秋风里吹起笛子，北固山前的月色又显得非常寒冷。也有身在江南不能回家的客人，在这里整夜徘徊，倚立在栏杆边，怀念着家乡和亲人。

诗的第一句，"秋风""吹笛"两词照应题目，点明时间和引起乡愁的主要原因。第二句，描写北固山夜里的寒冷，秋风拂拂，远山静默，月色清莹，这些都容易惹人怀想。加上秋风传来笛子幽怨的曲调，不由得勾起伤感的情绪。后两句，点明身份，一是在江南，二是未归客，作者是北方人，闻笛而兴感，在这个时节思念家乡，是很自然的，但由于生计所迫，不能归乡，所以情绪伤感，终夜徘徊，并独自凭倚栏杆，其孤独、寂寞、忧伤之情满溢。

这首诗叙写"闻笛"而引起的一系列反应，诗中没有倾诉，仿佛云淡风轻，但从末句"徘徊终夜倚阑干"，可知实际上作者正被思念家人的情绪所深深折磨。诗句纯朴简单，诗中所用的秋风、笛声、月色等意象也并不新奇，然而这首诗经得起反复吟咏，颇能引发客子离人的共鸣，感人至深。

上京即事[①]

萨都剌

牛羊散漫落日下，野草生香乳酪甜[②]。
卷地朔风沙似雪[③]，家家行帐下毡帘[④]。

①上京:为辽代都城。辽太祖耶律阿保机于神册三年(918)开始兴筑,初名皇都,天显元年(926)扩建,天显十三年(938)改称上京,并设立临潢府,是辽圣宗以前的统治中心,为辽代五京之首。故址在今内蒙古巴林左旗东南。即事:以当前事物为题材。

②乳酪:用牛、羊等动物乳汁提炼而成的半凝固的食品。

③卷地:从地面席卷而过,形容势头迅猛。朔风:北风。

④行帐:即毡帐,又称旆帐。牧民的帐篷,多用帆布或毡做成,犹今之蒙古包。因易拆装、携带,便于游牧迁移,故称行帐。毡帘:行帐上的毡制门帘。

【解读】

《上京即事》共有五首,写在上京所见到的事物。本诗是其中第三首。诗歌大意:牛羊在落日下随意行走,空气中弥漫着野草的清香和乳酪的甜味。忽然间北风大作,沙尘像雪一般席卷而来,家家都赶紧把行帐的毡帘放下来。

诗歌描写塞外牧区风光和牧民生活,独特的自然风光和边疆风情完美融合,别具艺术魅力。前两句写夕阳映照的草原牛羊遍地,野草生香,空气中布满乳酪的甜味。这是边疆风景中宁静和煦的一面;三、四句写北风劲吹,沙尘似雪,帐下毡帘,这是边疆风景中野性暴烈的一面。因此,诗歌就在对北国草原风景、气候的变幻、民俗风情的勾勒中,传达出了有别于中原的异域风情和新鲜的美感。

道过赞善庵①

萨都剌

夕阳欲下少行人,落叶萧萧路不分。

修竹万竿秋影乱②,山风吹作满窗云。

【注释】

①道过:路过。赞善庵:在今江苏镇江焦山寺。萨龙光《雁门集笺注》引《明一统志》:"焦山寺在焦山上,内有赞善阁,当即赞善庵。"

②修竹:修长的竹子。

【解读】

这是一首即景七言绝句诗,描写了作者路过焦山寺赞善庵,眼中所见寺中萧瑟的环境和感受到的秋意凛然的气氛。

首句写赞善庵的远景,夕阳即将西下,路上行人很少。次句写树叶飘落,覆盖了地面,让人分不清哪是山,哪是路,意即山和路都连成了一片。后两句转向近景。秋天的月影下,万竿修长的竹影映在庵墙上呈现一片凌乱的姿态;山风萧萧地吹着,将腾涌上来的云气一下子塞满窗户。一幅孤寂的萧寺秋意图就生动地展现了出来。这不是一首恬静的诗,也不是一首清丽的诗,诗中装满了诗人不安、烦乱的心绪。胡适有一句诗"山风吹乱了窗纸上的松痕,吹不散我心头的人影",意境与此相似。

七岁游法兴寺①

胡天游

山色摇光入袖凉②,松阴十丈印回廊。
老僧读罢楞严咒③,一殿神风栢子香④。

【作者简介】

胡天游(? —1368),名乘龙,以字行,号松竹、傲轩。岳州平江(今属湖南)人。七岁即有诗名,少时有进取之志,中年后隐居自乐。晚年值元末兵乱,生活困顿。其诗多苍凉悲壮,略少修饰。诗多于兵乱中散佚,今存《傲轩吟稿》一卷。

【注释】

①法兴寺:在湖南平江东北木金乡,唐建。

②摇光:摇动光影,闪烁光芒。

③楞严咒:唐天竺沙门般刺蜜帝与弥伽释迦等根据古梵文音译。咒文在《楞严经》内。

④栢子:同"柏子",柏树的籽实。

【解读】

这是作者七岁时到法兴寺游览写的一首七言绝句。这首诗描写了寺中清静幽深的环境,营造了一种超凡脱俗的意境,传达出一种庄严美妙的气氛,令人沉醉。语言自然清新而又沉着老到,端重之中兼具高逸的神韵,出自一位七岁儿童之手,确实是天才俊发,气势惊人。

首句写登山之景,山的绿色摇动着光影,浓密的树林将太阳遮盖,风吹来,侵入袖子,感觉一片清凉。次句,写寺中之景,周边的松树高大浓密,它的树荫印在曲折的十丈回廊上。后两句,写寺中有一位年老的和尚,他正将一篇《楞严咒》诵读完,忽然一阵熏风吹进来,满殿中都能闻到柏子的清香。佛寺的神妙通过视觉的渲染,最后通过嗅觉传达出来,庄严超逸,有余韵悠扬不尽之妙。

女从军三首(选一) 胡天游

从军装束效男儿,短制衣衫淡扫眉。
众里倩人扶上马①,娇羞不似在家时。

【注释】

①倩:同"请",请求,恳求。

【解读】

这是一首写女子从军的七言绝句。语言通俗,明白如话。写一位女子投身军旅时的衣着打扮和举止行动,刻画了一个英姿飒爽的女性军人形象。

首句,点明参军,接着写装束的变换,跟男子一样。次句,写具体变换的样子,女性的衣衫都改成了男式的短装,眉毛也不浓画了,只是轻轻地"淡扫"一下。在稠人广众之中也大胆地请人扶助着骑上马,这时早已没有在家里时的娇羞情态了。

作者写《女从军》共有三首,这是选其中之一。一是反映了女性在元代有从军的要求。女性从军,在殷商时期就存在。特别是在战乱频繁的年代,妇女随夫服役,成为女兵。而元代依然延续这一传统,且妇女在军事上的地位和作用,较之前更为重要。二是反映了元代的女性保留了蒙古等少数民族剽悍的、粗豪的、开放的特征,其社会地位处于一种与男性较为平等的位置,她们的生活、活动并不限于闺阁。总体上,元代妇女的社会地位比起宋代来说是有上升的。

题秋江图
倪 瓒

长江秋色渺无边,鸿雁来时水拍天。
七十二湾明月夜,荻花枫叶覆渔船①。

【作者简介】

倪瓒(1306或1301—1374),字元镇,号云林子。元无锡(今属江苏)人。博学,好古。家雄于财,藏书数千卷,古鼎法书、名琴奇画陈列左右,幽迥绝尘。元顺帝至正初,忽散家财给亲故,未几兵兴,富家悉被祸,而瓒扁舟箬笠,往来太湖及松江三泖间。工诗画,画山水意境幽深,以萧疏见长。与黄公望、吴镇、王蒙合称"元四家"。有《清闷阁集》。

【注释】

①荻(dí):植物名。多年生草本植物,形状像芦苇,叶子宽条状披针形,花紫色,生长在水边。

【解读】

这是一首描写秋江图的七言绝句。语言通俗自然,描写了长江秋天时的景色,意境萧闲淡远,如一幅写意的水墨画卷。

首句写远景,长江的秋色邈远无边;第二句,写目力所及、天水相接之处,有鸿雁从那里飞来。末两句,写长江上的夜景,明月高悬天际,照见大大小小的港湾,那些渔船都被荻花和枫叶所覆盖。

诗歌的视角由远而近,由动而静,将长江的秋意、萧疏的景象浓缩于尺幅之内,而气象浩瀚则有千里之妙。

烟雨中过石湖三首(选一)　　倪　瓒

烟雨山前度石湖①,一奁秋影玉平铺②。
何须更剪松江水③,好染空青作画图④。

【注释】

①石湖:居上方山东麓,太湖之滨,位于江苏苏州盘门外西南十里。原为太湖一内湾,春秋时,因越人进兵吴国,凿山脚之石以通苏州而得名。

②奁(lián):古代盛梳妆用品的器具。

③松江:吴淞江的古称。黄浦江支流。在上海西部和江苏南部。

源出南太湖瓜泾口,流经江苏苏州、昆山,贯穿上海市区,东流到外白渡桥入黄浦江。

④空青:孔雀石的一种。又名杨梅青。产于川、赣等地。随铜矿生成,球形,中空,翠绿色。可作绘画颜料,亦可入药。

【解读】

《烟雨中过石湖》共有三首,这是其中第一首。这组诗为作者晚年所写的一组写景抒情小诗。石湖位于姑苏城外,山水映带,风景绝胜,当时的墨客骚人都喜欢在这里诗酒酬唱,流连光景。作者晚年正逢元季战乱,四处漂泊,无以为家,面对此景,虽感江山如画,但更有诸多的怀旧和感伤之情。

此诗前两句写作者当时渡过石湖,正是烟雨朦胧的时候,山色如黛,湖水平铺,透明洁净,像一块碧玉呈现在眼前。这石湖像极了一只女性的梳妆盒,它将美妙的秋景全装在盒子中。后两句,写眼前所见的景象就是一幅地道的绝美的山水画,更不需要再烦人工将松江之水剪来,也无须用什么空青颜料来染色。"何须更剪松江水",化用唐杜甫《戏题王宰画山水图歌》"焉得并州快剪刀,剪取吴淞半江水"句意,杜甫赞美王宰的画在构图、布局等方面堪称天下第一,他能在一尺见方的画面上绘出万里江山的景象,就好像用并州的剪刀把吴淞江的江水剪来了一半,这里作者也用一只妆奁将秋意全部装下,意境也一样有尺幅千里之妙。

题郑所南兰① 倪　瓒

秋风兰蕙化为茅②,南国凄凉气已消③。
只有所南心不改④,泪泉和墨写《离骚》⑤。

【注释】

①郑所南:即郑思肖(1241—1318),字忆翁,号所南。福州连江(今属福建)人。南宋遗民,工诗善画。有诗集《心史》《郑所南先生文集》《一百二十图诗集》等。

②兰蕙:兰和蕙。皆香草,多连用以喻贤者。茅:茅草。

③南国:泛指长江以南广大地区。气已消:万物的生气已经消失。这里比喻遗民的复国之志已经消失。

④所南心不改:郑所南怀念故国、恢复故国的心始终没有改变。

⑤泪泉:眼泪。《离骚》:战国时楚国诗人屈原所写的爱国主义诗篇。

【解读】

这是一首题画诗,是为南宋爱国画家郑所南画的墨兰而题写的诗。诗中赞扬了郑所南的坚贞气节,寄寓了作者的爱国情操。诗歌大意:在秋风的摧残下,兰、蕙等香草都化为了普通的茅草。秋天的江南一片凄凉,生气已经消尽。只有郑所南怀念故国、恢复故国的心永不改变,他用泪水和着墨汁画出的香草,有如爱国诗人屈原借香草以喻志,写下了千百年传诵不衰的《离骚》。

郭沫若在抗日战争时期写的《国画中的民族意识》中说:郑所南是个“民族意识浓烈的人”。在宋朝灭亡后,他不肯事元,隐居吴下,改名“思肖”,因为“肖”是宋朝皇室“赵”姓繁体字的右半边。他字“忆翁”,号“所南”,以及自称“孤臣”,其实都是同一种含义。他心系南方,面只朝南坐,绝不北面事异族。在《寒菊》诗中他写道“宁可枝头抱香死,何曾吹落北风中”。他与事元的朋友断绝往来,包括当时颇负盛名的赵孟頫,赵孟頫曾前往拜访,郑思肖憎其无气节,拒绝见面。他居室匾上题为“本穴世界”,以“本”字的“十”加在“穴”字当中,就是“大宋”二字。

郑所南的气节尤体现在他作《墨兰图》,他的无根兰无疑也反映出他的愤怒。兰花原本是深山幽谷中的野草,但它优雅神秘,远脱尘俗,世人尊为君子。日本大阪市立美术馆的藏本《墨兰图》,所绘兰花叶与叶之间不交叉,花下无土,根亦似有若无。仅寥寥数笔,虽着墨不重,却勾勒出一丛优雅之兰。画右自题诗云:"向来俯首问羲皇,汝是何人到此乡。未有画前开鼻孔,满天浮动古馨香。"诗画相和旨在以墨兰高雅孤傲的形象,来显现画家的浩然胸襟,画中有话,情思溢于毫锋、跃于纸面。画上左下有郑思肖的"求则不得,不求或与。老眼空阔,清风万古"闲章一方,起到画龙点睛作用。画幅左侧落款为"丙午正月十五日作此一卷"并有"所南翁"印章一方。以上就是诗人题画之所本。

诗的前两句化用《离骚》"兰芷变而不芳兮,荃蕙化而为茅;何昔日之芳草兮,今直为此萧艾也"句意,表明宋亡之后,整个"南国"一片凄凉,毫无复国的生气。后两句赞扬郑所南,说只有郑所南和着泪水以绘画的方式写出又一部《离骚》,从而表现了郑所南坚定的爱国信念。整首诗抒发了作者无奈的感慨,同时表达出一种沉痛的情怀。

次韵周安道宪史仲
春雨窗书怀十首(其五)[①]　　　　叶颙

破除愁闷无过酒,消遣情怀正要诗。
燕子不来春又半,一帘花雨海棠时[②]。

【作者简介】

叶颙(1296—?),字景南。金华(今属浙江)人。终生隐居不仕。诗歌主要描写隐居生活的情趣。有集《樵云独唱》六卷。

【注释】

①次韵:依照所和诗中的韵及其用韵的先后次序作诗,也称步韵。

宪史:同"宪使",旧御史台或都察院的官员,奉旨监察或外巡均可称"宪使"。刑部亦有称"宪"者,如唐代称刑部为宪部,宋代提点刑狱司及提刑别称"宪"。这些官员由中央派遣,即称"使"。仲春:春季的第二个月,即农历二月。因处春季之中,故称。

②海棠:叶子卵形或椭圆形,春季开花,白色或淡红色。品种颇多,供观赏。宋李清照《如梦令》词:"试问卷帘人,却道'海棠依旧'。"

【解读】

这是在仲春作者步周安道宪使的诗韵所作抒发情怀的诗,为七言绝句。

诗歌大意:破除愁闷没有比酒更合适的了,消遣情怀却要作诗来打发。这个仲春季节,燕子还没有回来,春天又过去了一半,一场春雨下来,我将窗帘放起,正看见海棠花被雨打落在院子里。

诗通俗易懂,符合元人写诗的特点。首句,化用唐代诗人韩愈《游城南十六首·遣兴》"断送一生惟有酒"以及宋黄庭坚《西江月》"断送一生惟有,破除万事无过"句意,从黄庭坚处化来的痕迹更为明显。这句表示要用酒来消解愁闷。第二句,有宋陈著《九月一日戴时可酒边》"老夫不是不知时,黄菊芙蓉正要诗"以及宋袁去华《玉团儿》"登临正要诗弹压"的影子,用作诗来抒发自己的情怀。三、四两句照应诗题,既点明时序,又叙写雨景,表明作者渴盼温暖的春天的到来,同时也表达了对光阴流逝的感慨。

漫　成①

杨维桢

西邻昨夜哭暴卒②,东家今日悲免官。
今日不知来日事,人生可放酒杯干?

【作者简介】

杨维桢(1296—1370),字廉夫,号铁崖。元诸暨(今属浙江)人。元泰定四年(1327)进士。授天台县尹,累擢江西等处儒学提举。因兵乱,未就任,避居富春山、钱塘、松江。明洪武三年(1370),召至京师,旋乞归,抵家即卒。维桢诗名擅一时,号铁崖体。擅吹铁笛,自称铁笛道人。有《东维子文集》《铁崖先生古乐府》等。

【注释】

①漫成:随感而发,信笔写成。

②暴卒:突然死亡。

【解读】

这是一首感叹命运不测、人生无常的七言古诗。前两句叙事,后两句抒情,属于常见的前景后情、前实后虚和前抑后扬的格式,其特点在于语言风格上的不假矫饰、直率坦荡地吐露出当时他着意追求的逍遥随意的生活态度。

诗的前两句,"西邻"和"东家"两词概举,指生活中经常发生一些意想不到的情况,有一句俗语说得好:"天有不测风云,人有旦夕祸福。"正是这两句的注脚和写照。三、四两句,是将前面的现象进行归纳、深化,既然命运是不可测的,人生有那么多痛苦,为什么不用酒来解除心中的烦恼呢? 这当然是对人生和命运持有的一种消极的态度,历史上许多人郁结不解的情怀就是靠酒来排遣的,如魏晋期间的竹林七贤、陶渊明等人,他们于天下大势无能为力,但又有心于世,无处发泄,便只有借酒浇愁了。作者所处的时代,正是汉族知识分子不受重视、侘傺穷困的时候,作者借此抒情,也是以及时饮酒行乐的行为作为对时世和命运的一种消极的反抗。

语言质朴无华,不用任何典故,通俗易懂,尤其第三句,从俗语中随意拈来,却又镶嵌得恰到好处。

老客妇谣

杨维桢

老客妇，老客妇，行年七十又一九。

少年嫁夫甚分明，夫死犹存旧箕帚①。

南山阿妹北山姨，劝我再嫁我力辞。

涉江采莲②，上山采蘼③。

采莲采蘼，可以疗饥④。

夜来道过娟门首⑤，娟门萧然惊老丑⑥。

老丑自有能养身，万两黄金在纤手。

上天织得云锦章⑦，绣成愿补舜衣裳⑧。

舜衣裳，为姜佩，古意扬清光⑨。

辨妾不是邯郸娼⑩。

【注释】

①箕帚：簸箕和扫帚。皆扫除之具。旧时以箕帚扫除，操持家内杂务，借指妻妾。

②涉江采莲：化用汉代佚名《涉江采芙蓉》诗："涉江采芙蓉，兰泽多芳草。"芙蓉，荷花、莲花的别名。涉，徒步渡水。

③上山采蘼：汉代乐府诗《上山采蘼芜》："上山采蘼芜，下山逢故夫。"诗中叙写弃妇和故夫偶尔重逢时的简短对话。蘼(mí)：即蘼芜(wú)，草名。《本草纲目·草三》："蘼芜，一作蘪芜，其茎叶靡弱而繁芜，故以名之。"

④疗饥：解饿，充饥。汉张衡《思玄赋》："聘王母于银台兮，羞玉芝以疗饥。"

⑤门首：门口，门前。

⑥萧然:空寂,萧条。

⑦云锦:朝霞,像锦缎一样的云彩。章:花纹。

⑧舜:舜帝。传说中部落联盟首领。姚姓,号有虞氏,名重华,史称"虞舜"或"舜"。这里泛指贤明的帝王。

⑨古意:古人的思想意趣或风范。清光:清美的风采,清亮的光辉。

⑩邯郸娼:泛指娼妓。《史记·赵世家》:"太史公曰:吾闻冯王孙曰:'赵王迁,其母倡(娼)也,嬖于悼襄王。悼襄王废适(嫡)子嘉而立迁。迁素无行,信谗,故诛其良将李牧,用郭开。'岂不缪(谬)哉!秦既虏迁,赵之亡大夫共立嘉为王,王代六岁,秦进兵破嘉,遂灭赵以为郡。"意指赵国倒数第二位国王迁,其母是一名邯郸的娼妓,由于美艳获得赵悼襄王宠爱,使其废除嫡子,而立迁为赵王,终致灭国。后来便以邯郸娼作为娼妓的代名词。

【解读】

《明史·杨维桢传》载:"洪武二年(1369),太祖召诸儒纂礼乐书,以维桢前朝老文学,遣翰林詹同奉币诣门。维桢谢曰:'岂有老妇将就木,而再理嫁者邪?'明年,复遣有司敦促,赋《老客妇谣》一章进御,曰:'皇帝竭吾之能,不强吾所不能则可,否则有蹈海死耳。'帝许之,赐安车诣阙廷,留百有一十日,所纂叙例略定,即乞骸骨。帝成其志,仍给安车还山。史馆胄监之士祖帐西门外,宋濂赠之诗曰'不受君王五色诏,白衣宣至白衣还',盖高之也。抵家卒,年七十五。"

这是一首借老客妇之口,表达作者不想改变节操的明志诗,属乐府歌谣体。朱元璋统一全国后,网罗英贤,开史馆修《元史》,闻杨维桢名,命近臣敦促入朝,作者作诗明志,在明郎瑛《七修类稿》卷二十一辩证类有"杨铁崖诗"条,有"天子来征老秀才,秀才懒下读书台。商山肯为秦婴出,黄石终从孺子来。太守免劳堂下拜,使臣且向日边回。袖中一管春秋笔,不为旁人取次裁"句,言辞决绝,明确表示不愿出仕新朝。但郎瑛说他作诗后即自缢而死,这是不实的。作者并未以身殉元,最终被催逼入朝,但宁死不肯做官。明朱存理《珊瑚木难》载:他对皇帝的使臣说:"岂有八十岁老妇,去木不远,而再理嫁者耶?"并作《老客妇谣》再一次表明自己的志向。

诗中写了一个老客妇的遭遇,说老妇人年近八十,行将入土,但往事历历在目。记得当年与丈夫成亲时,两情相悦,丈夫死后,仍忠贞不渝。虽然阿妹与小姨都很同情她,力劝她改嫁,都被她毅然拒绝,靠着采莲、采蘼芜疗饥度日,生活艰难。接着,诗推进一层,用不守节而沦落为娼的女人做对比,写夜来偶然经过娼妇门前,娼妇们却嘲笑她老丑不堪。对此,她愤慨地说:我虽然老丑,但自有能力养活自己,这犹如家藏万两黄金。我这种能力,在天上能织成锦缎一样的霞彩,在人间也可以补缀贤明帝王的衣裳。帝王自会辨别我不是邯郸的娼妇,珍重我不改节操的意志。

作者为古乐府名家,创"铁崖体",以秾丽妖冶、奇特险怪著称,但这首诗却以乐府比兴手法以达到"诗言志"的目的,平实明快,质朴无华,可以算他乐府中最纯真的一篇。诗写的是老客妇,实际上是说自己年龄老迈,年轻时出仕元朝,自当对元朝存以忠心,所以多次拒绝张士诚的招徕,宁愿过清苦的生活。诗把那些动摇出仕的人比作朝秦暮楚、追欢卖笑的娼妇,加以指斥。末了,又借老客妇之口,说自己入京修《元史》,正是愿天下太平,百姓安居,对国家有所帮助,但不出仕的决心已定,希望皇帝明鉴,自己绝不做变节的娼妓一类人物。朱元璋乃赐安车还山。

墨　梅①

王　冕

我家洗砚池头树②，个个花开淡墨痕。
不要人夸好颜色，只留清气满乾坤③。

【作者简介】

王冕（1287—1359），字元章，号煮石山农。元诸暨（今属浙江）人。幼贫，牧牛，偷入学，听读书。夜入寺，就灯苦读。韩性闻此，收为弟子。元末大乱，隐九里山，植梅千株，自号梅花屋主，善画梅。有《竹斋集》三卷，续集二卷。

【注释】

①墨梅：用水墨画的梅花。

②我家：我们家，我家的，指晋代书法家王羲之。王羲之与王冕同姓、同乡，作者借以自比。洗砚池：写字、画画后洗笔洗砚的池子。相传王羲之"临池学书，池水尽黑"。事实上是王羲之表扬东汉张芝的话，见《晋书·王羲之传》："（羲之）曾与人书云：'张芝临池学书，池水尽黑，使人耽之若是，未必后之也。'"

③清气：天空中清明之气。《楚辞·九歌·大司命》："高飞兮安翔，乘清气兮御阴阳。"王逸注："言司命常乘天清明之气御持万民死生之命也。"引申为光明正大之气。

【解读】

这是作者题写自画墨梅的七言绝句诗。诗歌大意：我家洗砚池边生长的一棵梅树，树上朵朵梅花都像是洗笔后淡淡的墨痕。它不需要别人夸赞它的颜色好，只想把清淡的香气充满在天地之间。

此诗作于元顺帝至正九年至十年（1349—1350），在绍兴会稽九里山买地造屋,自号梅花屋主的时候。正值元末农民大起义爆发前夕,作者面对世俗的热衷功利以及社会的蠢动不安,有所感慨而作此诗。

此诗开头两句直接描写墨梅,最后两句盛赞墨梅的高风亮节,赞美墨梅不求人夸,只愿给人间留下清气的美德,实际上是借梅自喻,表达自己对人生的态度以及不向世俗献媚的高尚情操。全诗构思精巧、淡中有味,直中有曲,极富清新高雅之气。

白　梅　　　　王　冕

冰雪林中著此身①,不同桃李混芳尘。
忽然一夜清香发,散作乾坤万里春。

【注释】

①著(zhuó):放置,安放。

【解读】

这是一首托物言志的诗。作者以白梅自况,借梅花的高洁、芬芳来表达自己坚守情操、不与世俗同流合污的高尚品格和甘于奉献的精神。诗歌大意:白梅置身在冰天雪地的严冬,它傲然独立,不与桃花和李花混杂在一起。忽然一夜之间开放,芳香就立即传遍天下,使人间都感受到春天温暖的气息。

前两句写梅花冰清玉洁,傲霜斗雪,不与众芳争艳的品格。后两句借梅喻人,写自己的志趣、理想与抱负,表达了造福天下人的心愿。

冀州道中^①

王冕

我行冀州路，默想古帝都^②。
水土或匪昔^③，禹贡书亦殊^④。
城郭类村坞^⑤，雨雪苦载涂^⑥。
丛薄聚冻禽^⑦，狐狸啸枯株^⑧。
寒云着我巾^⑨，寒风裂我襦^⑩。
盱衡一吐气^⑪，冻凌满髭须^⑫。
程程望烟火^⑬，道傍少人居。
小米无得买，浊醪无得酤^⑭。
土房桑树根，仿佛似酒垆^⑮。
徘徊问野老，可否借我厨？
野老欣笑迎，近前挽我裾^⑯。
热水温我手，火炕暖我躯。
丁宁勿洗面，洗面破皮肤。
我知老意仁，缓缓驱仆夫^⑰。
窃问老何族^⑱？云是奕世儒^⑲。
自从大朝来^⑳，所习亮匪初^㉑。
民人籍征戍^㉒，悉为弓矢徒^㉓。
纵有好儿孙，无异犬与猪。
至今成老翁，不识一字书。
典故无所考，礼义何所拘？
论及祖父时，痛入骨髓余^㉔。

我闻忽太息,执手空踟蹰㉕。
踟蹰向苍天,何时更得甦㉖?
饮泣不忍言,拂袖西南隅㉗。

【注释】

①冀州:古九州之一。《禹贡》载,九州为冀州、兖州、青州、徐州、扬州、荆州、梁州、雍州和豫州。《尔雅·释地》:"两河间曰冀州。"《书·禹贡》:"冀州,既载壶口。"蔡沈集传:"冀州,帝都之地,三面距河:兖,河之西;雍,河之东;豫,河之北。《周礼·职方》'河内曰冀州'是也。"大致为今山西和陕西间黄河以东、河南和山西间黄河以北和山东西北、河北东南部地区。

②古帝都:《史记·五帝本纪》载,黄帝杀蚩尤后为诸侯尊为天子,"邑于涿鹿之阿",涿鹿属古冀州地域,故称。

③匪昔:不是过去原貌。匪,同"非"。

④禹贡:《尚书》中的一篇,是中国最早的地理著作,记载了中国各地山川、地形、土壤、物产等情况。殊:不同,有差异。

⑤"城郭"句:谓以前繁华的城市如今像零落萧条的山间村落。村坞,村庄,山村。坞,小型城堡,防御用的建筑物。

⑥载涂:充满路途。

⑦丛薄:茂密的草丛,草木丛生的地方。

⑧枯株:干枯的树桩。株,露在地面上的树根、树干或树桩。

⑨着:附着。巾:古人以巾裹头,后即演变成冠的一种,称作巾。《后汉书·郭符许列传》:"(郭太)尝于陈、梁闲行遇雨,巾一角垫,时人乃故折巾一角,以为'林宗巾'。"明李时珍《本草纲目·服器部·头巾》(释名):"古以尺布裹头为巾。后世以纱、罗、布、葛缝合,方者曰巾,圆者曰帽,加以漆制曰冠。"

⑩襦(rú)：短衣，短袄。襦有单、复，单襦则近乎衫，复襦则近袄。

⑪盱(xū)衡：扬眉举目。盱，张目仰视。衡，眉毛，亦称眉毛以上或眉目之间的部位。《汉书·王莽传上》："当此之时，公运独见之明，奋亡前之威，盱衡厉色，振扬武怒。"颜师古注引孟康曰："眉上曰衡。盱衡，举眉扬目也。"

⑫冻凌：冰。髭须：胡子。唇上曰髭，唇下为须。

⑬程程：一程又一程。谓路程遥远。

⑭浊醪：浊酒。用糯米、黄米等酿制的酒，较混浊。酤(gū)：买酒。

⑮垆：古时酒店里安放酒瓮的炉形土台子。

⑯裾(jū)：衣服的前后襟。亦泛指衣服的前后部分。

⑰驱仆夫：遣走驾驭车马之人，以便与老人知心细谈。

⑱窃问：私下地问。窃，私下，私自。多用作谦辞。

⑲奕(yì)世：累世，代代。奕，重叠。

⑳大朝：指元朝。

㉑亮：同"谅"，确实。

㉒籍：登记在簿册上。老百姓都被征去当兵。

㉓弓矢：弓箭。徒：步兵。泛指兵卒。

㉔"痛入"句：痛苦进入骨髓尚有余，言痛苦之深。

㉕踌躅：踯躅，徘徊不进。

㉖甦(sū)：复活，苏醒，恢复。

㉗隅(yú)：角，角落，(山水)弯曲处。

【解读】

作者于元顺帝至元年间(1335—1340)曾北游燕京，诗或作于此时。作者出身于农民家庭，幼时曾替人牧牛，后虽成通儒，又因弃绝仕途，浪迹江湖，因而能更多接触下层社会，对元末政权的残暴统治给社会和老百姓带来的不幸和灾难也有更深切的体会。冀州为古九州之一,地处中原,原本繁华,但经连年战乱和元蒙贵族的残暴统治,早已繁华尽去,疮痍满目,民不聊生,作者游经此地,感慨今昔之比,不禁满怀激愤,遂成此诗。

诗中先写诗人于道中所见所想,现实的凋敝与早先的昌盛形成了不堪的比照,重点描述与野老的相遇,通过记叙野老热情好客地招待"我"这个过路人,引出对野老身世的探询,再引出作者对元统治者摧残、消灭汉文化传统的激愤和感伤。这种伤痛远比物资匮乏、生活困难来得更加强烈和深刻,于是,作者把对民生疾苦的关怀又进一步上升到了企盼民族复兴、文化再续的感奋,发出了"踌躇向苍天,何时更得甦"的浩然长叹。

整首诗语言朴实,明白如话,不事雕琢,感情真挚而关怀深切。

老 马

郝 经

百战归来力不任①,消磨神骏老骎骎②。
垂头自惜千金骨,伏枥仍存万里心③。
岁月淹延官路杳④,风尘荏苒塞垣深⑤。
短歌声断银壶缺,常记当年烈士吟⑥。

【作者简介】

郝经(1223—1275),字伯常。元泽州陵川(今属山西)人。金亡,徙顺天,馆于守帅张柔、贾辅家,博览群书。应世祖忽必烈召入王府,条上经国安民之道数十事。及世祖即位,为翰林侍读学士。中统元年,使宋议和,被贾似道扣留,居真州(治今江苏仪征)十余年方归。为学务有用。及被留,撰《续后汉书》《易春秋外传》《太极演》等书,另有

《陵川集》。

【注释】

①不任：不能忍受，不能胜任。

②神骏：良马。骎骎：马疾速奔驰貌。这里指时光疾驶。

③伏枥：马伏在槽上。枥，马槽。亦指关牲畜的地方。

④淹延：长久，拖延。官路：官府修建的大道。后即泛称大道。杳：幽远，深远。

⑤荏苒：蹉跎，辗转迁徙。塞垣：本指汉代为抵御鲜卑所设的边塞。后亦指长城；边关城墙。又泛指北方边境地带。

⑥烈士：有气节有壮志的人。三国魏曹操《步出夏门行》："老骥伏枥，志在千里；烈士暮年，壮心不已。"

【解读】

这是一首七言律诗，以"老马"为题，托物意志，通过叙写老马百战归来、精力消磨而后快速进入老境但壮志不衰的形状，抒发了自己一腔"烈士暮年，壮心不已"的豪迈情怀。

诗的首联交代了老马的来历和外在形象。这匹身经百战的战马从战场归来，已不再能疾速奔跑、胜任战场生活了，看起来，昔日的神马确实已经老去。颔联，以拟人化的手法对战马内心进行刻画。它低下头看着自己疲老的身躯惋惜自己年轻的时候，确实是一匹千里马，现在却只能伏在马槽上，靠人喂养，但仍怀着驰骋万里的雄心。"千金骨"出自"千金市骨"的典故，意谓花费千金买千里马的骨头。比喻招揽人才的迫切。战国时郭隗以马作喻，劝说燕昭王招揽贤士，说古代君王悬赏千金买千里马，三年后得一死马，用五百金买下马骨，于是不到一年，得到三匹千里马。比喻若能真心求贤，贤士将闻风而至。见《战国策·燕策一》。这里以"马"自比，是说自己原本也是杰出的人才，被元政府所招揽。"伏枥"句,化用曹操《步出夏门行》"老骥伏枥,志在千里"诗句。颈联,写老马追忆过去的战斗经历。还记得数不清的岁月里那看不到头的官路,风尘奔波里那高深的边关城墙。尾联叙写作者的感慨,以议论收结,深化主题。意思是说,我尽管已经老去,但仍记得曹操当年"烈士暮年,壮心不已"的诗句,意指我的雄心壮志仍在。短歌,曹操曾作《短歌行》二首,第一首其中有"对酒当歌,人生几何"句,全诗以沉稳顿挫的笔调抒写诗人求贤若渴的思想感情和统一天下的雄心壮志。这里化用,意指自己老去。银壶缺,典出南朝宋刘义庆《世说新语·豪爽》:"王处仲(王敦)每酒后辄咏'老骥伏枥,志在千里。烈士暮年,壮心不已'。以如意打唾壶,壶口尽缺。"后以"唾壶击缺"或"唾壶敲缺"形容心情忧愤或感情激昂。

鬻孙谣①

李思衍

白头老翁发垂领,牵孙与客摩孙顶②。
翁年八十死无恤③,怜汝孩童困饥馑④。
去年虽旱犹禾熟,今年飞霜先杀菽⑤。
去年饥馑犹一粥,今年饥馑无余粟。
客谢老翁将孙去,泪下如丝不能语。
零丁老病惟一身⑥,独卧茅檐夜深雨。
梦回犹自误呼孙,县吏催租正打门。

【作者简介】

李思衍(约1240—1300),字昌翁,一字克昌,号两山。元饶州府余干(今属江西)人。世祖至元间,权知乐平,寻授袁州治中,累拜礼部侍郎、南台御史。工诗。有《两山稿》。

【注释】

①鬻(yù):卖。

②摩:抚摩。

③无恤:不值得怜悯,不可惜。

④饥馑(jǐn):灾荒,庄稼收成很差或颗粒无收。馑,蔬菜、谷物歉收,泛指歉收,饥荒。

⑤菽(shū):豆类的总称。

⑥零丁:孤独无依貌。

【解读】

这是一首七言乐府歌谣。诗中描写祖孙二人相依为命,因遭荒年,老人不忍孙儿饿死,只好忍痛卖出,以谋活路。孙儿走后,老人深夜难眠,梦中还在呼唤孙儿的名字。此情此景,惨目伤心,令人不忍卒读。最后一句,"县吏催租正打门",正好点出老翁鬻孙惨剧的真正根源。此诗正是元朝统治下人民悲惨生活的真实写照。

明

题米元晖山水①

张以宁

高堂晓起山水入②,古色惨淡神灵集③。
望中冥冥云气深④,只恐春衣坐来湿⑤。
江风吹雨百花飞,早晚持竿吾得归。
身在江南图画里,令人却忆米元晖⑥。

【作者简介】

张以宁(1301—1370),字志道,因家居翠屏峰下,自号翠屏山人。元末明初古田(今属福建)人。有俊才,博学强记。泰定中,以《春秋》举进士。官至翰林侍读学士。明灭元,复授侍讲学士。奉使安南,还,卒于道。以宁工诗,论诗主张复古。著有《翠屏集》《春王正月考》等。

【注释】

①米元晖:即米友仁(1074—1153),字元晖。山西太原人,定居润州(治今江苏镇江)。南宋书画家,系米芾长子。书法绘画皆承家学,故与父米芾并称"大小米"。官至兵部侍郎、敷文阁直学士。他承继并发展米芾的山水技法,奠定"米氏云山"的特殊表现方式,以表现雨后山水的烟雨蒙蒙、变幻空灵而见称。

②高堂:高大的厅堂,大堂。

③古色:古雅的意趣、色调。惨淡:暗淡。

④望中:视野之中。冥冥:昏暗貌。

⑤只恐:只怕。

⑥却忆:追忆。却,回转,返回。

【解读】

这是一首题画诗。题的对象是南宋画家米元晖的山水画。

诗歌大意：早晨起床，来到大堂里，一幅山水画就进入眼帘，画面古雅，色调暗淡，有许多神灵集会。视野之中，一片昏暗，云气十分深沉；我坐在堂中，穿着单薄的春衣，只怕画面上的云气就要沾湿我的衣服。门外浩渺的江风将春雨带来，被打落的百花旋转飞舞，这生命张扬、美丽的情景触动了我的思绪，我早晚也得拾起钓竿，过上山水自在的生活。置身在这一幅美丽江南的图画里，不禁勾起我对风神超逸的米元晖其人的追忆。

诗的前四句，写观赏米元晖的画，作者采用顺叙的方式，由晨起步入厅堂，迎面一幅山水挂轴映入眼帘写起，古雅的画面上烟山云水朦胧迷离，若有若无，却显得神意飞动，如历真境。很快这种神意飞动使得接下来对画面的描述融入想象的空间，似乎此画的鉴赏者和作画者的视角和经验合而为一，感受到山水深处或雾锁大江时的浩渺云气扑面而来，湿气的流动刺激到观赏者的触觉，仿佛就要沾湿自己的衣服。这种意念描写十分生动。后四句，写作者由画面之景，触动回归自然的想象，同时对米元晖其人的欣赏和敬佩之情都自然地流露在文字之中。画境与实景合而为一，有神韵悠然不尽之妙。

晓　行　　　　　　　　　宋　濂

荒鸡一再号①，驱车事晨征②。

寥寥秋风肃③，况此华月明④。

万顷琉璃中⑤，着吾一身行。

肝胆尽冰雪，毛发亦含清。

超然鸿蒙初⑥，顿觉百虑冥⑦。

安得王子乔⑧，为言此时情。

【作者简介】

宋濂(1310—1381),字景濂,号潜溪。祖籍金华潜溪(今属浙江),后迁居浦江(今属浙江)。元末明初著名政治家、文学家、史学家,明太祖朱元璋誉为"开国文臣之首"。元至正十九年(1359)受朱元璋礼聘。次年,至应天府(今属南京),为太子朱标讲经。洪武二年(1369),主修《元史》。累官至翰林学士承旨、知制诰。洪武十年(1377)辞官还乡,后因牵连胡惟庸案而被流放茂州,途中病卒。有《宋学士全集》。

【注释】

①荒鸡:指三更前啼叫的鸡。旧以其鸣为恶声,主不祥。

②晨征:清晨远行。

③寥寥:寂寞,孤单。

④况:副词,仿佛,恍如。华月:美丽的月光。

⑤琉璃:一种有色半透明的玉石。诗文中常以喻晶莹剔透之物。

⑥鸿蒙:宇宙形成前的混沌状态。

⑦冥:通"瞑",闭,合上。

⑧王子乔:传说中的仙人名。汉刘向《列仙传·王子乔》:"王子乔者,周灵王太子晋也。好吹笙,作凤凰鸣。游伊、洛之间,道士浮丘公接以上嵩高山。三十余年后,求之于山上,见柏良,曰:'告我家:七月七日待我于缑氏山巅。'至时,果乘白鹤驻山头,望之不得到。举手谢时人,数日而去。"

【解读】

这是一首叙写清晨远行的五言古体诗。诗中借"肝胆冰雪""毛发含清"的外形描写,表现自己被造物净化以后表里澄澈,以寄超尘脱俗之趣。

诗歌大意:三更之前,一声鸡鸣将我叫醒,所以我赶着马车在清晨就出门远行。萧瑟的秋风吹拂着,呈现一片肃穆的气氛,天空中只有一轮明月映照。一碧万顷的天宇间,就只有我一个人行进。我的肝胆都变得像冰雪一样透明,就连身上的毛发也都含着一种清冽的气味。我仿佛超出尘世,来到了最初天地鸿蒙的世界,突然觉得所有思虑都已经空寂。这种表里澄澈的情状,到哪里去找那仙人王子乔来,为我讲述其中的妙境?

此诗浑茫淡远的意境,对人有极强感染力。诗的前两句写荒鸡半夜报时,"我"驱车上路;三、四句写"我"在路上行进时,空阔的原野吹来清冷的秋风,无边的天宇透彻清明,一片萧索虚静;五、六两句,写在琉璃般明洁纯净的世界里,万籁俱寂,只有他一个人在活动。七至十句,写"我"的感知,写"我"被境所化,尘虑寂灭,心如冰雪,超凡脱俗,物我两忘,已经回到宇宙的最初状态。这种感觉之美妙,无法言说。末两句就自然联想到,只有仙人王子乔才能感知,才能体会,才能说出,所以诗到这里,就已经进入到一种仙境般的状态,以及仙境般的体验了。"肝胆尽冰雪"化用宋张孝祥《念奴娇·过洞庭》词中"肝胆皆冰雪"句,张句是说自己的经历,清廉纯洁,心内朗然。用在这里,表示境界的纯洁透明,与原意有较大的区别。作者一生积极用世,但所处的元末社会,"彩凤无华,山狸有文",极其黑暗,他愤慨自己"学道三十年,世不我知,不能见其一割之用",所以向往一个超脱现实的理想境界以为精神的慰藉。

全诗无丽词警语,也不使事用典,疏朗自然,与主人超然物外的情趣完全一致,可谓形式与内容高度统一。

北风行①

刘 基

城外萧萧北风起,城上健儿吹落耳②。

将军玉帐貂鼠衣③,手持酒杯看雪飞。

【作者简介】

刘基(1311—1375),字伯温。元明间处州青田南田武阳村(今属浙江文成)人。元顺帝元统元年(1333)进士,官高安县丞、江浙儒学副提举。方国珍初起时,为江浙行省都事,后弃官隐居。至正二十年(1360),受朱元璋聘至应天(治今江苏南京),陈《时务十八策》。明初任御史中丞兼太史令,封诚意伯。曾与李善长、宋濂定明典制。洪武八年(1375)为胡惟庸所潜,忧愤而死。通经史,精象纬,工诗文,与宋濂并为一代文宗。有《郁离子》《覆瓿集》《诚意伯文集》等。

【注释】

①行:古诗的一种体裁。宋王灼《碧鸡漫志》卷一:"古诗或名曰乐府,谓诗之可歌也。故乐府中有歌有谣,有吟有引,有行有曲。"宋姜夔《白石诗话》:"体如行书曰行,放情曰歌,兼之曰歌行。"

②健儿:指士兵。这句形容天气极度寒冷,北风怒号,把守城士兵的耳朵都快要吹下来了。

③玉帐:主帅所居的帐幕,取如玉之坚的意思。貂鼠衣:用貂鼠皮缝制的贵重衣裳。

【解读】

这是一首七言歌行体的古诗。诗题"北风行",是写在寒冷的北风下士兵与将军的生存和生活状态。诗歌大意:城外萧萧地刮起了寒冷的北风,城楼上守城的士兵被寒风吹得连耳朵都要掉落了。而将军在玉帐内披着貂鼠皮衣,手拿着酒杯悠然地欣赏着白雪飞舞。

这是作者有鉴于官兵们苦乐悬殊的生存状态而作,他以锋利的笔触,对现实朝廷进行大胆的揭露和讽刺。此诗是古诗,所以四句内就押了两个韵,两句一韵,前面为仄声韵,后部为平声韵。前两句描写城外的北风和城楼上的情景,"吹落耳"三字虽然有些夸张,但写出了北风之大,气候之寒冷,城上士兵戍守之艰苦,给人以真实感,描画士兵受冻的情状也很生动形象。后两句,形成强烈的鲜明的对照,将军在坚固暖和的玉帐内,身披着貂鼠皮衣,边喝酒边赏雪,一派悠然自得的情状。它揭露了边将的特权与腐朽,含蕴着诗人许多辛辣的讽刺与深沉的感慨。

全诗短小精悍,自然流畅,对比强烈、鲜明,给人深刻的印象。

五月十九日大雨　　　　刘　基

风驱急雨洒高城,云压轻雷殷地声^①。

雨过不知龙去处,一池草色万蛙鸣。

【注释】

①殷(yǐn):震,震动。

【解读】

这是一首描写雨景的七言绝句。诗歌大意:猛烈的风驱赶着急雨倾洒在高高的城池上,厚厚的乌云下压,雷声由轻而重,突然发出震动大地的声音。一会儿,大雨停了,那呼风唤雨的龙也不见了踪影,眼前是满池水草青翠欲滴,有千万只青蛙在鸣叫。

诗的前两句写雷雨交加,风驰电掣;后两句写风停雨霁,万蛙齐鸣。作者把两个迥然不同的画面剪接组合起来,形成鲜明对比,生动地表现了夏日瞬息万变的天气特征。同时,诗人通过自然界的风雨现象,从中感悟到某些人生哲理:风雨过后,景色会格外美丽。类比到人生,在遇到挫折、克服挫折后,也觉得人生会更加美丽。

晚同方舟上人登狮子岩作① 刘 基

落日下前峰，轻烟生远林。

云霞媚余姿，松柏澹清阴②。

振策纵幽步③，披襟陟层岑④。

槿花篱上明⑤，莎鸡草间吟⑥。

凉风自西来，飗飗吹我襟⑦。

荣华能几时⑧，摇落方自今⑨。

逝川无停波⑩，急弦有哀音⑪。

顾瞻望四方⑫，怅焉愁思深⑬。

【注释】

①狮子岩：在浙江临安天目山，以"崖石雄踞，状如狻猊"而得名。

②清阴：指清凉的树荫。唐薛能《杨柳枝》词："游人莫道栽无益，桃李清阴却不如。"

③振策：扬鞭走马。晋陆机《赴洛道中作》诗之二："振策陟崇丘，案辔遵平莽。"幽步：在幽僻的路上行走。或作"闲步"解。

④披襟：敞开衣襟。陟（zhì）：由低处往高处走；升，登。层岑（cén）：重叠的山峰。岑，小而高的山。

⑤槿花：木槿花，朝开夕凋，生命周期很短。

⑥莎（shā）鸡：虫名。晋崔豹《古今注·鱼虫》："莎鸡，一名促织，一名络纬，一名蟋蟀。促织谓鸣声如急织，络纬谓其鸣声如纺纬也。"《诗·豳风·七月》："六月莎鸡振羽。"

⑦飗（liú）飗：风吹貌，形容动作轻疾如风。

⑧荣华：草木茂盛，开花。喻美好的容颜或年华。

⑨摇落:凋残,零落。

⑩逝川:指一去不返的江河之水。《论语·子罕》:"子在川上曰:'逝者如斯夫,不舍昼夜。'"

⑪急弦:节奏急速的弦乐。南朝宋谢灵运《魏太子》:"急弦动飞听,清歌拂梁尘。"哀音:悲伤之音。唐杜甫《促织》:"促织甚微细,哀音何动人!"

⑫顾瞻:回视,环视。

⑬怅(chàng)焉:失意的样子。

【解读】

这是一首登高感慨的五言古诗。作者叙写晚上同方舟上人登上天目山狮子岩所见,由自然景物的衰谢而生出人生易逝的怅惘和愁思。

诗歌大意:夕阳从前面的山峰落下,轻淡的烟雾从远处的树林中生出。云霞很灿烂,夕阳将它短暂的美丽姿态尽情展现出来,眼前的松树和柏树映出一片清净的阴影。我和方舟上人扬鞭策马放开步子往幽僻的山上走去,敞开胸襟,攀登上一重重高山。沿途所见景物,木槿花还在篱笆上明亮地开着(即将凋谢),莎鸡在草丛间放声长吟。清凉的风从西边吹来,轻快地掀开我的衣襟。草木开花又能有多少时间,它凋谢的日子正从现在就开始了。江河之水一去不返,它也不曾停住浪花,急切的弦音之中流露出悲伤的声调。我不禁回头向四方张望,心中生起许多怅惘之情,忧愁也更加深了。

这首诗描写景色很到位,如前两句,写落日从前面的山峰沉下,轻烟从远处的林间生出。落日下沉,烟霭渐生。而此时,日落最早的地方是"前峰",轻烟易生的地方是"远林",可见作者观察的细致。三、四句描写夕阳下云霞展现"余姿",松柏在夕阳照映下显出清凉的阴影,也都体贴入微,十分生动形象。

感　怀

刘　基

驱车出门去,四顾不见人。

回风卷落叶,飒飒带沙尘^①。

平原旷千里,莽莽尽荆榛^②。

繁华能几何,憔悴及兹辰^③。

所以芳桂枝,不争桃李春。

云林耿幽独^④,霜雪空相亲。

【注释】

①飒飒:象声词。《楚辞·九歌·山鬼》:"风飒飒兮木萧萧,思公子兮徒离忧。"

②莽莽:茂盛貌,无涯际貌。荆(jīng)榛(zhēn):泛指丛生灌木,多用以形容荒芜情景。

③兹辰:这段时光。兹,此,这。辰,日子,时光。

④云林:与云共生的树林,泛指隐居之所。耿:光明,照耀。

【解读】

作者《感怀》诗有很多首,这是其中一首。本诗是五言古诗,诗中叙写了驱车出门所见到的风沙落叶、千里荆榛的荒芜景象,抒发了繁华易逝的感慨,并托物言志,寄意于芳桂不与桃李争春,表达了自己宁愿云林幽独的隐居之志。

此诗的意象比较游离,纯粹写的是一种心境,在千里荒芜的背景下,四顾空无一人,仅有风沙和落叶翻飞,荆榛塞路,亦表时世的苍凉,以及作者的鹤立之势。生当元末动乱的背景下,作者有心济世,但无处安身,环顾宇内,孑然独立,且时光易逝,年华渐老,与众同流合污则不可,不免有如陈子昂怆然涕下之感,所以只好退而求其次,隐居在云林之下,独照耀其幽独之志而已。

苦寒行①

刘　基

去年苦寒犹自可,今年苦寒愁杀我。

去年苦寒冻裂唇,犹有草茅堪蔽身。

今年苦寒冻入髓,妻啼子哭空山里。

空山日夜望官军,燕颔虎头闻不闻②?

【注释】

①苦寒:严寒,或为严寒所苦。

②燕颔虎头:形容相貌威武。《东观汉记·班超传》:"超问其状。相者曰:'生燕颔虎颈,飞而食肉,此万里侯相也。'"借指武将、勇士。宋孙光宪《北梦琐言》卷十四:"唐自大中已来,以兵为戏者久矣。廊庙之上,耻言韬略……一旦宇内尘惊,闾左飙起,遽以褒衣博带,令押燕颔虎头,适足以取笑耳。"这里当泛指官府。

【解读】

这是一首七言歌行类乐府诗,描写农民为严寒所苦,一年更比一年严重的情状,以致"妻啼子哭空山里",盼望官军救济,但庙堂上充耳不闻,任其转死沟壑。作者希望官府能够救济人民的困苦,但实际上那些"燕颔虎头"们只顾着东征西讨,罔顾人民的死活,这是作者所要给予谴责和抨击的。

诗歌大意:去年严寒还可以对付着过去,今年严寒来临却将我愁死。去年严寒冻裂嘴唇,但还有茅草可以遮蔽身体。今年严寒却是冻

111

入骨髓,连茅草蔽身都挡不住了,所以穷困的山里只听到妻子啼哭儿女号叫。空山里的人日夜盼望官军来救济,可是那些肥头大耳的官军只顾着自己享乐,对人民的困苦则充耳不闻。

诗歌语言很通俗,"去年""今年"的反复出现,逐层加重语气,增加了诗歌的感染力。

长安杂诗　　　　王祎

人生百年中,穷通无定迹①。

譬如风前花,荣谢亦顷刻②。

当时牧羊竖③,尊贵今谁敌。

憔悴种瓜翁④,乃是封侯客。

丈夫苟得时⑤,粪土成拱璧⑥。

一朝恩宠衰⑦,黄金失颜色。

古昔谅皆然⑧,今我何叹息。

【作者简介】

王祎(1322—1373),字子充。义乌(今属浙江)人。幼敏慧。及长,师柳贯、黄潜,遂以文章著名。朱元璋取婺州,征为中书省掾史,累官至南康府同知、漳州府通判,多惠政。洪武初,诏与宋濂为总裁,与修《元史》。书成,擢翰林待制。奉使云南,死于节,谥忠文。著有《王忠文公集》《大事记续编》等。

【注释】

①穷通:困厄与显达。

②荣谢:繁盛和凋谢。

③牧羊竖:牧羊儿,指秦末项梁所立之楚怀王孙心,因当时在民间牧羊,故称。竖,竖子,小儿。

④种瓜翁:指秦时东陵侯召平。秦破,为布衣,种瓜青门外。唐李白《古风》之九:"青门种瓜人,旧日东陵侯。"

⑤得时:获得时机。

⑥拱璧:两手合抱的大璧。《左传·襄公二十八年》:"与我其拱璧,吾献其枢。"孔颖达疏:"拱,谓合两手也,此璧两手拱抱之,故为大璧。"后因用以喻极其珍贵之物。

⑦恩宠:谓帝王对臣下的优遇宠幸,亦泛指对下属的宠爱。

⑧谅:料想。

【解读】

此诗收入《王忠文公集》卷二,为《长安杂诗》十首,这是最后一首。但在当代人编的《全宋诗》中却归入南宋刘仕龙的诗,其诗题为《知廉州条上边事落职主管台州崇道观赋感》,两诗除个别字偶有不同,整体基本一致。查清高宗敕编《御选唐宋诗醇》及清吴之振、吕留良、吴自牧编选《宋诗钞》均无刘仕龙诗。刘仕龙为南宋抗元将领,在蒙军进击雷州时,不幸为流矢所中,壮烈牺牲,生前无集,无所查考。《王忠文公集》为明嘉靖改元(1521,正德十六年)十月间重刻,较《全宋诗》为当代人所编定更为确凿,所以此诗仍确定为王祎所作。

这首诗是讲人生穷通无定、命运不测的道理。诗的首两句,是全诗的定论。次两句举花为例,在风的打击中,繁盛和凋谢在顷刻之间。五至八句,举了两个掌故,一则是秦朝末年,一个民间牧羊的小孩,被项梁立为楚怀王;第二个是秦东陵侯召平,秦亡后,就失去了原有地位,变为平民,在长安青门外种瓜为生。这两个典故为后代人所常用,作为人有旦夕祸福的证据,很有说服力。末六句,是议论,说人如果时运亨通,粪土也被他人当作非常贵重的宝物;但一旦被皇帝或者位高权重者所抛弃,就是身有黄金也会变成破铜烂铁,不值钱。这个道理料想古今都是一样,所以我有什么值得叹息的呢?

全诗通俗易懂,道理也见得明白,这在专制极权之下,是普通人大多数的想法。命运被他人所拨弄,身不由己,所以发此感慨。

岳阳楼①

杨 基

春色醉巴陵②,阑干落洞庭③。
水吞三楚白④,山接九疑青⑤。
空阔鱼龙气⑥,婵娟帝子灵⑦。
何人夜吹笛,风急雨冥冥。

【作者简介】

杨基(1326—1378后),字孟载,号眉庵。原籍嘉州(今属四川),大父仕江左,遂家吴县(今属江苏)。元末,入张士诚幕府,为丞相府记室,后辞去。明初为荥阳知县,累官至山西按察使,后被谗夺官,罚服劳役,死于工所。杨基诗风清俊纤巧,其中五言律诗《岳阳楼》境界开阔,时人称杨基为"五言射雕手"。著有《眉庵集》十二卷,补遗一卷。

【注释】

①岳阳楼:湖南岳阳西门城楼。下瞰洞庭,前望君山,自古有"洞庭天下水,岳阳天下楼"之美誉,与湖北武汉黄鹤楼、江西南昌滕王阁并称为"江南三大名楼"。

②巴陵:旧县名。西晋太康元年(280)置,治所在今湖南岳阳。

③落洞庭:指楼外栏杆突出于洞庭湖中。

④三楚:战国楚地疆域广阔,秦汉时分为西楚、东楚、南楚,合称三楚。《史记·货殖列传》以淮北、沛、陈、汝南、南郡为西楚;彭城以东东海、吴、广陵为东楚;衡山、九江、江南豫章、长沙为南楚。《汉书·高帝

纪上》"羽自立为西楚霸王"颜师古注引孟康《音义》,以江陵(即南郡)为南楚,吴为东楚,彭城为西楚。二说不同。后人诗文中多以泛指长江中游以南,今湖南、湖北一带地区。

⑤九疑:山名。在湖南宁远南。《山海经·海内经》:"南方苍梧之丘,苍梧之渊,其中有九嶷山,舜之所葬,在长沙零陵界中。"此处九嶷山即九疑山。

⑥"空阔"句:形容洞庭湖景色奇异,气象万千。鱼龙,鱼和龙,泛指鳞介水族。

⑦婵娟:仪态美好的样子。帝子:指娥皇、女英。传说为尧的女儿。《楚辞·九歌·湘夫人》:"帝子降兮北渚,目眇眇兮愁予。"王逸注:"帝子,谓尧女也。"

【解读】

此诗写于洪武七年(1374)春末。作者于洪武六年(1373)奉使湖广,游岳阳楼,于是有作。诗主要描写岳阳楼上所见洞庭湖的景色,并抒发自己的感受。

诗歌大意:美丽的春色让巴陵陶醉,岳阳楼的栏杆高悬在洞庭湖中。三楚的水流均汇聚到这里,湖中的君山也远接九疑山的青色。空阔的湖面鱼龙在飞跃变化,带来生动的气息,美丽的娥皇、女英也显示出她们的英灵。夜里是什么人在吹笛,笛声里疾风骤雨,更显得黑夜沉沉。

诗的首句写洞庭湖的春色无边,让人陶醉。次句写岳阳楼临湖而起。一"落"字,极言楼之高峻、水之广阔。岳阳楼原址在洞庭湖岸边。三国时,东吴大将鲁肃奉命镇守巴丘,在洞庭湖接长江的险要地段建筑了巴丘古城。东汉建安二十年(215),鲁肃因城为楼,修筑了用以训练和检阅水军的阅军楼。唐开元四年(716),中书令张说谪守岳州,扩建阅军楼,取名为南楼,后改为岳阳楼。宋庆历五年(1045),被贬至岳州的滕子京,在民众支持下重建了岳阳楼。楼台落成,滕子京请范仲淹为楼作记。当时范仲淹正被贬到河南邓州戍边,见书信后,欣然奋笔疾书,写下了名传千古的《岳阳楼记》。岳阳楼在 1700 余年的历史中屡修屡毁又屡毁屡修。最后一次重修是清朝光绪六年(1880)岳州知府张德容主持修建的,保留至今。但张德容重建岳阳楼,将楼址东移,也就是后退六丈多(二十余米),这就是我们现在所看到的岳阳楼。所以,作者要说"阑干落洞庭",那是据实景描写。颔联,写洞庭湖的水是来自于三楚江河的汇聚,而山则与舜帝所葬之处九疑山相连。颈联写湖气象万千,鱼龙翻跃,帝子显灵,一片美丽生动的景象。"帝子"给洞庭湖抹上一层迷人的神话般色彩。尾联,暗用《博异志》载君山老父吹笛使"鸟兽叫噪,月色昏昧"的典故,虚实相间,如真似幻。其笛声急切,也有可能是作者内心所感,也即所谓迁客骚人之感。联系到作者入明以后短短几年间一贬河南,二贬钟离,三被免于江西任上的经历,则此时虽然起复,但胸中恐怕不会毫无芥蒂,故有愁苦之感亦在情理之中。

此诗写景虚实结合,描画岳阳楼的情状和神韵,形象生动,在明人五律中可称佳作。全诗以乐景开始,以愁意结局,急转收束,却余韵悠然,显出了诗人深厚的功力。

【点评】

"《岳阳》一首,壮丽欲亚孟浩然。其末句'何人夜吹笛,风急雨冥冥',尤为脍炙。"([明]胡应麟《诗薮》)

梦游西湖 杨 基

采莲女郎莲花腮,藕丝衣轻难剪裁①。
瞥然一见唱歌去②,荷花满湖风雨来。

【注释】

①藕丝:莲藕折断后,藕丝仍相连,因以喻情意绵绵。

②瞥然:忽然,迅速地。

【解读】

这首诗写作者梦游西湖所见,诗中透出一种别致的、新鲜的、浪漫的气息。诗歌大意:采莲女粉红的脸蛋如莲花瓣那样鲜嫩,身上的衣服也如同莲藕丝所织就,那样轻软、细密,一般的手工很难裁剪出来。她娇羞地略略回头看了一眼诗人,就唱着歌离开了。这时,风雨突然袭来,满湖的荷花翻转飞舞,将采莲女隐没在荷花深处。

全诗用了两个极度夸张但别出心裁的比喻来描写采莲姑娘的美丽:她美如湖中盛开的莲花,衣裳轻柔得像风中飘荡的藕丝。"藕丝"是双关用法,既指衣服的轻软,又指情意的绵绵。莲花和藕丝都是湖中之物,信手拈来,浑然天成。

"瞥然一见"这一细节描述采莲姑娘含羞一瞥、踏歌而去的情景,表达了女性的娇羞和农家女的纯情与活泼;接着,描写满湖风雨突然而来,采莲女隐没在荷花丛中,使得诗人分辨不出哪是荷花,哪是采莲女,照应首句采莲女如莲花般娇美的美丽诗意,也使整个画面由静态变为动态,过渡十分自然。

有感题般若庵① 朱元璋

杀尽江南百万兵,腰间宝剑血犹腥。
山僧不识英雄主,只顾哓哓问姓名②。

【作者简介】

朱元璋(1328—1398),字国瑞,幼名重八,又名兴宗,加入郭子兴军改名元璋。濠州钟离（今安徽凤阳东北）人。明朝政治家、军事统帅、开国皇帝。在位三十一年（1368—1398），年号洪武。

【注释】

①般若庵：在今安徽马鞍山当涂县境内。

②哓（xiāo）哓：唠叨。

【解读】

这是明朝开国皇帝朱元璋题写在太平府般若庵中的一首七言绝句。诗颇粗豪，很血腥，将草莽英雄虎视天下的本色暴露无遗。

这里有一个掌故，见明郎瑛《七修类稿》卷三十七诗文类"般若庵"条："太平府般若庵，太祖既渡江，微行于庵，欲借一宿，僧异而问其爵里姓名，乃题诗于壁曰：'杀尽江南百万兵，腰间宝剑血犹腥。山僧不识英雄主，只顾哓哓问姓名。'后登极，闻诗已无有，旨钥僧至京，将杀之，既曰：'予诗何去之？'僧曰：'御制后，仅有吾故师四句在焉。'问曰：'何诗？'僧诵云：'御笔题诗不敢留，留时常恐鬼神愁。故将法水轻轻洗，尚有毫光射斗牛。'上笑释之。"

扬州逢李十二衍①　　　　　袁凯

与子相逢俱少年，东吴城郭酒如川②。

如今白发知多少，风雨扬州共被眠。

【作者简介】

袁凯（约1310—？），字景文，自号海叟。华亭（今上海松江）人。元末府吏。博学有才，善诗，有盛名。性诙谐。洪武三年（1370）任监察御史。帝恶其老猾持两端。佯狂，告归，以寿终。以《白燕》一诗负盛名,人称"袁白燕"。有《海叟集》四卷。

【注释】

①李十二衍:姓李名衍,排行十二。

②东吴:苏州府的别称。明周祁《名义考》:"苏州,东吴也。"

【解读】

这是一首叙述作者与李衍深厚友情的七言绝句。诗的前两句追忆了少年时相逢在苏州时的情况,两人一见如故,把酒尽欢。后两句写扬州相会已是满头白发,但友谊仍很深厚,所以两人共被而眠,相叙别后之情。

诗是感伤世态炎凉的。从少年在东吴城的"相逢意气为君饮",到如今的白发与共被同眠,联结着几十年的时代沧桑、人生巨变。尽管诗中没有一笔正面涉及时世身世,但透过诗人的追忆感喟,却表现出了随着时光的流逝,青春岁月与少年得意已一去不返。

登金陵雨花台望大江① 高 启

大江来从万山中,山势尽与江流东②。

钟山如龙独西上③,欲破巨浪乘长风④。

江山相雄不相让,形胜争夸天下壮。

秦皇空此瘗黄金⑤,佳气葱葱至今王⑥。

我怀郁塞何由开⑦,酒酣走上城南台⑧。

坐觉苍茫万古意⑨,远自荒烟落日之中来。

石头城下涛声怒⑩,武骑千群谁敢渡?

黄旗入洛竟何祥⑪,铁锁横江未为固⑫。

前三国⑬,后六朝⑭,草生宫阙何萧萧⑮!

英雄乘时务割据⑯,几度战血流寒潮。

我生幸逢圣人起南国⑰,祸乱初平事休息⑱。

从今四海永为家,不用长江限南北⑲。

【作者简介】

高启(1336—1374),字季迪,号槎轩。长洲(今江苏苏州)人。元末张士诚据吴时,隐居吴淞江青丘,自号青丘子。博览群书,工诗,尤精于史,与杨基、张羽、徐贲并称"吴中四杰"。洪武初,以荐参修《元史》,授翰林院国史编修,并受命教授诸王。后擢户部右侍郎,自陈年少不敢当重任,辞归故里。时苏州知府魏观在张士诚宫址改修府治,获罪被诛。启为之作《上梁文》,连坐腰斩。有《高太史大全集》《凫藻集》等。

【注释】

①金陵:今江苏南京。雨花台:在南京中华门外。相传梁武帝时,云光法师在此讲经,感动天神,落花如雨,故名。这里地势高,可俯瞰长江,远眺钟山。

②"山势"句:意为山的走势和江的流向都是由西向东的。

③钟山:即紫金山。

④"欲破"句:此句化用《宋书·宗悫传》"愿乘长风破万里浪"句。这里形容只有钟山的走向是由东向西,好像欲与江流抗衡。

⑤瘗(yì):埋藏。

⑥佳气:山川灵秀的美好气象。葱葱:茂盛貌,此处指气象旺盛。王:通"旺"。

⑦郁塞:郁结窒塞,不舒畅。

⑧城南台:即雨花台。

⑨坐：遂，乃。

⑩石头城：古城名，故址在今江苏南京清凉山，以形势险要著称。

⑪黄旗入洛：三国时吴王孙皓听术士说自己有天子气象，于是就率家人宫女西上入洛阳以顺天命。途中遇大雪，士兵怨怒，才不得不返回。此处说"黄旗入洛"其实是吴被晋灭的先兆，所以说"竟何祥"。黄旗，黄色的旗帜，指天子的仪仗之一。

⑫铁锁横江：三国时吴军为阻止晋兵进攻，曾在长江上设置铁锥铁锁，均被晋兵攻破。

⑬三国：魏、蜀、吴，这里仅指吴。

⑭六朝：吴、东晋、宋、齐、梁、陈均建都金陵，史称六朝。这里指南朝。

⑮萧萧：冷落，凄清。

⑯英雄：指六朝的开国君主。务割据：专力于割据称雄。务，致力，从事。

⑰圣人：指明太祖朱元璋。

⑱事休息：指明初实行减轻赋税，恢复生产，使人民得到休养生息。

⑲四海永为家：用刘禹锡《西塞山怀古》"从今四海为家日"句，指全国统一。

【解读】

这是一首七言古诗。诗作于明太祖洪武二年（1369）。作者生当元末明初，饱尝战乱之苦。当时诗人正应征参加《元史》的修撰，怀抱理想，要为国家做一番事业。当他登上金陵雨花台，眺望荒烟落日笼罩下的长江之际，思潮随着江水波涛而起伏，有感而作。

这首诗以豪放、雄健的笔调描绘钟山、大江的雄伟壮丽，在缅怀金陵历史的同时，发出深深的感慨，把故垒萧萧的新都，写得气势雄壮；抒发感今怀古之情的同时，又表达了对国家安定的喜悦。前八句描写了从台上眺望时所见景色,次四句承上叙述自己的怀古之情,接着八句是说从三国到六朝以这个地方为舞台发生了多次战乱,最后四句赞颂了朱元璋的新王朝并以祈愿和平作结。全诗笔力雄健,音韵铿锵,舒卷自如,气势纵横。

梅花九首(选一)　　　　高　启

琼姿只合在瑶台^①,谁向江南处处栽?

雪满山中高士卧,月明林下美人来。

寒依疏影萧萧竹^②,春掩残香漠漠苔^③。

自去何郎无好咏^④,东风愁寂几回开。

【注释】

①琼姿:美好的丰姿。瑶台:美玉砌的楼台,亦泛指雕饰华丽的楼台。这里指传说中的神仙居处。

②疏影:疏朗的影子。

③漠漠:寂静无声貌。

④何郎:指南朝梁诗人何逊。何逊青年时即以文学著称,为当时名流所称道。他的《咏早梅》诗很有名。

【解读】

这是作者《梅花九首》中的第一首。诗歌大意:梅花美好的丰姿只应当生长在神仙的居处,是哪一位在江南的大地到处栽种?就像是在山中困卧大雪之中的高士,也像是月明的夜里树林下突然碰上美人的到来。寒冷时萧条的竹枝依附着它疏朗的倩影,春天时寂寞的青苔将它的香气掩留在自己的身体。自从南朝的何逊写出美丽的咏梅诗后,就再也没有比他写得更好的歌咏梅花的诗句了,当梅花完成报春的使命,东风也开始默默发愁,梅花又何时能再开出美丽的花朵呢?

诗的首联讲梅花本应开在瑶台,不知为何却开在江南,揭示了其超凡脱俗的特点。颔联把梅比喻成高士美人,揭示了其孤傲高洁的特点。这里用了两个典故,一是"袁安困雪"。《后汉书·袁安传》李贤注引晋周斐《汝南先贤传》:"时大雪积地丈余,洛阳令身出案行,见人家皆除雪出,有乞食者。至袁安门,无有行路。谓安已死,令人除雪入户,见安僵卧。问何以不出。安曰:'大雪人皆饿,不宜干人。'令以为贤,举为孝廉。"这是形容梅花开在大雪的深山中,有如高卧雪中的高士袁安。二是柳宗元《龙城录·赵师雄醉憩梅花下》:"隋开皇中,赵师雄迁罗浮。一日天寒日暮,在醉醒间,因憩,仆车于松林间酒肆傍舍,见一女子淡妆素服,出迓师雄,时已昏黑,残雪对月,色微明,师雄喜之,与之语。但觉芳香袭人,语言极清丽,因与之扣酒家门,得数杯,相与饮。少顷,有一绿衣童来,笑歌戏舞,亦自可观。顷醉寝,师雄亦懵然,但觉风寒相袭。久之,时东方已白,师雄起视,乃在大梅花树下,上有翠羽,啾嘈相顾,月落参横,但惆怅而尔。"用此典渲染梅花的美丽可人。颈联用竹来烘托梅的清俊,用苔掩残香表达对梅之高尚品格的尊重。松竹梅乃"岁寒三友",萧萧竹声中更显寒梅固守清贞的品格;漠漠青苔心甘情愿地承载着残梅的零落花瓣,并将残梅的清香融化在它的躯体中。尾联,借用何逊的典故,说天下除了何逊之外,无人真正懂梅,言外之意为,当今只有诗人自己才真正懂得梅,表达了诗人的寂寞,同时引梅为知己,也表达了自己的高洁与傲骨。

南朝梁何逊《咏早梅》(一题《扬州法曹梅花盛开》):"兔园标物序,惊时最是梅。衔霜当路发,映雪拟寒开。枝横却月观,花绕凌风台。朝洒长门泣,夕驻临邛杯。应知早飘落,故逐上春来。"这是一首咏梅的名诗,对后世影响很大。唐杜甫《和裴迪登蜀州东亭送客逢早梅相忆见寄》诗便提到此诗:"东阁官梅动诗兴,还如何逊在扬州。"后因以"何逊咏梅"事作为咏梅的典故。

师师檀板①

瞿 佑

千金一曲擅歌场②,曾把新腔动帝王③。

老大可怜人事改,缕衣檀板过湖湘④。

【作者简介】

瞿佑(1341—1427),"佑"一作"祐",字宗吉,号存斋。钱塘(今浙江杭州)人。年十四能即席和杨维桢诗,俊语迭出,被誉为"瞿家千里驹"。永乐(1403—1424)中以诗祸下诏狱,谪戍保安十年。洪熙元年(1425)释归,复原职。有《剪灯新话》《存斋遗稿》《乐府遗音》《归田诗话》等。

【注释】

①师师:宋代汴京名妓。本姓王,四岁父亡,遂入娼籍李家。相传其幼年曾为尼,俗称佛弟子为师,故名。名士周邦彦多与来往。宋徽宗曾微服屡访其居。靖康后流落南方。

②千金:一千两黄金,极言钱财多。擅:独揽,专擅,占据。歌场:歌唱的场所。

③新腔:指歌曲中新颖脱俗的腔调。

④缕衣:破烂的衣服。檀板:乐器名,檀木制的拍板。湖湘:湖南洞庭湖和湘江地带,常用来代指湖南。

【解读】

这是一首七言绝句,是对北宋名妓李师师的凭吊和感慨。诗歌大意:当年李师师是千两黄金一首曲子,在汴京独占歌场,新曲也曾感动过帝王(指宋徽宗)。可是后来,金兵攻陷汴京,北宋灭亡,天下大乱,可惜师师老大的年纪也不得不颠沛流离,穿着破烂的衣服,带着檀板逃难到湖南一带来。

李师师,是北宋汴京名妓,风华绝代,当年曾深得徽宗皇帝的宠爱,多次微服出行,往来其家。靖康之乱,金兵攻陷汴京,徽、钦二帝被金人掳掠而去,中原沦陷。当此家国离乱之际,帝王自身尚且难保,一个风尘女子,其颠沛流离的命运几乎是注定了的。据明梅鼎祚《青泥莲花记》卷十三记载:"东京角妓李师师,住金线巷,色艺冠绝。徽宗自政和后,多微行,乘小轿子,数内臣导从。置行幸局,局中以帝出日谓之有排当。次日未还,则传旨称疮痍,不坐朝。尝往来师师家,甚被宠昵。秘书省正字曹辅以疏谏微行,编管郴州。靖康之乱,师师南徙,有人遇之于湖湘间,衰老憔悴,无复向时风态。刘屏山诗云:'辇毂繁华事可伤,师师垂老过湖湘。缕金檀板今无色,一曲当年动帝王。'"可知,作者这首诗是在南宋刘子翚(号屏山)《汴京纪事》诗的基础上改作的。

诗的前两句,写李师师在北宋首都汴京以歌唱擅场,千金一曲,其影响之大,都能打动宋徽宗。后两句,写北宋覆亡后,其老态可怜、流离逃窜之景让人感慨。末句,在刘子翚的诗中,是"缕金檀板","缕金"二字修饰"檀板",指以金线装饰的檀板,形容其唱歌时用的乐器拍板的贵重,但在瞿佑的诗里,则用了两个并列的词:"缕衣"和"檀板"。缕衣,是一缕一缕的衣服,指衣服的破烂;檀板,是旧时一曲千金时华丽的檀板。对比鲜明,将李师师仓促南下湖湘逃难、颠沛流离的情状刻画得淋漓尽致。

赴广西别甥彭云路

解　缙

多情为我谢彭郎,采石江深似渭阳①。
相聚六年如梦过,不如昨夜一更长②。

【作者简介】

解缙(1369—1415),字大绅,号春雨。明江西吉水人。洪武二十一年(1388)进士。尝上万言书,陈述"政令数改,刑罚太繁"之弊,渐为帝所厌,改御史。旋以年少为借口,令回家修学。建文时再仕为翰林待诏。成祖即位,擢侍读,直文渊阁,预机务。又与编《永乐大典》。累进翰林学士兼右春坊大学士。以才高好直言为人所忌,屡遭贬黜。永乐八年,奏事入京,时帝北征,谒太子而还,遂以"无人臣礼"下狱,被杀。有《解文毅公集》《天潢玉牒》等。

【注释】

①采石:即采石矶,在安徽马鞍山市西南长江东岸,为牛渚山北部凸出长江而成,江面较狭,形势险要,自古为重要津渡,也是江防重地。相传为李白醉酒捉月溺死之处。渭阳:《诗·秦风·渭阳》:"我送舅氏,曰至渭阳。"朱熹《诗集传》:"舅氏,秦康公之舅,晋公子重耳也。出亡在外,穆公召而纳之。时康公为太子,送之渭阳而作此诗。"后因以"渭阳"为表示甥舅情谊之典。

②更(gēng):量词,夜间计时的单位,一夜分为五更,每更约两小时。

【解读】

这是作者送给外甥彭云路的一首七言绝句,作于永乐五年(1407)。时作者贬官后赴广西任布政司参议途中,据诗意,当行至安徽当涂采石矶,外甥彭云路来送别,舅甥促膝相谈达一更的时间,心有感触,于第二天写下这首感情浓烈、情意深挚的赠别之作。

诗的前两句写舅氏即作者对外甥的感激之情,同时也说明舅甥之间感情的深厚,作者用采石矶边长江水深来做比喻,表示程度之深。这跟作者坎坷的经历有关。作者此番遭贬谪是受谗被放性质。作为名倾海内的大才子,先是受明太祖器重,但喜欢直言,为众所忌,又因上书论政令屡改、刑罚繁重而被朱元璋厌弃直至罢官,勒令回家修学。后来,又因奔太祖丧而"有司劾非诏旨",谪河州卫吏。这次谪广西则"为汉王高煦所谗",既行,又"为李至刚构,改交阯"。三年后回京奏事,终被高煦诬告下狱,再过五年,瘐死。或云"命狱吏沃以烧酒,埋雪中死"。生活在如此压抑、如履薄冰的时代环境里,敏感善怀的作者由于所遭受排挤、打击所产生的孤独、屈辱之感以及对前途的忧思、对社会不平的激愤诸多情绪纷至沓来,很深也很强烈,所以他对人间真情的珍惜也显得格外强烈和深沉,这就是当外甥来送别之时,作者十分感动和感激的原因了。

后两句,写作者与外甥促膝相谈至一更之久,一更相当于如今两个小时,在这个时段内,虽然不知舅甥之间谈话的内容,但在作者的感觉里,却比以前相聚在一起六年的时间还要长久,这里透露出的信息很丰富,说明这次相会非比寻常,一是从中可见舅甥之间的情谊真挚,难舍难分,以及作者对外甥和亲人的眷念之深、临别嘱托之意、前途珍重之念当必谆谆恳切;二是作者在落魄失意之际,瞻望前程,吉凶难卜,想到人生无常,世事多变,自此别后,水阔天长,山川阻隔,相会无期,不免悲从中来,不可断绝,因此更感到片刻的相聚之可贵。

严羽在《沧浪诗话》中说:"唐人好诗,多是征戍、迁谪、行旅、别离之作,往往能感动激发人意。"这首诗既明叙"别离"之意,又暗寓"迁谪"之情,平易晓畅,通俗而有深致。

春 雁 　　　王 恭

春风一夜到衡阳^①，楚水燕山万里长^②。

莫怪春来便归去，江南虽好是他乡。

【作者简介】

王恭(1343—?)，字安中，自号皆山樵者。福建长乐人。明代学者。少游江海间，中年葛衣草履，归隐于七岩山，凡二十年。永乐四年(1406)，以荐待诏翰林。年六十余，与修《永乐大典》，授翰林院典籍。不久，辞官返里。为闽中十才子之一。有《白云樵唱集》《草泽狂歌》。

【注释】

①衡阳：今属湖南，在衡山之南，有山峰势如大雁回旋，名回雁峰。相传北来的大雁到此不再南飞，遇春飞回北方。

②楚水：泛指古楚地的江河湖泽。这里指楚国，春秋时疆域西北到武关(今陕西丹凤东南)，东南到昭关(今安徽含山北)，北到今河南南阳，南到洞庭湖以南。战国时疆域又有扩大，东北到今山东南部，西南到今广西东北角。楚怀王攻灭越国，又扩大到今江苏和浙江。泛指江南地区。燕山：在河北平原北侧从潮白河谷到山海关，由西向东绵延数百里。这里泛指北方地区。

【解读】

这是一首咏春雁的七言绝句。

此诗作于明成祖永乐四年，即公元1406年，作者被荐举为翰林待诏，参与修《永乐大典》，书成之后，被授为翰林典籍。可是诗人厌倦仕途，于是辞官返回家乡，这首诗便写在回归家乡的途中。大雁春天北飞，秋天南飞，候时去来，故称"归雁"。归雁，千百年来，已经成为游子归乡的象征,作者在这里,也是借大雁类比自己,在朝廷任职即使再好,但也不是自己的故乡,所以最终还是要落叶归根,辞官回家。一个"归"字,说明作者归家之心很坚决,即使路途万里,也要赶着回家去。

前两句写春天到来,大雁便着急着要回去,盘算着行程。有人问,你为什么要这么着急着北飞呢?后两句是大雁的回答,你们莫怪我春天到来便要回去,江南这个地方即使再好,但它却不是我的家乡。言外之意,北方是雁的故乡,一旦条件许可,它便要坚决地回去。作者用托物咏怀的手法,借春雁的口吻表达了强烈的思乡情感以及坚决辞官回家的心情。诗中"楚水""江南"并非确指某个地域方位,而是泛指南北方,在这首诗的意念里,也许还有另一种借代意义,即"江南虽好",指自己居官的朝廷。

懿文皇太子挽诗十章(选一)^①　　方孝孺

盛德闻中夏^②,黎民望彼苍^③。
少留临宇宙,未必愧成康^④。
宗社千年恨^⑤,山陵后世光^⑥。
神游思下土^⑦,经国意难忘^⑧。

【作者简介】

方孝孺(1357—1402),字希直,又字希古,人称正学先生。明浙江宁海人。宋濂弟子。洪武二十五(1392)年召至京,除汉中府教授,与诸生讲学不倦。建文帝即位,召为侍讲学士。修《太祖实录》,为总裁。建文四年(1402)五月,拒燕王朱棣"靖难"。朱棣入南京,自称效法周公辅成王,召使起草诏书。孝孺怒问:"成王安在?"并掷笔于地,坚不奉命。遂被磔（zhé，剐刑）于市，并株连十族。有《逊志斋集》。

【注释】

①懿文皇太子：即朱标（1355—1392），明太祖长子，建文帝之父。死后谥懿文，称懿文太子。

②盛德：品德高尚，高尚的品德。《易·系辞上》："日新之谓盛德。"中夏：指华夏，中国。

③黎民：指庶民，泛指普通百姓，就是平民百姓。语出《书·尧典》："黎民于变时雍。"彼苍：《诗·秦风·黄鸟》："彼苍者天，歼我良人。"孔颖达疏："彼苍苍者，是在上之天。"后因以代称天。

④成康：周成王与周康王的并称。史称其时天下安宁，刑措不用，故用以称至治之世。

⑤宗社：宗庙和社稷的合称。汉蔡邕《独断》卷上："天子之宗社曰泰社，天子所为群姓立社也。"借指国家。

⑥山陵：帝王或皇后的坟墓。《孔子家语·辩政》："大王万岁之后，起山陵于荆台之上，则子孙必不忍游于父祖之墓以为欢乐也。"北魏郦道元《水经注·渭水下》："秦名天子冢曰山，汉曰陵，故通曰山陵矣。"

⑦神游：谓形体不动而心神向往，如亲游其境。又为人死的讳称。宋王安石《八月一日永昭陵旦表》："率土方涵于圣化，宾天遽怆于神游。"宋文天祥《黄金市》诗："先子神游今二纪，梦中挥泪溅松楸。"

⑧经国：治理国家。

【解读】

这是一首五言律的挽诗，哀挽对象是明懿文皇太子朱标。他在洪武二十五年（1392）去世，享年三十八岁。作者惋惜皇太子的英年早逝，所以借挽诗以寓意。

朱标，是朱元璋嫡长子，洪武元年（1368）正月，立为皇太子，置东宫,设官属,悉心辅导,选才俊之士充伴读。朱元璋时时赐宴赋诗,商榷古今,评论文字。朱元璋又命东宫及东宫官编辑古人可为鉴戒之事,训谕太子诸王。洪武十年(1377),令自今政事并启太子处分,然后奏闻。洪武二十四年(1391)八月,奉命巡抚陕西。还京献陕西地图,遂病不起。在病中上官经略建都之事。次年卒,年三十八。葬孝陵东,谥懿文。建文元年(1399)追尊孝康皇帝,庙号兴宗。朱棣即位,复称懿文皇太子。

根据这个履历,朱标是明太祖后第一顺位继承人,但他早逝,未能继承皇位。在朱元璋的诸多皇子中,朱标"孝友仁慈,出于至性",是一位性格比较仁厚,且进德修业皆善的皇子,而且居嫡长之位,继承皇位毋庸置疑。倘若能成为明朝的第二任皇帝的话,可能会促进明朝的发展。至少不会出现明成祖朱棣的所谓"靖难"之役,也不会让号称"读书种子"的方孝孺遭凌迟处死的命运。作者方孝孺和朱标师从同一位师父——明代"开国文臣之首""一代文宗"宋濂。作者尽得宋濂的学问,且"恒以明王道、致太平为己任",朱元璋也有意历练他、培养他为将来朱标的辅佐。但随着朱标的去世,这美好的愿望未能成功。朱元璋去世之后,皇位传给朱标次子皇太孙朱允炆,建文帝倚作者为心腹之任,但时移势易,随着燕王朱棣的"靖难"之役,终究成了泡影。这就是历史的遗憾。

洪武二十五年(1392)九月,作者被人举荐至京师(南京),对于朱标的去世,他非常感慨,于是写下挽诗十章,对皇太子朱标做了极高的评价,同时也表达了自己深深的怀念和惋惜之情。挽诗当作于作者九月到京师之后,作者时年三十六岁。

首联是对皇太子的高度评价,用"盛德""彼苍"两词,从皇太子修为本身及天下百姓对他的期望着眼,肯定了朱标是难得的皇帝之才。颔联和颈联,是对皇太子英年早逝的抱憾,倘若他能多留些岁月,明朝有可能达到至治之世,有如周初的周成王和周康王时代那样。这是对

131

朱标的极大期许。朱标的去世是国家的遗憾,他是明皇室子孙的光辉榜样,作者意在让明皇室继承其高尚的品格。尾联,写皇太子人虽已离世,但他的精神仍眷念下土,表达其治理国家的愿望。这是转到皇太子本身,抒发其遗憾之情。

全诗格律严整,辞义正大,兼具惺惺相惜之意,情词真挚,缱绻难忘。

刘伯川席上作^①　　　杨士奇

飞雪初停酒未消,溪山深处踏琼瑶^②。
不嫌寒气侵人骨,贪看梅花过野桥。

【作者简介】

杨士奇(1365—1444),名寓,以字行,号东里。明江西泰和人。早年家贫力学,授徒自给。建文初以荐入翰林,与修《太祖实录》。成祖即位,授编修,入内阁,参机要。先后历惠帝、成祖、仁宗、宣宗、英宗五朝,在内阁为辅臣达四十余年,任首辅二十一年。官至兵部尚书,廉能为天下称。善知人,于谦、周忱、况钟之属皆为所荐。有《东里全集》《文渊阁书目》《历代名臣奏议》等。

【注释】

①刘伯川:字东之,江西泰和人。明英宗天顺元年(1457)进士,历官兵部主事、禹州知府。

②琼瑶:美玉。《诗·卫风·木瓜》:"投我以木桃,报之以琼瑶。"《毛传》:"琼瑶,美玉。"又比喻雪。

【解读】

本诗是明代大臣杨士奇所作。关于此诗来由,还有一段有趣的故事。在明蒋一葵《尧山堂外纪》、明朱国祯《涌幢小品》等均有记载,文字略有繁简。兹录明朱国祯《涌幢小品》卷二十二"赋诗言志"条如下:"刘伯川,泰和人。家富而轻财。年四十,有田数千亩,一日悉散予其亲间,并臧获一切遣去。独与其妻处敝庐数楹,仅蔽风雨,旦暮馕粥而已。平居不与俗人接,然善观人。邑人杨士奇,年十四五时,与陈孟洁谒伯川村中。二子皆其故人子,留款特厚。一日,雪霁酒酣,伯川命各赋诗言志。孟洁赋云:'十年勤苦事鸡窗,有志青云白玉堂。会待春风杨柳陌,红楼争看绿衣郎。'士奇赋即景一首云:'飞雪初停酒未消,溪山深处踏琼瑶。不嫌寒气侵人骨,贪看梅花过野桥。'伯川顾孟洁笑曰:'十年勤苦,只博红楼一看耶?'又曰:'不失一风流进士也。'顾士奇,笑曰:'寒士,寒士,鼎蕭器也。'又曰:'人有不为也,而后可以有为,子其勉之。惜予不及见也。'后孟洁果登进士,为庶吉士,而士奇官至少师。皆如伯川言。"

讲的是杨士奇十四五岁时,一次与朋友陈孟洁一起去拜见他父亲的好友刘伯川。当时正值寒冬,一场大雪过后,山明水秀的村庄田野变成了一个银白的世界。三人酒酣耳热,沿着小溪漫步。刘伯川让两个少年每人作诗一首,表达志向。杨士奇写了以上这首诗。

一、二句的叙事,极其简明,既交代了天气情况,也点明了写诗的背景,还记录了一起散步的情景。"踏"字同雪后的情景相呼应,同时还让读者感受到了"踏"者高昂的情绪。"琼瑶"喻雪后的路面,写出了雪后神奇美妙的景象,也为下句的寒"入骨"做铺垫,可谓出手不凡。三、四句议论抒情。"不嫌"有"不怕"的意思,这里恐怕还沾带些孩童好奇、顽劣的心理,无意间暗合了作者的年龄特点。

最妙的是"贪看"二字。其一,将寻常的散步赏雪转化为特意赏梅,而且为了赏梅忘记了寒冷。其二,扫却了孩童好奇的痕迹,目标专一,表达了对梅花的喜爱,寄托高雅的情趣。

石灰吟①

于　谦

千锤万凿出深山,烈火焚烧若等闲②。
粉骨碎身全不怕,要留清白在人间③。

【作者简介】

于谦(1398—1457),字廷益,号节庵。官至少保,世称于少保。明浙江钱塘(今杭州)人。永乐十九年(1421)进士。宣德(1426—1435)初授御史,出按江西,雪冤囚数百。迁兵部右侍郎,巡抚河南、山西,前后在任十九年。正统(1436—1449)末年召为兵部左侍郎。正统十四年(1449),土木之变,英宗被俘,郕王朱祁钰监国,谦力排南迁之议,决策守京师,迁尚书,为中外倚任。与诸大臣请郕王即位,为景帝。瓦剌兵逼京师,身自督战,击退之。论功加少保,总督军务。英宗复辟,石亨等诬谦议改立太子,又谋迎立襄王子,被杀。万历年间改谥曰忠肃。有《于忠肃集》。

【注释】

①吟:吟诵,古代诗歌体裁的一种。《三国志·蜀志·诸葛亮传》:"亮躬耕陇亩,好为《梁父吟》。"唐元稹《乐府古题序》:"《诗》讫于周,《离骚》讫于楚。是后,诗之流为二十四名:赋、颂、铭、赞、文、诔、箴、诗、行、咏、吟、题、怨、叹、章、篇、操、引、谣、讴、歌、曲、词、调,皆诗人六义之余,而作者之旨。"宋姜夔《白石诗话》:"悲如蛩螀(jiāng)曰吟,通乎俚俗曰谣,委曲尽情曰曲。"

②若等闲:好像很平常的事情。若,好像、好似。等闲,平常,轻松。

③清白:指石灰洁白的本色,又比喻高尚的节操。

【解读】

这是作者吟诵石灰的一首七言绝句。诗歌大意:石灰石要经过千万次锤打才能从深山里开采出来,它把熊熊烈火的焚烧当作很平常的一件事。即使自己粉身碎骨也毫不惧怕,要把一身清白留在人世间。

此诗托物言志,采用象征手法,字面上是咏石灰,实际借物喻人,托物寄怀,表现了诗人高洁的理想。全诗笔法凝练,一气呵成,语言质朴自然,不事雕琢,感染力很强;尤其是作者那积极进取的人生态度和大无畏的凛然正气更给人以启迪和激励。

观　书 　　　于　谦

书卷多情似故人,晨昏忧乐每相亲。
眼前直下三千字①,胸次全无一点尘②。
活水源流随处满③,东风花柳逐时新。
金鞍玉勒寻芳客④,未信吾庐别有春⑤。

【注释】

①三千字:泛指,并非确数。此句说明作者读书多且快。

②胸次:胸中,心里。尘:杂念。这句说作者专心读书,胸无杂念,

③活水:有源头常流动的水。

④金鞍:饰金的马鞍。玉勒:饰玉的马笼头。此泛指马鞍、笼头的贵重美丽。寻芳:游赏美景,又指狎妓。

⑤庐:古代指平民一家在郊野所占的房地。此指书房。

【解读】

这是一首作者谈观书亲身体会的七言律诗。诗歌大意:书卷就像

是我多年的好朋友，它对我怀有很深的情意，不论是早晚，也不论是我忧愁或者快乐的时候，它都会亲近我，陪伴着我。我眼睛一扫，许许多多文字就从我眼前过去，心胸中再无半点尘世间的卑俗杂念。坚持经常读书，新鲜的想法源源不断、用之不竭。勤奋攻读，像东风里花柳争妍，与时常新。那些跨着饰有金鞍玉勒的骏马来"寻芳"的贵介公子们，是不相信我书房中别有一段新鲜美丽的春景的。

首联开篇，即以个人读书的独特体会，谈自己和书本的亲密关系。中间两联，集中写读书之乐。眼前的书，一读即是无数字，读书之多之快，表现诗人读书如饥似渴的心情，读了有益的书，胸中顿觉爽快，全无一点杂念。这两句使诗人专心致志、读书入迷的情态跃然纸上。颈联用典故和自然景象作比，说明勤读书的好处，表现诗人持之以恒的精神。"活水"句，化用朱熹《观书有感》"问渠那得清如许，为有源头活水来"句，是说坚持经常读书，就像池塘不断有活水注入，不断得到新的营养，永远清澈新鲜。"东风"句，化用程颢《春日偶成》"云淡风轻近午天，傍花随柳过前川"，是说勤奋攻读，不断增长新知，就像东风催开百花、染绿柳枝一样，与时俱进，逐时而新，永不落后。尾联，以贵介公子日日寻花逐柳做陪衬，写出读书中自有"春"的意思，自有其特别的快乐之处，这是不为那些玩物丧志、游手好闲者所体会和领略的。

这首诗写作者观书的亲身体会，抒发喜爱读书之情，意趣高雅，风格率直，说理形象，颇有感染力。

咏煤炭　　　　　　　　　于　谦

凿开混沌得乌金①，藏蓄阳和意最深②。
爇火燃回春浩浩③，洪炉照破夜沉沉④。

鼎彝元赖生成力⑤，铁石犹存死后心⑥。

但愿苍生俱饱暖⑦，不辞辛苦出山林。

【注释】

①混沌(dùn)：古代指世界未开辟前的原始状态。《三五历记》："天地混沌如鸡子，盘古生其中，万八千岁，天地开辟，阳清为天，阴浊为地。"这里指未开发的煤矿。乌金：黑亮的金子，指煤炭，因黑而有光泽，故名。

②阳和：原指阳光和暖。《史记·秦始皇本纪》："时在中春，阳和方起。"这里借指煤炭蓄藏的热力。

③爝(jué)火：小火，火把。《庄子·逍遥游》："日月出矣，而爝火不熄。其于光也，不亦难乎？"浩浩：广大无际貌。

④洪炉：大火炉。

⑤鼎彝(yí)：原是古代的饮食用具，后专指帝王宗庙祭器，引申为国家、朝廷。这里兼含两义。鼎，炊具；彝，酒器。元：通"原"，本来。赖：依靠。生成力：煤炭燃烧生成的力量。

⑥"铁石"句：意谓当铁石被消融而化为煤炭的时候，它仍有为人造福之本心。古人误认为煤炭是铁石久埋地下变成的。

⑦苍生：老百姓。

【解读】

这是一首托物言志的七言律诗。诗歌大意：凿开原始地层获得乌黑发亮如金子一般的煤炭，它蕴藏无穷无尽的热力，心中的情意最为深沉。当它燃烧时有如浩荡的春风，瞬间将春天带回大地，炉中熊熊烈焰同时能照破黑漆深沉的夜空。钟鼎彝器的制作也依靠它的力量生成，铁与石经过它的熔化也仍能坚持它们的本心。只希望天下的百姓能够饱暖，我不辞辛劳和艰苦，义无反顾走出山林。

此诗借煤炭的燃烧来表达忧国忧民的思想、甘愿为国为民出力献身的高风亮节。首联开篇点题，概括了煤炭开采的过程，也点出其巨大作用。"阳和"二字用得最为贴切形象，意指煤炭蕴蓄的巨大能量。颔联细致描摹煤炭燃烧的状态，极言其功用。燃烧煤炭可以给人带来春天般的温暖，炉火中的火焰也使深沉的夜空变得很明亮。"回""破"对举，对仗极为工整，将煤炭燃烧换来的温暖、春意、光明做了极其形象、富有诗意的概括。颈联继续阐发煤炭的作用和倾情奉献的品质。如果把"鼎彝"二字引申为"国本"之意，那么这一联就蕴含了国家的根本和命脉要倚仗那些把握苍生国运的臣子的赤胆忠心来维护这一深刻领悟。尾联将煤炭彻底人格化并赋予它"鞠躬尽瘁，死而后已"的精神。这两句诗同时也可看作是作者心忧苍生、情寄社稷、无私奉献的伟大一生的最好写照。

立春日感怀　　　　于　谦

年去年来白发新，匆匆马上又逢春①。
关河底事空留客②？岁月无情不贷人③。
一寸丹心图报国，两行清泪为思亲。
孤怀激烈难消遣，漫把金盘簇五辛④。

【注释】

①马上：马背上，指在征途或在军队里。

②关：关山河川，这里指边塞上。底事：何事。

③贷：借贷。

④漫：聊且，胡乱，随便。簇：攒聚。五辛：指五种辛味的菜。明李时珍《本草纲目·菜部·五辛菜》："五辛菜，乃元日立春，以葱、蒜、韭、

蓼蒿、芥辛嫩之菜,杂和食之,取迎新之意,谓之五辛盘。"

【解读】

这是一首立春日感怀的七言律诗。作者在击退瓦剌入侵后第二年的立春日在前线所写。

诗的前两句,写一年去了,一年又来,很快地添上许多白发,匆匆忙忙又在马背上逢到立春日。"关河"句,写关山河川为什么徒然留住我?"岁月"句,写时光的流逝是毫不留情的。"一寸丹心"句,丹心就是赤胆忠心,杜诗"心折此时无一寸",所以一寸也就是一颗。一颗赤胆忠心就只是为报效国家。"两行清泪"句,写立春日不能在家侍奉双亲,想起他们来就流下眼泪。末两句,孤独的情怀难以打发,只好随意凑一个五辛菜盘,聊以对付这个立春的佳日。

作者一心报国的同时思念双亲,两种矛盾的情感在心中激荡,只好怀着无可奈何的心情随着习俗来迎接新春。此诗既写其戎马倥偬,又写其孤怀激烈,一颗赤胆忠心洋溢于字里行间。

题　画　　　　　　　沈　周

嫩黄杨柳未藏鸦,隔岸红桃半著花①。
如此风光真入画②,自然吾亦爱吾家③。

【作者简介】

沈周(1427—1509),字启南,号石田。明长洲(今江苏苏州)人。不应科举,长期从事绘画和诗文创作。文章得力于《左传》,诗宗白居易、苏轼、陆游,字仿黄庭坚。画取法宋元诸家,自成一家。与文徵明、唐寅、仇英并称"明四家"。终身未仕。有《客座新闻》《石田集》等。

【注释】

①著:生长,增添。

②入画:进入画境。多用于形容景物优美。唐韩偓《冬日》诗:"景状入诗兼入画,言情不尽恨无才。"

③自然:天然,非人为的。

【解读】

这是一首题画诗,七言绝句。诗的前两句写景,交代季节,正是初春时候,屋门前杨柳刚长出嫩叶,颜色浅黄,并不是枝繁叶茂的那种,所以树上没有藏着乌鸦。屋门前隔着一条河,河对岸有一半桃树都开着红花。后两句是议论和抒情,像这样柳绿桃红的风光,真的是进入到了画境,我不光喜欢这样天然的美景,也喜欢我自己与美景相伴的家。

全诗语言平易通俗,明白晓畅。末句更像是口语,但真挚自然,颇有余味。

折花仕女①

沈 周

去年人别花正开,今日花开人未回。
紫恨红愁千万种②,春风吹入手中来。

【注释】

①仕女:指仕女画中的人物。其形象多属于封建时代社会上层的美女。

②紫恨红愁:紫色的花与红色的花的愁与恨。花由红而紫,表示时序推进,由初春到暮春,比喻女子的思绪由愁入恨,一种情绪上的递进。

这也是一首题画诗,七言绝句。题画的对象是《折花仕女》图。

花是不懂得离愁别绪的,然而诗人在这里将人的情感移到花的上面,借以表达女人内心的愁思,这才有了"紫恨红愁"。女人思念那在远方的亲人(或情人),去年花开之日,正是与亲人离别之时。今年花又开了,亲人却未归来。

春花烂漫的景象,本来应该给人带来欢愉,花正芳春,人也正是芳龄,然而思念之人未归,眼前恣意盛放的鲜花,更加深了女人内心的孤寂落寞。此中的万千思绪更与何人说?那要折花的纤纤素手,欲折还休,结果不解风情的春风,将落红吹入手中,画面就停在那一刻。

全诗只有四句,层次曲折,摇曳多姿,画是隽品,诗是好诗,结句点睛,更见境界之美。

柯敬仲墨竹① 李东阳

莫将画竹论难易,刚道繁难简更难②。
君看萧萧只数叶③,满堂风雨不胜寒④。

【作者简介】

李东阳(1447—1516),字宾之,号西涯。明茶陵(今属湖南)人。天顺八年(1464)进士,授编修,累迁侍讲学士,充东宫讲官。弘治八年(1495)以礼部侍郎兼文渊阁大学士,直内阁,预机务。官至吏部尚书、华盖殿大学士。立朝五十年,入阁十五年,清节不渝。喜奖掖后学,推挽才隽。文章典雅流丽,工篆隶书。以馆阁大臣领袖文坛。有《怀麓堂集》《怀麓堂诗话》《燕对录》。

【注释】

①柯敬仲:名九思,号丹丘生。元台州仙居(今属浙江)人。著名书画家,博学能诗文,长于画山水、人物、花卉,尤以墨竹为佳。

②刚:副词,才,正好,恰好。

③萧萧:稀疏的样子。

④不胜(shēng):无法承担,承受不了。

【解读】

这首七言绝句为元代柯九思所作的墨竹图而题,是一首谈墨竹绘画技巧的题画诗。借观柯九思的墨竹图而发议论,专门拈出了画竹的难易繁简问题,表达了作者对文人画尚意崇简美学趣味的推崇。

"莫将画竹论难易",是劝人不要轻率谈论画竹难易这回事。人们普遍以为绘画繁复很难,但其实画简也不容易,相对来说,应当是更加难,这就是诗中第二句"刚道繁难简更难"所要说出来的道理。因为简笔写意,是不追求形似,而是通过简单的几笔传达绘画对象的气象和神韵,这个功夫不是平常画家所容易达到的。这是艺术的更高境界。

前两句是议论,后两句便归入论证,作者举柯九思的墨竹图为例。"君看萧萧只数叶,满堂风雨不胜寒。"您看这画只有简单的几叶,就让人感受到满堂的风雨袭来,令人不胜寒意。通过诗歌生动展现和揭示画家所创造出来的境界,对柯九思所画的墨竹图做出了高度的赞赏,同时也给前面两句的说理以形象生动的论证。艺术创作并不在于是繁还是简,关键在于它是否能生动传神,让人领略到它的气象和神韵。柯九思所画的竹,萧萧数叶却能产生风雨飘萧、寒气袭人的艺术效果,可见简绝非容易。

这首小诗既是评论柯氏的墨竹,也探讨了艺术的真谛,意象与画论结合,诗情与哲理交融。同时,诗人以简笔写意赞画家的简笔写意,诗画相得益彰。

游岳麓寺①

李东阳

危峰高瞰楚江干,路在羊肠第几盘②。

万树松杉双径合③,四山风雨一僧寒。

平沙浅草连天在④,落日孤城隔水看⑤。

蓟北湘南俱入眼⑥,鹧鸪声里独凭栏。

【注释】

①岳麓寺:在湖南长沙岳麓山上。

②"危峰"二句:从岳麓山顶峰俯瞰湘江岸边,山路弯曲盘旋而下。危峰,高耸的山峰。楚江,指湘江。干,岸,水边。羊肠,弯曲的小道。

③万树松杉:形容松树和杉树满山。双径合:两条山路从不同方向通向寺前,在此交会。

④平沙:指广阔的沙原。

⑤孤城:指长沙。隔水看:即隔江看,湘江在岳麓山与长沙城之间。

⑥蓟北:指河北北部。湘南:指湖南南部。

【解读】

这是一首游岳麓寺的七言律诗。岳麓寺位于今湖南长沙湘江西岸的岳麓山上。寺庙建于晋泰始四年(268)。杜甫晚年曾到此一游,留下了"寺门高开洞庭野,殿脚插入赤沙湖"的诗句。明成化八年(1472),二十六岁的翰林院编修李东阳陪同父亲返故乡茶陵(长沙附近)省亲,游岳麓山,写下此诗。作者通过描绘艰难登上岳麓山,并在高矗的山寺中凭栏眺望湘江两岸的景色,所感到的风雨孤凄的印象,抒发了自己在京中任职或在家乡侍亲去留两难的忧伤之情。

诗的首联写登高、望远和回顾来路三个过程。第一句写近景和远景。人在"危峰",是近景,距岳麓山不远的"楚江"(即湘江),是远景。岳麓山拔地而起,山势巍峨高耸,站在山巅上,眺望四周,这是自上而下、自近而远的"高瞰"。"高瞰"的对象是湘江两岸的景色。两字居高临下,显示视野的广阔,凸现岳麓山巉岩挺拔的气势。第二句,写回顾来路的艰险和曲折,羊肠小道,不知要拐多少弯,才能到达这险境,可见来得不易。

颔联,写四周的风景,一是满山都是松树和杉树,树林间有两条小路直通到这里会合;二是四围的山经常是风雨飘萧,一座僧寺独立在当中,可以感受到它的孤独和寒意。这里写出了岳麓山和岳麓寺环境的幽深和清寂。

这两句都是写山中所见,都是近在眼前的景象。

接着,诗人又转向远景:"平沙浅草连天在,落日孤城隔水看。"诗人放眼远眺,入望尽是平沙浅草,草木的绿色一直延伸到天际;隔着湘水而望,只见孤零零的长沙城沐浴在夕阳的余晖中。这两句诗写出了"长沙千里平"(韩愈诗句)的地理特点,湘江沿岸、长沙周围是广阔的平原,从岳麓山上望去,崛起在地平线上的长沙城极其显眼,看去有似"孤城"了。

作者因家族世代为行伍出身,入京师戍守而自小生长在北京。此番是他第一次回故乡,第一次看到湘江和岳麓山的风光,而自己马上又要告别此地回京了。他不由极目遥望天边,仿佛看到了祖国南北辽阔的大地,仿佛北京、长沙都在自己视线之内了。偏偏此时多情的鹧鸪又叫起来,"行不得也哥哥",好像是在殷勤地挽留行人。此情此景,又一次触动了独自凭栏的诗人对故乡的依恋之情。

本诗是山水诗,在"位置经营"上颇有讲究。结尾"鹧鸪声里独凭栏"句,可知诗人是在岳麓寺一个山亭上凭栏观赏风景。随着诗句的铺排,可知诗人视线逐渐由近及远,再由远及近,有时近景与远景相交错,呈现多层次的复杂画面,使得诗歌境界广阔。

桃花庵歌

唐寅

桃花坞里桃花庵①,桃花庵里桃花仙。

桃花仙人种桃树,又摘桃花换酒钱。

酒醒只在花前坐,酒醉还来花下眠。

半醒半醉日复日,花落花开年复年。

但愿老死花酒间,不愿鞠躬车马前②。

车尘马足贵者趣,酒盏花枝贫者缘。

若将富贵比贫者,一在平地一在天。

若将贫贱比车马,他得驱驰我得闲。

别人笑我忒风颠③,我笑世人看不穿。

不见五陵豪杰墓④,无酒无花锄作田。

【作者简介】

唐寅(1470—1524),字伯虎,一字子畏,号六如居士、桃花庵主等。明吴县(今江苏苏州)人。弘治十一年(1498)乡试第一。会试时,牵涉科场舞弊案,下诏狱,谪为吏,耻不就。游名山大川,以卖画为生。山水、人物、花鸟,无所不精。筑室桃花坞,与客日游宴其中。与沈周、文徵明、仇英合称"明四家"。诗文亦工。有《画谱》《六如居士全集》。

【注释】

①桃花坞(wù):位于苏州金阊门外。陈沂《南畿志》:"桃花坞在阊门内北城下。宋时为枢密章粢别业,后为蔬圃。明唐寅于此地筑桃花庵。"

②车马:此代指高官权贵。

③忒(tuī):副词,太,过于。风颠:同"疯癫",精神失常。

145

④五陵:西汉元帝以前,每筑一皇帝陵墓,即在陵侧置一邑,令邑民供奉园陵,称为陵邑。永光四年(前40)改陵邑为县。其中高帝长陵、惠帝安陵、景帝阳陵、武帝茂陵、昭帝平陵五陵邑,都在渭水北岸,自今兴平东北至咸阳东北,合称"五陵"。

【解读】

杨静庵编《唐寅年谱》载"明孝宗弘治十八年乙丑(1505),先生年三十六岁,谋筑桃花庵别业",而《桃花庵歌》则考证"当在1515之后,或正德末(1521)之前,时则长夏也",则此诗之作当在作者四十六岁之后。

作者十九岁中解元,后来受到科场舞弊案牵连,功名被革,在长期的生活磨炼中,看穿了功名富贵的虚幻,认为以牺牲自由为代价换取的功名富贵不能长久,遂绝意仕进,卖画度日,过着以花为朋、以酒为友的闲适生活。此诗即为表达其乐于归隐、淡泊功名的生活态度。

此诗前四句自叙,称自己是隐居于桃花庵中的桃花仙人,种桃树、卖桃花沽酒是其生活的写照。运用顶针的修辞手法,循环往复,突出"桃花"意象,借桃花隐喻隐士,鲜明地刻画了一位风流洒脱、热爱生活、快活似神仙的隐者形象。

次四句描述了诗人与花为邻、以酒为友的生活,日复一日,年复一年,时光流转仍初衷不改,这种对花与酒的执着正是对生命极度珍视的表现。

下面四句直抒胸臆:宁愿老死花间,也不愿低三下四追逐富贵。尽管富者有车尘马足的乐趣,贫者自可与酒盏和花枝结缘。通过对比,写出了贫者与富者两种不同的人生乐趣。

接下去四句是议论,深刻地揭示贫与富的辩证关系:表面上看贫穷和富贵有天壤之别,但实际上富者车马劳顿,不如贫者悠闲自得。这种蔑视功名富贵的价值观在人人追求富贵的年代无异于石破天惊,体现了作者对人生的深刻洞察和超脱豁达的人生境界。尽管贫穷却不失人生的乐趣、精神上的富足,这正是古代失意文人的人生写照。

末后四句,叙写以上这种生活态度,一般普通的世俗之人是看不懂的,相反认为作者疯疯癫癫,不是正常的人,但在作者看来,正是因为世人看不透世相,所以才以功名富贵为一生的追求取向。最后以"五陵豪杰墓"为例证明,那些生前富贵的豪杰,死后既享受不到酒,也享受不到花,最终墓也都被锄掉,改作了田土,极言富贵之不足恃,不如生前快活自在得享神仙之快乐。

此诗层次清晰,语言浅近,回旋委婉,近乎民谣式的自言自语,但却蕴含无限的艺术张力,给人以绵延的审美享受和强烈的认同感。

画 鸡 唐 寅

头上红冠不用裁,满身雪白走将来①。
平生不敢轻言语②,一叫千门万户开。

【注释】

①将:助词,用于动词之后。
②轻:随便,轻易。

【解读】

这是作者为自己的画作《鸡》题写的一首七言绝句。

诗的前两句,写雄鸡的特征和形象、动作,一是点明头上的鸡冠既是红色的,又比其他鸡要长得粗长一点,这是雄鸡区别其他鸡类的显著标志,二是写出这只雄鸡的毛色雪白的,正昂首挺胸地走过来。后两句,揭示雄鸡司晨的特点,平时一般不大发声,一发声天就亮了,宣告东方破晓,长夜结束,千门万户的人都要起来。与毛泽东《浣溪沙》词"一唱雄鸡天下白"句义相近。

这首诗描绘了雄鸡的威武,写出它的高洁和报晓的天性。语言通俗,近于口语,刻画形象很生动,将雄鸡的气质展现得淋漓尽致。

墨 菊

唐 寅

故园三径吐幽丛^①,一夜玄霜坠碧空^②。
多少天涯未归客,借人篱落看秋风^③。

【注释】

①三径:晋赵岐《三辅决录·逃名》:"蒋诩归乡里,荆棘塞门,舍中有三径,不出,唯求仲、羊仲从之游。"后因以"三径"指归隐者的家园。晋陶渊明《归去来辞》:"三径就荒,松竹犹存。"

②玄霜:厚霜。

③篱落:即篱笆。

【解读】

这是一首歌咏菊花的七言绝句。诗歌大意:故乡园子里小路旁长出了一丛丛幽馨的菊花,一夜之间厚厚的霜花从碧蓝的天空降下。有多少远在天涯没有回家的客子,只能借着篱笆看着秋风刮起。

这首诗浅近直白,清新淡雅。作者借菊花开后,深秋来临,天涯游子不得回家,表达他们思乡的情绪。

在中国文化传统中,菊花向来是高洁的象征,但这首诗只是一个行旅者,通过观察"玄霜"的降落,意识到秋意已深,从而联想故园菊花也应当开放了,秋意也浓了,由此触动游子的思乡情怀,与高洁的情调不相干。

言　志　　　　唐　寅

不炼金丹不坐禅^①，不为商贾不耕田^②。
闲来写就青山卖，不使人间造孽钱^③。

【注释】

①金丹：古代方士炼金石为丹药，认为服之可以长生不老。晋葛洪《抱朴子·金丹》："夫金丹之为物，烧之愈久，变化愈妙。黄金入火，百炼不消，埋之毕天不朽。服此二物，炼人身体，故能令人不老不死。"坐禅：指佛教徒静坐息虑，凝心参究。

②商贾（gǔ）：商人。

③造孽：指作恶，做坏事。

【解读】

这是一首自述其志趣的七言绝句。

此诗描写了作者淡泊名利、专事读书卖画的志向。诗的语言很明快，多用口语，含意也直白易懂。它表明了作者清白、清高、清正的处世态度，还反映出他那自然不羁的性格。

诗的前两句一连用四个"不"，写诗人在摒弃功名利禄之后的有所不为。"不炼金丹不坐禅"，即不学道、不求佛。同时经商、种田那些繁杂的劳动也是作者所不愿做的。四个"不"字一气贯注，语极痛快干脆，态度鲜明。

既然前面铺垫了这么多"不"，人总要生活，要有生活来源，作者总得选择一项职业，那就是凭手中的笔，画一片美丽的山水。第三句，"闲来写就青山卖"，确定自己的职业，是以画为生。这是他的志向，虽然是实话，但也是极为自负、豪迈的语言。末句"不使人间造孽钱"，以鬻文卖画、自食其力为荣，这样挣来的钱是干净的、正当的，表明了作者对巧取豪夺、贪赃枉法、偷盗抢劫等靠不法手段所取得"造孽钱"的行为的坚决摒弃,同时凸显出其清白高尚的品格。末句异常警策,尤其发人深省。

咏良知四首(选二)① 王守仁

其三

人人自有定盘针②,万化根源总在心③。
却笑从前颠倒见,枝枝叶叶外头寻。

其四

无声无臭独知时④,此是乾坤万有基⑤。
抛却自家无尽藏⑥,沿门持钵效贫儿⑦。

【作者简介】

王守仁(1472—1529),字伯安。余姚(今属浙江)人。明代著名思想家、文学家、哲学家和教育家。因筑室会稽山阳明洞中,自号阳明子,世称"阳明先生"。弘治十二年(1499)进士,历任刑部主事、贵州龙场驿丞、庐陵知县、右佥都御史、南赣巡抚、两广总督、南京兵部尚书等职。因平定"宸濠之乱"受封新建伯,谥文成,故后人又称王文成公。王学(阳明学)在明代中期以后影响很大,还流传到日本。其文章博大昌达,行墨间有俊爽之气。著作由门人辑成《王文成公全书》三十八卷。

【注释】

①良知:儒家谓人类先天具有的道德意识。《孟子·尽心上》:"人

之所不学而能者,其良能也;所不虑而知者,其良知也。"王守仁《传习录》卷中:"若鄙人所谓致知格物者,致吾心之良知于事事物物也。吾心之良知,即所谓天理也。致吾心良知之天理于事事物物,则事事物物皆得其理矣。"

②定盘针:即指南针。比喻衡量是非的标准。

③万化:各种变化,指万事万物,大自然。

④无声无臭(xiù):没有声音,没有气味。常形容天道、神意幽微玄妙,难以直觉感知。《诗·大雅·文王》:"上天之载,无声无臭。"郑玄笺:"天之道难知也,耳不闻声音,鼻不闻香臭。"独知:知人所不知;仅一人知。

⑤乾坤:《易》的乾卦和坤卦。乾为天,坤为地,故称天地。万有:犹万物。有,表示存在。

⑥无尽藏(zàng):无穷无尽的宝藏。佛教语,谓佛法广大无边,作用于万物,无穷无尽。

⑦沿门持钵:原指僧、尼挨门向人求布施,后泛指到处乞求施舍。效:模仿,师法。贫儿:乞丐,穷人。

【解读】

《咏良知》一共有四首,均为七言绝句,这是其中第三、四首。

作者王守仁,是明朝的大哲学家,心学的集大成者。心学作为儒学的一门学派,最早可推溯自孟子,而北宋程颢开其端,南宋陆九渊则大启其门径,而与朱熹的理学分庭抗礼。至明朝,从陈献章倡导涵养心性、静养"端倪"之说开始,明代儒学实现了由理学向心学的转变,成为儒学发展史上的一个重要转折点。陈献章之后,湛若水和王守仁是明代中晚期心学的两个代表人物。湛若水在继承陈献章学说的基础上,提出其心学宗旨"随处体认天理",而王守仁(即王阳明)提出心学的宗旨在于"致良知",至此心学开始有清晰而独立的学术脉络。

《大学》有"致知在格物"语。王守仁认为,"致知"就是致吾心内在的良知。这里所说的"良知",既是道德意识,也指心的最高本体。他认为,良知是人人具有的内在力量。"致良知"就是将良知推广扩充到事事物物。"良知"是"知是知非"的"知","致"是在事上磨炼,见诸客观实际。"致良知"即是在实际行动中实现良知,知行合一。"致良知"是王守仁心学的本体论与修养论直接统一的表现。

这两首诗就是通过诗的形式阐述良知就在自己的心中,不须向外面寻求。

前一首诗告诉我们,世间纷繁万物乃至万物之间的变化、关系都在人的心中,而良知藏在心中,就像指南针那样给我们指示方向。作者认为自己以前本末倒置,没有领悟这个道理,而是到外头去寻找那些枝枝叶叶、不着要领的东西,结果只是缘木求鱼,得不到真正的结果。

后一首是说心的本体,即良知,既没有声音,也没有气息,幽微玄妙,难以直觉感知,但一旦领悟到,也就是你"独知"之时,你就会了解它是天地万物存在的基础,也可以说它即是宇宙的根本。"抛却自家无尽藏,沿门持钵效贫儿",形象地刻画了一幅有趣又略带讽刺意味的画面:抛弃自家拥有的无价宝藏,却像乞丐一样拿着钵挨家挨户去乞讨。作者指出,儒家格物致知的功夫,也即致良知的功夫是在自心内,不在心外,告诉我们要从自身发掘、体认。

王阳明致良知之说,与宋代陆九渊"吾心即是宇宙,宇宙即是吾心"的学说,一脉相承。

龙潭夜坐①

王守仁

何处花香入夜清？石林茅屋隔溪声。
幽人月出每孤往②，栖鸟山空时一鸣。

草露不辞芒屦湿③，松风偏与葛衣轻④。

临流欲写猗兰意⑤，江北江南无限情。

【注释】

①龙潭：这里指的是滁州的龙池，又称"柏子潭""柏子龙潭"。遗址在滁州的龙池街。

②幽人：幽隐之人，隐士。

③芒屦(jù)：芒鞋，用芒茎外皮编织成的鞋。亦泛指草鞋。

④葛(gé)衣：用葛布制成的夏衣。《韩非子·五蠹》："冬日麑裘，夏日葛衣。"

⑤猗(yī)兰：即《猗兰操》，也称《幽兰操》，琴曲名。《乐府诗集》卷五八："《猗兰操》，孔子所作。孔子历聘诸侯，诸侯莫能任。自卫返鲁，隐谷之中，见香兰独茂，喟然叹曰：'兰当为王者香，今乃独茂，与众草为伍。'乃止车，援琴鼓之，自伤不逢时，托辞于香兰云。"

【解读】

查钱德洪《王阳明年谱》："正德八年癸酉，先生四十二岁。……冬十月至滁州。滁山水佳胜，先生督马政，地僻官闲，只与门人遨游琅琊瀼泉间，月夕则环龙潭而坐者数百人，歌声振山谷。"正德九年(1514)四月升南京鸿胪寺卿，即离开滁州。此诗当为正德八年(1513)至九年(1514)春间于滁州任上所作，时年四十二三岁。在明武宗正德元年(1506)龙场悟道、发明心学七年之后。

这首诗尾联的"猗兰意"是整首诗的主旨词，其意如郭茂倩于《乐府歌辞》题解中所说孔子惋惜"王者香"的兰草"与众草为伍"而引致"自伤不逢时"的感喟，作者有经邦定国之志，却不得伸展，龙潭夜坐，忽有所感，写下此诗，也是寄意于香兰的意思。

首联点题，扣住"夜坐"二字，写隔岸传来兰草的芳香引动诗人夜访的游兴。颔联,写月夜独游,言环境的空寂,只偶然闻到一两声鸟叫,有"鸟鸣山更幽"的效果,符合"幽人""孤往"的心境。颈联,为访兰,不顾芒鞋被露水打湿,也不顾松风吹过单薄的夏衣传来的凉意,写诗人夜游的专注和真诚。尾联,将《猗兰操》的寄意写出,虽然有自伤不逢时之感,但在水边,看到江北、江南郁然而兴的生机,心情突然舒畅,感觉山川大地充满着无限情意,要让作者振作起来,做一番事业。

全诗景色清幽,虽有幽人自伤之意,但天地之生机不息,曲终振起,境界高妙,与单纯的感事伤情之作相比,更显胸襟豁达,是大豪杰做派。五年后,即正德十四年(1519)诗人在江西平定朱宸濠之乱,也正是这种志意的发抒。

游牛峰寺四首(选一)①　　　王守仁

洞门春霭蔽深松②,飞磴缠空转石峰③。
猛虎踞崖如出柙④,断螭蟠顶讶悬钟⑤。
金城绛阙应无处⑥,翠壁丹书尚有踪。
天下名区皆一到⑦,此山殊不厌来重。

【注释】

①牛峰寺:在浙江绍兴,寺在牛峰。

②春霭:春日的云气。

③飞磴:高山上的石台阶。

④柙(xiá):关野兽、牲畜的笼子。

⑤螭(chī):古代传说中无角的龙。蟠(pán):盘曲,盘结。

⑥金城:指坚固的城。绛阙:宫殿寺观前的朱色门阙,亦借指朝

廷、寺庙、仙宫等。

⑦名区:指有名之地,名胜之地。

【解读】

吴光等编校的《王阳明全集》中《游牛峰寺四首》诗题下注"牛峰今改名浮峰",这四首诗收入"归越诗三十五首"之中,下又有注:"弘治壬戌年,以刑部主事告病归越并楚游作。"弘治壬戌年,即弘治十五年(1502),作者时年三十一岁,下距谪迁龙场驿(1506)尚有四年。

《游牛峰寺四首》,均为七言律诗,这是其中第一首。本诗主要描写牛峰寺和所在牛头山的风景。

诗歌大意:牛峰寺建在牛头山洞内,掩蔽在深山松树林中,山洞的门被春天的云气所覆盖;山很高,石阶蜿蜒而上,仿佛树藤缠在空中,台阶尽处就转到了一座石头的山峰前。这就是牛峰寺所在地。山峰侧有一块巨崖像出柙的猛虎盘踞着,山顶上巨石如断裂的独角螭龙,让人惊讶这是不是一面悬挂的大钟。在这里找不到城里常见的画栋雕梁的宫殿城阙,不过,绿色的墙壁上还有些方士朱文符书的踪迹存在。我走遍了天下有名的地方,这座山还是很特别的,仍值得重来一看。

诗的首联描写山的远景,洞门烟雾缭绕,掩映在松林深处。颔联描写近景,写寺前石崖的险峻,以及寺顶石岩悬空的奇特。用比喻的手法将眼前之景描述得生动形象。颈联写寺内建筑装饰的简朴,以及过去方士留下的丹书遗迹。尾联,是议论,写作者游山寺的观感,末句句式特别,"来重",即"重来"的倒装,为了押韵,但在诵读上却给人以新奇之感,也使这座山寺给人留下深刻的印象。

明代诗歌都比较柔弱或轻快,像作者这样硬语盘空比较罕见。诗气势较宏大,意象也很新奇,主要其中贯注着一种亢爽、蓬勃的精神,使整个诗篇逸气横生。

秋　望

李梦阳

黄河水绕汉宫墙①,河上秋风雁几行。
客子过壕追野马②,将军弢箭射天狼③。
黄尘古渡迷飞挽④,白月横空冷战场。
闻道朔方多勇略⑤,只今谁是郭汾阳⑥?

【作者简介】

李梦阳(1473—1530),字献吉,号空同子。庆阳(今属甘肃)人,后迁居扶沟(今属河南)。弘治七年(1494)进士,历官户部迁郎、江西提学副使等职。曾以触怒权贵和宦官等事,先后几度下狱。晚年家居,坐宸濠谋反,受株连,削籍。文章以复古为旗帜,倡导"文必秦汉,诗必盛唐",为"前七子"领袖。著有《空同集》。

【注释】

①汉宫墙:汉朝宫廷的墙,实际指明朝当时在大同府西北所修的长城,它是明王朝与鞑靼部族的界线。一作"汉边墙"。

②客子:指离家戍边的士兵。过壕:指越过护城河。野马:本义是游气或游尘,此处指人马荡起的烟尘。

③弢:弓袋。天狼:指天狼星,古人以为此星出现预示有外敌入侵,"射天狼"即抗击入侵之敌。

④飞挽:快速运送粮草的船只,是"飞刍挽粟"的省说,指迅速运送粮草。

⑤朔方:北方。又唐方镇名,即朔方节度使,又称灵州节度使、灵武节度使、灵盐节度使,是唐朝在今西北地区为防御后突厥汗国设置的节度使,天宝十节度使之一。唐玄宗开元九年(721)十月六日置。

朔方节度使治所在灵州(故址在今宁夏吴忠境内)。

⑥郭汾阳:即郭子仪,唐代名将,曾任朔方节度使,以功封汾阳郡王。

【解读】

这是一首七言律诗,作者在明孝宗弘治十三年(1500)为户部主事时,奉命犒劳榆林军,在西北前线,有感而作。诗歌大意:滚滚黄河水环绕着长安缓缓流去,河上秋风阵阵,有几行大雁飞过。士兵们跨过护城河追袭敌骑,将军从箭袋里抽箭射击敌军。疾速运粮的快船迷了方向停在黄尘漫漫的古渡口,明月当空,战场看起来显得一片悲凉。听说朔方有很多勇敢而有谋略的人,只是现在有哪一个能像大将郭子仪一样呢?

全诗紧扣诗题《秋望》二字落笔。首联中黄河、长城、秋风、飞雁等,俱是北方边陲秋天特有物象,使全诗气象开阔而略带萧瑟之感。颔联写前方将士主动出击、追杀敌人的勇武形象,展现战事的紧张场面。颈联分别选取战时飞挽粮船的紧张气氛与战后冷月当空的凄清之境,对比强烈。尾联由此生发,怀想唐代大将郭子仪,要是能有这样的人才出来,西北边境的安宁就指日可待了,表达了诗人深深的隐忧与热切期待。

偶 见

徐祯卿

深山曲路见桃花,马上匆匆日欲斜。
可奈玉鞭留不住①,又衔春恨到天涯。

【作者简介】

徐祯卿(1479—1511),字昌穀。吴县(今江苏苏州)人。弘治十八年(1505)进士,授大理左寺副,坐失囚,贬国子监博士。少与唐寅、祝允明、文徵明齐名,号称"吴中四才子"。其诗精警,时为吴中诗人之冠。著有《迪功集》《迪功外集》《谈艺录》。

【注释】

①可奈:怎奈,可恨。玉鞭:玉饰的马鞭。

【解读】

这是一首七言绝句,写作者在风尘仆仆的旅途中由偶然所见眼前景物所触发的一时感兴。诗歌大意:跋涉在深山弯弯曲曲的小路上,突然看见一丛鲜艳的桃花。本想好好地欣赏一番,但太阳快要下山了,只好继续匆匆地向前赶路。只恨策马扬鞭也留不住太阳的脚步,又只好含着春恨去到遥远的他乡。

诗中第三句,"留不住"不仅指落日,也指曲路的桃花,甚至是无边的春色。第四句中"衔"字用得妙,因为"衔"字本来是指用嘴叼着,这里却是指含在心里,可谓是此诗的诗眼。因而"春恨"也就不仅仅是伤春之情,还包含了一种不可名状的人生感慨。诗人匆匆奔走在尘世间,怎奈人生苦短年华易逝,不知何处是归路何处是归宿,情感委婉而深沉。

竹枝词 何景明

十二峰头秋草荒①,冷烟寒月过瞿塘②。
青枫江上孤舟客③,不听猿声亦断肠。

【作者简介】

何景明(1483—1521),字仲默,号白坡,又号大复山人。信阳(今属河南)人。自幼聪慧,八岁能文,弘治十五年(1502)进士,授中书舍人。正德中,历官吏部员外郎、陕西提学副使。后讲经学于正学书院。为"前七子"代表人物。著有《大复集》。

【注释】

①十二峰:指川、鄂边境巫山的十二座峰。峰名分别为望霞、翠屏、朝云、松峦、集仙、聚鹤、净坛、上升、起云、飞凤、登龙、圣泉。

②瞿(qú)塘:即瞿塘峡,为长江三峡之首。也称夔峡。西起重庆奉节白帝城,东至巫山大溪。两岸悬崖壁立,江流湍急,山势险峻,号称西蜀门户。峡口有夔门和滟滪堆。唐杜甫《秋兴八首》之六:"瞿塘峡口曲江头,万里风烟接素秋。"

③孤舟客:作者自指。

【解读】

竹枝词本为民歌,唐人所写多为儿女柔情,或离人旅思;后世所作,除上述主题外,多歌咏风俗人情。这首竹枝词为作者舟过瞿塘峡的旅思之作。长江三峡自古以凄清冷峻闻名,作者此时孤舟过峡,眼见秋草荒芜,寒月当空,冷烟萦绕,峡深流急,此情此景令人胆寒心悸。郦道元《水经注》里说:"巴东三峡巫峡长,猿鸣三声泪沾裳。"闻猿断肠,本是历代诗人常咏及的;而诗人却大胆革新,说不听到猿声也令人肠断,更见出瞿塘峡之险。可见,"断肠"并非因凄厉的猿声,而是这阴森恐怖的江峡,这已是奇笔,而这奇笔又得到前三句的映衬,虽奇而不怪,自然合理,更是难得。

宿金沙江①

杨 慎

往年曾向嘉陵宿②,驿楼东畔阑干曲③。
江声彻夜搅离愁,月色中天照幽独④。

岂意飘零瘴海头⑤,嘉陵回首转悠悠。

江声月色那堪说,肠断金沙万里楼。

【作者简介】

杨慎(1488—1559),字用修,号升庵。四川新都(今成都新都区)人,祖籍庐陵。明武宗正德六年(1511)状元及第,官翰林院修撰。嘉靖初,充经筵讲官,召为翰林学士。嘉靖三年(1524),因"大礼议"受廷杖,谪戍云南永昌。卒于戍所。明世记诵之博,著述之富,推为第一。其诗沉酣六朝,揽采晚唐,创为渊博靡丽之词,造诣深厚,独立于当时风气之外。著作百余种,后人辑其要者为《升庵集》。

【注释】

①金沙江:指长江上游自青海玉树巴塘河口至四川宜宾的一段。以水中产金沙得名。明宋应星《天工开物·五金》:"水金多者,出云南金沙江(古名丽水),此水源出吐蕃,绕流丽江府,至于北胜州,回环五百余里,出金者有数截。"

②嘉陵:江名,嘉陵江,是长江上游的一条支流,发源于秦岭,到重庆市注入长江。

③驿楼:住宿的地方,这里指金沙江巡检司衙门的房子。阑干曲:指栏杆所围成的弯曲的形状。

④幽独:默然独居。

⑤瘴海:指南方有瘴气之地。

【解读】

这是一首七言古诗。作者是在嘉靖三年(1524)"大礼议"事件中,被廷杖,然后谪戍云南永昌(今属云南)的。同年,他的父亲,太子太傅、谨身殿大学士,正德七年(1512)出任首辅的杨廷和也因此罢官回故里。嘉靖四年(1525)正月作者到达戍所,此后,直到嘉靖三十八年(1559)去世,都没有能离开云南。在云南三十余年的时间里,作者有两次因家事省亲、奔丧,六次"奉戍"(襄助军事)返蜀,归新都,访遂宁的经历。

嘉靖十七年(1538)冬,作者自谪居地第四次返川,十月从环州入蜀,翌年回滇,往来行经金沙江,投宿江畔丛山孤驿中,因忆及早年,尝宿嘉陵驿楼,已感离乡幽独之苦,今居谪戍,夜宿荒江,心情尤为沉重,所以触景生情,遂有此作。

诗大体可分为两大段,即前四句为一层意思,后四句为另一层意思。前四句忆及昔日行旅之苦。昔日曾投宿江陵驿舍,此驿楼就在江之东岸。据《蜀中名胜记》卷二十四"广元县"载:"古嘉陵驿在治西一里,后魏嘉川县设焉。唐姚鹄《嘉川驿楼晚望》诗:'楼压寒江上,开帘对翠微。'"可见驿楼临江而建,江声清晰可闻。但这江声,却搅得旅人彻夜难眠;那空中皎洁的明月,只照得独居游子心泛幽怆。"搅离愁"化用了杜牧《齐安郡中偶题》(其二)的"秋声无不搅离心,……干君何事动哀吟"。而"月色中天",见于杜甫《宿府》中的"永夜角声悲自语,中天月色好谁看",诗人略加调整而取用其意。这是诗人故意将往昔行旅苦情进行回顾,以便用来同今日之苦旅作衬垫。

后四句写今之滇州之行更苦。这里的瘴海头,指金沙江上瘴气笼罩之处。《大明一统志》载:"金沙江在会川卫城西南二百五十里……其江昔有岚瘴,隆冬人过,虽祖裼皆流汗,惟雨中及夜渡无害。"我国西南山林间,常有这种因湿热蒸郁致人疾病之气,称"瘴气"。这段大意是说,哪料到如今竟飘零到烟瘴弥漫的死亡之"海",山川幽隔,久戍难归,嘉陵往事再难回首。虽江声月色依旧,但更添九曲肠断之哀!这是因为诗人此番过金沙江,乃是戴罪流徙,所见到的种种景色,都会不经意地蒙上一层灰暗之色和凄怆之绪。

"读《宿金沙江》《锦津舟中》诸篇,令人对此茫茫,百端交集。"
([清]沈德潜《说诗晬语》)

出　郊　　　　杨　慎

高田如楼梯①,平田如棋局②。
白鹭忽飞来③,点破秧针绿④。

【注释】

①高田:沿着山坡开辟的田畦,又叫梯田。
②棋局:棋盘。古代多指围棋棋盘。
③鹭:一种长颈尖嘴的水鸟,常在河湖边、水田、沼泽地捕食鱼虾。
④秧针:像针一样细的秧苗,谓初生的稻秧。

【解读】

此诗写于作者谪戍云南期间。作者被南方山乡春天田野的秀丽景色所感染,提笔写下了这首诗。

前两句写水田的形态,山坡上一级一级的畦田像楼梯,平原上整整齐齐的畦田像棋盘,比喻形象生动。后两句写白鹭忽然飞来,在初生的绿色秧苗上轻点,打破原来静态的格局,使画面有了动感。末句,"点破"二字,写白鹭轻盈之态,又写绿意的局面被打破,由静而动,再配之以色彩强烈的对比,使得画面更富有自然生动的气息。

这首小诗用极其浅显而流畅的语言,捕捉了西南山乡水田的典型春色意象,绿意盎然,静中有动,将春日郊外的田畴景色描写得秀丽如画,美不胜收。

塞下曲①

谢 榛

暝色满西山②,将军猎骑还③。
隔河见烽火,骄虏夜临关④。

【作者简介】

谢榛(1495—1575),字茂秦,号四溟山人。山东临清人。刻意为歌诗,有声于时。嘉靖间至京师,与李攀龙、王世贞等结诗社,榛以布衣为之长,为"后七子"之一。后为李攀龙排斥,削名"七子"之外。河南北皆称谢先生。有《四溟山人全集》。

【注释】

①塞下:边塞附近,亦泛指北方边境地区。

②暝色:暮色。

③猎骑:谓以骑兵搜索。或指骑马行猎者。骑,旧读jì,去声。

④骄虏:骄横的胡虏。指强悍的敌人。关:门闩,引申为城门,要塞。

【解读】

这首诗写的是明代西北边疆经常发生战事的情景。明朝嘉靖年间,西北边疆外患严重,北边少数民族鞑靼军不断侵扰边境,战事不断发生。这首五言绝句写的就是这种情景。诗歌大意:西山的暮色已经很浓了,守边的将军刚刚打猎归来,隔河又传来了警报:敌军晚间又来攻关了。此诗用平常的语言,记述边境紧张的战斗生活,内涵丰富。全诗意境开阔,格调深厚,耐人寻味。

榆河晓发①

谢　榛

朝晖开众山,遥见居庸关②。

云出三边外③,风生万马间。

征尘何日静,古戍几人闲。

忽忆弃繻者④,空惭旅鬓斑。

【注释】

①榆河:在今北京北境。自居庸关南流,经昌平、顺义,至通州,北入白河。晓发:早晨出发。

②居庸关:在北京昌平西北,两山夹峙,地势险要。

③三边:汉代指幽、并、凉三州边境。后泛指边疆,诗用后义。

④弃繻(xū)者:《汉书·终军传》:"初,军从济南当诣博士,步入关,关吏予军繻。军问:'以此何为?'吏曰:'为复传,还当以合符。'军曰:'大丈夫西游,终不复传还。'弃繻而去。军为谒者,使行郡国,建节东出关。关吏识之曰:'此使者乃前弃繻生也。'"繻,古代作通行证用的帛。上写字,分成两半,过关时验合,以为凭信。

【解读】

这是一首五言律诗。字里行间,渗透着诗人对边事的关切之情。首两句写朝阳驱散晨雾,不仅众山可见,还可以远眺居庸关,由此引出三、四两句,景中有所托兴。云出三边,隐示边外多事;风生万马,表达对军事行动的想象。颇有杜甫《后出塞》"落日照大旗,马鸣风萧萧"的影子。王世贞《艺苑卮言》认为这句诗写出了"佳境"。五、六两句正面写边尘不靖,征戍不停。是实写,与三、四句兴体相一致。最后两句诗人以终军自比,表明自己愿像终军一样建功立业。作者报国愿望,于此可见。这样,此诗便不是一般的旅途之作了。

"读'风生万马间',纸上有声。若衍成二语,气味便薄。"([清]沈德潜《明诗别裁集》)

漠北词六首(选一)① 谢榛

石头敲火炙黄羊②,胡女低歌劝酪浆③。
醉杀群胡不知夜④,鹞儿岭下月如霜⑤。

【注释】

①漠北:指蒙古高原大沙漠以北的地区。

②炙(zhì):烤。

③胡女:指胡人(或胡地)女子。古代称北方和西方的民族如匈奴等为胡。对西域诸国,汉、魏、晋、南北朝人皆称曰胡(包括印度、波斯、大秦等),唐人对印度则不称胡。这里是北方和西方游牧民族的概称。酪浆:牛羊等动物的乳汁。又指酒。唐白居易《二年三月五日斋毕开素当食偶吟赠妻弘农郡君》诗:"稻饭红似花,调沃新酪浆。"

④醉杀:醉死,喻饮酒至醉,程度深。

⑤鹞儿岭:山名,在河北境内。明英宗亲征瓦刺,导致土木堡之变。明军三万人在鹞儿岭被瓦刺军夹击,全军覆没。

【解读】

这是作者《漠北词》组诗中的一首,生动地描写了边塞胡人安宁快乐的生活。诗歌大意:用石头敲击取火来烧烤黄羊,胡人女子一边低声唱歌,一边劝酒。帐篷内胡人都喝得烂醉,不知道夜色悄然来临,而帐篷外鹞儿岭下的月色下,地面像结了一层霜。

这首诗写得生动活泼,有声有色。部落生活虽简陋,却充满了生活乐趣,胡女起舞、吟唱、劝浆,胡人士兵们就在曾经发生了无数次厮杀的战场上,喝酒吃肉,尽醉狂欢。在诗人的笔下,边塞不再是朔风劲吹、黄沙漫天的令人生畏之地,而变成了一幅幅令人向往的风俗画卷。

从这首诗中,我们可知明朝与蒙古的边境线已经逼近北京,对北京的威胁非常大。明正统十四年(1449),明英宗亲征蒙古瓦剌部,不料被瓦剌军队围困于土木堡,明军大败,英宗被俘,史称土木堡之变。之后,蒙古大军进逼北京,京师岌岌可危。在于谦领导下,奋力抗击,才扭转局势。但这一战役,明军死伤大半,损失惨重。从此,明朝由盛转衰,土木堡之变是一个标志性事件,明军的边境线也从此不出长城的范围。

土木堡是位于河北张家口怀来县东南的一个城堡,坐落于居庸关至大同长城一线的内侧,距怀来县城不过二十里,是长城防御系统中的一个组成部分。鹞儿岭就在内长城下,今河北张家口宣化区内,距土木堡不远,可见这时河北宣化一带已经是胡人的势力范围了。

一轮明月满乾坤

吴承恩

十里长亭无客走,九重天上现星辰。

八河船只皆收港,七千州县尽关门。

六宫五府回官宰①,四海三江罢钓纶②。

两座楼头钟鼓响,一轮明月满乾坤。

【作者简介】

吴承恩(约1500—约1582),字汝忠,号射阳山人。山阳(今江苏淮安市淮安区)人。明文学家。科举屡遭挫折,嘉靖中补贡生,后任浙江长兴县丞。耻为五斗米折腰,拂袖归,专意著述。自幼喜读稗史笔记、志怪小说,善谐谑,晚年作《西游记》,叙述唐高僧玄奘取经故事。另有《射阳先生存稿》《禹鼎志》等。

【注释】

①六宫:古代皇后的寝宫,正寝一,燕寝五,合为六宫。五府:指周代的太府、玉府、内府、外府、膳府。又为古代五官署的合称,所指不一。西汉以丞相、御史、车骑将军、前将军,并后将军府为五府。东汉以太傅、太尉、司徒、司空、大将军为五府。宋以两参政、三枢密为五府。官宰:官员。

②四海:古以中国四境有海环绕,各按方位为"东海""南海""西海"和"北海"。泛指世界各处。三江:古代各地众多水道的总称。钓纶:钓竿上的线。

【解读】

这是作者在《西游记》第三十六回写的一首七言律诗,八句写的都是红日西坠、夜晚到来时的情景。诗歌大意:红日西下,夜幕降临。十里的长亭已经没有客人走动,九重天上出现了星辰。八方河中船只都回了港湾,七千州县家户都关了大门。皇帝六宫以及五府家臣和官员们都回了家,四海三江垂钓的渔夫也都收起钓竿。两座楼头敲响了钟鼓,这时一轮明月悬在天上,它的光辉洒满在天地之间。

这诗写得比较精巧,全诗每句在第一字嵌入数目字,而且从十至一递次而减,颈联每句出现两个数目字,这种数字倒叙排列的手法,在律诗中比较少见,也难写得好,因为它近于游戏或者俗套的性质,许多数目字都非实指,只是一个概数而已。所以明李卓吾在批点《西游记》时,在这首律诗第一句有个旁批:"数目可厌。"评点很中肯。但从整首诗说,还是浑厚大气地写出了天地之间夜色降临时各地各业各事呈现的景象,夜色静美,万籁俱寂,从大地到苍穹,从繁华城池到港口渔船,景物布置得非常合理。末后两句,突然两声清脆浑厚的钟鼓声传来,击破夜空,随即托升出一轮美好的明月,照耀天地,气象十分庄严、美妙,给人一种禅意般的喜悦之感。

醉仙词四首(选一)　　　　吴承恩

嘉靖丙寅①,余寓杭之玄妙观②,梦一道士长身美髯③,时已被酒④,牵余衣曰:"为我作醉仙词。"因信口十章⑤,觉而记其四。

有客焚香拜我前,问师何道致神仙。

神仙可学无他术,店里提壶陌上眠⑥。

【注释】

①嘉靖丙寅:即嘉靖四十五年,1566年。

②玄妙观:在浙江杭州西湖东南、吴山南麓。唐代天宝二年(743),奉诏创建,咸通三年(862)重修;唐末毁于兵火。为吴山道教著名宫观。明正德、嘉靖时均有重修扩建。

③髯(rán):颊毛。俗称络腮胡。

④被酒:为酒所醉,犹中酒。

⑤信口:随口,顺口。谓出言不假思索。

⑥陌:田间东西或南北小路,亦泛指田间小路。

【解读】

诗序介绍嘉靖四十五年(1566),作者寓宿杭州玄妙观中,梦见一位道士,个子很高,长着满脸的络腮胡,他喝醉了酒,已不胜酒力,牵着作者的衣服说:"替我作几首醉仙词。"作者便顺口作了十首,醒来后,只记得其中四首。四首《醉仙词》均是叙写醉中仙人自然、洒脱的状态，描画很形象，意境也很超逸。本集选其中一首列于此。

诗的前两句是借客人问话，问醉仙是怎样得道成仙的。后两句是醉仙的答词，其实也没有什么窍门，只是喝了酒到田间陌上随意一躺就是了。

诗道出了神仙的真趣，那就是日常能够随意自在，不受人为拘束，做到这点，无论在哪里，你都是快活自在的神仙。

塞上曲送元美①　　　　　李攀龙

白羽如霜出塞寒②，胡烽不断接长安③。
城头一片西山月④，多少征人马上看⑤。

【作者简介】

李攀龙(1514—1570)，字于鳞，号沧溟。历城(今山东济南)人。少孤家贫，嗜诗歌，厌训诂之学。嘉靖二十三年(1544)进士。授刑部广东司主事，擢陕西提学副使，累迁河南按察使。母丧，心痛病卒。继"前七子"之后，与谢榛、王世贞等倡导文学复古运动，为"后七子"的领袖人物。有《沧溟先生集》三十卷。

【注释】

①塞上曲：新乐府辞，由汉横吹曲辞演化而来。横吹曲是用鼓角在马上吹奏的军乐，而横吹曲辞则是配合横吹曲用以歌唱的歌词。元美：即王世贞(1526—1590)，字元美，号凤洲，又号弇(yǎn)州山人。太仓(今属江苏)人。明代文学家、史学家。

②白羽：古代军中主师所执的指挥旗，又称白旄，亦泛指军旗。

③胡烽：指北方少数民族入侵的警报。烽，指烽烟，烽火，边境报

警的烟火。接:连接,达到。长安:在今陕西西安西北,为中国古都之一,西汉、隋、唐等朝代皆定都于此。后常通称国都为长安,这里实际指当时的首都北京。

④西山:北京西郊群山的总称。

⑤征人:出征在外的将士。

【解读】

这是一首将军出塞的七言绝句。

诗的前两句,写将军率领部队走出边塞的城门,大旗在北风中招展,天气很寒冷。那是为什么呢?是因为报告有敌入侵的烽烟都已经抵达国都,所以部队要做好准备迎击敌人。后两句,点明时间,是在拂晓时分,西山上的月亮还挂在空中,月光清莹圆明,在清冽的寒风中显得特别通透、洁净,引得许许多多的出征将士都不禁停下步子观看。圆月,在古代有象征团圆之意,对于出外旅行或者为国戍边的将士,这都是令人伤情的画面。所以古人有"举头望明月,低头思故乡""望月怀远""一夜征人尽望乡"等思亲伤情、想念家乡的诗句。这里"征人马上看",其内在的意思即是多想回家啊,也是表达了征戍在外的边关将士望月怀远所引致的强烈的思乡之情。语言很含蓄,含意很深沉。

于郡城送明卿之江西① 李攀龙

青枫飒飒雨凄凄②,秋色遥看入楚迷③。
谁向孤舟怜逐客④,白云相送大江西⑤。

【注释】

①郡城:指直隶顺德府(今河北邢台)。明卿:即吴国伦(1524—1593),字明卿,号川楼。兴国(今湖北阳新)人。明嘉靖、万历年间著

名文学家，与李攀龙、王世贞、谢榛、宗臣、梁有誉、徐中行等七人并称"后七子"。

②青枫飒飒：《楚辞·招魂》有"湛湛江水兮上有枫"语，此用其意，指吴将往之地。飒飒(sà)，风雨声。

③楚：指江西，古为南楚。

④怜：怜惜，这里有同情的意思。

⑤白云：陶弘景《诏问山中何所有赋诗以答》："山中何所有，岭上多白云。只可自怡悦，不堪持赠君。"这里化用其意，是说自己心随白云送吴远赴江西贬所，表示对吴的同情。

【解读】

明世宗嘉靖三十四年(1555)十月，兵部武选司杨继盛因弹劾权奸严嵩，被严嵩诬害处死。吴国伦当时为兵部给事中，倡议为杨继盛赠礼送葬，因此违忤严嵩，遂致嘉靖三十五年(1556)三月被贬为江西按察司知事。此时作者正在直隶顺德府任知府，吴国伦赴江西途经此地，作者写了这首七绝为其送行。

此诗有以"郡城"指山东济南者，实误。《明世宗实录》卷四百三十八："(嘉靖三十五年)八月，升直隶顺德府知府李攀龙为陕西按察司副使，提调学校。"所以作者"于郡城送明卿之江西"只能是在作者于直隶顺德府任知府之时。北京至江西，中间经过河北邢台，王国伦被贬经过此地，也是顺路。

诗歌大意：阵阵寒风、绵绵细雨将江边青色的枫叶吹打得飒飒作响。遥看水天相接处的楚国的天空，雨中秋色，一片迷蒙。有谁会到这孤舟上可怜被放逐的你呢，只有白云一路相伴，送你到大江的西头。

全诗低沉含蓄，一往情深。前两句写送别的凄凉，借景抒情，通过描写萧瑟秋色，表达了自己无尽的怅惘；三、四句直写，同时又以天上飘浮的白云寄托自己的情感，笔意洒脱，抒情味极浓。其间有离别的黯然销魂，也有对友人遭贬的同情与愤慨，意在象外。

就义诗

杨继盛

浩气还太虚①,丹心照万古②。
生平未了事③,留与后人补。

【作者简介】

杨继盛(1516—1555),字仲芳,号椒山。明保定容城(今属河北)人。嘉靖二十六年(1547)进士。授南京吏部主事,改兵部员外郎。嘉靖三十二年(1553),劾权相严嵩十大罪,下狱被杀。谥号"忠愍",世称"杨忠愍"。有《杨忠愍集》。

【注释】

①浩气:正气,正大刚直的精神。还:返回。太虚:古代哲学概念,指宇宙万物最原始的实体——气。或指宇宙。

②丹心:赤诚的心。万古:犹万代,万世。形容经历的年代久远。

③生平:有生以来,一生。未了:没有完成。

【解读】

嘉靖三十二年(1553),正月十八日,杨继盛在斋戒三日后上《请诛贼臣疏》弹劾严嵩,历数其"五奸十大罪"。奏疏呈入后,明世宗朱厚熜震怒,严嵩随即进谗,遂下诏狱,并罚廷杖一百。作者谈笑受刑,杖毕,"两腿肿粗,相摩若一,不能前后;肿硬若木,不能屈伸。止手扶两人,用力努挣,足不覆地而行入狱"。伤痛发作,得狱内外多人相助,才死而复苏。朝审时,仍意气自若。刑部定罪,迁延不决,世宗实并不想致其死,遂关押狱中达三年之久。但严嵩决意杀之,在闽浙总督张经等人论罪奏疏后附入作者名字,世宗阅奏并未注意,遂与张经、浙江巡抚李天宠等九人同被弃市。临刑前,作《就义诗》两首,一首即此,另一首为:"天王自圣明,制度高千古。生平未报恩,留作忠魂补。"

诗歌大意:正大刚直之气就要返回太空,但我的一片赤诚之心将照耀万古。这一生没有完成的事,只有留给后人再来续补。

前两句说自己虽然死了,但浩气仍留天地之间,光耀万古,后两句感慨自己壮志未酬身先死,有尚未及完成的事,只有留给后人来完成了,虽然诗作浩气凛然,但也表达了作者心中的万分遗憾。

登泰山   杨继盛

志欲小天下^①,特来登泰山。
仰观绝顶上,犹有白云还。

【注释】

①小天下:以天下为小。

【解读】

这是首记叙兼写景的五言诗。诗歌大意:因为有"欲小天下"的志向,所以特地来登泰山。登上泰山绝顶之后抬头看,只见泰山顶上仍有悠然自在的白云,来往于太空浩气之间。

诗歌前两句叙"登泰山"的缘起,是记事;后两句写登临绝顶所见,是写景。

前两句化用《孟子·尽心上》的典故。孟子曰:"孔子登东山而小鲁,登太山而小天下。"意思是:孔子登上了东山,觉得鲁国变小了;登上了泰山,觉得天下变小了。孔子登上泰山,天地一览无余。表面上指泰山之高,实际指人的眼界处于一个高的位置,他的视野就会更为宽广。随着视野的转换,对人生也会有新的领悟,达到更高的境界。作者立志要"小天下",为了圆梦,体会孔子的情境,所以特地来登临泰山。登上泰山极顶之后,仰视苍穹,还有悠悠白云往还,则天之高远尚无穷极,人之所到境亦未有穷极,所以人永远不要被眼前的位置、眼界所限,要有更高远的志向。这两句于写景之外,更激发了作者无限的想象和哲思。

凯　歌①　　　　　　　沈明臣

衔枚夜度五千兵②,密领军符号令明③。
狭巷短兵相接处④,杀人如草不闻声。

【作者简介】

沈明臣(1518—1596),字嘉则,号句章山人,晚号栎社长。明鄞县(今浙江宁波)人。诸生。偕徐渭为胡宗宪幕僚。有诗名,即兴作铙歌十章,援笔立就,为宗宪激赏。后宗宪以严党下狱死,为之讼冤。继往来吴楚闽粤间。歌诗七千余首。有《丰对楼诗选》《荆溪唱和诗》《吴越游稿》等。

【注释】

①凯歌:奏捷之歌,胜利之歌。

②衔枚:古代进兵袭击敌人时,令士兵衔枚于口中,以防出声。枚,形如筷子,两头有带,系在头颈上。

③军符:也称"兵符""虎符",军队中调兵遣将的凭证。

④短兵:指刀剑等短兵器。

【解读】

明嘉靖中叶,倭寇大肆骚扰东南沿海地区,胡宗宪任抗倭军务总督,苦战数年,始将倭乱平息。胡宗宪喜招纳文士,作者就是其中之一。这首诗作于明嘉靖三十五年(1556),时胡宗宪于烂柯山上宴请将士，酒酣乐作，作者援笔立就，作此《凯歌》，一抒胸臆。

这是一首写明军偷袭倭寇得胜的七言绝句。诗的前两句写将官接到军令立即行动，率领五千精兵衔枚夜行，长途奔袭，一路号令严明；后两句聚焦于巷战，短兵相接，杀敌像割草一样悄无声息，最终大获全胜。全诗充分表达出诗人的杀敌激情，对来犯之敌夜袭奏捷的喜悦，更重要的是，在描写明军杀敌的轻易和官兵出手的神速之中，是对总督胡宗宪号令严明、用兵如神的高度赞许。笔风雄健，叙述痛快淋漓。诗中写夜袭巷战情景，语极精彩、独到。

渔村夕照　　　　　　沈明臣

不知谁唱《白铜鞮》^①，杨柳村过即大堤。
欸乃一声风断续，打鱼人背夕阳西。

【注释】

①《白铜鞮》：一作《白铜蹄》，或作《白铜堤》。白铜蹄，南朝梁歌谣名。《隋书·音乐志上》："初，武帝之在雍镇，有童谣云：'襄阳白铜蹄，反缚扬州儿。'识者言，白铜蹄谓马也；白，金色也。及义师之兴，实以铁骑，扬州之士，皆面缚，果如谣言。故即位之后更造新声，帝自为之词三曲。"唐李涉《汉上偶题》诗："今日汉江烟树尽，更无人唱《白铜鞮》。"唐李白《襄阳歌》："襄阳小儿齐拍手，拦街争唱《白铜鞮》。"白铜堤，古代襄阳境内汉水堤名。唐刘禹锡《故相国燕国公于司空挽歌》之二："汉水青山郭，襄阳白铜堤。"

【解读】

本诗是描写渔村夕照的七言绝句。诗歌大意：不知道是谁先唱起《白铜鞮》的歌谣，从杨柳依依的村庄经过，到尽头，就是江边的大堤。

清风断断续续地吹着,只听到欸乃一声的船号声,知道打鱼人回来了,打鱼人的背后映照着夕阳西下的余晖。

这首诗把江边渔村夕照的景色描写得生动唯美。诗的前两句,写村庄的活动和村庄的景色,有动态,也有静态,悠扬的歌声,满村的杨柳,同时交代杨柳一直延伸到江堤。这为后两句做了铺垫,引出晚风吹拂中,打鱼人的归来,以及归来时所见到夕阳余晖映照的美丽景象。一幅悠然自得的渔村夕照画卷就跃然纸上,使人悠然神往。全诗自然流畅,视角极佳,意境极美。

王元章倒枝梅画①   徐 渭

皓态孤芳压俗姿②,不堪复写拂云枝③。
从来万事嫌高格④,莫怪梅花着地垂。

【作者简介】

徐渭(1521—1593),字文清,改字文长,号天池山人、青藤道士。山阴(今浙江绍兴)人。有盛名,天才超逸,诗文书画皆工。其画工花草竹石,笔墨奔放淋漓,富于创造。知兵好奇计,客胡宗宪幕,擒徐海,诱王直,皆预其谋。宗宪下狱,惧祸发狂,自戕不死。又以击杀继妻,下狱论死,被囚七年,得张元忭救免。此后南游金陵,北走上谷,纵观边塞阨塞,辄慷慨悲歌。晚年贫甚,有书数千卷,斥卖殆尽。有专著《南词叙录》、杂剧《四声猿》及文集。

【注释】

①王元章:即元末画家、诗人王冕,字元章。倒枝梅:枝干向下倒折的梅。

②皓:白,洁白。孤芳:独秀的香花。常比喻高洁绝俗的品格。

③复写：重复抄写，重现。拂云：触到云。极言其高。

④高格：高超的格调。

【解读】

这是一首题画诗，七言绝句，为元末画家王冕的一幅倒枝梅画题写。诗歌大意：洁白的姿态、独秀的芬芳把其他凡俗的花儿都比下去了，那上拂云霄的枝干却不能在图画中再现出来。自古以来，万事万物都厌弃高标的格调，所以梅花也只能将花枝向地下伸展，大家不要感到奇怪，也不要去责备它。

此诗前两句写梅花的品格和姿态，同时写它高拂云霄的枝干由于画面太小，不能展现，体现了梅花不被局面束缚的特点，均紧扣梅花的"高格"立意。后两句话锋一转，正因为梅花过于"高格"，却受到俗世的嫌弃、压迫，所以也不得不委屈自己，将一部分的枝干倒着垂向地面，这是不得已受压力而妥协的一面，希望大家理解。末两句，是感慨世事，表现了作者愤世嫉俗、追求高品格人生的思想感情。此诗的讽喻意味很浓，风格峭丽，语言警拔。

题《墨葡萄图》

徐　渭

半生落魄已成翁^①，独立书斋啸晚风^②。

笔底明珠无处卖，闲抛闲掷野藤中。

【注释】

①落魄：穷困失意。

②啸：撮口发出声音。《诗·召南·江有汜》："不我过，其啸也歌。"郑笺："啸，蹙口而出声。"

【解读】

这是作者在自己的画《墨葡萄图》上题写的一首七言绝句诗,此画今藏故宫博物院。从画上看:水墨葡萄一枝,串串果实倒挂枝头,鲜嫩欲滴。茂盛的叶子以大块水墨画成。风格疏放,不求形似,代表了徐渭写意花卉的风格,也是明代写意花卉高水平的杰作。左上角有以"天池"为名的自题诗,下钤"湘管齐"朱文方印一,尚有清陈希濂、李佐贤等鉴藏印多方。

诗歌大意:半生穷困失意,现在已变成了老翁,晚风从窗前吹过,我站立在书斋独自啸傲。挥毫泼墨画上一串串的葡萄,却没有地方将它们卖出,只好将它们随意抛掷在山野的藤蔓中。

这首诗主要是抒发自己的感慨。作者画了一串葡萄,却无处卖出,只好将它抛弃在山野的藤蔓里,与草木同腐。这也喻示着作者的身世,半生落魄潦倒,老来空怀一身的功夫和抱负无处施展,只能独自在晚风中长歌啸傲。后两句语意双关。"笔底明珠",是作者对自身的期许,满腹才华不能见用,只好拿来画这野藤。作者托物寓意,自怜自伤,发泄了对命运不偶的侘傺与失意之情。

题《画梅》 徐　渭

从来不见梅花谱①,信手拈来自有神。
不信试看千万树,东风吹着便成春。

【注释】

①谱:按照事物类别或系统编成的表册、书籍。

【解读】

这是作者题写《画梅》的七言绝句诗。

诗的前两句,写作者画技的高妙。梅花谱,就是将历代画梅花的画收集起来的图谱,但作者是从来不去花精力看的,因为他有梅花在心中,正所谓胸有成竹,所以信手拈来,随手而画,毫不费力,笔底下的梅花就栩栩如生、精妙入神。后两句,举例证明,如果你们不信,那么就去看大自然中千万株梅树,东风一吹着在它们身上,就到处开满了花,春天就到来了。这是说,作者画梅技艺的高超,是因为师法自然,从自然中观察梅花生动的姿态、习性和品格,对梅花了然于心,所以能随笔挥洒,梅花的神韵就自然从笔底下呈现。这也是艺术的一条规律,要从大自然中吸取营养。陆游《冬夜读书示子聿》"纸上得来终觉浅,绝知此事要躬行",与此道理相似。

暮秋村居即事 王世贞

紫蟹黄鸡馋杀侬①,醉来头脑任冬烘②。
农家别有农家语,不在诗书礼乐中③。

【作者简介】

王世贞(1526—1590),字元美,号凤洲,又号弇(yǎn)州山人。太仓(今属江苏)人。嘉靖二十六年(1547)进士,官刑部主事。后累官至刑部尚书,移疾归。好为古诗文,始与李攀龙主文盟,主张文不读西汉以后作,诗不读中唐人集,以复古号召一世。攀龙死,独主文坛二十年。有《弇山堂别集》《嘉靖以来首辅传》《觚不觚录》《弇州山人四部稿》《艺苑卮言》等。

【注释】

①馋(chán):贪羡,极想满足欲望。侬:我。
②冬烘:指糊涂。头脑冬烘系唐末以来俗语。

179

③诗书礼乐:本指先秦的《诗经》《尚书》《仪礼》《乐经》四部儒家经书。这里泛指传统的文化和道德。《左传·僖公二十七年》:"《诗》《书》,义之府也;《礼》《乐》,德之则也。"

【解读】

这是王世贞晚年辞官后村居时的作品。辞官归乡,超脱了功名利禄,摆脱了官场庶务,和农村父老生活在一起,和他们闲话桑麻,与他们对饮互酌,体验了农民纯朴的情操。

诗的前两句写秋来螃蟹肥足,村民们杀鸡煮蟹,庆祝丰收。肥蟹黄鸡,让人垂涎欲滴,大家高声欢笑,互相敬酒,直至喝醉方休,醉得有些胡言乱语。三、四两句写在与农民开怀共酌、促膝共叙、进入至乐境界的基础上,称颂"农家别有农家语","诗书礼乐中"找不到农家的那种朴实、纯真,表现出对僵化了的道学的漠视,这是一种悖逆,也是一种觉醒,是对扭曲了的人性的拨正。

戚将军赠宝剑歌①   王世贞

曾向沧流剸怒鲸②,酒阑分手赠书生③。
芙蓉涩尽鱼鳞老④,总为人间事转平。

【注释】

①戚将军:即戚继光(1528—1588),字元敬,号南塘,晚号孟诸,卒谥武毅。山东登州(治今蓬莱)人。明朝抗倭名将,杰出的军事家。

②沧流:青色的水流,这里指沧海、大海。剸(tuán):割,刺,戳。

③酒阑:谓酒筵将尽。分手:别离。

④芙蓉:指芙蓉剑。汉袁康《越绝书》载越王勾践有宝剑名"纯

钓"，相剑者薛烛"手振拂扬，其华捽如芙蓉始出"。后因以指利剑。涩：不光滑，不灵活，不滑润。鱼鳞：指鲨鱼皮制的剑鞘。

【解读】

这是一首七言绝句，因戚继光将军赠送宝剑给作者，有感而作。

戚继光是明朝抗倭名将，在浙、闽、粤沿海诸地抗击来犯倭寇，历十余年，大小八十余战，终于扫平倭寇之患，确保了沿海人民的生命财产安全；后又在北方抗击蒙古部族内犯十余年，保卫了北部疆域的安全，促进了蒙汉民族的和平发展。戚继光戎马一生，战功卓著。这首诗第一句，就是表彰戚将军在抗倭战争中的功勋，"曾向沧流剸怒鲸"，"怒鲸"指倭寇。倭寇是指14—16世纪劫掠中国沿海的日本海商与海盗集团，他们除沿海劫掠以外主要从事中日走私贸易，因中国古称日本为倭国，故称倭寇。明嘉靖以后，东南倭患大起，明廷多次委派官吏经营海防，成效甚微。嘉靖后期，在戚继光、俞大猷等将领的指挥下，先后平定江浙、福建、广东倭寇海盗，倭患始平。"剸怒鲸"指戚将军已经平定东南倭寇之患。诗的第二句，写在酒筵将尽时，临别，戚将军解下身上的佩剑赠送给一介"书生"的诗人。这有两层意思，一是古人有"宝剑赠壮士，红粉送佳人"之说，表明戚将军对诗人有"惺惺相惜"之意，将宝剑送给作者，也在肯定作者属于"壮士"之列；二是，倭寇已灭，将军不再需要这柄宝剑。三、四两句，叙写宝剑的外貌和从剑鞘抽出来的情景，先是剑鞘很旧，一望而知，说明跟随戚将军浴血疆场、身经百战；"芙蓉涩尽"，说明剑身锈涩，抽出来自然很困难，原因是不再使用它，也就不去注意打磨了，言下有刀枪入库、马放南山之意。这是天下太平之象，是戚将军和诗人等同所期盼的。末句作结，呼应前文。全诗沉着敦厚，气韵和平。

石潭即事(其四)　　　李 贽

若为追欢悦世人^①,空劳皮骨损精神。
年来寂寞从人谩^②,只有疏狂一老身^③。

【作者简介】

李贽(1527—1602),号卓吾,又号宏甫。泉州晋江(今福建泉州)人。嘉靖三十一年(1552)举人。不应会试。历共城知县、国子监博士,万历中为姚安知府。旋弃官,寄寓黄安、麻城。在麻城讲学时,从者数千人,中杂妇女。晚年往来南北两京、济宁等地。为给事中张问达所劾,以"离经叛道""勾引士人妇女,到庵里听讲"为罪状,甚至捏造"与妓女白昼同浴"等无稽之谈,下狱,自刎死。有《焚书》《续焚书》《藏书》《史纲评要》等著作。

【注释】

①追欢:追逐欢乐。悦世:取悦世人。
②谩(màn):毁谤,谩骂。
③疏狂:豪放,不受拘束。

【解读】

作为中国文化根基的儒、释、道三教,在长期的发展过程中彼此参照、渗透、融合,到了明代晚期,三教会通的趋势发展到了一个高峰,而李贽正是代表人物之一。在作者看来,只要是有助于解决人生和生死问题的,不必管是来自哪一教,都不妨拿来用。这种想法代表了当时一部分人的观点。但另一部分人对此极力反对,他们认为儒、佛、道三教的宗旨有别,义理有界,不能混淆。后一部分人中有一代表人物叫耿定向,他站在儒教本位的立场上批评作者,认为他混淆儒佛之间的界限,将导致人们蔑视礼法,败坏社会风俗。为此引发了一场论争。李贽一方在人数和气势方面占了上风,耿定向一方暂时没了声音。但十多年后,反对方势力又高涨起来,终被统治者以"敢倡乱道,惑世诬民"的罪名投入大牢。万历三十年(1602),七十六岁的作者在狱中自杀。

反对者所不满的,主要是其行为方式的不循常规。作者剃发、穿僧服,却饮酒食肉,混迹世间;喜藏否人物、评论是非,出言又往往与成说、常识相左,这可在他存世的著作《焚书》《藏书》和评点的通俗作品如《水浒传》《西厢记》中看到。恰巧作者又高调张扬、不喜隐藏,自然容易受到猜忌和迫害。

从更深层的原因来看,作者的人生哲学欲打通出世与入世的界限,实践中则采用佛教禅宗扫落一切成见和世俗格套的方式破除执着。他企图将一种激烈的破坏式的方法运用到世俗世界,这虽然对一部分人来说有振聋发聩的效果,却难以为大多数人所理解和接受。这就不能不引起那些以维护世道人心为己任的人的不满,以至于引起当政者的警惕,担心这些行为和言论会引起价值观的混乱,破坏礼俗和社会秩序,这样一来,作者最后的命运就几乎是注定的了。

这首诗就是反映作者不愿取悦世人,以至遭人谩骂,而忍受孤独、寂寞情绪的一种真实状态。

诗的前两句,表明自己鲜明的人生态度,即不为追求欢乐而刻意取悦世人。作者离经叛道,对于俗世的虚伪深恶痛绝,所以他认为如果要取悦世人,只会使自己的身体受累,损耗自己的精神,是无益而有害的事,因而,他表明自己是绝对不会这样做,也绝对不会与世俗社会相妥协。但作者这种人生态度,触动了当局者和俗世社会的政治、道德观念,如作者贬斥程朱理学为伪道学,提出不能"以孔子之是非为是非";否认儒家的正统地位,对孔孟之道的批判达到了"非圣无法"的地步;又如他大声疾呼,为妇女鸣不平、争权利。他认为人们的见识是由人们所处的环境决定的,并不是先天带来的,批判了男子之见尽长、女子之见尽短的说法等。这些言论和学说都使他处于时代矛盾的焦点上,当然会受到正统社会的指责和批判,最后的结局,就是不容于世。诗的三、四句就是叙述自己遭人谩骂、遭人攻击的事实,最后只能成为寂寞的狂士,孤独地为争取个性解放和思想自由而斗争。但即便这样,豪放洒脱的劲儿依旧没有衰减。

马上作

戚继光

南北驱驰报主情,江花边草笑平生。
一年三百六十日,多是横戈马上行^①。

【作者简介】

戚继光(1528—1588),字元敬,号南塘,晚号孟诸。山东登州(治今蓬莱)人,祖籍安徽定远。世袭登州卫指挥佥事,嘉靖间袭职,升都指挥佥事,御倭寇有战绩。嘉靖三十四年(1555)调浙江,次年任参将。以卫所兵素质不良,乃招募金华、义乌丁壮三千人,严格训练,自此戚家军之名大著。在台州、横屿、兴化等地,屡歼倭寇,平定浙、闽倭患,累擢为福建总兵官。隆庆二年(1568),因蓟辽总督谭纶推荐,调至蓟州。在镇十六年,于辖境边墙(长城)上增筑敌台,编练车营,并加强训练。蓟镇军容,自此为沿边诸镇之冠。因此为张居正所重,累进左都督。居正死后,遭排挤,调广东,不久罢归。有《纪效新书》《练兵纪实》《止止堂集》。

【注释】

①横戈:手里握着兵器。戈:古代的主要兵器,青铜或铁制成。盛行于商至战国时期,秦以后逐渐消失。其突出部分名援,援上下皆刃,

用以横击和钩杀。后泛指兵器。

【解读】

本诗收在作者《止止堂集·横槊稿上》，是一首自述其军旅生活的七言绝句，应作于作者在北方抗击蒙古部族内犯期间。这首诗真实地再现了作者转战南北、紧张激烈的戎马生涯及保卫国家的英姿和雄风。

诗的前两句，"南北驰驱"概括了作者东南抗倭及蓟北御蒙的经历，这是作者一生主要的两件大事。天南地北，奔波劳攘，是为了什么？为了报答君王信任之情。全句表现出心怀天下，报效祖国的崇高情怀。而次句一"笑"字更是写尽了抗倭名将的豪迈气概。为了抗倭事业，行色匆匆间，总无暇顾及周围美好的景色。那江畔姹紫嫣红的鲜花恐怕都要笑我不懂得欣赏了吧。

诗的后两句，是"平生""南北驱驰"的更具体说明。"一年三百六十日"初读似乎是一个凑句，其实很有妙用。它出现在"多是横戈马上行"的点睛之笔的前面，使读者感到，一日横戈马上英勇奋战并不难，难的是三百六十天如一日，更难的是年年如此，"平生"如此。由此，一个精忠报国，将生死置之度外的英雄形象跃然纸上。

奉和诸社长小园看
牡丹枉赠之作①
马守真

春风帘幕赛花神，别后相思入梦频。
楼阁新成花欲语，梦中谁是画眉人②。

【作者简介】

马守真（1548—1604），字湘兰（一说湘兰为号），小字玄儿，号月娇。明金陵（今江苏南京）人。"秦淮八艳"之一。工诗书，善画兰竹，性喜轻侠，与王稚登友善，有《湘兰子集》二卷，稚登为之序。

【注释】

①奉和：谓作诗词与别人相唱和。枉：谦辞。谓使对方受屈。《史记·刺客列传》："而严仲子乃诸侯之卿相也，不远千里，枉车骑而交臣。"

②画眉：以黛描饰眉毛。《汉书·张敞传》："敞无威仪……又为妇画眉，长安中传张京兆眉怃。有司以奏敞。上问之，对曰：'臣闻闺房之内，夫妇之私，有过于画眉者。'"唐朱庆馀《近试上张水部》诗："妆罢低声问夫婿，画眉深浅入时无？"

【解读】

这是作者酬和别人看牡丹诗的诗作，七言绝句。

这首诗写得很含蓄。诗的前两句是写男子在一个偶然的机会，由于春风吹来，将对面一所房子的窗帘掀开，帘下露出一位样貌如花神般美丽的女子，这男子一见倾心，回去之后，就念念不忘，夜里做梦也常常梦到她。这是男子与女子熟稔后说出的爱慕的话。后两句，是写这位年轻美丽的女子，也即是作者自己，幽兰馆刚刚建成，我要问你，那梦中替女子画眉的人是谁呢？言下之意，是不是你在梦中替我画眉？更直白点说，你是愿意娶我为妻吗？

马湘兰是当时金陵旧院歌妓，她有清雅脱俗的气质和出类拔萃的才华，除了能吟诗作画，还善谈吐，博古知今，善解人意，每能引人入胜。她也有一位男性知己，即江南才子王稚登，两人偶然相见，大是投缘，相见恨晚，交往三十余年，作者对他十分倾心，愿意嫁给他，可惜落花有意，流水则无情，王稚登顾虑重重，终未能接纳她。这首诗虽然是作者奉和之作，也许她也是写给王稚登看的，用隐约的言辞试探王稚登的心意。

七夕醉答君东①

汤显祖

玉茗堂开春翠屏②，新词传唱《牡丹亭》③。
伤心拍遍无人会④，自掐檀痕教小伶⑤。

【作者简介】

汤显祖（1550—1616），字义仍，号海若、若士。临川（今江西抚州）人。早有文名，不应首辅张居正延揽，而四次落第。万历十一年（1583）进士。官南京太常寺博士，迁礼部主事。以疏劾大学士申时行，谪徐闻典史。后迁遂昌知县，不附权贵，被削职。归居玉茗堂，专心戏曲，卓然为大家。有剧作《紫钗记》、《还魂记》（即《牡丹亭》）、《邯郸记》、《南柯记》，合称《玉茗堂四梦》或《临川四梦》。另有诗文集《红泉逸草》《问棘邮草》《玉茗堂集》。

【注释】

①七夕：七月初七的晚上。民间传说，牛郎织女每年此夜在天河相会。旧俗，妇女于是夜在庭院中进行乞巧活动。君东：即刘君东，名浙，泰和（今属江西吉安）人，理学家。

②玉茗堂：以玉茗花而命名。玉茗花即白山茶花，又名玉仙花。故址在临川沙井巷后，是作者万历二十六年（1598）从遂昌辞官归家后，用来写作、会客、家宴和演戏的居所。翠屏：绿色屏风。

③《牡丹亭》：亦称《还魂记》，是作者创作的传奇剧本，刊行于明万历四十五年（1617）。该剧描写了官家千金杜丽娘对梦中书生柳梦梅倾心相爱，竟伤情而死，化为魂魄寻找现实中的爱人，人鬼相恋，最后起死回生，终于与柳梦梅永结同心的故事。该剧文辞典雅，语言秀丽，是中国戏曲史上杰出的作品之一，与《崔莺莺待月西厢记》《桃花扇》《长生殿》合称中国四大著名古典戏剧。

④"伤心"句:用宋代辛弃疾《水龙吟·登建康赏心亭》"把吴钩看了,栏杆拍遍,无人会,登临意"句意,表达作者无人能理解的伤心之情。

⑤自掐檀痕:因檀板握得久,手掌心掐出深深的痕迹。小伶(líng):年纪小的戏剧演员。伶,旧时称以演戏为职业的人。

【解读】

《牡丹亭》剧本完成于万历二十六年(1598)秋,据诗题"七夕醉答君东"及诗中"堂开春翠屏""新词传唱"可知,此诗当作于万历二十七年即1599年七夕节,是在与好朋友刘君东一同饮酒,有些醉意的时候,信笔写就的。

宦海浮沉数十年,汤显祖终于认清了明王朝的腐朽本质,再不为五斗米折腰,于是,在万历二十六年春,挂冠而去,归隐故乡江西临川。万历二十七年(1599)春,玉茗堂建成,它成为作者归隐后的新居,周遭绿树环绕,宛如一道道翡翠屏风,绿意盎然,景色宜人。不久就是七夕节,与好朋友刘君东相遇,两人饮酒赋诗,一遍遍传唱新创作的《牡丹亭》唱词。诗的前两句,既描写玉茗堂的环境,又将排练演唱《牡丹亭》的事情交代出来。诗的后两句含义较复杂。"伤心拍遍无人会"化用辛弃疾成句,是感慨知音难求,诗人心事浩茫,用手一遍又一遍地拍打着栏杆,却没有人理解。"自掐檀痕教小伶",感叹之余,只好亲自手执檀板,敲打着节拍,教小演员们排戏。可谓"人知其乐,不知其悲"。《牡丹亭》剧在演出之时,常被人增减字句"以便俗唱",作者深叹其中旨趣并不为人领会,故而只有亲自指导排练,以求不损此剧神韵。朝深一层次理解,我们可以感觉作者此诗传达的"潜语言":作者当初救民拯时的抱负极强,但因刚正不阿,终被官场排斥。抱负既不伸,只好赋闲隐居,"发而为词曲",但即使弃官归里,却仍希望有"起报知遇"之日,所以,人们只为他的剧作喝彩,却不能真正理解他报效国家的"鸿鹄之志",他也就自然不能不产生胸臆难抒、知音难会的惆怅了。

闻都城渴雨时苦摊税^①   *汤显祖*

五风十雨亦为褒^②，薄夜焚香沾御袍^③。
当知雨亦愁抽税，笑语江南申渐高^④。

【注释】

①都城：京城，指北京。渴雨：干旱无雨。摊税：摊派税赋。

②五风十雨：五日一风，十日一雨，指风调雨顺。汉代阴阳家以为"五日一风，十日一雨"，是太平的征象。语出汉王充《论衡·是应》："风不鸣条，雨不破块，五日一风，十日一雨。"褒（bāo）：嘉奖，称赞。

③薄夜：迫近夜，指傍晚，夜初。薄，迫近。御袍：皇帝穿的龙袍。

④申渐高：五代时人。事南吴睿帝杨溥为乐工，常吹三孔笛。

【解读】

明神宗万历二十六年（1598）初夏，京畿大旱，神宗皇帝依旧制在宫中露天焚香祈雨，一批帮闲文人到处宣扬天子的美德。而当时长江中下游和东南沿海百姓正纷起反对明王朝的苛捐杂税。其时，汤显祖刚弃官归隐，目睹这一闹剧，愤而写下了这首政治讽刺诗。

这首诗很诙谐，诙谐中有着辛辣的讽刺意味。首句"五风十雨亦为褒"，用语含蓄。古人有天人感应之说，认为天和人同类相通，相互感应，天能干预人事，人亦能感应上天。古代认为天子违背了天意，不仁不义，天就会出现灾异进行谴责和警告；如果政通人和，天就会降下祥瑞以资鼓励。这里说风调雨顺就是上天对天子政绩的一种称许，但如今"都城渴雨"，则是上天对天子做的事不满意，朝政混乱，民不聊生，所以上天要降下惩罚。次句"薄夜焚香沾御袍"承首句，写神宗皇帝祈雨时的情景，皇帝夜间焚香祈雨，以至龙袍上都沾满香的气味。乍看以为神宗皇帝很虔诚，很为天下的百姓着想，其实只是诗人欲抑先扬、明褒实贬的一种写作手法,诗人的揶揄讥讽之意十分明显。

三、四句笔锋陡转,借五代南吴申渐高的典故,用调笑之词,对神宗皇帝的祈雨行为进行了辛辣的讥刺和嘲讽。申渐高是五代时吴国乐工,当时赋税很重,商人苦之,正逢都城大旱,中书令徐知诰问左右:"近郊颇得雨,都城不雨何也?"申渐高作谐语答曰:"雨畏抽税,不敢入京耳。"皇帝应该明白,雨也害怕抽税才不敢下来呀!一方面是装模作样、惺惺作态地薄夜焚香,另一方面却又巧立名目,对人民苛捐重税盘剥。上层统治集团的虚伪和无耻,至此被揭露无遗。

这首诗语意含蓄,用典贴切,讽刺性强,具有强烈的现实意义。

江　宿

汤显祖

寂历秋江渔火稀①,起看残月映林微②。

波光水鸟惊犹宿,露冷流萤湿不飞③。

【注释】

①寂历:凋零疏落,寂静,冷清。渔火:渔船上的灯火。

②微:衰微,衰弱。

③流萤:飞行无定的萤火。

【解读】

这是一首写夜景的七言绝句。

诗的标题"江宿",是说诗人在夜里住宿在江岸,或在江上的渔船里,这首诗就是夜里起来时所见闻到的景象。前两句写秋江的远景,清寂的秋江上,渔家灯火稀疏,残月西垂,映照在林梢上,光线显得十分微暗,景色也不分明。"稀"与"微"两个字十分贴切,"稀"字写出了江上光火的稀少与微弱,"微"字写出了残月下树林的朦胧,营造了一种清幽、冷寂的氛围。后两句写秋江近景,水面波光闪动,水鸟被惊醒,又继续睡去,冰凉的露水沾湿了萤火虫的翅膀,让它们不再飞起。全诗运用了动静结合的手法。前两句是静,通过江水、渔火、残月、岸林四个意象组成了一个清幽、朦胧之境;后两句是动,"水鸟惊犹宿",是静中有动,"流萤湿不飞",是动中有静。整首诗动静结合,视听觉并用,生动真实、形象细腻地表现了秋夜秋江上的静幽与清寒。

寄 弟 徐 熥

春风送客翻愁客,客路逢春不当春。
寄语莺声休便老^①,天涯犹有未归人。

【作者简介】

徐熥(1561—1599),字惟和,别字调侯。著名藏书家徐㷿之兄。福建闽县(今福建福州)人。明代藏书家。万历十六年(1588)举人。学识渊博,不求闻达,致力于诗歌创作,其诗"俯仰古今,错综名理"。著有《幔亭集》二十卷。

【注释】

①便:副词,即,就。

【解读】

这是一首七言绝句。标题"寄弟",就是寄给弟弟徐㷿。徐㷿,字惟起,一字兴公。著名藏书家、文学家、目录学家。万历中,与曹学佺为闽中诗坛领袖。并工书法,写草隶,文章亦清俊。平生不为官,以布衣终。著有《红雨楼集》等。

这首诗表现的主题,就是送行者对故乡的思念。第一句,写春风吹起时送客,其实是送弟弟回家,兄弟之间依依不舍的情感油然自见,所以不仅没有减轻兄弟之间别离的惆怅,反而更加触动了弟弟深刻的愁绪;第二句,写弟弟回家的路上,虽然在春天,由于弟弟回家的心切以及对兄长深长的挂念,使他无心欣赏春景,这是悬揣之词,代入了自己的情感。所以在三、四句用拟人化的手法,寄话给黄莺,不要着急地鸣叫,慢一点,因为远在天涯的人,还没有回到故乡,所以作者希望留住春天的脚步,在弟弟回家之后,还可以有明媚的春景可以欣赏。这与第二句"不当春"形成呼应,构思巧妙。再,诗意递进一层,诗人作为游子,也还没有回家呢,所以春天还得长住。诗歌表达了对弟弟的深切眷念,同时采用借景抒情的方式,也抒发了自己强烈的思乡之情。

诗歌手法新颖,叠字曲尽变化之妙,布局有草蛇灰线之功,语意含蓄,情感真挚,堪称佳作。

同许静余先生游山^①　　　高攀龙

新凉甘雨遍汀洲^②,况复山中桂树秋^③。
以我中年窥静理^④,知君晚节解闲游^⑤。
喜看岩竹穿幽径^⑥,爱听松风上小楼。
满地夕阳收拾去,并将明月载归舟。

【作者简介】

高攀龙(1562—1626),字存之,号景逸。明无锡(今属江苏)人。万历十七年(1589)进士。授行人。以疏诋杨应宿,谪揭阳典史。遭亲丧,家居三十年。天启元年(1621),进光禄少卿,疏劾阁臣方从哲,夺禄一年,改大理少卿。天启四年(1624)拜左都御史,揭崔呈秀贪赃秽行,为阉党痛恨,削籍归。与顾宪成在无锡东林书院讲学,海内士大夫称"高顾"。时阉党专政,崔呈秀矫旨遣人往逮,攀龙投水死。有《高子遗书》。

【注释】

①许静余:名世卿,字伯勋,号静余。常州人。东林党人。万历乙酉(1585)举人。为人清正廉洁,不谒官府,不容俗客。

②汀洲:水中小洲。《楚辞·九歌·湘夫人》:"搴汀洲兮杜若,将以遗兮远者。"

③况复:何况,况且。

④以:介词,表示动作行为的凭借或前提。犹言凭、根据。静理:清净之理,静息调理。

⑤晚节:晚年。解:能够,会。

⑥幽径:僻静的小路。

【解读】

这是一首七言律诗。标题是"同许静余先生游山",许静余是一位耿介清正的人,自中举之后,一生家居未仕,安贫乐道。黄宗羲《明儒学案·东林学案》中有《孝廉许静余先生世卿》的传记,记述东林大会,"高忠宪(攀龙)以前辈事之,饮酒吟诗,终日不倦"。许静余与作者交契深厚,经常一起饮酒赋诗,登山游历。本诗就是两人登山游览之后,作者回来写的一首即景抒情诗。

诗歌以顺叙的形式,记录一次秋来雨后游山的经历,表达了作者中年游山玩水、闲适自得的心境。首联,交代时序、天气等情节,下了雨,天气也凉快下来,遥想山中的桂树肯定清香馥郁,怎么能不一游呢?所以引动了作者的游兴。但一人独游,缺少了点趣味,所以要约伴同赏。颔联,交代作者人到中年,也约略懂得了静中之理,同游者也须与己志道相合才行,所以许先生是最合适的人选,同时作者也知道他晚年喜欢游山玩水,于是就约他一起登山去。颈联,描述两人观看岩上翠竹,穿越幽僻小径,又登上小楼静听松间清风,其中的欢喜、快乐是说之不尽。尾联,不知不觉就夕阳下山,天要黑了,便赶快收拾着东西离开,然后在夜色明月下乘着船回家。

全诗沉静幽闲,语言整齐中又见变化,如"以我中年窥静理"句,就与律诗常用的主谓、动宾或并列式的实词结构有所区别,代入虚词"以"字,使得句式有了顿挫之妙,增添了语言的韵味。

山阴道①

袁宏道

钱塘艳若花②,山阴芊如草③。
六朝以上人④,不闻西湖好⑤。
平生王献之⑥,酷爱山阴道。
彼此俱清奇⑦,输他得名早。

【作者简介】

袁宏道(1568—1610),字中郎,号石公。公安(今属湖北)人。万历二十年(1592)进士。知吴县,官至吏部郎中。与兄袁宗道、弟袁中道称"三袁",抨击王世贞、李攀龙复古之风,主张诗文以抒写性灵为主,时称"公安体"。著有《袁中郎全集》。

【注释】

①山阴道:指今绍兴西南郊沿途一带。这是一条古代官道。这里以景物美而多著称。山阴:旧县名,在今浙江绍兴。

②钱塘:古县名。地在今浙江杭州。

③芊(qiān):草木茂盛。

④六朝:三国吴、东晋和南朝的宋、齐、梁、陈,相继建都建康(吴名

建业,今南京),史称为六朝。

⑤西湖:在浙江杭州城西。汉时称明圣湖,唐后始称西湖,为我国著名游览胜地。有苏堤春晓、曲院风荷、平湖秋月、断桥残雪、柳浪闻莺、花港观鱼、雷峰夕照、双峰插云、南屏晚钟、三潭印月等胜景。

⑥王献之:(344—386),字子敬,王羲之幼子,东晋书法家。

⑦清奇:美妙奇异。

【解读】

这是一首五言古诗,收入袁宏道《解脱集》卷一,万历二十五年(1597)自山阴去诸暨途中所作。诗歌大意:杭州的景色艳丽得像鲜花一样,绍兴的长处则是草木长得非常茂盛。但六朝以上,从来没有听人说过杭州的西湖有多好。东晋的大书法家王献之,平生就最喜欢山阴道上应接不暇的景色。山阴道与钱塘(今杭州)西湖都拥有美妙奇异的景致,但若论驰名先后,则前者远比西湖为早。

诗中拿杭州和绍兴作比较,说杭州的景色最美之处是鲜花艳丽,绍兴的最美之处是草木繁盛。从历史上看,则绍兴得名早,并引东晋书法家王献之"山阴道上,应接不暇"掌故加以证实。见南朝宋刘义庆《世说新语·言语》:"王子敬云:'从山阴道上行,山川自相映发,使人应接不暇。若秋冬之际,尤难为怀。'"王子敬,就是王献之,子敬是他的字。这里讲的是从山阴的官道上迤逦而行,沿途的景色是应接不暇,远山近水、小桥凉亭、田园农舍、草木行人,相映成画,非常有生气。人在画中游而自身亦不觉进入画中,晴日风雨,无不相宜,真的是一片如画美景,所以为王献之所酷爱。

诗歌语言清丽,句法错落,状景写物、议论抒情,俱新奇有致。

题岳阳酒家壁

盛鸣世

巴陵压酒洞庭春①,楚女当垆劝客频②。
莫上高楼望湖水,烟波二月已愁人。

【作者简介】

盛鸣世,生卒年不详,字太古。明凤阳府(今属安徽)人。国子监生。能诗而不苟作。善围棋。有《谷中集》。

【注释】

①巴陵:郡名,南朝宋元嘉十六年(439)置。治所在巴陵(今属湖南)。隋开皇九年(589)废。唐天宝元年(742)复置。压酒:米酒酿制将熟时,压榨取酒。唐李白《金陵酒肆留别》诗:"风吹柳花满店香,吴姬压酒劝客尝。"

②当垆:对着酒垆,在酒垆前。垆,古时酒店里安放酒瓮的炉形土台子。

【解读】

这是一首七言绝句。标题"题岳阳酒家壁",这是在岳阳一座酒楼墙壁上题写的即兴诗。诗歌大意:春日,洞庭湖上,在巴陵的一座酒楼上,店家一边压榨取酒,店中的楚地卖酒女郎对着酒垆一边频频劝客人饮酒。不要再登上高楼去眺望洞庭湖水,早春二月的烟波已经使人异常愁闷。

作者登上巴陵的酒楼,独自喝着闷酒。在卖酒女郎的频频劝酒声中,百无聊赖,于是登上更高一层的酒楼,眼前是一望无际的洞庭湖水,不由得百感交集,于是挥笔题诗。其中有思乡的愁苦,也有离合的悲欢,更有颠沛流离之苦和对世事沉浮的感慨。楚地早春二月寒冷多雨,容易让人情绪郁塞不开,而洞庭湖的烟波迷蒙,又不免使人有苍茫孤独之感。作者借着酒兴,将一腔愁绪都倾注于诗中,使得诗也沾上作者的羁愁而凄楚感人。

夜 归

钟 惺

落月下山径,草堂人未归。
砌虫泣凉露①,篱犬吠残晖。
霜静月逾皎②,烟生墟更微③。
入秋知几日,邻杵数声稀④。

【作者简介】

钟惺(1574—1625),字伯敬,号退谷,竟陵(今湖北天门)人。万历三十八年(1610)进士。官南京礼部主事、郎中。以福建提学佥事归,卒于家。与谭元春合编《唐诗归》《古诗归》,开创"竟陵体",所作称"钟谭体"。另有《隐秀轩集》《名媛诗归》等。

【注释】

①砌虫:台阶下的昆虫,如蟋蟀之类。
②逾:更加。
③墟:村落,乡村市集。微:隐藏,细小,微茫。
④杵(chǔ):舂捣谷物、药物及筑土、捣衣等用的棒槌。借指捣衣声。

【解读】

这是一首五言律诗。标题"夜归",是描写诗人夜深回家的情景。诗歌大意:月光从天上落下,我从山间小道下来,正准备回到草堂去。

台阶下的蟋蟀在清凉的露水下凄楚地鸣叫着,篱笆下护家的狗也在落日的余晖里嗥吠。霜花静静铺在大地上,月亮显得更加洁白;烟霭从山间兴起,村落渐渐被掩藏,显得非常微茫。刚进入秋天还没有几天,大地就一片清冷萧条,只听到邻家捣衣声音响了几下就没有了。

本诗描写了秋夜山村特有的景色,与身处其间的诗人主体形象融合无间,体现出诗人凄清冲淡的情怀。虫鸣、犬吠与凉露、残晖,从听觉、视觉和体验等角度,渲染秋夜清凉的气氛,加之皎月、繁霜与墟烟,使本已凄迷的境界,更多了几分朦胧之美。结尾二句的几下杵声,让这幅秋夜图景透出生活的气息。全诗景情兼胜,引人遐思。

瓶 梅 谭元春

入瓶过十日,愁落幸开迟①。
不借春风发,全无夜雨欺②。
香来清净里,韵在寂寥时③。
绝胜山中树,游人或未知。

【作者简介】

谭元春(1586—1637),字友夏,号鹄湾、蓑翁。竟陵(今湖北天门)人。天启七年(1627)乡试第一。后赴京试,卒于旅店。善诗文,名重一时,与钟惺同为"竟陵派"创始者。论文强调性灵,反对摹古,追求幽深孤峭,所作亦流于僻奥冷涩。曾与钟惺合编《唐诗归》《古诗归》。有《岳归堂合集》《谭友夏合集》等。

【注释】

①落:零落,衰败。

②欺:欺负,凌侮。

③寂寥:空虚无形,空无人物;寂寞萧条。

【解读】

这是一首咏梅花瓶插的五言律诗。标题"瓶梅",就是指插在瓶中供养的梅花。诗歌大意:将梅枝插在瓶中已经超过了十天,起初担心它会衰败,侥幸的是它成活了,只是比平常的梅花开得稍晚一点。养在室内,不要借春风的吹拂,自然开出花朵,夜间寒雨一点也欺负不到它。清净的空气中送来它的幽香,在寂寥的时刻你会见到它特别的韵致。它那种静好、不染俗尘的美绝对要胜过山中的梅树,这一点游人可能是不知道的。

这首诗立意新颖。平常的咏梅,是能够傲霜斗雪,经冬不凋,在来年第一个向人间报出春天到来的喜讯,它的幽香野趣为贞直端方之士所喜爱,所以众多文人墨客都会歌咏它高洁、孤寂的品格。但在这首诗里,反其意而用之,歌咏的不是山野中的梅树,而只是一个瓶栽或瓶插,一个小小的人工供养、用以赏鉴的清玩,它不受风雨的侵袭,也不借东风的催长,在清净的、没有尘土污染的环境中生长,艰难、坚毅地焕发生命的活力,它为清净的居室增添芳馨,为寂寥的诗人慰藉空虚的心灵。这种清净、温馨、柔美的韵致不是山中野性的梅树和梅花所能比拟和替代的,一般游方之外的人也难得到体会。这虽然是咏"瓶梅",也是诗人藏锋敛颖、束身自爱,希望有益于世的内心写照。

好的咏物诗多有所寄托,或借以抒情,或托以言志,本诗以瓶梅与山梅的对比结构全篇,句句不离瓶梅的特征,又处处蕴含为他人所用的期许,内容深刻,寓意隽永。

答仲韶五首(选一)① 　　　沈宜修

仲韶往苕上②,别时风雨凄人③,天将暝矣④,自归。寄绝句五首,依韵次答⑤,当时临歧之泪耳⑥。

莲壶催漏自消魂⑦,画枕银屏夜色昏⑧。
萧索半春愁里过⑨,一天风雨尽啼痕⑩。

【作者简介】

沈宜修(1590—1635),字宛君。明吴江(今江苏苏州吴江区)人。山东副使沈玧之女,工部主事叶绍袁之妻。工诗词,以婉约淡雅见长。育五子三女,俱有文采。因女死神伤而卒。绍袁集妻与子女之作,编为《午梦堂全集》。

【注释】

①仲韶:即叶绍袁(1589—1648),字仲韶,号天寥、粟庵。明吴江(今江苏苏州吴江区)人,天启五年(1625)进士。官工部主事,不耐吏职,以母老告归。清兵下江南后,弃家为僧。有《秦斋怨》《叶天寥四种》等。

②苕上:苕水之上。苕水,即今浙江北部注入太湖之苕溪。又为今浙江湖州(旧名吴兴县)之别称,以境内有苕溪而得名。

③凄人:使人凄凉悲伤。凄,寒冷,阴凉,凄凉悲伤。这里是使动用法。

④暝(míng):昏暗,暮。

⑤依韵次答:依照相同的韵按次序酬答。

⑥临歧:本义为面临歧路,后亦用为赠别之辞。

⑦莲壶催漏:莲花状的漏壶一刻不停地滴水,仿佛在催着时间走。

漏壶,古代利用滴水多寡来计量时间的一种仪器,也称"漏刻"。漏壶中插入一根标杆,称为箭。箭下用一只箭舟托着,浮在水面上。水流出或流入壶中时,箭下沉或上升,借以指示时刻。消魂:谓灵魂离开肉体,形容极其哀愁。

⑧画枕银屏:绘着精美图案的枕头,镶银的屏风。

⑨萧索:萧条冷落,凄凉。

⑩啼痕:啼哭的泪痕。

【解读】

这是作者依韵酬答丈夫叶绍袁的七言绝句,共五首,这里选其一。诗前有序,叙述丈夫叶绍袁有事到浙江湖州,临别时风雨并作,倍感悲凄。天要黑了,作者才依依不舍独自回家。别后,叶绍袁写了五首诗寄给他,所以作者依照丈夫诗中的韵依次作答,诗中所写就是当日告别时的"扑簌簌的一腔泪水"而已。

诗歌大意:莲花形的漏壶不停地滴着水,好像拼命催着时间走,到了分别的时候,我已经黯然魂销。看着床上精美的双人枕,卧室中银饰的屏风,心里感到空落落的,天色已昏,夜就要到来,不得不与丈夫忍痛分别。自从别后,一半的春天时光,寂寞凄凉的我都是在忧愁中度过,在风雨交加的日子,我更是思念着你,而呜咽流涕,房间、身上到处有我流下的眼泪。

诗的前两句,用漏壶滴水形容时间飞快流走,用"画枕银屏"的意象显示丈夫离去后的孤凄境况,"夜色昏",点明分别的时刻。根据诗序所交代,应当是黄昏时作者丈夫离家前往苕上(湖州),作者家在苏州吴江,湖州在太湖的对岸,估计是乘夜航船出发。后两句写丈夫走后,作者孤单寂寞,在忧愁中度过,在凄风苦雨的日子里更是担心、挂念丈夫,独自哭泣。这首诗将思妇的心理刻画得淋漓尽致,深切表达了作者临别前后的眷恋、愁苦以及孤单寂寞之情。语言流畅,状景抒情均极生动形象。

渡易水①

陈子龙

并刀昨夜匣中鸣②,燕赵悲歌最不平③。
易水潺湲云草碧,可怜无处送荆卿④!

【作者简介】

　　陈子龙(1608—1647),字卧子,号大樽。松江华亭(今上海松江区)人。少有才名,与夏允彝等结几社,又参加复社。崇祯十年(1637)进士。选绍兴推官,擢兵科给事中。京师陷,乃事福王于南京。请练水师,言中兴之主当身先士卒。不听,辞归。南都失,遁为僧。寻受鲁王兵部尚书,结太湖兵欲举事,事露被擒,投水死。子龙以风节著,诗词古文亦称大家,领袖明末文坛。词尤有名,与同里诸名士形成云间词派。有《陈忠裕公全集》,另辑有《皇明经世文编》。

【注释】

　　①易水:水名。在河北西部。源出易县境,入南拒马河。荆轲入秦行刺秦王,燕太子丹饯别于此。《战国策·燕策三》:"风萧萧兮易水寒,壮士一去兮不复还。"

　　②并刀:并州出产的刀子。又称"并州刀"或"并州剪"。古时并州(今属山西太原)所产剪刀,以锋利著称。唐杜甫《戏题画山水图歌》:"焉得并州快剪刀,剪取吴松半江水。"匣(xiá):盛物器具。大的叫箱,小的叫匣。一般呈方形,有盖。

　　③燕赵悲歌:燕、赵两国壮士悲愤的歌唱。语出韩愈《送董邵南序》:"燕赵古称多感慨悲歌之士。"燕赵,指战国时燕、赵二国,亦泛指其所在地区,即今河北北部及山西西部一带。

　　④荆卿:即荆轲,战国末著名刺客。卫国人,人称"庆卿"。至燕,人称"荆卿"。燕太子丹奉为上卿,衔命入秦刺秦王嬴政,事败被杀,事

见《史记·刺客列传》。

【解读】

此诗当作于崇祯十三年(1640)三月间。作者赴京途中过易水的时候,有感于一千八百多年前荆轲的慷慨悲歌,从容为国牺牲,激情难已,感慨系之,于是援笔写下这首七绝。

诗歌大意:昨夜,锋利的并刀在匣中幽幽鸣响,燕赵之地慷慨的悲歌最能表达壮士心中的不平。而今易水潺潺流淌映着白云青草,可惜这里已没有地方送别像荆轲那样的壮士。

这是一首怀古诗,它不同于咏史诗那样歌咏史实或以诗论史,而是重在抒写诗人由古人古事所触发的思想感情。此诗前两句托物言志,以并刀夜鸣写出效力疆场、报国的志向。后两句即景抒情,从眼中所见易水实景,感叹物是人非,山河破碎,引出对国事蜩(tiáo)螗(táng)的无限隐忧。全诗语言流畅,词气沉郁,充满着悲壮慷慨、苍凉沉痛之感。

秋日杂感(客吴中作)(选一)① 陈子龙

行吟坐啸独悲秋②,海雾江云引暮愁。
不信有天常似醉③,最怜无地可埋忧④。
荒荒葵井多新鬼⑤,寂寂瓜田识故侯。
见说五湖供饮马⑥,沧浪何处着渔舟⑦?

【注释】

①吴中:今江苏苏州一带,亦泛指春秋时吴地。
②悲秋:对萧瑟秋景而伤感。语出《楚辞·九辩》:"悲哉! 秋之为

气也。萧瑟兮，草木摇落而变衰。"唐杜甫《登高》诗："万里悲秋常作客，百年多病独登台。"

③"不信"句：不相信上天经常在醉状之中。张衡《西京赋》："昔者，大帝说秦缪公而觐之，飨（xiǎng）以钧天广乐。帝有醉焉，乃为金策，锡用此土，而翦诸鹑首。"李善注引虞喜《志林》曰："嗲（yàn）曰：'天帝醉秦暴，金误陨石坠。'"后因以"天醉"比喻世事混乱。

④埋忧：谓埋葬忧愁。《后汉书·仲长统传》："又作诗二篇，以见其志。辞曰：……百虑何为？至要在我。寄愁天上，埋忧地下。"

⑤荒荒：萧条，冷落。葵井：葵菜、水井。出《乐府诗集·横吹曲辞五·紫骝马歌辞》："十五从军征，八十始得归……中庭生旅谷，井上生旅葵。"

⑥五湖：古代吴越地区湖泊。其说不一，这里当指太湖及附近四湖。

⑦沧浪：青苍色的水，泛指江湖河海。

【解读】

崇祯十七年(1644)，在明山海关总兵吴三桂的导引下，清兵入关，占领北京。次年，清兵铁蹄直踏江南，甫建数月的南京弘光朝旋即败亡。

作者写此诗时，当于清顺治三年(1646)，苏、松一带已沦于清兵铁蹄之下。而作者正在这一带联结江南各地抗清武装英勇御敌。兵燹之余，作下《秋日杂感》十首，形象地描写了清兵入侵给江南人民带来的灾难，表现了诗人怀念故国、哀悼死难志士的沉痛心情，体现了他不屈不挠、图谋复国的远大志向，沉郁悲壮，壮怀激烈，读之令人黯然泪下。这是其中的第二首。

首联描写亡国后作者悲苦和沉重的心境。秋天本为一个万物凋零、令人伤感的季节，更兼作者此时面对着满目疮痍、民不聊生的华夏大地，无怪其内心之愤是行吟坐啸都是悲愁。"独"表明抗清的势单力孤。这种孤独的悲愤之情与作者的身世经历密切相关。诗人本为晚明遗老,又曾在南明政权供职,为挽救大厦将倾的南明王朝东奔西走,呕心沥血。到头来世事蜩螗,恍如南柯一梦,如今岁月侵寻,恢复无望,不能不有迟暮之感,这正是诗人忧愁无处释放的时候。

颔联用了两处典故,"不信"一句,典出张衡《西京赋》,"最怜"一句典出于仲长统《述志诗》。作者在此是反用其意,说自己不相信苍天会长久昏醉,而让清人一统中国,坚信上天终有清醒之时,明室江山定有复兴之日,最可怜的是大片江山已沦入敌手,没有一个地方可埋葬自己的忧愁。这两句在首联的基础上进一步深化主题。在因清秋日暮而兴起的悲愁之感中加入了现实性的内容,增强了诗歌的斗争性和针对性。

颈联描写了明室臣民的悲惨境况。清兵南下,铁蹄所至,十室九空,尸横遍野。多少无辜百姓做了刀下之鬼。"荒荒"一句,写民间在清兵蹂躏后满目凄凉、一片荒芜的衰败惨象。"寂寂"句,借秦亡后东陵侯邵平沦为庶人在长安城外靠种瓜为生的故事,概括众多王公大臣幸存者的结局。此联作者从下层黎庶写及上层达贵,正是反映了明清鼎革之际所造成的灾难。

尾联"见说五湖供饮马,沧浪何处着渔舟",五湖即太湖一带,听说清兵已饮马五湖,尽略其地,自己欲与渔夫为伍,驾一叶扁舟,浪迹水乡也不可得了,表达了作者穷途末路、孤独无助深沉的感慨。

本诗中最明显特色是大量地使用典故,且均能与诗意浑化无迹,这不仅展示了作者广博的学识,也有利于情感的抒发。

作者诗风前后差异极大。早期作品辞采浓郁华丽,尤好拟古乐府,后期由于受国家局势和生活经历的影响,多感伤时世之作,风格沉郁顿挫,悲壮苍凉。《秋日杂感》即为其晚期诗风的代表作。

甲辰八月辞故里(其二)① 　　张煌言

国亡家破欲何之,西子湖头有我师②。

日月双悬于氏墓③,乾坤半壁岳家祠④。

惭将赤手分三席⑤,特为丹心借一枝⑥。

他日素车东浙路,怒涛岂必属鸱夷⑦!

【作者简介】

张煌言(1620—1664),字玄著,号苍水。浙江鄞县(今浙江宁波)人。明崇祯十五年(1642)举人。官至南明兵部侍郎。顺治二年(1645)与里人钱肃乐等起兵,奉明鲁王朱以海监国,据守浙东山地及沿海一带,屡被招抚不从。顺治十六年(1659),协同郑成功大举进攻长江下游两岸地区。郑成功兵败,不得已而退军。后改装夜行,跋山涉水至海上,集旧部坚持抗清斗争。康熙二年(1663)鲁王死,次年遣散所部兵卒,以数人隐居悬岙(ào)岛,九月被俘死。有《张苍水集》行世。

【注释】

①甲辰:农历甲辰年,即康熙三年,1664 年。

②"西子"句:西湖边有我的老师,指的是葬于西子湖畔栖霞岭南麓的岳飞和葬在杭州市三台山麓、西湖乌龟潭畔的于谦。

③"日月"句:太阳和月亮双双悬挂在天空,它们的光辉照耀着于谦的墓。日月,又合为"明"字,为明朝的代称,指于谦是明朝的人,他在抗击蒙古中做出了巨大贡献。

④"乾坤"句:乾坤,天地,这里指国家,宋朝的天下。乾坤半壁,指南宋。本句意思是岳飞抗金,保住了宋朝的半壁江山。

⑤赤手:空手。三席:三个席位,岳飞、于谦,加上作者。

⑥借一枝:即借一枝栖。比喻栖身于极小的地方。唐刘餗《隋唐嘉话》卷中:"李义府始召见,太宗试令咏乌,其末句云:'上林多许树,不借一枝栖。'帝曰:'吾将全树借汝,岂惟一枝?'"

⑦"他日"两句:素车,古代凶、丧事所用之车,以白土涂刷。东浙,古以钱塘江为界,分为"浙东""浙西"两个行政区,今绍台温丽甬金衢地区为浙东,今杭嘉湖地区为浙西。鸱夷,革囊。《史记·伍子胥列传》:"吴王闻之大怒,乃取子胥尸盛以鸱夷革,浮之江中。"裴骃《集解》引应劭曰:"取马革为鸱夷。鸱夷,榼形。"《太平广记》卷二百九十一引《钱塘志》:"伍子胥累谏吴王,赐属镂剑而死。临终,戒其子曰:'悬吾首于南门,以观越兵来,以鲛鱼皮裹吾尸,投于江中,吾当朝暮乘潮,以观吴之败。'自是自海门山,潮头汹高数百尺,越钱塘渔浦,方渐低小。朝暮再来,其声震怒,雷奔电走百余里。时有见子胥乘素车白马在潮头之中,因立庙以祠焉。"

【解读】

《甲辰八月辞故里》共两首,该诗为第二首。康熙三年(1664)七月,作者在南田悬岙岛(今浙江象山县南)被俘,押至鄞县;八月初,解往杭州。临近出发的时候,为张煌言送行的有几千人,张煌言辞别故乡父老,赴杭就义。临行慷慨写下此诗。

诗的标题是"辞故里",诗人十分明白此去不久会告别人世。面对死亡,作者在诗中所抒发的,不是对生的留恋,也没有半点悲感,而是强烈的国家民族意识,以及矢志抗清、为国牺牲的豪迈情怀。

诗首联写国亡家破,要以岳飞和于谦为师,矢志抗清,表明自己为国为民而英勇不屈、蹈死不顾的决心。颔联叙写于谦和岳飞的贡献,于谦墓上的天空有日月双悬,指在土木堡之变中,于谦只手挽狂澜,定策抗击蒙古,使得明朝社稷不坠,所以日月(即"明"字)光辉朗照;岳飞

207

倾力抗金,也保住了宋朝的半壁江山,所以朝廷为他在西湖建祠予以祭奠。颈联,表明自己想与此两位并列而为三,虽然一双空手,有些惭愧,但有一颗赤诚之心,所以敢在西湖畔借一席之地安息。尾联,叙写将来东浙路上,怒涛汹涌,中有素车白马,立在潮头之中,那不一定是盛在皮袋里的伍子胥,一定是我张煌言的忠魂所化,表达自己虽死,但抗清的精魂永远不会泯灭。全诗借追忆长眠西湖畔的英豪,既表达对于谦和岳飞二人的景仰之情,又为自己能为国家民族献身而感到自豪。体现出矢志报国、英勇捐躯的大无畏精神。

代父送人之新安^①　　　　陆　娟

津亭杨柳碧毿毿^②,人立东风酒半酣^③。
万点落花舟一叶,载将春色到江南^④。

【作者简介】

陆娟,生卒年不详,大约生活在明弘治时期。松江(今属上海)人。能诗。华亭陆德蕴(润玉)之女,马龙妻。其父隐居北郭,有高行,曾为明代书画家沈周的老师。

【注释】

①之:往,到。新安:郡名,隋大业三年(607)改歙州置,治所休宁县(今安徽休宁东万安镇)。大业十三年(617)移治歙县(今安徽歙县)。辖境相当今安徽南部新安江流域及祁门、江西婺源县等地。唐初复改为歙州。天宝元年(742)改为新安郡,乾元元年(758)又改为歙州。后世因以新安为歙州、徽州所辖地之别称。

②津亭:古代建于渡口旁的亭子。毿(sān)毿:垂拂纷披貌。

③半酣：半醉。酣，饮酒至舒畅的程度。

④将：助词，用于动词之后。

【解读】

这是作者代替父亲所作的送赠别人回去新安的七言绝句诗。

根据诗意，诗人的父亲应当在长江的中上游某个地方为官，新安在它的下游。时当暮春，东风骀荡，杨柳迎风飘扬，绿意盎然，所以主人和客人都站在东风里，没有感觉到凉意，"酒半酣"，也就是酒喝到半醉时，是最为舒畅的时候，主客双方既有离别之意，又有留恋之情，但春光明媚，也将恨离愁冲淡了，所以送别的情景透露出一种欢快的气氛。送别客人，看着客人乘舟东行，舟行江上，东风吹拂，一叶扁舟，身在落花万点之间，也融合成为了花的一部分，全景色彩斑斓，春意无限，这是一幅典型的春江行旅图，巧妙地将诗意的画面展现在读者面前。末句"载将春色到江南"，无限春色将一直伴送着父亲的友人到家，那既是对行人的美好祝愿，也是传达春色曼妙的无限情意，使诗歌充满着浪漫美丽的气息。

全诗由二幅画面组成，一为津亭送别图，一为江上行舟图，设色艳丽，颇具女性特点。两幅画面并非平行排列，而是立体展示，景物、事态、情感交错复叠，显示出浪漫迷人的艺术魅力。

别云间①

夏完淳

三年羁旅客②，今日又南冠③。

无限河山泪，谁言天地宽？

已知泉路近④，欲别故乡难。

毅魄归来日⑤，灵旗空际看⑥。

【作者简介】

夏完淳(1631—1647),原名复,字存古。明松江华亭(今上海松江区)人。几社领袖夏允彝子。七岁能诗文。十四岁从父及陈子龙参加抗清活动。鲁王监国,授中书舍人。事败被捕下狱,赋绝命诗,遗母与妻,临刑神色不变。有《南冠草》《续幸存录》等。

【注释】

①云间:古华亭(今上海松江区)、松江府的别称,是作者家乡。顺治四年(1647),他在这里被逮捕。

②三年:作者自顺治二年(1645)起,参加抗清斗争,出入于太湖及其周围地区,至顺治四年(1647),共三年。羁(jī)旅:寄居异乡。羁,寄居在外。

③南冠(guān):春秋时楚人之冠。后泛指南方人之冠。这里指囚犯。

④泉路:泉下,地下。指阴间。

⑤毅魄:坚强不屈的魂魄,犹英灵。语出《楚辞·九歌·国殇》:"身既死兮神以灵,魂魄毅兮为鬼雄!"

⑥灵旗:亦作"灵旂",战旗。出征前必祭祷之,以求旗开得胜,故称。

【导读】

这是一首五言律诗。明弘光元年,清顺治二年(1645),作者时年十五岁,从父允彝、师陈子龙在松江起兵抗清。兵败,其父允彝自沉松塘而死。作者与师陈子龙继续坚持抵抗。次年上书鲁王(朱以海),鲁王遥授中书舍人,参谋太湖吴易军事。明永历元年,清顺治四年(1647)夏,被捕,押送南京。《别云间》即是作者在被解送往南京前,临别松江时所作。

此诗是作者诀别故乡之作,表达的不是对生命苦短的感慨,而是对山河沦丧的极度悲愤,对家乡亲人的无限依恋和对抗清斗争的坚定信念。

诗作首联叙事。其中"羁旅"一词将诗人从父允彝、师陈子龙起兵抗清到身落敌手这三年辗转飘零、艰苦卓绝的抗清斗争生活做了高度简洁的概括。颔联抒写诗人按捺不住的满腔悲愤。身落敌手被囚禁的结局,使诗人复国理想终成泡影,壮志难酬的诗人禁不住深深的失望与哀恸,忍不住向上苍发出"谁言天地宽"的质问与诘责。颈联临死前坦露对故乡、亲人的依恋不舍之情,同时念及自己长年奔波在外,诗人的一家人"生不得相依,死不得相问"。想起这一切的一切,诗人的内心自然涌起对家人深深的愧疚,所以说别亦十分艰难。尾联,虽然复国无望,故魂难牵,但作者的恢复之志始终未改,所以死后英灵来归,希望仍能看到义军的旗帜飘扬在空中,鲜明地昭示出诗人坚贞不屈的战斗精神、精忠报国的赤子情怀,给后继者以深情的勉励。

此诗风格沉郁顿挫,手法老到圆熟,意脉流注贯通,语词率真豪壮,而高度的爱国激情构成了诗作的内在生命,使得诗具有极大的感染力。

伤　春　　　申从濩

茶瓯饮罢睡初轻①,隔屋闻吹紫玉笙②。
燕子不来莺又去③,满庭红雨落无声④。

【作者简介】

申从濩,生卒年不详。朝鲜人。著有《三魁先生观光录》。《明诗综》卷九十三有"申从濩(一首)",下注有"从濩,叔舟孙,官成均直讲"。

《明孝宗敬皇帝实录》卷一百二十:"弘治九年十二月己丑,朝鲜国王李憻遣陪臣礼曹参判申从濩等来贺正旦节,赐宴并彩段衣服等服如例。"

【注释】

①瓯(ōu):杯,盅。

②玉笙:饰玉的笙。亦用为笙之美称。

③莺:黄莺。又称黄鹂、鸧鹒等。南朝梁丘迟《与陈伯之书》:"暮春三月,江南草长,杂花生树,群莺乱飞。"

④红雨:比喻落花。

【解读】

这首伤春的七绝诗作者是朝鲜人。据《明诗综》载作者"官成均直讲",成均,是古代的大学。《周礼·春官·大司乐》:"大司乐掌成均之法,以治建国之学政,而合国之子弟焉。"董仲舒认为成均是五帝命名大学的称呼。后泛称官设的最高学府。直讲,是辅助博士讲授经学的官名。所以,作者的身份是当时国立最高学府的学官。他的祖父申叔舟是朝鲜王朝初期的政治家,朝鲜李朝世宗朝重臣,1444年创制了由28个字母组成的朝鲜文字。朝鲜世祖将其比作唐朝著名大臣魏徵。所以,本诗的作者是一位家学渊源相当深厚的饱学之士,汉文化的功底很深,从这首诗中我们就可以领略到。

诗的前两句,写作者喝完茶后躺在床上休息,突然听到隔壁屋里的笙歌声,扰乱了睡觉的氛围,有些烦闷,于是起来到院子里走走,散散心。可是,在院子中所见的情景则更让作者心情烦乱。见不到燕子的踪迹,黄莺也飞走了,只留下鲜花像下雨一样悄无声息地散落一地。诗人猛然发现,春天就这样无声地过去了,于是一颗寂寞的多愁善感的心禁不住伤感起来。

这首诗在第三句转句中用了反向联想的写作手法,春天正是莺歌燕舞的季节,而今年燕子不但不来,而且连黄莺也飞走了,这意象间的对立联系对突出本诗的主题起到了关键的作用。正因为事物的反常,才使得伤春的意绪显得比较强烈。

全诗语言流畅自然,意境轻柔唯美,对于一个朝鲜人来说,能有如此优美娴熟的语言功夫,确实是非常难得的。

清

后秋兴之十三(其二)①　　钱谦益

海角崖山一线斜②,从今也不属中华。
更无鱼腹捐躯地③,况有龙涎泛海槎④?
望断关河非汉帜⑤,吹残日月是胡笳⑥。
嫦娥老大无归处⑦,独倚银轮哭桂花⑧。

【作者简介】

钱谦益(1582—1664),字受之,号牧斋。明末清初常熟(今属江苏)人。明万历三十八年(1610)进士。历编修、詹事,崇祯初为礼部侍郎,因事罢归。以文学冠东南,为东林巨子。南明弘光帝时,起为礼部尚书。清兵渡江,出城迎降。顺治三年(1646),授礼部侍郎,任职五月而归。后两次以大案牵连入狱,均得幸免。诗文极有造诣,入清后所作多抑塞贲张之语。有《初学集》《有学集》《国初群雄事略》,又编《列朝诗集》。

【注释】

①后秋兴:杜甫有《秋兴八首》,钱谦益用其题步其韵,故名《后秋兴》。

②海角:本指突出于海中的狭长形陆地,常形容极远僻的地方。崖山:即厓山,亦称厓门山。在广东江门新会区南,形势险要,南宋末张世杰奉帝昺扼守于此。兵败,陆秀夫负帝昺蹈海死,宋亡。一线斜:形容海角、崖山细长曲折如线。

③鱼腹捐躯地:意思是全国已被清人统治,找不到一块干净的土地。鱼腹,谓葬身鱼腹,淹死。语本《楚辞·渔父》:"宁赴湘流葬于江鱼之腹中,安能以皓皓之白而蒙世俗之尘埃乎?"

④龙涎(xián)：即龙涎香，抹香鲸病胃的分泌物，类似结石，从鲸体内排出后，为黄、灰乃至黑色的蜡状物质，香气持久，是极名贵的香料。海槎：用竹木编制的渡海的筏。

⑤汉帜：汉人军队的旗帜。

⑥日月：二字合在一起即是"明"字。胡笳：古代北方民族的管乐器，传说由汉张骞从西域传入，汉魏鼓吹乐中常用之。这里代指清朝。

⑦嫦娥：神话中的月中女神。这里作者自指。

⑧银轮：银饰的车轮，比喻圆月。桂花：神话传说中月宫桂树开的花。这里隐指桂王朱由榔。

【解读】

《后秋兴》凡十三叠，共一百〇四首，此为第十三叠之二。康熙元年(1662)，南明桂王朱由榔被吴三桂所杀，明朝因此灭亡。此篇或为此而作。诗前有小序："自壬寅七月至癸卯五月，讹言繁兴，鼠忧泣血，感恸而作，犹冀其言之或诬也。"壬寅，即康熙元年(1662)；癸卯，即康熙二年(1663)。在这一段时间里所说的传言即指桂王朱由榔被杀一事，古代交通、通信都不发达，所以消息辗转流传，速度很慢。

朱由榔(1623—1662)，即南明永历帝(1646—1662年在位)，年号永历，生于北京顺天府，南明最后一位皇帝。隆武二年(1646)袭封桂王，在广东肇庆称监国。同年十一月十八日宣布即皇帝位，改第二年为永历元年。朱由榔倚仗大西军余部李定国、孙可望等在西南一隅抵抗清朝，因此维持时间较长。永历十六年(1662)六月在昆明被绞死，终年四十岁，在位十六年。朱由榔的被杀，宣告着明朝的彻底覆亡。

作为东林党领袖、前明王朝的高级官员，作者对明朝是抱有很深的感情的，虽然清军入关，自己也折节屈服，投降了清朝，但在内心深处仍对故国怀有眷念和惭愧的心情，也有相当的悔恨之意。这在他的诗中有所反映，如《金陵秋兴八首次草堂韵》中，"沟填羯网那堪裔，竿挂胡头岂解飞"，"杀尽羯奴才敛手"，"高帝旌旗如在眼，长沙子弟肯相违"等句,对于清廷辱骂之甚,对明朝的怀念、痛惜之深,比张煌言等死节英雄的诗句还要慷慨激昂。这虽然不妨看作作者在为自己的失节做掩饰,但也说明他是一个既热衷功名,却又首鼠两端、患得患失,在人品、思想和性格方面都比较复杂的人。纪昀曾批评作者"首鼠两端,居心反复",连清朝政府也不认可他的行为,乾隆皇帝亲自下令将他纳入《贰臣传》,其著作不准流传,亦被禁毁。

作者对桂王朱由榔的死,起初是将信将疑的,所以从康熙元年(1662)七月到二年(1663)的五月间,各种传言在民间传播,作者对朱由榔的生死非常牵挂,总抱着传言不实的希望,其意也是希望明朝终有复兴的一日。在这种情感下,作者写了《后秋兴》的最后一叠,即第十三叠。

这是第十三叠的第二首。诗歌大意:南宋崖山海战之后,遥远的天涯海角,那崖山在视野中已经越来越隐微,弯斜曲折,变成了一线,从现在开始,它也不再属于大宋了。如今明朝将要灭亡,我却没有投水自尽的机会,也更没有为了寻觅龙涎香的海船可以躲避,浮游海外。一眼望去,明朝的城关山河已经没有汉人的旗帜,凄厉的胡笳声已将日月掩藏,将明朝埋葬。而我像嫦娥奔月那样,到了月宫,一大把年纪,想回去也无处可回,只能独自倚在月轮上伴着桂花哭泣。

"海角崖山一线斜,从今也不属中华。"沉痛之至。南宋崖山海战后,陆秀夫背负着幼帝投海自尽,后宫及群臣大多随之殉国,七日之后,浮出海面的尸体有十余万。全诗以崖山海战比喻南明败亡,以宋元鼎革指代明清易代,语调极为沉痛。南明遗民有用宋元鼎革指代明清易代的习惯,崖山也频频出现在他们的诗作中,如吕留良的诗《题如此江山图》:"其为宋之南渡耶? 如此江山真可耻。其为崖山以后耶? 如此江山不忍视。……吾今始悟作画意,痛哭流涕有若是。……以今视昔昔犹今,吞声不用枚衔嘴……"都是以宋喻明,表达故国之思,明着是说宋,实际是在哀叹明的覆亡。

此诗以激昂的格调感慨兴亡,表达了身陷清朝而不能自拔,兼有痛悼故国的复杂情感。作者诗歌善于使事用典,富于辞采;既有唐诗的情趣,也有宋诗的理智,从而呈现出一种典丽宏深的格调。

金陵后观棋绝句六首(选一) 钱谦益

寂寞枯枰响沴寥①,秦淮秋老咽寒潮②。
白头灯影凉宵里,一局残棋见六朝。

【注释】

①枰(píng):古代的博局,亦指棋盘,棋局。沴(xuè)寥:清朗空旷貌。沴,广阔貌。

②秦淮:河名,流经南京,是南京名胜之一。相传秦始皇南巡至龙藏浦,发现有王气,于是凿方山,断长垄为渎入于江,以泄王气,故名秦淮。咽(yè):填塞,充塞。又指声音滞涩,多用于形容悲切。寒潮:寒冷的潮水。

【解读】

这是作者在金陵,亦即现在的南京,因观看下棋而作的六首绝句之一。此前作过《观棋绝句》六首,这是后面作的六首中的第三首。都收在《牧斋有学集》卷一内。作者在第二首后有注:"是日周老、姚生对弈,汪幼青旁看。"

诗的前两句交代下棋的地点、环境和季节,是在秦淮河边,一个清朗空旷的场所,时节正当晚秋,可以听得见长江的潮水声。后两句,交代下棋的人,并托物寓意。下棋的两人,在第二首有注明,即周老、姚生,还有旁观的汪幼青和作者。棋一直下到晚上,棋局却还没有下完。棋局如战场,从这盘尚未下完的残局中,作者仿佛看到吴、东晋、宋、齐、梁、陈这建都在金陵的六个朝代他们交相争战、厮杀的影子,同时借古怀今,将明清废兴的一场感慨寄托其中。

这首诗将寂寞冷落的残局,融入秦淮秋潮幽咽凄清的背景之中,极力渲染金陵城的萧瑟氛围,进而借观棋抒发心中感慨,在棋的残局中寄寓了诗人的故国之感、兴亡之意。构思精巧,情调凄楚,含蓄蕴藉,是一首情景兼胜的好诗。

青羊庵①   傅　山

芟苍凿翠一庵经②,不为瞿昙作客星③。
既是为山平不得,我来添尔一峰青。

【作者简介】

傅山(1607—1684),字青主。山西阳曲(今太原)人。明末诸生。明亡为道士,隐居土室养母。康熙中举博学鸿儒,屡辞不得免,至京,称老病,不试而归。于学无所不通,经史之外,兼通先秦诸子,又长于书画医学。有《霜红龛集》《傅青主女科》《傅青主男科》等。

【注释】

①青羊庵:作者的室名。作者于明亡后曾一度着道士服,居此室内。

②芟(shān):铲除。凿:开凿,打孔。庵:圆顶草屋。

③瞿昙:释迦牟尼的姓,亦作佛的代称。客星:特指东汉隐士严光。《后汉书·严光传》:"(光武帝)复引光入,论道旧故……因共偃卧,光以足加帝腹上。明日,太史奏,客星犯御坐甚急。帝笑曰:'朕故人严子陵共卧耳。'"后诗文中常用为典故。这里指像游离的星辰一样在外漂泊。

【解读】

这是咏作者居室兼书室"青羊庵"的七言绝句。"青羊庵",据徐澂《卓观斋脞录》:"傅青主山有《霜红龛集》,其读书处本名青羊庵,踞崛围松林中,故名。后改霜红龛者,因林中树草叶色,秋来如一片红霞也。"可知青羊庵是傅山的室名,庵位于崛围山多福寺南,青峰塔西半山腰中,作者于明亡后曾一度着道士服,居此室内。此诗为咏志诗。

诗的第一句,苍、翠,本指青绿色,这里使用借代的修辞手法,指山和山上的草木。作者在山上铲除杂草、在青色的山壁上开凿一个土穴,就权当居室,里面摆上要读的经书。第二句是表示虽然要读佛经,但也不想为了佛,而像游方和尚那样云游四方。后两句,有双关之意,表面上是说,平常人都说,山摆在面前,崎岖不平,铲不平,也移不走,那么,我就再来为它添一座青色的山峰。傅山,字青主,后两句将作者名、字都嵌进诗里,托物寓意,表示自己耿介坚贞、刚强不屈的志节。

这首诗可谓是"劲气内敛,蕴蓄无穷"的佳作。在托青峰以抒怀明志之中,也暗含"心伤故国"的沉痛。

【点评】

"诗文外若真率,实则劲气内敛,蕴蓄无穷,世人莫能测之。至于心伤故国,虽开怀笑语,而沉痛既隐寓其中,读之令人凄怆"。(邓之诚《清诗纪事初编》)

小楼寒夜　　　　　傅　山

昏黑暗人间,龙鳞不可攀①。
疏钟闻远寺②,小月上高山③。

白虎驮经去④，青鸟取食还⑤。

有儿常懒惰，幽户待风关⑥。

【注释】

①龙鳞：松桧之属。松桧之皮如龙鳞，故称。唐王维《春日与裴迪过新昌里访吕逸人不遇》："闭户著书多岁月，种松皆老作龙鳞。"

②疏钟：稀疏的钟声。

③"小月"句：小小的月亮爬上高高的山顶。宋苏轼《后赤壁赋》："江流有声，断岸千尺，山高月小，水落石出。"

④白虎驮经：佛教有"白马驮经"的传说，北魏杨衒之《洛阳伽蓝记》卷四："白马寺，汉明帝所立也，佛入中国之始。寺在西阳门外三里御道南。帝梦金神长丈六，项背日月光明，胡人号曰佛。遣使向西域求之，乃得经像焉。时白马负经而来，因以为名。"这里用"白虎"，是作者的化用，更显夜景的气势。

⑤青鸟：青色的禽鸟。《山海经·西山经》："又西二百二十里，曰三危之山，三青鸟居之。"郭璞注："三青鸟，主为西王母取食者，别自栖息于此山也。"

⑥幽户：深隐的门户。

【解读】

这是一首五言律诗。标题"小楼寒夜"，是描写寒夜中作者在小楼上所见到的夜景。

诗歌首联，叙写天黑后的情景，夜幕降临了人间，松树在夜空中更显得高不可攀。颔联从听觉和视觉传达夜深的印象，稀疏的钟声从远处的佛寺中传来，小小的月亮已经爬上了高山之巅。"小月"句，化用苏轼《后赤壁赋》"山高月小"句意，也是形容夜景的气势，从山下望去，山高高耸立，天上的月亮小而明亮。颈联，"白虎"二句，意思是：在这寒夜里,野兽已经遁迹,飞鸟已经还巢,一切都寂静下来了。套用"白马驮经"的佛家传说,但"白马"改"白虎",使意义有了变化,转指山间自然的景象,指野兽都回到自己的巢穴;"青鸟"虽然用《山海经·西山经》"主为西王母取食"的神鸟掌故,但在这里也纯用自然的意义。尾联,传达出一种萧散旷逸的意境,家里虽有小儿,但常懒惰,到了夜间,门也忘记关,只好靠一阵山风吹过,才将门碰上。

这首诗写作者在小楼寒夜的感受。写景颇有特色,并且蒙上了一层神秘、高远、清逸的色彩,表现了一种远离尘嚣、萧散自得而又孤独寂寞的情绪。

这首诗用语也很"拙",这既是作者作诗的特色,也是其做人的特色。《清史稿·傅山传》:"山工书画,谓:'书宁拙毋巧,宁丑毋媚,宁支离毋轻滑,宁真率毋安排。'人谓此言非止言书也。诗文初学韩昌黎,崛强自喜,后信笔抒写,俳调俗语,皆入笔端,不原以此名家矣。"

顾炎武评作者的为人:"萧然物外,自得天机,吾不如傅青主。"

宿野庙①   金圣叹

众响渐已寂②,虫于佛面飞。
半窗关夜雨,四壁挂僧衣③。

【作者简介】

金圣叹(1608—1661),初名采,字若采。入清,改名人瑞,字圣叹。明末清初吴县(今江苏苏州)人。明末诸生。所居名贯华堂。将《离骚》《庄子》《史记》《杜诗》《西厢记》《水浒》称为天下"六才子书",并以批点后二书而著称。又有唐诗、古文选本。顺治十八年(1661),清世祖去世后,以知县任维初贪残,与诸生倪用宾等聚哭文庙,被巡

抚朱国治指为"震惊先帝之灵",解南京处斩。另有《沉吟楼诗选》
传世。

【注释】

①野庙:野外庙宇。

②众响:各种响声。

③僧衣:和尚穿的衣服,又名袈裟。

【解读】

这是一首五言古诗,写作者夜宿野庙的情境。诗的前两句,运用
听觉和视觉描写表示夜已经到来,种种活动都逐渐停止,环境很安静;
虽然在灯光下仍看到佛像面上有虫子在飞,但与"蝉噪林愈静,鸟鸣山
更幽"的反衬效果一样,更显得佛寺的幽寂。后两句,是静景描写,窗
子半掩着,将雨隔在外面,四面墙壁上挂满和尚穿的衣服。表示和尚
都已经入睡,环境很清静。写景状物,都很真实生动。"佛面"和"僧
衣"二词,点明这是野外一所佛寺,呼应题目。

全诗写景状物,语言简练,意境清幽,动静结合,前后照应,生动形
象地写出了夜宿野庙的主要特点。

【点评】

"金圣叹好批小说,人多薄之。然其《宿野庙》一绝云:'众响渐已
寂,虫于佛面飞。半窗关夜雨,四壁挂僧衣。'殊清绝。"([清]袁枚《随
园诗话》)

圆圆曲①

吴伟业

鼎湖当日弃人间②,破敌收京下玉关③。
恸哭六军俱缟素④,冲冠一怒为红颜⑤。

红颜流落非吾恋，逆贼天亡自荒宴⑥。
电扫黄巾定黑山⑦，哭罢君亲再相见⑧。
相见初经田窦家⑨，侯门歌舞出如花⑩。
许将戚里箜篌伎⑪，等取将军油壁车⑫。
家本姑苏浣花里⑬，圆圆小字娇罗绮⑭。
梦向夫差苑里游⑮，宫娥拥入君王起⑯。
前身合是采莲人⑰，门前一片横塘水⑱。
横塘双桨去如飞，何处豪家强载归。
此际岂知非薄命⑲，此时唯有泪沾衣。
薰天意气连宫掖⑳，明眸皓齿无人惜㉑。
夺归永巷闭良家㉒，教就新声倾坐客㉓。
坐客飞觞红日暮㉔，一曲哀弦向谁诉？
白皙通侯最少年㉕，拣取花枝屡回顾。
早携娇鸟出樊笼，待得银河几时渡㉖？
恨杀军书抵死催㉗，苦留后约将人误。
相约恩深相见难，一朝蚁贼满长安㉘。
可怜思妇楼头柳㉙，认作天边粉絮看㉚。
遍索绿珠围内第㉛，强呼绛树出雕阑㉜。
若非壮士全师胜㉝，争得蛾眉匹马还㉞？
蛾眉马上传呼进，云鬟不整惊魂定㉟。
蜡炬迎来在战场，啼妆满面残红印㊱。
专征箫鼓向秦川㊲，金牛道上车千乘㊳。
斜谷云深起画楼㊴，散关月落开妆镜㊵。
传来消息满江乡，乌桕红经十度霜㊶。

225

教曲伎师怜尚在，浣纱女伴忆同行㊷。

旧巢共是衔泥燕，飞上枝头变凤凰。

长向尊前悲老大㊸，有人夫婿擅侯王㊹。

当时只受声名累，贵戚名豪竞延致㊺。

一斛明珠万斛愁㊻，关山漂泊腰肢细㊼。

错怨狂风飏落花㊽，无边春色来天地。

尝闻倾国与倾城㊾，翻使周郎受重名㊿。

妻子岂应关大计51，英雄无奈是多情。

全家白骨成灰土，一代红妆照汗青52。

君不见，馆娃初起鸳鸯宿53，越女如花看不足54。

香径尘生鸟自啼55，屧廊人去苔空绿56。

换羽移宫万里愁57，珠歌翠舞古梁州58。

为君别唱吴宫曲，汉水东南日夜流59！

【作者简介】

吴伟业（1609—1672），字骏公，号梅村、鹿樵生。明末清初太仓（今属江苏）人。复社张溥弟子。明崇祯四年（1631）进士，授编修。弘光时为少詹事，以马士英、阮大铖当权，乞假归。入清，闭门不出，仍主持文社，声名甚重。后以陈名夏、陈之遴等荐，于顺治九年（1652）进京，官至国子监祭酒。顺治十四年（1657）南归家居。奏销案起，几至破家。学问渊博，诗尤工丽，所作歌行均足备掌故。有《梅村家藏稿》、《绥寇纪略》、传奇《秣陵春》、杂剧《通天台》等。

【注释】

①圆圆：即陈圆圆（1624—约1683），本姓邢，名沅，字圆圆，一字畹芬。明清之际常州武进（今江苏常州）人。苏州名妓，貌美善歌舞。崇

祯末为田贵妃父田弘遇(一说周后父周奎)所得,拟献给思宗,帝不纳,遂献为吴三桂妾。李自成破北京,得之。三桂引清兵陷北京,复得圆圆,从至云南。晚年为女道士,法名寂静,字玉庵。一说清兵平定三藩,投莲花池死。

②鼎湖:古代传说黄帝乘龙升天之处。《史记·封禅书》载,黄帝铸鼎于荆山下,鼎成,有龙垂胡须下迎黄帝,黄帝即乘龙而去。后世因称此处为"鼎湖"。常用来比喻帝王去世。此指崇祯帝自缢于煤山(今景山)。

③敌:指李自成起义军。玉关:本指玉门关。这里指宁远总兵吴三桂所坐镇的山海关。

④恸(tòng)哭:放声痛哭,号哭。缟(gǎo)素:白色丧服。

⑤冲冠:谓头发上指把帽子冲起,形容极为愤怒。语出《史记·廉颇蔺相如列传》:"相如因持璧却立,倚柱,怒发上冲冠。"红颜:指美女,此指陈圆圆。

⑥天亡:上天要使之灭亡。荒宴:沉溺于宴饮。

⑦电扫:像闪电划过,比喻迅速扫荡净尽。黄巾:本指东汉末年张角所领导的农民起义军,因头包黄巾而得名。这里借指李自成的起义军。黑山:即今辽宁黑山县,明朝在这里设广宁卫,起初是为对北方蒙古的防御而设置的边境要塞。在这里借指清朝。

⑧君:指崇祯帝。亲:亲人,指吴三桂亲属。吴三桂降清后,李自成杀了吴父一家。

⑨田窦(dòu):西汉时外戚田蚡、窦婴。这里借指崇祯宠妃田氏之父田弘遇。

⑩侯门:诸侯之门,指显贵人家。

⑪戚里:帝王外戚聚居的地方。箜(kōng)篌(hóu)伎(jì):弹箜篌的艺妓,指陈圆圆。伎,指以音乐歌舞为业的女子。

⑫油壁车:古人乘坐的一种车子。因车壁用油涂饰,故名。亦省

227

称"油壁"。

⑬姑苏:苏州的别称。因其地有姑苏山而得名。浣(huàn)花里:唐代名妓薛涛居住在成都浣花溪,这里借指陈圆圆在苏州的住处。《唐才子传》卷六:"涛字洪度,成都乐妓也。性辨惠,调翰墨。居浣花里,种菖蒲满门。"

⑭娇罗绮(qǐ):长得比罗绮(漂亮的丝织品)还娇艳美丽。

⑮夫差(chāi):春秋末吴国的君王。

⑯宫娥:宫女。

⑰合:应该。采莲人:指西施。唐李白《子夜吴歌·夏歌》:"镜湖三百里,菡萏发荷花。五月西施采,人看隘若耶。"

⑱横塘:古堤塘名。

⑲薄命:指命运不好,福分差。多用于女性。

⑳薰天:气焰熏到天上去了,形容气势旺盛、权势大。宫掖(yè):指皇宫。掖,掖庭,宫中的旁舍,嫔妃居住的地方。

㉑明眸皓齿:明亮的眼睛,洁白的牙齿。形容女子的美貌。亦指代美女。

㉒永巷:深巷,长巷。又古代皇宫中有永巷署,设令、仆射等,掌管后宫人事,有狱监禁宫人。汉武帝时改为掖庭。闭良家:关闭囚禁良家人的子女。良家,汉时指医、巫、商贾、百工以外的人家,后世称清白人家为良家。

㉓新声:新作的乐曲,新颖美妙的乐音。倾:使之倾倒。

㉔飞觞(shāng):举杯或行觞。左思《吴都赋》:"里宴巷饮,飞觞举白。"觞,一种酒杯。

㉕白皙通侯:肤色白净的通侯,指吴三桂。通侯,本名"彻侯",爵位名。秦统一后所建立的二十等爵制中的最高级。汉初因袭之,多授予有功的异姓大臣,受爵者还能以县立国。后避武帝讳,改称"通侯"或"列侯"。

㉖银河几时渡：借用牛郎织女七月初七渡过银河相会的传说，比喻陈圆圆何时能嫁吴三桂。

㉗抵死：犹急促、急忙。

㉘蚁贼：像蚂蚁一般众多的盗贼，对起义军的诬称。长安：借指北京。

㉙思妇：怀念远行丈夫的妇人。指陈圆圆。

㉚"认作"句：意谓陈圆圆已是有夫之妇，却仍被当作妓女来对待。粉絮，白色的柳絮。

㉛遍索：意谓李自成部下四处搜寻圆圆。绿珠：西晋石崇的宠姜，中国古代著名美女之一。内第：内宅。

㉜绛（jiàng）树：古代歌女名，亦借指美女。三国魏曹丕《答繁钦书》："今之妙舞莫巧于绛树，清歌莫善于宋腊。"这里指陈圆圆。雕阑：同"雕栏"，雕花彩饰的栏杆，华美的栏杆。借指华丽的屋宇。

㉝壮士：指吴三桂手下的士兵。

㉞争得：怎得，怎能够。蛾眉：蚕蛾触须细长而弯曲，因以比喻女子美丽的眉毛。《诗·卫风·硕人》："螓首蛾眉，巧笑倩兮。"借指女子容貌的美丽，代称美女。这里指陈圆圆。

㉟云鬟（huán）：高耸的环形发髻。

㊱啼妆：东汉时，妇女以粉薄拭目下，有似啼痕，故名。借指美人的泪痕。残红印：残留下来红粉妆饰的印痕。

㊲专征：受命自主征伐。汉班固《白虎通·考黜》："好恶无私，执义不倾，赐以弓矢，使得专征。"指军事上可以独当一面，自行征伐，不必专候皇帝的命令。秦川：古地区名，泛指今陕西、甘肃的秦岭以北平原地带。因春秋、战国时地属秦国而得名。

㊳金牛道：古川陕间栈道名。蜀道之南栈，旧名"金牛峡"，故自陕西勉县而西，南至四川剑门关口，称"金牛道"。自秦以后，由汉中入蜀者，必取道于此。千乘（shèng）：兵车千辆。古以一车四马为一乘。这

里指兵车之多。

㊴斜谷:山谷名。在今陕西眉县西南。即褒斜道之东口。《续汉书·郡国志》:"武功县有斜谷。"《郿县志》:"斜谷,在县西南三十里,南入汉中之道。"谷口有斜谷关。画楼:雕饰华丽的楼房。

㊵散关:即大散关,在陕西宝鸡西南大散岭上。当秦岭咽喉,扼川陕间交通,为古代兵家必争之地。

㊶乌桕(jiù):落叶乔木,产于山东以南各地。《乐府诗集·杂曲歌辞十二·西洲曲》:"日暮伯劳飞,风吹乌臼树。"乌臼即乌桕。

㊷浣纱女伴:西施入吴宫前曾在绍兴的若耶溪浣纱。这里是说陈圆圆早年做妓女时的同伴。

㊸尊:同"樽",酒杯。老大:年岁老大。

㊹有人:指陈圆圆。

㊺延致:邀请,聘请。

㊻斛(hú):古代十斗为一斛。

㊼细:指瘦损。

㊽飏(yáng):飞扬,飘扬。

㊾倾国与倾城:《汉书·外戚传上·孝武李夫人》:"延年侍上起舞,歌曰:'北方有佳人,绝世而独立。一顾倾人城,再顾倾人国。宁不知倾城与倾国,佳人难再得!'"后因以"倾国倾城"或"倾城倾国"形容女子极其美丽。

㊿周郎:指三国时吴国名将周瑜,因娶美女小乔为妻而更加著名。这里借喻吴三桂。

(51)关:关联,关涉,参与。

(52)一代红妆:一个时代的美女。指陈圆圆。红妆,指女子的盛装。因妇女妆饰多用红色,借指美女。照汗青:名留史册。汗青,古时在竹简上记事,先以火烤青竹,使水分如汗渗出,便于书写,并免虫蛀,故称。借指史册。

㊳馆娃:即馆娃宫,古代吴宫名。春秋吴王夫差为西施所造。在今江苏苏州西南灵岩山上,灵岩寺即其旧址。

㊴越女:指西施。

㊵香径:即采香径,在灵岩山附近。

㊶屧(xiè)廊:即响屧廊。春秋时吴宫廊名。廊中地面用梓木板铺成,行走有声。遗址在今江苏苏州西灵岩山。宋范成大《吴郡志·古迹》:"响屧廊,在灵岩山寺。相传吴王令西施辈步屧,廊虚而响,故名。今寺中以圆照塔前小斜廊为之,白乐天亦名'鸣屧廊'。"屧,本指鞋的木底,后泛指鞋。

㊷羽、宫:都是古代五音之一,借指音乐。这皇是用音调变化比喻人事变迁。

㊸珠歌翠舞:指声色美妙的歌舞。梁州:古九州之一。《尚书·禹贡》:"华阳黑水惟梁州。"伪孔传:"东据华山之南,西距黑水。"黑水有说指怒江,则古梁州地界大约指陕西至四川以西一直到云南一带。清顺治元年(1644),授吴三桂平西王。顺治十六年(1659),吴三桂攻下云南,即在云南开藩设府,镇守云南,总管军民事务。

㊹汉水:发源于汉中,流入长江。此句语出李白《江上吟》诗:"功名富贵若长在,汉水亦应西北流。"暗寓吴三桂覆灭的必然性。

【解读】

《圆圆曲》当作于吴伟业仕清之前的清世祖顺治九年(1652)。陈圆圆曾入宫,后为崇祯帝田贵妃之父田弘遇所得,又转赠给辽东总兵、平西伯吴三桂为姜。李自成起义军攻占北京,陈圆圆被俘。吴三桂出于私恨,遂引清兵入关,反攻北京,复得陈圆圆。吴伟业为明崇祯四年一甲二名,俗称榜眼,曾任翰林院编修,他憎恨吴三桂引狼入室,于是写了讽刺吴三桂的《圆圆曲》。

本诗中一个重要人物就是吴三桂。吴三桂(1612—1678),字长伯。锦州总兵吴襄子。明末清初高邮(今属江苏)人,辽东(今属辽宁)

籍。出身武举,累擢为宁远总兵,封平西伯,镇守山海关。崇祯十七年(1644),拒李自成招降,求援于清。乃引清兵入关,破自成,受清封为平西王。为清兵前驱,下四川,入云南。康熙元年(1662),杀南明永历帝,受命镇云南,与广东尚可喜、福建耿继茂号称"三藩"。康熙十二年(1673),以不愿撤藩,举兵叛清,自称天下都招讨兵马大元帅,建国称周。陷岳州,北克陕、甘,南掠浙、闽,应者四起。其后渐衰。乃于衡州称帝,不及半年即死。孙吴世璠继位,康熙二十年(1681),为清所灭。

这首七言歌行的长篇叙事诗,记录明末清初名妓陈圆圆与吴三桂的聚散离合,反映了明末清初一系列重大的历史事件,委婉曲折地谴责了吴三桂的降清行为。

全诗共分四段。第一段为开头八句,写明崇祯皇帝吊死景山,吴三桂勾结清兵攻占北京,以"冲冠一怒为红颜"句切中吴三桂要害,并以此句为全诗的主旨。指明吴三桂打着复明的旗号,实际上是为了陈圆圆而降清的。

第二段从第九句至"争得蛾眉匹马还",叙述吴三桂与陈圆圆悲欢离合的经历。将蝉联句法用作倒叙,写到吴陈初次见面,吴三桂即对色艺双绝的陈圆圆一见钟情,田弘遇便顺水推舟,为他们牵线搭桥。这一段乃是以三桂为中心,对吴陈离合情事初ános梗概。然而,好事多磨,这时三桂又奉旨出关抵御清兵:"恨杀军书抵死催,苦留后约将人误。"这一节两句一转,一波三折,摇曳生姿。写三桂去后,陈圆圆在一场社会巨变之中跌进命运的深渊。农民起义军入城,陈圆圆由于声名所误,又成为起义军的猎物。用西晋石崇家妓绿珠为孙秀所夺,不屈而死的典故,暗指起义军恃强夺吴三桂所好,而圆圆实出无奈。陈圆圆再度沦落的经历,诗人点到为止,即以迅雷不及掩耳之势,回到"电扫黄巾"的话头:"若非壮士全师胜,争得蛾眉匹马还。"吴三桂在今河北抚宁县东北一片大败李自成,遂使得陈圆圆重新回到吴三桂怀抱。

第三段从"蛾眉马上传呼进"到"无边春色来天地",写吴三桂于战

232

场迎回陈圆圆后恩宠有加的情景。先叙写迎接陈圆圆的盛大场面,出人意料地把两梦重圆、无限温柔旖旎的场面安排在杀声甫定的战场上,为情节增添了几分戏剧性。此后,吴三桂青云直上,持专征特权,移镇汉中。夫贵妻荣,陈圆圆也一直做到王妃。"斜谷云深起画楼,散关月落开妆镜",诗人不写平西王府的豪华,偏偏取川陕道途之荒僻山川为背景,写圆圆的舒心如意,正是因难见巧、极为别致的奇笔。从"传来消息满江乡"到"无边春色来天地"紧接上文作咏叹,诗人撇下叙事,凿空设想苏州故里的乡亲女伴听到圆圆飞黄腾达的消息所起的轰动、议论、妒忌以及对人生无常的感慨。这一段空间跳跃甚大,内涵极深,耐人寻味。如果说前一段主要是写纵向的起伏,那么这一段,则主要是写横向的对照。

第四段即最后十四句,写作者的议论与感慨。前六句进一步申述对吴氏"冲冠一怒为红颜"的批判。说这里有讽刺,当然确凿无疑。但讽刺只是冲着吴三桂的。至于陈吴爱情又当别论。"妻子岂应关大计",江山重要;"英雄无奈是多情",美人可恋。吴三桂以"无君无父"的高昂代价,使陈圆圆成为历史人物:"全家白骨成灰土,一代红妆照汗青。"后八句借用吴王夫差的故事,暗寓吴三桂的下场。作者的预言,正好印证了二十多年后吴三桂叛乱,而被清王朝最后消灭的结局。

这首诗在艺术上也很有特色。首先,在叙事方面它突破了古代叙事诗单线平铺的格局,采用双线交叉、纵向起伏、横向对照的叙述方法。全诗以吴三桂降清为主线,以陈圆圆的复杂经历为副线,围绕"冲冠一怒为红颜"的主旨,通过倒叙、夹叙、追叙等方法,将当时重大的政治、军事事件连接起来,做到了开阖自如、曲折有致。其次,诗的语言晓畅、艳丽多彩,且富于音乐的节奏。而顶针手法的熟练运用,不仅增强了语言的音乐美,而且使叙事如串珠相连,自然而洒脱。此外对照手法的运用也很有特色。

"以唐人格调,写目前近事,宗派既正,词藻又丰,不得不推为近代中之大家。"([清]赵翼《瓯北诗话》)

"梅村效《琵琶》《长恨》体作《圆圆曲》,以刺三桂,曰'冲冠一怒为红颜',盖实录也。三桂赍重币求去此诗,吴勿许。当其盛时,祭酒能显斥其非,却其赂遗而不顾,于甲寅之乱似早有以见其微者。呜呼,梅村非诗史之董狐也哉!"([清]陆次云《湖壖杂记》)

悲歌赠吴季子①　　　　　　　吴伟业

人生千里与万里,黯然销魂别而已②。
君独何为至于此?
山非山兮水非水,生非生兮死非死。
十三学经并学史③,生在江南长纨绮④。
词赋翩翩众莫比⑤,白璧青蝇见排诋⑥。
一朝束缚去⑦,上书难自理⑧,绝塞千山断行李⑨。
送吏泪不止⑩,流人复何倚⑪?
彼尚愁不归,我行定已矣!
八月龙沙雪花起⑫,橐驼垂腰马没耳⑬。
白骨皑皑经战垒⑭,黑河无船渡者几?
前忧猛虎后苍兕⑮,土穴偷生若蝼蚁⑯。
大鱼如山不见尾,张鬐为风沫为雨⑰。
日月倒行入海底,白昼相逢半人鬼。
噫嘻乎⑱,悲哉!

生男聪明慎勿喜⑲，仓颉夜哭良有以⑳。

受患只从读书始㉑。君不见，吴季子！

【注释】

①吴季子：即吴兆骞(1631—1684)，字汉槎。在兄弟中排行第三，故称季子。顺治十四年(1657)卷入科场案，遣戍宁古塔。

②黯然销魂：心神沮丧，好像灵魂离开了躯体。

③经：儒家经典，《四书五经》之类。史：历史书籍。都属于"经、史、子、集"四部中的内容。

④长纨(wán)绮(qǐ)：生长在富贵人家。纨绮，贵重的丝织品。

⑤词赋：汉朝人集屈原等所作的赋称为楚辞，因此后人称赋体文学为"词赋"。后亦指词和赋。翩翩：形容风度或文采的优美。

⑥白璧青蝇：洁白无瑕的玉石，被苍蝇所玷污，比喻谗人陷害忠良。唐陈子昂《宴胡楚真禁所》诗："青蝇一相点，白璧遂成冤。"青蝇，苍蝇的一种。《诗经·青蝇》："营营青蝇，止于樊，岂弟君子，无信谗言。"后来青蝇遂被用来比喻谗言。见排诋：受到排斥和诋毁。

⑦束缚：捆绑，指被拘囚。

⑧上书难自理：给皇帝上书也难以为自己辩白。理，申诉，辩白。

⑨绝塞：度越边塞或极远的边塞地区。千山：山名，在今辽宁鞍山东南，为长白山的支脉。奇峰叠耸，峭壁嵯峨。山峰总数为999座，其数近千，故有"千山"之称。断行李：断绝行人。行李，行旅，亦指行旅的人。

⑩送吏：押送流放犯人的吏役。

⑪流人：被流放者，遣戍边远地区的犯人。倚：依靠、仰仗、凭借。

⑫龙沙：即白龙堆。《后汉书·班梁列传》："定远慷慨，专功西遐。坦步葱雪，咫尺龙沙。"李贤注："葱岭雪山，白龙堆沙漠也。"泛指塞外漠北边塞之地，荒漠。

⑬"橐(tuó)驼(tuó)"句：雪淹没了骆驼的腰和马的耳朵，形容雪深。橐驼，骆驼。《山海经·北山经》："其兽多橐驼，其鸟多寓。"

⑭战垒：为战争构筑的工事。这里指边塞战争的遗迹。

⑮苍兕(sì)：传说中的水兽名，善奔突，能覆舟。

⑯土穴：地窖。蝼蚁：蝼蛄和蚂蚁。

⑰鬐(qí)：通"鳍"，鱼类和其他水生脊椎动物的运动器官。由刺状的硬骨或软骨支撑薄膜而成。按它所在的部位，可分为胸鳍、腹鳍、背鳍、臀鳍和尾鳍。沫：涎沫。

⑱噫嘻：叹词，表示慨叹。

⑲"生男"句：生下男孩虽然聪明，也要谨慎，不要很高兴。秦始皇时民歌有："生男慎勿举，生女哺用脯。不见长城下，尸骸相支拄。"杜甫《兵车行》："信知生男恶，反是生女好。生女犹得嫁比邻，生男埋没随百草。"

⑳仓颉(jié)：古代传说中为黄帝史官、汉字创造者。夜哭：传说仓颉造字时鬼怕为书文所劾，因而夜哭。《淮南子·本经训》："昔者苍颉作书，而天雨粟，鬼夜哭。"高诱注："鬼恐为书文所劾，故夜哭也。"

㉑"受患"句：受到这些灾祸就是因为从诗书开始的。宋苏轼《石苍舒醉墨堂》诗："人生识字忧患始，姓名粗记可以休。"

【解读】

顺治十四年(1657)八月吴兆骞参加江南闱乡试，中式为举人。十一月南闱科场案起，以仇家诬陷，奉旨入京参加复试。翌年初驱车北上时，尝托名金陵女子王倩娘题诗百余首于涿州驿壁，情词凄断，以自寓哀怨，三河两辅之间和者颇多。四月复试于瀛台，武士林立，持刀挟两旁，兆骞战栗未能终卷，遭除名，责四十板，家产籍没，并父母兄弟妻子流徙宁古塔(今黑龙江海林)。

顺治十六年(1659)闰三月，吴兆骞自京师出塞，送其出关之作遍于天下，其中作者《悲歌赠吴季子》尤为著名。七月兆骞抵戍所宁古塔旧城(今黑龙江海林旧街镇),城内外仅三百家,其地重冰积雪,非复人间,至此者九死一生。顺治十八年(1661)吴兆骞在《上父母书》信中说,"宁古寒苦天下所无,自春初到四月中旬,大风如雷鸣电激,咫尺皆迷,五月至七月阴雨接连,八月中旬即下大雪,九月初河水尽冻。雪才到地即成坚冰,一望千里皆茫茫白雪。"在宁古塔凡居二十三年,于康熙二十年(1681),经纳兰性德、徐乾学、顾贞观等诸多友人勠力营救,终醵金两千,以认修内务府工程名义赎罪放还。归后三年而卒。

这是一首杂言古诗。诗中直抒对吴兆骞蒙冤遭难的无限同情,含蓄地表达了对清廷高压汉族才士的极端不满。诗中交替运用三言、五言、七言的句式,并杂用散文化的句子,时短言慷慨,时长号哀诉,情辞悲切,百折回环,令人肝肠寸断。

诗的开头五句,诗人饱蘸感情笔墨,发出强烈的感叹。前两句语出南朝江淹《别赋》:"黯然销魂者,唯别而已矣。"意谓人生途中,最使人伤痛的莫过于远离故乡,告别亲人。后三句是说万想不到像你这样的人,竟会落到如此地步。流放的去处穷山恶水,荒漠凄凉,在漫长的岁月里,求生不得,求死不能,非人非鬼。

接着就是实写。先写吴兆骞的出身、才华和受诬。吴兆骞出身江南富贵人家,十三岁学经学史,词赋文采无人能比。正是由于才华出众而受到打击排挤。次写吴兆骞行前情景。押送的官吏尚且流泪不止,流徙者更无指望了。写出了流徙者不能生还的愁苦心情。再次写宁古塔流放地的恶劣环境,一幅边塞荒漠可怕的图画立现眼前。八月江南正是天高气爽、景色宜人之际,而在边塞已是冰天雪地,久居江南的吴兆骞怎能习惯如此恶劣的气候呢? 古战场白骨皑皑,黑龙江上无船无渡,人烟稀少。这里有凶猛的老虎和犀牛,流徙者只能像蝼蚁一样生活在土穴中。还有可怕的鲸,翻江倒海,煞是骇人。"日月倒行入海底",日月似乎都沉入海底了,说明这里几乎分不清白昼黑夜。"白昼相逢半人鬼",极言流徙者过着非人般的困苦生活。

诗的末尾,诗人发出深深的感叹。"生男聪明慎勿喜,仓颉夜哭良有以。受患只从读书始。君不见,吴季子!"生男聪明应该欢喜而不必欢喜,仓颉造字而有鬼夜哭,读书竟与受患联系在一起。这种不正常现象,正是由于统治者的残暴统治造成的。诗人在感叹中有愤怒,在愤怒中有感叹,同情与愤怒溢于言表。

全诗沉郁顿挫,如泣如诉,对吴兆骞所蒙受的冤屈和遭受的苦难,寄予了无限的同情。

【点评】

"汉槎极人世之苦,然不如此,无《秋笳》一集,其人恐不传。天之厄之,正所以传之也。诗格从嘉州(岑参)《蜀葵花歌》化出。"([清]沈德潜《清诗别裁集》卷一)

己丑元日①

归 庄

四年绝域度新正②,此夕空将两目瞠③。
天下兴亡凭摸策④,一身进退类悬旌⑤。
商君法令牛毛细⑥,王莽征徭鱼尾赪⑦。
不信江南百万户,锄稷只向陇头耕⑧。

【作者简介】

归庄(1613—1673),字尔礼,又字玄恭,号恒轩。明末清初昆山(今属江苏)人。明代散文家归有光曾孙。明末诸生。与顾炎武相友善,有"归奇顾怪"之称。顺治二年(1645),在昆山起兵抗清,事败亡命,穷困流离。善草书、画竹,文章胎息深厚,诗多奇气。有《归玄恭先生诗文稿》《恒轩诗稿》等。

【注释】

①己丑:清顺治六年(1649)。元日:农历正月初一。《书·舜典》:"月正元日,舜格于文祖。"孔传:"月正,正月;元日,上日也。"

②绝域:极远之地,或指与外界隔绝之地。新正:农历新年正月。

③瞠(chēng):瞠眼直视貌。

④揲(shé)策:即揲蓍,数蓍草,古代问卜的一种方式。《关尹子·八筹》:"古之善揲蓍灼龟者,能于今中示古,古中示今。"揲,按定数点查物品。策,古代卜筮用的蓍草。

⑤悬旌:挂在空中随风飘荡的旌旗。

⑥"商君"句:是说商鞅的法令像牛毛一样,很多,很细。商君,即公孙鞅(约前390—前338)。战国时卫国人,亦称卫鞅。战国时期政治家、改革家、思想家,法家代表人物,卫国国君后代。商鞅辅佐秦孝公,积极实行变法,使秦国成为富裕强大的国家,史称"商鞅变法"。

⑦"王莽"句:王莽时代,徭役征调繁重,使人民疲劳不堪。鱼尾赪,鱼的尾巴发红,用"鲂鱼赪尾"典故。《诗·周南·汝坟》:"鲂鱼赪尾,王室如毁。"《毛传》:"赪,赤也;鱼劳则尾赤。"朱熹《诗集传》:"鲂尾本白而今赤,则劳甚矣。"后因以形容人困苦劳累,负担过重。

⑧稷(jì):一种古老粮食作物。陇:高丘。

【导读】

诗作于顺治六年(1649)正月初一。顺治二年(1645),清兵又攻江南,昆山知县出走,县丞阎茂才代知县,下剃发令,士民大哗。归庄鼓动群众杀阎茂才,闭城拒守,七月城破,死者四万余人,嫂陆氏、张氏俱殉节,其父亦卒。归庄被指名搜捕,亡命他乡,后潜返乡里,削发为僧,称普明头陀。这首诗是在外逃亡时所作,为七言律诗。

诗的首联,写四年在外逃亡,今天是正月初一,新年第一天,却彻夜难眠,双眼徒然地呆呆地直视空中。颔联,写现在天下兴亡只能用占卜的方式数着蓍草来预测,我自己是进是退,也像悬在空中的旗幡一样飘荡不定。颈联,归结到现在,清政府新颁的法令多如牛毛,也很琐细,连我们的头发都要规定如何剪,同时徭役沉重,使得人民疲于奔命。尾联是说这样的残暴统治,难道要使得江南百万户的人民都要逃到深山去种田吗?

这首诗叙述了作者抗清失败逃亡、恢复无望、进退不得而束手无策的绝望心情,又指斥清政府法令多如牛毛、徭役繁重,人民疲惫不堪的事实,并用"难道要江南百万户人民都要到山顶上去种田吗"的质问对清政府的残酷压迫进行了强烈的控诉。

海上四首(选一) 顾炎武

日入空山海气侵,秋光千里自登临。
十年天地干戈老,四海苍生吊哭深[①]。
水涌神山来白鸟,云浮仙阙见黄金[②]。
此中何处无人世,只恐难酬烈士心[③]。

【作者简介】

顾炎武(1613—1682),本名绛,后改炎武,字宁人,学者称"亭林先生"。明南直隶苏州府昆山(今江苏昆山)人。明诸生。青年时"感四国之多虞,耻经生之寡术",发愤为经世致用之学。曾参加昆山抗清义军,失败后幸而得脱。后漫游南北,屡谒明陵。最后定居华阴。其学以"博学于文""行己有耻"为主,合学与行、治学与经世为一,于经史、兵农、音韵、训诂以及典章制度,无所不通。康熙间被举鸿博,坚拒不就。著作繁多,而毕生心力所注,在《日知录》一书,另有《天下郡国利病书》《肇域志》《音学五书》《顾亭林诗文集》等。

【注释】

①"十年"二句:自崇祯初年,清兵即入关,干戈不息,生灵涂炭;以

后又有农民起义军与明军的战争,故诗中云云。十年,系约举成数。老,久。苍生,人民。吊哭,一本作"痛哭"。

②"水涌"二句:写望海时的想象。白鸟,一本作"白马"。神山、仙阙,借喻海上抗清根据地。黄金,《史记·封禅书》:"自威、宣、燕昭使人入海求蓬莱、方丈、瀛洲。此三神山者,其传在渤海中,去人不远,患且至,则船风引而去。盖尝有至者,诸仙人及不死之药皆在焉。其物禽兽尽白,而黄金银为宫阙。未至,望之如云。"

③"此中"二句:疑指海上弹丸之地,恐难作为抗清根据地,以符遗民的愿望。

【导读】

《海上》四首是一组史诗,作于顺治三年(丙戌,1646)秋间,叙述乙酉、丙戌两年的东南大事。顺治二年(乙酉,1645)四月二十五日,扬州为清兵占领,史可法殉节。五月南京又陷,弘光帝逃芜湖,为清兵所俘,后被杀于北京。闰六月,钱肃乐、张煌言等,奉鲁王朱以海监国绍兴,而黄道周、郑芝龙等于福州拥立唐王朱聿键为帝,改元隆武,遥授作者兵部职方司之职。丙戌年(1646)春,将赴闽中,以母丧未葬,不果行;六月,清兵渡钱塘江,鲁王弃绍兴,由江门入海,其时唐王犹驻延平(今福建南平)。入秋,作者乡居登山望海,感慨而作此诗,对明王室既哀其衰败、嗟其失计,又望其恢复,交织着忧国忧民的沉郁心情。前人对这一组诗评价很高,认为可拟于杜甫的《秋兴》八首。

这首诗有感于鲁王遁海而作。作者以凝练沉重之笔,抒发登高望海的悲壮情怀,诗中洋溢着决心报国、抗清复明的坚强信念。

首联写景,境界开阔,气势宏大。秋日,海上有蔚蓝的天空,天底下是湛蓝的海水,海天相映,水天相接,秋光万里。在如此空旷寥廓的山水间,在这秋高气爽的日子里,作者常常独自登临山顶,遥望南海。只见海上雾气迷蒙,海风吹拂,霎时海上仙山消失在迷雾中,再也不见踪迹。领联,由对眼前实景的描绘转入对过去时光的回顾和对亡国苍生失去家国情景的刻画。早在崇祯三年(1630)崇祯帝因中了皇太极的反间计,杀了大将袁崇焕,清兵入侵。到崇祯十七年(1644)四月吴三桂降清为止,十余年中无岁不战,除清兵之外,还有农民起义军的兴起。颈联,"水涌"二句指海中景象,借"神山""仙阙"比喻海上抗清根据地,但对此弹丸之地并没有信心,所以接着尾联即指出"此中何处无人世,只恐难酬烈士心"。事实也正是这样,当鲁王出海时,富平将军张名振以舟师扈(护卫)鲁王,可是舟山守将黄斌卿拒而不纳。不久,黄即变节降清,诗中所谓烈士就是指的张名振。王蘧常在《顾亭林诗集汇注》卷一按语中说:"是时张名振从水殿飘泊,方谋栖止,故诗意谓神山仙阙,安知无人世可托;但以形势测之,又忧其无成,故曰'只恐难酬烈士心'。烈士谓张名振也。神山、仙阙云云,盖泛指海上岛屿。"

【点评】

"昆山顾先生亭林,古近体诗,沉着雄厚,深得杜骨。其诗可为前明诗家之后劲,本朝诗家之开山。余最喜其《海上》七律四诗(略)。四诗无限悲浑,故独超千古,直接老杜。"([清]林昌彝《射鹰楼诗话》)

精　卫①

顾炎武

万事有不平,尔何空自苦?
长将一寸身,衔木到终古②。
我愿平东海③,身沉心不改。
大海无平期,我心无绝时。
呜呼! 君不见,西山衔木众鸟多,
鹊来燕去自成窠④。

【注释】

①精卫:古代神话中鸟名。《山海经·北山经》:"发鸠之山,其上多柘木。有鸟焉,其状如乌,文首、白喙、赤足,名曰精卫,其鸣自詨。是炎帝之少女名曰女娃,女娃游于东海,溺而不返,故为精卫,常衔西山之木石,以堙于东海。"南朝梁任昉《述异记》卷上:"昔炎帝女溺死东海中,化为精卫。其名自呼,每衔西山木石填东海。偶海燕而生子,生雌状如精卫,生雄如海燕。今东海精卫誓水处,曾溺于此川,誓不饮其水。一名鸟誓,一名冤禽,又名志鸟,俗呼帝女雀。"后多用以比喻有仇恨而志在必报,或不畏艰难、奋斗不懈的人。

②终古:久远,永远。

③东海:海名。所指因时而异。大抵先秦时代多指今之黄海;秦汉以后兼指今之黄海、东海;明以后所指始与今之东海相当。今之东海海域,北起长江口北岸,南以广东南澳岛至台湾南端一线为界,东至琉球群岛。这里泛指东方的大海。

④窠(kē):鸟巢。

【解读】

此诗是顾炎武在三十六岁时,根据《山海经》关于精卫鸟的故事写成的。那时,反清复明的力量只剩下东南海隅和西南边陲微弱坚持着,作者的很多好友也已在斗争中牺牲了。面对这一不利形势,诗人以精卫自喻,而作此诗。

诗歌大意:我知道,世上万事万物原本就不都是平等的,你为什么要这样自寻烦恼,自己苦自己呢? 凭你这一寸长的身体,就算能长生不老,也无法将大海填平。我愿意填平这东海,即使葬身海底,心愿也决不会改变。只要大海没有填平,我填海的决心就不会终止。哎! 你没看见吗? 那西山上的鸟雀们都在各忙各的,喜鹊来,燕子走,都是各自建造自己的安乐窠呢。

此诗前四句是旁人的问话,作者借问话,可怜精卫填海的行为,徒然苦恼自己,但对结果是全然没有信心的,所以劝它不要做这样的傻事。后八句是精卫的答话,精卫则回答说,这是我决心做的事情,即使自己死了,也不后悔,我一定要将大海填平。"呜呼"三句,讽刺当时托名遗民,而实为自己利禄打算的人。鹊、燕,比喻无远见、大志,只关心个人利害的人,即所谓"燕雀安知鸿鹄之志"(司马迁《史记·陈涉世家》)。但也表达了对这些人的期望,共同努力来完成反清复明的大业。

此诗作者以精卫自喻,借精卫鸟填海的精神,坚定地表达了自己舍身报国、不向清王朝屈服的决心。全诗采用对话的形式行文运笔,语言简洁明快,质朴自然,尽弃雕饰。细细读来,无论是诗中所弘扬的正义之气,还是诗歌所达到的艺术造诣,都有着强烈的感染力。

渡黄河四首(选一)   宋 琬

倒泻银河事有无①,掀天浊浪只须臾②。
人间更有风涛险③,翻说黄河是畏途④。

【作者简介】

宋琬(1614—1674),字玉叔,号荔裳。山东莱阳人。清顺治四年(1647)进士。授户部主事,累迁浙江按察使。顺治中、康熙初两遭诬告,被囚数年。晚年复起为四川按察使。工诗,多愁苦之音。与施闰章齐名,称"南施北宋"。有《安雅堂诗》《安雅堂文集》。

【注释】

①倒泻银河:银河里的水倾倒下来。形容雨下得极大,像泻下来的一样。泻,水从高处往下直流。唐李白《庐山谣寄卢侍御虚舟》:"金

阙前开二峰长,银河倒挂三石梁。"

②须臾:片刻,短时间。

③风涛:风浪,比喻艰险的遭遇。

④翻说:反过来说。翻,反转,颠倒过来。畏途:艰险可怕的道路,指危险可怕的地方。

【解读】

作者曾于顺治十八年(1661),因为族人诬告他与起义军首领于七有联系,被满门查抄,槛车押赴北京。三年后才出狱,此后在江浙一带生活了八年,其间又起狱案,屡遭牵连。几次入狱经历让他对于人情的反复、仕途的险恶,有深刻的体会。此诗即写于作者入狱三年释归之后,由于所遭到的人生大挫折,所以借渡黄河而抒写自己的感慨之情。

这首诗前两句将黄河的浊浪排天,以天上银河倒泻作陪衬,极力描写它的险恶。后两句说人情的险恶更有甚于黄河浊浪,所以不应说黄河是危险可怕的地方。这首诗运用反衬的手法极写对社会人生的认识,十分深刻。

春日田家　　　　　　宋　琬

野田黄雀自为群,山叟相过话旧闻①。
夜半饭牛呼妇起②,明朝种树是春分③。

【注释】

①山叟:住在山中的老翁。

②饭牛:喂牛,饲养牛。

③春分:春季九十天的中分点。这一天太阳位于黄经 0°(春分点),阳光直射地球赤道。南北半球季节相反,北半球是春分,南半球

就是秋分。元吴澄《月令七十二候集解》"春分"："初候元鸟至。"元鸟，燕也。

【解读】

春分时节，万物复苏，桃李芬芳，草长莺飞。虽然春天是短暂的，但自古以来，文人骚客吟咏的许多诗词佳句，留给我们的是春天美丽的回忆和感慨，同时带给我们无限的遐想。

这首诗，描写了春日田家的生活，具有浓郁的农家气息。诗歌大意：野外的田野有一群群黄雀觅食，村中一位老翁经过屋角田边，会向人谈起旧闻。到了晚上喂牛时，会叫醒老伴，商量明朝春分种树的事情。

诗从田间写起，先写黄雀，后写山叟，再写夫妇，最后写节气，娓娓道来，场景的变换，景物的跳跃，像一组电影镜头，让人目不暇接。老汉简单的生活片段在诗人的笔下，就成了一幅恬淡的山村风情画。农舍田家在作者眼中，是那么清新自然，表达了作者对乡村自在生活的赞美之情。

舟中见猎犬有感 　　宋　琬

秋水芦花一片明，难同鹰隼共功名①。
樯边饱饭垂头睡②，也似英雄髀肉生③。

【注释】

①鹰隼：鹰和雕，泛指猛禽。功名：功业和名声。

②樯（qiáng）：船桅杆。

③髀肉生：谓因久不骑马，大腿上肉又长起来了。《三国志·蜀志·先主传》："荆州豪杰归先主者日益多，表疑其心，阴御之。"裴松

之注引晋司马彪《九州春秋》："备住荆州数年,尝于表坐起至厕,见髀里肉生,慨然流涕。还坐,表怪问备,备曰:'吾常身不离鞍,髀肉皆消。今不复骑,髀里肉生。日月若驰,老将至矣,而功业不建,是以悲耳。'"

【解读】

这首诗触物感怀,作者借偶然见到的舟中猎犬形象,抒发了怀才不遇,英雄生不逢时的感慨。首句点明舟中猎犬所处的环境。秋天,"马思边草拳毛动,雕盼青云睡眼开"(刘禹锡),飞禽走兽膘肥体胖,正适合狩猎。猎人们豢养的鹰隼纷纷展翅凌空,下攫狐兔。但这只猎犬却被困舟中,只能在桅杆下饱睡,英雄无用武之地,表明了猎犬的无奈和遗憾。第三句正面描写猎犬,并对末句抒情起了铺垫作用:它饱食终日,无所事事,只得怏怏地蜷在桅杆边垂头昏睡,显得那么孤寂失意。饱食昏睡的结果,必然会是日渐虚胖,失去劲瘦矫健的体型。此后,诗人巧用当年刘备寄人篱下,"见髀里肉生,慨然流涕"的典故,进一步抒发了才能消磨,郁郁不得志的苦闷。

这首诗一、三句写景物,二、四句抒情志,情景相生,虚实结合,笔墨貌似风趣,实则寄慨遥深,以凄清激荡之音将英豪被抑之气抒发得淋漓尽致。

【点评】

"琬与玫为兄弟行,才名早著,顾一官累蹶,庚寅(顺治七年,1650)、壬寅(康熙元年,1662),两为人诬告,系狱困顿。十年再起蜀臬,三藩变作,遂以入觐卒于京师。一生遭遇,丰少屯多,故其诗多愁苦之音。"(邓之诚《清诗纪事初编》)

上巳将过金陵^①

龚鼎孳

倚槛春愁玉树飘^②,空江铁锁野烟消。
兴怀何限兰亭感^③,流水青山送六朝。

【作者简介】

龚鼎孳(1616—1673),字孝升,号芝麓。明末清初合肥(今安徽合肥)人。明崇祯七年(1634)进士,授兵科给事中。甲申年(1644),被李自成任为直指使。清军入京,起为吏科给事中。康熙间历任刑、兵、礼部尚书,屡疏为江南请命,又为傅山等人开脱,为士人所称。诗文与钱谦益、吴伟业称"江左三大家"。有《定山堂全集》《香严词》等。

【注释】

①上巳:旧时节日名。汉以前以农历三月上旬巳日为"上巳";魏晋以后,定为三月三日,不必取巳日。《后汉书·礼仪志上》:"是月上巳,官民皆絜于东流水上,曰洗濯祓除去宿垢疢(chèn,烦热,疾病)为大絜。"

②玉树:六朝时陈后主建都金陵,沉迷声色,不理政事,曾作《玉树后庭花》舞曲,时人以为亡国之音。

③兰亭:亭名。在浙江绍兴西南兰渚山上。东晋永和九年(353)王羲之与谢安等同游于此,羲之作《兰亭集序》。序中抒发了人生无常的感慨。

【解读】

这首七言绝句诗吊古伤今,抒写了诗人由广东北返于上巳日将要经过金陵时的感怀。

诗歌大意:暮春时节,我靠着栏杆,耳边似乎隐隐飘来《玉树后庭花》这亡国之音。现在南京城外,长江边上,三国时期的防御工事早就不见了,只剩下一条空阔的长江,轻烟弥漫在江面上。这个时候,突然兴起无限的感慨,王羲之《兰亭集序》中的那种对人生无常的慨叹,我也心有同感。你看,南京曾经是六朝首都,但那些辉煌的岁月都被流水一个个送走,只有青山依旧,见证着时代的变迁。

前两句写金陵事迹。"玉树"用南朝陈后主《玉树后庭花》乐府诗典故。《陈书》:"后主每引宾客对贵妃等游宴,则使诸贵人及女学士与狎客共赋新诗,互相赠答。采其尤艳丽者以为曲词,被以新声……其曲有《玉树后庭花》《临春乐》等,大指所归,皆美张贵妃、孔贵嫔之容色也。"其诗中有"妖姬脸似花含露,玉树流光照后庭。花开花落不长久,落红满地归寂中"句,感叹美丽短暂、青春易逝。"空江铁锁",用唐刘禹锡《西塞山怀古》"千寻铁锁沉江底,一片降幡出石头"典故,讲的是东吴末帝孙皓命人建造的防御工事,在江中轧铁锥,又用大铁索横于江面,拦截晋船,但西晋大将王浚率船队从武昌顺流而下,直到金陵,用火熔断铁索,攻破石头城,吴主孙皓到营门投降。这两则典故,都与南京有着关系,都有着人世变迁、伤怀往事之意。这两句写景与用典水乳交融,首句暗示南明福王朱由崧荒淫误国,次句指清兵渡江、福王被俘、南明覆亡的结局则更明显,同时还将诗人的故国之思和伤感情绪融会其中。

后两句,叙事中有议论,是写感慨。其气脉与前两句是相通的。也用一个东晋王羲之等人兰亭集会的典故。东晋永和九年(353)上巳日,王羲之在与友人聚会时乘兴挥笔,写下了著名的《兰亭集序》。此刻,诗人想起序文中"向之所欣,俯仰之间,已为陈迹,犹不能不为之兴怀"的慨叹,更是感慨无限,倍添兴亡之感。在这句诗垫衬蓄势的基础上,末句又回到金陵旧事上,并将全诗推向高潮。"江山依旧,人事全非。"金陵一带亘古长存的流水青山,送走了孙吴往后的六个朝代,不也同样送走了曾建都金陵的朱明王朝么？往事如今成追忆，但毕竟一去不复返了。被迫屈节仕清的诗人通过这首诗婉曲地表达了对故国无可奈何的痛惜怀念之情,也显示出他的诗歌典雅婉丽的风格。

泊樵舍^①

施闰章

涨减水逾急^②,秋阴未夕昏^③。

乱山成野戍^④,黄叶自江村。

带雨疏星见,回风绝岸喧^⑤。

经过多战舰^⑥,茅屋几家存？

【作者简介】

施闰章(1618—1683),字尚白,号愚山。明末清初宣城(今属安徽)人。顺治六年(1649)进士,授刑部主事。康熙十八年(1679),举博学鸿词,授翰林院侍讲,与修《明史》,进侍读。文章醇雅,尤工于诗,与宋琬有"南施北宋"之名。有《学余堂文集》《试院冰渊》《青原志略补辑》《矩斋杂记》《蠖斋诗话》等。

【注释】

①樵舍:即樵舍镇,在今江西南昌新建区。《明史·武宗本纪》:正德四年(1509)王守仁"败宸濠于樵舍,擒之",即此。

②涨减:指上涨的洪水已退。

③未夕昏:不到傍晚天已昏暗。

④野戍(shù):指野外驻防之处。戍,守边,防守。

⑤回风:旋风。绝岸:陡峭的岸。喧:大声叫。

⑥经过:所经之处,所过之处。

【解读】

顺治十八年(1661),作者调任江西布政司参议,分守湖西道,辖临江、吉安、袁州三府。当时湖西地区天灾人祸,盗贼蜂起,民不聊生。康熙六年(1667),清廷裁撤道使,被罢官。罢官之后,作者由水路赣江北上归里,在途经樵舍镇停泊时写了这首五律。

这首诗主要记述诗人旅途所见,反映了清初战乱给人民带来的苦难。首联虽是写景,实际是交代作者"泊樵舍"的原因:洪水虽正在消退,但水势却仍很湍急,航船不利;并且,阴云密布,未至傍晚江面已一片昏暗。所以船只能停下来。颔联写诗人泊樵舍后远、近所见:乱山中到处是军队野外驻扎的营帐,暗示了社会的动乱不安;江岸上的村庄中,只见落叶满地,人烟萧疏。这正是清初战乱的生动写照。颈联写上、下所见,天空有稀疏的几颗星在闪烁,岸边有呼啸的旋风在咆哮。景象有凄厉之感,有恐惧之象。尾联,通过亲眼所见,记录战乱之后,社会秩序混乱,人民流离失所的惨象:战舰所经之处,村庄都变成了瓦砾颓垣,到处一片荒凉的景象。作者用一句问话:"茅屋几家存?"表达了对形势严重的政局的担心,并且对百姓所遭受的苦难充满了深切的关心和深重的忧虑。

飞来船 王夫之

偶然一叶落峰前①,细雨危烟懒扣舷②。
长借白云封几尺③,潇湘春水坐中天④。

【作者简介】

王夫之(1619—1692),字而农,号姜斋。明末清初湖广衡州府衡

阳县(今湖南衡阳)人。自幼跟随父兄读书,明崇祯十五年(1642)举
人。明清之际,被荐任南明桂王政府行人司行人。明亡,归居衡阳石
船山,世称"船山先生"。康熙十八年(1679),吴三桂反清称帝于衡州,
又逃入深山。王夫之治学范围极广,于经、史、诸子、天文、历法、文学
无所不通。与顾炎武、黄宗羲并称"明清之际三大思想家"。有《周易
外传》《张子正蒙注》《黄书》《噩梦》《尚书引义》等。后人辑刻《船山遗
书》三百五十八卷。

【注释】

①一叶:一片叶子,比喻小船。

②危烟:斜侧的烟雾。扣舷:手击船边。多用为歌吟的节拍。

③封:疆域,分界。

④中天:高空中,当空。

【解读】

这是一首描写飞来船的七言绝句。

诗的首句点题,"偶然一叶落峰前",就是说突然一只小船落在山
峰的面前。这个"峰"可能指石船山。起势突兀,写出了船从天外飞来
之景。"一叶",喻船小而轻,在江上显得格外空灵而充满美感。船家
为此处迷蒙清幽的山水所陶醉,所以索性抛锚停泊在峰前。第二句,
写春江上细雨蒙蒙,雾气四处弥漫,船家本来有歌唱号子的习惯,但沉
浸在迷离的境界中,所以都懒于敲打船舷而歌吟了,表现出船家惘然
若失的忘我状态。三、四两句意谓借水中白云界定的几尺范围作为栖
憩的地方,可以长久地停留在潇湘的春水中,头上是悠然的天空,船家
当中而坐,逍遥自得。

诗人在对"飞来船"的审美观照中,自己亦仿佛置身船上,与船家
共享其悠然之乐。"此中有真意,欲辨已忘言。"(陶潜《饮酒(其五)》)

作者在《姜斋诗话》中,论诗"有大景,有小景,有大景中小景",并可"从小景传大景之神"。这首七绝即属于"以小景传大景之神"的极妙之作。作者以对"一叶"小舟而"长借白云封几尺"的"小景"的逼真描写,传出"潇湘春水""细雨危烟"及巍巍青峰、渺渺云天之"大景"的恬静、清幽的"神"境,而作者冲淡平和的心境亦得以寄托。

吴宫词①

毛先舒

苏台月冷夜乌栖②,饮罢吴王醉似泥。
别有深恩酬不得③,向君歌舞背君啼④。

【作者简介】

毛先舒(1620—1688),字稚黄,钱塘(今浙江杭州)人。陈子龙、刘宗周弟子。明末诸生。工诗,为西泠十子之首。与毛际可、毛奇龄齐名,时称"浙中三毛,文中三豪"。所作不涉时事,一生不出里门。精音韵学。有《诗辩坻》《声韵丛说》《东苑诗钞》《思古堂集》等。

【注释】

①吴宫:指春秋时吴王的宫殿。

②苏台:即姑苏台,又名胥台。在苏州西南姑苏山上。相传为春秋时吴王阖庐所建,吴王夫差增筑。《述异记》:"台横广五里,三年乃成。"夫差于台上立春宵宫,作长夜之饮。乌栖:乌鸦栖宿。李白《乌栖曲》:"姑苏台上乌栖时,吴王宫里醉西施。"

③别有深恩:指西施为越复仇。别有,另有。酬不得:无法酬报。

④向君:面对着君王。

【解读】

此诗是借古喻今。本为咏西施而作,具体写作时间,当在入清后。

《吴越春秋》《越绝书》等有载,范蠡辅佐越王勾践报吴国之仇,以苎萝山美女西施献与吴王夫差。夫差宠幸西施,荒于国政,越王勾践得乘隙灭吴。吴亡之后,范蠡携西施泛五湖而去。作者为明朝遗民,在清政府治下,委曲生存,但心有不甘,遂有此作。诗中将这种婉转低回的情致描摹入微,非常生动。

这首诗前两句写吴王夫差宠幸西施,通宵达旦沉饮烂醉的情景。这是铺垫,为的是烘托后两句,西施的委曲为难。西施此行的目的,是要惑乱吴国朝政。吴王的穷奢极欲,正一步步在落实越王复仇的计划。在这月冷乌栖的晚上,她更想到自己不能负越国的使命。

西施自越入吴,是奉有越国特殊的使命。这是在被吴国打败,越王勾践卧薪尝胆复仇的计策之一,为大夫文种所献"九术"中的第四术。《越绝书》卷十二《内经九术》载:"昔者? 越王句践问大夫种曰:'吾欲伐吴,奈何能有功乎?'大夫种对曰:'伐吴有九术。'王曰:'何谓九术?'对曰:'一曰尊天地,事鬼神;二曰重财币,以遗其君;三曰贵籴粟槁,以空其邦;四曰遗之好美,以为劳其志;五曰遗之巧匠,使起宫室高台,尽其财,疲其力;六曰遗其谀臣,使之易伐;七曰彊其谏臣,使之自杀;八曰邦家富而备器;九曰坚厉甲兵,以承其弊。故曰九者。'……越乃饰美女西施、郑旦,使大夫种献之于吴王。"果然,吴王夫差中计,对西施百般爱幸,居姑苏之台,擅专房之宠,并为之建馆娃宫,作响屧廊,修消夏湾等,忠良之士不进,逆耳之言不闻,朝政混乱,以至国亡家破。

【点评】

"余最喜武林毛驰黄先舒《咏西施绝句》云:'别有深恩酬不得,向君歌舞背君啼。'此意未经前人道过。"([清]王士祯《渔洋诗话》)

览镜词

毛奇龄

渐觉铅华尽[1]，谁怜憔悴新[2]。
与余同下泪，只有镜中人。

【作者简介】

毛奇龄（1623—1713），字大可，号秋晴。明末清初绍兴府萧山县（今浙江杭州萧山区）人。以郡望西河，学者称"西河先生"。明末诸生。清初曾参与抗清。事败，流亡多年始出。康熙时荐举博学鸿词科，授翰林院检讨，充明史馆纂修官。寻假归，不复出。治经史及音韵学，强记博闻，著述极富。然援引虽广，以不肯核检原书，每多错误。著有《西河合集》四百余卷。

【注释】

①铅华：妇女化妆用的铅粉，借指妇女的美丽容貌、青春年华。

②怜：哀怜，怜悯。

【解读】

本诗妇人对镜梳妆，发现青春逐渐消逝，而引发的感伤之情。

诗歌大意：觉得容颜逐渐老去，有谁来怜悯我新增的憔悴。跟我一同落泪的，只有镜子中的这个人。

照镜的女子顾影自怜，感叹年华的消逝。后两句中"与余同下泪，只有镜中人"，说明女子独处的孤寂，忧伤的深沉。绝句贵取径深曲，此诗得个中三昧，含蓄蕴藉，余韵不尽。

春日即事　　　　魏　禧

棕鞋藤杖笋皮冠^①，落日春风生暮寒。
竹外桃花花外柳，一池新水浸阑干。

【作者简介】

魏禧（1624—1681），字叔子、冰叔，号裕斋。江西宁都人。明末诸生。明亡，隐居翠微峰，筑易堂，与李腾蛟、邱维屏等号"易堂九子"，皆躬耕自食。工古文。四十岁后出游四方，所至以文会友。康熙十七年（1678），坚拒博学鸿词之征。后在真州病卒。有《魏叔子文集》《左传经世钞》。

【注释】

①棕鞋：棕皮做的鞋子。藤杖：藤制的手杖。笋皮：笋壳。

【解读】

这是一首七言绝句，标题"春日即事"，就是指在春天的某一日，以当前事物为题材而写的诗。

这是写景诗。诗的第一句，描写自己的穿着，棕皮做的鞋子，藤制的手杖，笋壳做的帽子，俨然一副隐士的打扮；第二句，是写时间，是春日，夕阳西下，有春风在吹着，傍晚的时分，还有相当的寒意。"暮寒"是作者所感。三、四句，是写作者所见，从"阑干"两字，可知作者是站在亭中观看春日的晚景，亭子外面是一片竹林，竹林外面是一片盛开的桃花，桃花之外是飘扬的柳枝，镜头由近到远，红花绿柳，春意盎然；接着，将镜头拉回，看到亭前的池塘，春水正浸满着，交代雨不久前下过，所以池塘的水都是新的，而且水满到浸着了亭子的栏杆，说明亭子是面池而建。四句看似各自独立，而内含的意蕴则很紧密，扣"春日"而"即事"，处处回护题目；其潇洒自得之趣则意在言外，正如唐司空图所谓"不著一字,尽得风流"。全诗描写生动,层次清楚,意境十分清新。

寄赠吴门故人①　　　　　汪 琬

遥羡风流顾恺之②,爱翻新曲覆残棋③。
家临绿水长洲苑④,人在青山短簿祠⑤。
芳草渐逢归燕后,落花已过浴蚕时⑥。
一春不得陪游赏,苦恨蹉跎满鬓丝⑦。

【作者简介】

汪琬(1624—1691),字苕文,号钝庵。明末清初长洲(今江苏苏州)人。顺治十二年(1655)进士。历户部主事、刑部郎中等。康熙十八年(1679)举博学鸿词科,授编修,与修《明史》。曾结庐居太湖尧峰山,时称尧峰先生。以古文名世,与侯方域、魏禧并称清初"三大家"。有《尧峰文钞》《钝翁类稿》。

【注释】

①吴门:指苏州或苏州一带,为春秋吴国故地,故称。

②顾恺之:(约345—409),字长康,小字虎头。晋陵无锡(今属江苏)人。东晋画家、绘画理论家。多才艺,工诗赋、书法,尤精绘画,尝有"才绝、画绝、痴绝"之称。其画意在传神,其"迁想妙得""以形写神"等论点,为中国传统绘画的发展奠定了基础。

③翻新曲:翻制新的曲子。翻,谱写,改编。覆残棋:将未下完的棋重新照原来下的顺序逐步演布,以验得失。

④长洲苑:故址在今江苏苏州东北,春秋时为吴王阖闾游猎处。

⑤短簿祠:晋王珣的祠庙,在江苏苏州虎丘山。短簿,即短主簿。

王珣(349—400),字元琳。琅邪临沂(今山东临沂)人。东晋时期大臣、书法家。曾为桓温部属,任主簿,因身材矮小,被戏称"短主簿"。《世说新语·宠礼第二十二》:"王珣、郗超并有奇才,为大司马所眷拔。珣为主簿,超为记室参军。超为人多须,珣状短小。于时荆州为之语曰:'髯参军,短主簿。能令公喜,能令公怒。'"

⑥浴蚕:浸洗蚕子。古代育蚕选种的方法。

⑦苦恨:苦恼,深恨。蹉跎:失意,虚度光阴。丝:蚕丝,借指白发。

【解读】

这是首七律诗。以赠友人为题,抒发了对友人的赞慕之情,又表白了难以直陈的心曲。含蓄蕴藉,深沉真挚,具有较强的艺术感染力。

诗歌大意:很羡慕风流倜傥的顾恺之,他喜欢把旧的曲子翻制成新的曲子,又喜欢将未下完的残局翻过来重新复盘。家住在苏州太湖边的长洲苑,经常在虎丘山云岩寺的短簿祠游玩。燕子归来后,绿色的草渐渐长起来了,浴蚕的季节,好多鲜花都已开过。这一年的春天我不能陪你们游览观赏山水风光,很苦恼光阴就这样白白度过,人也慢慢变老,直到头上长满白发。

吴门故人,未确指,当是作者在苏州老家时的老朋友,估计是姓顾,因为诗歌开篇就是"遥羡风流顾恺之",顾恺之虽然是遥远的东晋画家,但在以赠故人为题的诗歌里,一般都会拿老朋友姓氏中有名的人来影射其族。有人指此姓顾的"故人"即是顾苓。他也是明末清初江南长洲人,字云美。生卒年不详,主要活动于崇祯至康熙年间(1628—1722)。明亡后,自辟塔影园于虎丘山麓。善隶书,工篆刻,精鉴金石碑版。室悬明庄烈帝御书,时肃衣冠再拜。有《塔影园稿》。据此知此"故人"也是一位奇人,明亡后隐居不仕,以书画琴棋自娱,逍遥自得,颇享人生乐趣。而作者则羁身宦途,杂务缠身,不能尽游赏之乐。

诗的首联,是作者抒发对老朋友风流倜傥生活的向往和欣羡之情。颔联,介绍老朋友家的居住环境,遥想老朋友出没流连于虎丘山云岩寺短簿祠的身影。颈联,写季节的美丽与老朋友隐居生活的盎然生机。尾联,因不能与老朋友相伴以得游赏之乐,抒发了作者的无限惆怅和叹惋之情;写自己虚度光阴,则是对宦途厌倦悔恨情感的直接表白。

题息夫人庙^①

邓汉仪

楚宫慵扫黛眉新^②,只自无言对暮春。
千古艰难惟一死,伤心岂独息夫人!

【作者简介】

邓汉仪(1617—1689),字孝威,号旧山。江苏泰州人。明末吴县诸生。少颖悟,博洽通敏,贯穿经史百家之籍,尤工于诗。清顺治元年(1644)举家迁泰州,绝意仕进。康熙十八年(1679),召试鸿儒,授中书舍人。著有《淮阴集》《官梅集》《过岭集》《青帝词》等。

【注释】

①息夫人:春秋时人,妫(guī)姓,陈庄公之女,生于陈国宛丘,嫁与息侯,为息侯夫人,或称息妫。楚文王灭息,纳之,生堵敖及成王。然终未尝与文王通一言。事见《左传·庄公十四年》。后世亦以桃花夫人称之。

②楚宫:楚国后宫。慵扫:懒散地修饰。慵,懒惰,懒散。黛:青黑色的颜料,古时女子用以画眉。

【解读】

这是作者题于息夫人庙的七言绝句。息夫人庙在今湖北黄陂。

259

诗的前两句，描写息夫人在楚宫的情态，一是打扮，只是随意修饰一下，用黛石颜料画个眉毛，但因天生丽质，自然面目焕然一新；二是写她的举止，在暮春的季节里，应当是花红柳绿，生机盎然，但息夫人则只是无言独坐，从不开口说一句话。这用的是《左传·庄公十四年》的典故："蔡哀侯为莘故，绳息妫以语楚子。楚子如息，以食入享，遂灭息。以息妫归，生堵敖及成王焉，未言。楚子问之，对曰：'吾一妇人，而事二夫，纵弗能死，其又奚言？'"这一段文字是说，蔡哀侯因为在莘地战败被俘的缘故，在楚文王面前称赞息妫的美貌。楚文王到息国，假装设享礼招待息侯，乘机灭了息国，把息妫带了回去，生了堵敖及成王。息妫从不主动说话，楚文王奇怪，便问为什么，息妫回答说："我一个女子，却嫁了两个丈夫，既然不能以死明志，又能说什么？"后来，楚文王因为蔡哀侯挑拨而灭息的缘故，又为取悦息妫，于是攻打蔡国，最终灭了蔡国。最后，《左传》又作了个总结。"君子曰：《商书》所谓'恶之易也，如火之燎于原，不可乡迩，其犹可扑灭'者，其如蔡哀侯乎！"是说，恶蔓延时，就像火在原野上燃烧，不能面对接近它，怎么还能够扑灭呢？这恐怕就是指像蔡哀侯这样的人吧。《左传》里的文字是教人要光明正大地面对"恶"的事实，而不要将火烧到他人那里去，即《商书》所说"燎于原"；如果勇敢地面对，火还有可能被扑灭，自身也有可能得到安全，但火一旦蔓延燃烧了，他人被烧灭殆尽，最终也会烧到自己这里来，所以蔡哀侯被灭亡的结局也就是如此。当然这是题外话。

三、四两句，针对世人对息夫人委曲求全、不能殉节一事颇有微词，作者在诗里虽有感叹，但也并不一味求全责备，他理解息夫人当时未必没有想到死，只是在不同的特定环境里，每个人并不是都能像西晋时的"绿珠坠楼"那样死得从容不迫、惊天动地。这也是表达明清易代之际，那些明代的遗民虽然忠于明，但也并不能毅然就死、殉节于明朝也是人之常情。所以，作者以一反问，感叹"千古艰难惟一死"，千古以来岂独只是一个息夫人贪生怕死吗？对息夫人寄托了同情之意,同时对明清易代之际明朝遗老死节不易也表示了相当的理解和同情。

咏 史①

陆次云

儒冠儒服委丘墟②,文采风流化土苴③。
尚有陆生坑不尽④,留他马上说《诗》《书》。

【作者简介】

陆次云(约1636—?),字云士,号北墅。钱塘(今浙江杭州)人。康熙十八年(1679)举博学鸿儒,落选。次年出任河南郏县知县,以父丧归。复起江苏江阴知县,有善政。有《八纮绎史》《澄江集》《北墅绪言》等。

【注释】

①咏史:以史事为题材创作诗歌。

②儒冠儒服:古代儒生戴的帽子,所穿的衣服。委:丢弃。丘墟:废墟,荒地。

③文采风流:华美的文辞、儒雅的风韵。土苴(jū):渣滓,糟粕。比喻微贱的东西。犹土芥。

④陆生:即陆贾,汉初政论家、辞赋家,楚人。以客从刘邦定天下。有辩才。奉命使南越,说南越王赵佗称臣。归拜太中大夫。

【解读】

这是一首歌咏秦末汉初一段史实的七言绝句。对秦始皇"焚书坑儒",大肆摧毁中国古代文化,造成中国文化的浩劫,在叙述其事实的同时,予以了谴责;并叙述了劫后余生,用陆贾未被坑杀的典故,歌咏了文化生生不息,得以传承的史实。

诗歌大意:秦始皇采取焚书坑儒的政策,导致儒家的服饰都丢进了废墟,儒家的诗书礼乐文化也都化作了土块瓦砾。但还有一位姓陆的书生没有被坑杀,历史留下他在动荡的战争岁月里讲说《诗》《书》等文化。

诗的前两句,讲的是秦始皇的焚书坑儒事件。这是一项秦始皇为加强思想专制而采取的措施。秦始皇于三十四年(前213)在咸阳宫宴请群臣,博士仆射周青臣致颂辞,说秦始皇统一六国,"以诸侯为郡县""自上古不及陛下威德"。博士淳于越不同意周青臣的意见,主张效法古代实行分封制,并说:"事不师古而能长久者,非所闻也。"丞相李斯反对淳于越"师古"的主张,认为"三代之事,何足法也",并进一步指责儒生,说他们"不师今而学古,以非当世,惑乱黔首"。因此,建议凡《秦纪》以外的史书,非博士官所藏的《诗》、《书》、百家语,一律送至官府烧掉。只有关于医药、卜筮、种树的书不烧。并规定有敢偶语《诗》《书》者弃市、以古非今者灭族。秦始皇批准了他的建议,于是大批文献古籍化为灰烬。次年,方士侯生、卢生因无法为秦始皇求得长生不死之药,背地里指责秦始皇"以刑杀为威""未可为求仙药",相偕逃亡。秦始皇闻知后大怒,他认为儒生"或为妖言以乱黔首",于是使御史审问咸阳儒生,使其互相检举,最后判定犯禁者四百六十余人,将他们坑杀于咸阳。焚书坑儒反映了秦始皇的残暴,它使我国古代文化遭受了重大损失。本诗上句言坑儒,下句兼言焚书。

尽管秦始皇实行了如此严厉的文化专制政策,但中国的文化并未断绝,有相当一部分藏书和学者尚存在民间,使得《诗》《书》《礼》《乐》等古代文献得以保存并流传。到汉初,在统治者的鼓励下,学术文化很快得到复兴。传习《诗经》者有齐、鲁、韩、毛等流派。前三者皆立于学官,置博士弟子;"毛诗"经东汉马融、郑玄等推崇,且为之注、笺,遂盛行于世。还有一位不怕死的伏生,在秦火中将《尚书》藏于屋壁。汉初尚遗二十九篇,教授于齐鲁间。文帝时遣晁错往学,伏生已九十余岁，经其女通传口授，即"今文尚书"，立于学官。而陆次云在此诗中单单举出一位陆生，即汉高祖谋士陆贾，是大有缘故的。这用了"马上得天下"的典故。《史记·郦生陆贾列传》载："陆生时时前说称《诗》《书》。高帝骂之曰：'乃公居马上而得之，安事《诗》《书》！'陆生曰：'居马上得之，宁可以马上治之乎？且汤、武逆取而以顺守之，文武并用，长久之术也。昔者吴王夫差、智伯极武而亡；秦任刑法不变，卒灭赵氏。乡使秦已并天下，行仁义，法先圣，陛下安得而有之？'高帝不怿而有惭色，乃谓陆生曰：'试为我著秦所以失天下，吾所以得之者何，及古成败之国。'陆生乃粗述存亡之征，凡著十二篇。每奏一篇，高帝未尝不称善，左右呼万岁，号其书曰《新语》。"

陆生，就是陆贾，楚国人，以门客身份跟随刘邦平定天下，被称为有口才之说客，他在高祖刘邦身边，时常出使诸侯。在刘邦即位为汉帝时，中原地区刚平定，尉他（tuó）平定了南越（今广东、广西和湖南南部地区），便在那里称王。高祖刘邦派陆贾去出使，陆贾说服尉他称臣奉汉约，代高祖刘邦赐给尉他印章封为南越王。陆贾回朝后官封太中大夫（在皇帝左右掌议论之官员）。他力主提倡儒学，并辅以黄老"无为而治"思想，作为巩固政权的工具。他说："夫道莫大于无为"，"故无为也，乃无不为也"。对汉初制定政策和恢复经济发生较大影响。陆贾经常追随刘邦左右，陆贾向刘邦进言时经常称用《诗》和《书》。刘邦骂他道："老子是在马上征战取得天下的，哪里用得着《诗》《书》！"陆贾说："马上征战取得天下，难道可以在马上治理天下吗？"此典又作"刘郎马上""诗书马上"。刘邦还是一个明白人，而且知错就改，不愧为一代从善如流的明君，于是采纳陆贾的意见，对文化予以重视，使得中国文化在经秦始皇短期极度摧残之后，又能够迅速地复兴起来。于此可见陆生的胆识，敢于纠正汉高祖轻视文化的偏见。诗中"尚有陆生坑不尽，留他马上说《诗》《书》"语意之妙，一在"说《诗》《书》"于"马上"，以见"马上得天下，不可以马上治之"之意；二在"坑不尽"三字，使人联想到"烧不尽"（白居易"野火烧不尽，春风吹又生"），表现出文化传统顽强的生命力。又以"尚有""留他"相勾勒，亦有"秦法虽严亦甚疏"（陈恭尹）的冷嘲意味。最后，作为一位与"陆生"同姓的后代读书人，作者举出这位汉代先人而表彰之，又未尝没有引以为荣之意。凡此，都增加了此诗丰富的韵味和意味。

全诗一句说坑儒，二句说焚书，三、四句则总就焚书坑儒而反唇相讥，章法也很严密。

【点评】

"始皇焚书，则犹有黄石公授张良之兵书；销锋镝，则犹有博浪沙之铁椎；坑儒生，则犹有说诗书之陆贾。始皇愚处，一经拈出，真觉可笑。"（[清]王文濡《历代诗文名篇评注读本》）

金陵旧院[①]　　　　蒋　超

锦袖歌残翠黛尘[②]，楼台塌尽曲池湮[③]。
荒园一种瓢儿菜[④]，独占秦淮旧日春[⑤]。

【作者简介】

蒋超（1624—1673），字虎臣，号绥庵。江苏金坛人。幼喜禅理。顺治四年（1647）进士。任翰林院编修、修撰。官至顺天提督学政。后出家为僧，终于峨眉山伏虎寺。工诗文行楷。著有《绥庵诗稿》《绥庵集》《峨嵋山志》等。

【注释】

①金陵旧院：明末金陵（今南京）妓院所在地。《板桥杂记》："旧院，人称曲中，前门对武定桥，后门对钞库街。妓家鳞次，比屋而居，屋

宇清洁,花木萧疏,迥非尘境。"

②翠黛:眉的别称。古代女子用螺黛(一种青黑色矿物颜料)画眉,故名。这里指代美女。尘:用作动词,变作了尘土。

③曲池:曲折回绕的水池。湮(yīn):埋没、淹没。"湮"普通话里有两音,另作"yān",字义与此同。这里不读"yān",因为此诗押"真"韵,所以要用《广韵》"于真切"的读音。

④瓢儿菜:二年生草本植物,植株贴地生长,叶片近圆形如瓢,向外反卷,黑绿色,有光泽。南京、上海一带栽培最多。为旧时南京春初最著名的一种青菜。

⑤秦淮:即秦淮河,长江下游支流。在江苏西南部。

【解读】

这是一首触景怀古的七言绝句,由金陵旧院眼前的现状,触景生情而作的诗。

金陵本是六朝古都,明朝初年和南明福王也曾建都于此。秦淮河畔的旧院,当年曾是歌舞繁华之地,温柔旖旎之乡。多少达官贵人车马喧阗,曾到这里寻欢作乐、纵情声色。可是当诗人现在来到此地,见到的却是另一番境况:当年衣锦着绣的青楼美女不见了踪影,雕梁画栋的楼台倒塌,湖池被堵塞填埋,变成了菜园子,里面种着南京人爱吃的瓢儿菜。

诗的前两句写金陵旧院凋败的情状,用"残""尘""尽""湮"四字,展现出一幅人去楼毁、荒凉败落的景象。诗人的感慨尽在心中,往昔的一切都风流云散,这一带只剩下种菜人家了。抚今追昔,怎不令人感慨深思?远的六朝不说,单就南明王朝的覆灭不正是由于当年统治者士大夫阶层在秦淮一带荒淫奢靡、醉生梦死所致么?但这种感慨没有明说,而是深藏不露。三、四两句,单写荒园之景,瓢儿菜独占旧日秦淮的春色,"旧日"二字,点明怀古之意,使其历史的沧桑之感油然而生。全诗今旧对比鲜明,情感隐而不露,极富含蓄之美。

迎 春　　　　　　　叶　燮

律转鸿钧佳气同①,肩摩毂击乐融融②。
不须迎向东郊去,春在千门万户中。

【作者简介】

叶燮(1627—1703),字星期,号已畦。清吴江(今江苏苏州吴江区)人。明工部主事叶绍袁之子。康熙九年(1670)进士。任江苏宝应知县。康熙十四年(1675),以三藩乱时役重民饥,与巡抚慕天颜不和,被劾罢官。居吴县横山,漫游四方名胜。精研诗学理论,所作以险怪为工。有《原诗》《已畦诗集》《已畦文集》。又摘汪琬文章缺点,著《汪文摘谬》。

【注释】

①律转鸿钧:指大自然的节气转变了。律,节气,时令。鸿钧,大钧,指天或大自然。佳气:美好的气候,美好的风光。

②肩摩毂击:肩相摩,毂相击。形容行人车辆拥挤。毂,车轮的中心部位,周围与车辐的一端相接,中有圆孔,用以插轴。又代称车轮。

【解读】

诗歌描写了春天到来,大家兴高采烈地出去迎春、游春的景象。

诗歌大意:节气变化,春天到来了,到处是一片美好的风光,大家或漫步或乘车到野外欣赏春色,个个兴高采烈,其乐融融。但迎春又何须到东郊去呢? 其实春天早已经进入了家家户户。

诗的前两句,律转鸿钧,指岁序更新,可能还隐指国家政令的转变;鸿钧,既指天或大自然,又比喻国柄、朝政。明着写是节候的变化,春天来了,大家都到郊外去迎春。隐藏的意义在后两句得到体现,就是春天的气息早已经随着政令的改变,进入了千家万户,现在大家享受、沐浴着新政带来的鸿恩,内心无比的欢欣喜悦。

这首诗既写新春喜庆的气氛,又写朝政深得人心,妙在一语双关,感情强烈,余韵不尽。

【点评】

"先生论诗,一曰生,一曰新,一曰深。凡一切庸熟陈旧浮浅语,须扫而空之。今观其集中诸作,意必钩元,语必独造,宁不谐俗,不肯随俗,戛戛于诸名家中,能拔戟自成一队者。"([清]沈德潜《清诗别裁集》)

梅花开到九分　　　　叶　燮

亚枝低拂碧窗纱①,镂月烘霞日日加②。
祝汝一分留作伴③,可怜处士已无家④。

【注释】

①亚(yā)枝:同"枒枝",树木枝杈。碧窗:绿色的纱窗。

②镂月烘霞:雕镂明月,烘托云霞。

③祝:祝愿。

④处士:本指有才德而隐居不仕的人,后亦泛指未做过官的士人。这里指林处士。林处士,即北宋隐士、诗人林逋。林为钱塘(今浙江杭州)人。结庐西湖孤山,终身不仕,号"西湖处士"。无家:没有妻室。

【解读】

这首写梅花的七绝标题很怪,要"梅花开到九分",就是不要开满,留一分下来。满招损,谦受益,物极必反,全盛的梅花就要凋零,所以诗人希望梅花永远只是九分的样子,既灿烂,却又永不衰败,能与没有妻室的林处士长相做伴。

诗的前两句,写景,随着春天的到来,梅花一天比一天开得灿烂,它的枝权轻拂在碧窗纱上,在白日的阳光和夜晚的月亮照耀下,姿态绰约,美丽如画。后两句,是祝愿之词,兼议论,是希望隐士兼诗人的林处士永远不孤单之意。后两句用宋代林逋"梅妻鹤子"的典故。清吴之振、吕留良等编《宋诗钞·林和靖诗钞序》:"林逋,字君复,杭之钱塘人。少孤力学,刻志不仕,结庐西湖孤山。真宗闻其名,赐粟帛,诏长吏岁时劳问。临终诗有:'茂陵他日求遗稿,犹喜曾无封禅书。'时人高其志识,赐谥和靖先生。逋不娶无子,所居多植梅、畜鹤。泛舟湖中,客至则放鹤致之,因谓'梅妻鹤子'云。"宋沈括《梦溪笔谈·人事二》、宋阮阅《诗话总龟·隐逸》、明田汝成《西湖游览志》卷二于此事均有记载。林逋隐居于杭州西湖孤山,养鹤植梅,毕生不娶,与梅鹤相亲,所以有人形容他是以梅为妻、以鹤为子。这个典故表面上是抒发对宋隐士林逋孤高清逸之志趣的怀想与怜惜,实际上是作者借以自喻。作者四十八岁罢官后,隐居吴县,亦高尚其志,应与林逋为同道,所以见梅花开到九分,还有一分未开,便作奇想,让这个梅花永远留在九分开的位置,蓄势一分,长保其清香与灿烂的姿容,与己为伴,以慰藉其心中的孤独与寂寞。情辞哀艳,有含蓄不尽之意。

【点评】

"从九分著意,不忍卒读。"([清]沈德潜《清诗别裁集》)

粤　曲^①

梁佩兰

春风试上粤王台^②,锦绣山河四面开。

今古兴亡犹在眼,大江潮去复潮来。

【作者简介】

梁佩兰(1629—1705),字芝五,号药亭。清广东南海(今广州)人。康熙二十七年(1688)进士,选庶吉士。不一年即假归。工诗,与程可则、王邦畿、方殿元、方远、方朝及陈恭尹并称"岭南七子",又与陈恭尹、屈大均称"岭南三大家"。有《六莹堂集》。

【注释】

①粤曲:广东、广西一带的地方歌谣。粤,地名,古称百粤人所居地区。今多指广东、广西一带,因其古为百粤之地,又合称两粤。

②粤王台:即越王台。在广州越秀山上,相传为西汉时南越王赵佗所筑。

【解读】

这是一首通俗明快的七言绝句,原题《粤曲》,是写来配粤曲小调的曲词。

此诗前两句写景,叙述在一个春风吹拂的日子,诗人试着登临粤王台,观赏春景,春景的灿烂和壮丽使他十分感动,这是祖国的锦绣河山,四面都洋溢着勃勃的生机。后两句,由眼前之景,联系到眼前之事,发表其对朝代兴亡、世事变化的感慨:由古到今的兴亡嬗变,仿佛还是眼前的事,历史的车轮就是这样不可逆转,正如大江大河一个潮头翻过去,另一个潮头又扑打过来。

此诗意境恢宏,语意沉郁。作者所处的时代,正是清初江山甫定,南粤大地烽火刚熄,作者目睹了鲜血淋漓、惊心动魄的改朝换代之变,又认定了潮去潮来、历史的不可逆转,诗的后两句表达了这种感慨。同时,他也寄希望于新朝统治,有一个好的环境、好的前景,首句中一"试"字,有双关的意义,含蕴深厚,不仅是登临去试探春光如何,也从政治的层面观察清朝的新政究竟会怎样,表达希望锦绣的河山不至于因此沉沦之意。

鸳鸯湖棹歌一百首①(选一)　　朱彝尊

穆湖莲叶小于钱②,卧柳虽多不碍船③。
两岸新苗才过雨,夕阳沟水响溪田。

【作者简介】

朱彝尊(1629—1709),字锡鬯,号竹垞。秀水(今浙江嘉兴)人。康熙十八年(1679)举博学鸿词科,授检讨。充日讲起居注官,主持江南乡试。二十二年(1683),供职南书房。与修《明史》。博通经史,诗与王士禛齐名,时称"南朱北王"。作词风格清丽,为"浙西词派"的创始者。选辑《词综》《明诗综》。著有《经义考》《日下旧闻》《曝书亭集》等。

【注释】

①鸳鸯湖:一名南湖。在今浙江嘉兴南。《舆地纪胜》卷三:鸳鸯湖"乃郡之南湖也,湖多鸳鸯,故以名之"。或以两湖相连如鸳鸯而得名。宋苏轼《至秀州赠钱端公安道》诗:"鸳鸯湖边月如水,孤舟夜傍鸳鸯起。"即此。棹(zhào)歌:一边划船一边唱的歌。

②穆湖:也叫穆河溪,俗称马河溪,在今嘉兴东北嘉北乡陶家桥村,这里盛产鱼菱。

270

③卧柳:枝干斜卧于水上的柳树。

【解读】

康熙十三年(1674)冬,作者客居潞河(今北京郊区)龚佳育幕府,创作《鸳鸯湖棹歌》百首,仿民歌体以写家乡嘉兴风物之美。这是其中第十首,此诗描绘穆湖一带的美丽风光,摹写精妙,景象生动而富美感,有浓郁的生活气息。

诗的前两句,描写穆湖绝美的景色,湖上长着比铜钱还要小的莲叶,垂柳斜卧在水面上,但并不妨碍船只的行进。后两句,写穆湖两岸的景色,雨后草木长出嫩生生的新苗,夕阳下,沟水正汩汩地带着欢快的声音流进田里。末句,那种自然、欢快、跳跃的节律,让人感受到仲夏时蓬勃无限的生机,也充分表现出作者对乡村美景的由衷喜爱。

出居庸关①

朱彝尊

居庸关上子规啼,饮马流泉落日低②。
雨雪自飞千嶂外③,榆林只隔数峰西④。

【注释】

①居庸关:在北京昌平西北,为长城重要关口。古九塞之一。

②饮马:古乐府有《饮马长城窟行》。《乐府诗集·相和歌辞十三·饮马长城窟行》宋郭茂倩题解:"长城,秦所筑以备胡者,其下有泉窟,可以饮马。"后世文人常拟作,诗中大都描述边境寒冷荒凉、征戍之苦。流泉:流动的泉水。《诗·大雅·公刘》:"相其阴阳,观其流泉。"郦道元《水经注·河水》说长城边上有"土穴出泉,挹之不穷"。

③嶂(zhàng):耸立如屏障的山峰。

④榆林:即榆林堡。在居庸关西五十五里。

这是一首七言绝句。康熙三年(1664)五月,作者启程去依附时任山西按察副使的曹溶,由扬州经天津至北京,九月初十出京,十九日到达大同曹溶的官邸。这首诗就是九月间出居庸关时写的。

诗的第一句,写走出居庸关,听到关上子规鸟的啼叫,子规是杜鹃鸟的别名。传说为蜀帝杜宇的魂魄所化。它总是朝着北方鸣叫,六七月鸣叫声更甚,昼夜不止,发出的声音极其哀切,犹如盼子回归,所以叫子归。后因以用作怀乡、思归的典故。在这里,作者用"子规"这一意念一是传达怀乡的情绪,二是借以抒悲苦哀怨之情。第二句,写行进途中,见到一泓汩汩流注的山泉,于是停下来,让马歇歇脚,饮水解渴,写出时间正是夕阳西下,喻示天马上要黑。转到三、四句,抬头望去,雨雪正从层层叠叠像屏障一样高耸的山峰那边飞来,说明路很难行,虽然作者投宿的榆林堡在西边只隔了几座山峰,但在雨雪的夜里要翻山越岭,那个艰险就不言而喻,所以作者的愁苦急切之情更加深重了。

作者虽然在诗中抒发的是愁苦之音,但气象阔大,境界恢宏,如"饮马流泉""雪飞千嶂"等意象,都有一种苍莽、辽阔的美,这是北方景象所特有的。

花 前 屈大均

花前小立影徘徊①,风解吹裙百摺开②。
已有泪光同白露③,不须明月上衣来。

【作者简介】

屈大均(1630—1696),初名绍隆,字介子、翁山。广东番禺(今广州)人。南明补诸生。清初曾与魏耕等进行反清活动。后为僧。中年仍改儒服。足迹遍及江浙与北方各省。诗歌尤负盛名,为"岭南三大家"之冠。有《翁山诗外》《翁山文外》《翁山易外》《广东新语》及《四朝成仁录》,合称"屈沱五书"。

【注释】

①小立:暂时立住。徘徊:往返回旋,来回走动;游移不定貌。

②解:懂得,理解;能够,会。百摺:裙子上的褶皱很多。摺,同"褶",衣裙上的褶皱或经折叠而留下的痕迹。

③白露:秋天的露水。

【解读】

这是一首七言绝句。标题"花前",是截取诗中首两字为题。古人诗文中多有这种形式,如庄子文章《骈拇》《秋水》,李商隐的《锦瑟》等,都是截取首两字为题,还有如《古诗十九首》等截取第一句为题者。"花前",指立于花前的女子。全诗是作者对这位女子的歌咏,清况周颐在《蕙风词话》中称翁山词"哀感顽艳",这四字正是这首七绝诗风格的写照。

诗的前两句,刻画了一位幽旷凄怨的女子形象:她在花前稍稍停留了一下,月光下,她的人影映在地上,表现出游移不定的样子;一阵风过来,将女子的裙褶吹开。前一句,小立徘徊,是说明女子心事重重;后一句,"风解吹裙百摺开",连风也善解人意,懂得来安抚这位有愁烦的女子,想将她心上的皱褶打开。此种幽怨,意在言外。

后两句,女子的脸上已经有了泪光,像秋天洁白的露水,在月色的照耀下,格外凄楚动人;明月照见泪光也就罢了,不要再照到我的衣裙上。言下之意,女子潸然泪下,已经沾湿了衣裳,可见女子的愁苦之深。末句,可以看作是女子的嗔恨之词,她虽然愁苦,但也不肯将心思过分袒露在人前,这是一种欲露还藏、欲显而隐的修辞手法。"不须明月上衣来",看似无理,但实则与李白"春风不相识,何事入罗帏"一样,都是达到"无理而妙"之意境,使女子的幽怨之情更为彰显。语言蕴藉深沉,耐人寻味。

陈白沙草书歌①

彭孙遹

白沙先生名早闻,手掷青山归白云。
陈情上拟李令伯②,讲书欲方吴聘君③。
晚年信手作大字,落笔纵横有奇致④。
何必规规王右军⑤,淋漓时复成高寄⑥。
世人好古如好龙⑦,可怜识见多雷同⑧。
岂知草圣固余技⑨,相赏不在翰墨中⑩。

【作者简介】

彭孙遹(1631—1700),字骏孙,号羡门,又号金粟山人。浙江海盐人。清文学家。顺治十六年(1659)进士。康熙间举博学鸿词,考列第一,授编修。官至吏部右侍郎兼翰林院学士。以才学富赡、辞采清华,有名于时。有《延露词》《松桂堂集》。

【注释】

①陈白沙:即陈献章(1428—1500),字公甫。新会(今广东江门新会区)人,居白沙里,故称白沙先生,世称陈白沙。明代著名的思想家、教育家、书法家。广东唯一一位从祀孔庙的大儒,是明代心学的奠基者,被后世称为"岭学儒宗"。

②"陈情"句:作《陈情表》乞归养亲,这是效法晋朝李密的做法。李密作《陈情表》,表中婉转地陈述了为孝养祖母,不能接受朝廷的征召。后因以《陈情表》泛指向朝廷提出辞官归隐孝养父母的呈文。拟:

274

效法，模拟。李令伯：即李密（224—287），一名虔，字令伯，犍为武阳（今四川眉山彭山区东北）人。西晋初年大臣。

③"讲书"句：授徒讲课要达到老师吴与弼的标准。吴聘君，即吴与弼（1391—1469），字子傅，号康斋。抚州崇仁（今属江西）人。崇仁学派的创立者，明代学者、诗人，著名理学家、教育家。因生前屡被朝廷招聘任官，皆辞不就，故世称吴聘君。

④奇致：新奇的意趣或情致。

⑤规规：浅陋拘泥貌。王右军：即王羲之（303—361），字逸少，东晋时期书法家，有"书圣"之称。琅邪临沂（今属山东）人，后迁会稽山阴（今浙江绍兴）。累迁右军将军，故称王右军。

⑥淋漓：沾湿或流滴貌。形容书法酣畅。时复：犹时常。高寄：寄意高远。

⑦好古：谓喜爱古代的事物。好龙：即叶公好龙之意。汉刘向《新序·杂事五》："叶公子高好龙，钩以写龙，凿以写龙，屋室雕文以写龙。于是天龙闻而下之，窥头于牖，拖尾于堂。叶公见之，弃而还走，失其魂魄，五色无主。是叶公非好龙也，好夫似龙而非龙者也。"后因以"叶公好龙"比喻表面上爱好某事物，实际上并不真爱好。

⑧识见：见解，见识。雷同：随声附和。《礼记·曲礼上》："毋剿（chāo）说，毋雷同。"郑玄注："雷之发声，物无不同时应者；人之言当各由己，不当然也。"

⑨余技：指无须耗用主要精力的技艺、技能。

⑩翰墨：笔墨。

【解读】

这是作者为陈献章的草书所作的七言歌行类的古诗。陈白沙，也即陈献章，是一位很有意思的人。明正统十三年（1448）、景泰二年（1451），两赴礼部不第。会试落第后拜江西吴与弼为师，从吴讲理学，居半年而归。筑阳春台，读书静坐，数年不出户。后入京至国子监。

成化十九年(1483)授翰林检讨,乞终养归。其学以静为主,教学者端坐澄心,于静中养出端倪。又工书画,画多墨梅。有《白沙诗教解》《白沙集》。

这首诗是就陈的草书及其生平主要情事而抒写。首两句,是写陈献章先生早享大名,但是对宦途并不热衷,所以"手掷"之,而归于青山白云,这是写其乞终养归之事。第三句,写成化十九年(1483),陈献章得到两广总督朱英、广东左布政使彭韶等推荐,上京应诏。那时已晋升为吏部尚书的权臣尹旻,往日与陈献章存有矛盾,还心怀仇恨,盛气凌人。陈献章只好称病,请求延期应诏。最后,写了一份《乞修养疏》给宪宗皇帝,请求批准他回家侍奉年老久病的母亲。皇帝被《乞修养疏》所感动,觉得陈献章不但学问好,而且孝义堪嘉,准许他回归养母,还封赠他一个"翰林院检讨"的官衔。陈献章这个做法是效法西晋大臣李密上《陈情表》一事。第四句,是写景泰二年(1451)会试落第后拜江西吴与弼为师的故事。成化十九年(1483)陈献章辞官回到新会,聚徒讲学,四方学者慕名而至。陈献章提出著名的"学贵知疑"的教育理论,强调"提出问题"之于学习与成长的重要意义,逐渐形成江门学派。从陈献章倡导涵养心性、静养"端倪"之说开始,明代的儒学实现了由理学向心学的转变,是儒学发展史上的一个重要转折点。陈献章的白沙心学打破了程朱理学沉闷和僵化的模式,开启了明代心学先河。他在宋明理学史上是一个承前启后、转变风气的关键人物。

五、六句,是讲陈献章晚年在家乡讲学,同时探讨书法,达到纵横随意的程度。这主要讲的是陈献章自创的"茅龙体"书法。陈献章不满于明代以来"台阁体"(即馆阁体)所形成的呆板无个性、拘谨匀圆、甜熟萎靡的书风,决意探讨创制一种新的书写工具。他选用山间丛生的茅草,择其七八月生长繁茂之时,经过选割、捣制、浸洗等流程,自制成毛笔,称为"茅龙"。这种笔粗糙,没有笔锋,在书写时顿挫无度,因此行笔矫健,挺拔遒劲,自有一种毛笔所难以表现的"拙而愈巧"的艺术效果,世人谓之茅龙笔书。这种古拙与不拘一格,就是诗中所说的"落笔纵横有奇致"。

七、八句,是议论,通过陈献章的说法实践,作者认为书法不必要字字规矩模拟东晋草圣王羲之,而陈献章用茅龙笔书写时,那种酣畅淋漓的程度经常能达到寄意高远的效果。九、十句,是说世上人经常"好古",但并不是真的从内心热爱,像叶公好龙一样,只是做做样子,其实他们的见识大多都是随声附和,并没有自己的真知灼见。末尾两句是说,他们不知道草圣王羲之的书法只是平生不经意达到的成就,真正要欣赏的东西不在笔墨之中。意在表明,真正的艺术最高境界不在技巧如何的纯熟,而是一种思想境界也就是见识所能达到的程度。陈献章晚年逍遥于自然,养浩然自得之性,创立自己的心学思想体系,提出"天地我立,万化我出,宇宙在我"的心学原理,这是与天地参的境界,所以他的书法就能独辟蹊径,而自成一家、超越凡俗了。

帐　夜①　　　　　　　　　吴兆骞

穹帐连山落月斜②,梦回孤客尚天涯。
雁飞白草年年雪,人老黄榆夜夜笳③。
驿路几通南国使④,风云不断北庭沙⑤。
春衣少妇空相寄,五月边城未着花。

【作者简介】

吴兆骞(1631—1684),字汉槎。吴江(今江苏苏州吴江区)人。清初诗人。少有才名。顺治十四年(1657)卷入科场案,无辜遭累,遣戍宁古塔二十三年,经顾贞观、纳兰性德等营救,得以放归。归后三年而卒。诗作慷慨悲凉,独奏边音,因有"边塞诗人"之誉。著有《秋笳集》。

【注释】

①帐夜:在帐篷里过夜。

②穹帐:圆形的帐篷,同"穹庐",古代游牧民族居住的毡帐。

③黄榆:树木名。落叶乔木,树皮有裂罅,早春开花。产于我国东北、华北和西北。

④驿路:驿道,大道。古时传递政府文书等用的道路。南国:古指江汉一带的诸侯国。泛指我国南方。

⑤北庭:指汉代北单于所统治之地,后泛指塞北少数民族所统治之地。

【解读】

诗人因科场案流放宁古塔二十三年。此诗作于流放宁古塔时。

这首诗从梦醒起笔,却绕开梦本身而落墨于眼前实景上。首联点题,拱形的毡帐就着山势而立,落月的寒光照着自己所住的位置。这是午夜梦回后睁开眼亲见的事实。但梦中情事则未明写,由梦醒后所感觉"孤客"与"天涯"两个意念,可知作者的梦一定是回乡的梦,与家人团聚的梦。但现实则是穹帐冷月相伴相随,人在天涯,梦后备觉身陷荒塞、与世隔绝的孤独与凄凉。这两句写景为实,写梦为虚,虚实对照鲜明。颔联叙写塞外的景色和自己的感触。每年秋天,亲见大雁南飞,荒草被白雪覆盖;每天夜里,亲听胡笳呜咽悲鸣。面对此情此景,诗人只能坐等衰老,如榆树的黄叶逐渐凋零,其内心的悲楚与无奈由此可知。颈联和尾联,写塞北的风沙一直刮着,从不间断。当南国的驿使几度来到边塞时,诗人的妻子往往要捎来家信,寄几件衣物。这次寄来了春衣,可是边塞五月,酷寒依旧,花尚不见踪影,这春衣看来是白寄了。一个"空"字,道出了诗人对妻子白费一番心意的疼惜,又极言他所在之地出奇的寒冷和荒凉。这是身居南国的家人无论如何想象不到的,但妻子的关心毕竟带给诗人很多安慰,

278

这也是引发他日思夜想而梦到江南的原因。全诗首尾呼应,情辞悲苦,借景言情,托物兴怀,使人有身临其境之感。汉孔融《论盛孝章书》:"单子独立,孤危愁苦,若使忧能伤人,此子不得复永年矣。"观作者此诗,亦有同慨。

【点评】

"余喜阅吴江吴汉槎先生(兆骞)《秋笳集》(汉槎,顺治丁酉举人)。音节苍凉,气体高妙,近代诗家可称杰出。汉槎胸次英朗,忠孝激发,凡感时恨别,吊古怀人,留连物色,莫不寄趣哀凉,遗音婉丽。宋君既庭谓其诗以卢骆王杨之藻采,合李杜高岑之风格,使与北地、信阳并驱中原,尚当退避三舍,矧历下、长兴诸公哉!"([清]林昌彝《射鹰楼诗话》)

秋柳四首(选一)　　　王士禛

秋来何处最销魂?残照西风白下门①。

他日差池春燕影②,只今憔悴晚烟痕③。

愁生陌上《黄骢曲》④,梦远江南乌夜村⑤。

莫听临风三弄笛⑥,玉关哀怨总难论⑦。

【作者简介】

王士禛(1634—1711),字子真,一字贻上,号阮亭,晚号渔洋山人。新城(今山东桓台)人。顺治十五年(1658)进士。官至刑部尚书,谥文简。诗有"一代正宗"之称。倡神韵之说,领袖诗坛数十年,与朱彝尊号称"南朱北王"。诗集初有《阮亭诗钞》,晚年并历年所刻为《带经堂集》,又自选部分诗为《渔洋山人精华录》,另有笔记《池北偶谈》《香祖笔记》等。

【注释】

①残照西风:在落日的余晖里,在西风的刮打中。语出唐李白《忆秦娥》词:"西风残照,汉家陵阙。"白下:在今江苏南京西北。唐移金陵县于此,改名白下县。后因用为南京的别称。白下门:简称白门,指六朝时南京的正南门,亦指代南京。六朝皆都建康(今南京),其正南门为宣阳门,俗称白门,故名。李白《杨叛儿》诗:"何许最关情,乌啼白门柳。"

②差(cī)池:参差不齐貌。《诗·邶风》:"燕燕于飞,差池其羽。"

③憔悴:黄瘦,枯萎,困顿,忧戚。烟痕:淡烟薄雾。

④黄骢(cōng)曲:即"黄骢叠",曲调名。唐段安节《乐府杂录·黄骢叠》:"太宗定中原时所乘战马也。后征辽,马毙。上叹惜,乃命乐工撰此曲。"骢,青白色相杂的马。

⑤乌夜村:在今江苏吴江南。南宋范成大《吴郡志》卷九:乌夜村,"晋穆帝后,何准女,寓居县南,产后于此。将产之夕,有群乌夜惊于聚落,尔后乌更鸣,众共异之。及明,大赦。"徐爰注引《舆地志》:"海盐南三里有乌夜村,晋何准所居焉。一夕,群乌啼噪,准适生女。他日,复夜啼,乃穆帝立女为后之日。"

⑥三弄:指《梅花三弄》曲,又名《梅花引》。曲谱最早见于明代《神奇秘谱》。谱中解题称晋代桓伊曾为王徽之在笛上"为梅花三弄之调,后人以琴为三弄焉"。此说源于《晋书·列传第五十一》。郭茂倩《乐府诗集》卷第二十四南朝宋鲍照(约414—466)《梅花落》解题"《梅花落》本笛中曲也""今其声犹有存者"。《世说新语·任诞》:"王子猷出都,尚在渚下。旧闻桓子野善吹笛,而不相识。遇桓于岸上过,王在船中,客有识之者云:'是桓子野。'王便令人与相闻云:'闻君善吹笛,试为我一奏。'桓时已贵显,素闻王名,即便回下车,踞胡床,为作三调。弄毕,便上车去。客主不交一言。"

⑦玉关:即玉门关,汉武帝置。因西域输入玉石时取道于此而得

名。汉时为通往西域各地的门户。故址在今甘肃敦煌西北小方盘城。

【解读】

这是一首歌吟秋柳的七律诗。作者《秋柳》诗共四首,清顺治十四年(1657)秋作于济南大明湖上。作者在其《菜根堂诗集序》中云:"顺治丁酉秋,予客济南,时正秋赋,诸名士云集明湖。一日,会饮水面亭,亭下杨柳十余株,披拂水际,绰约近人,叶始微黄,乍染秋色,若有摇落之态,予怅然有感,赋诗四章,一时和者数十人。又三年,予至广陵,则四诗流传已久,大江南北,和者益众,于是《秋柳》社诗,为艺苑口实矣。"说明《秋柳》诗是在大明湖水面亭所作。据考证,所谓"水面亭",全名应该是"天心水面亭",位在当今大明湖南岸稼轩祠附近,早已毁圮。

诗前有序"昔江南王子,感落叶以兴悲;金城司马,攀长条而陨涕。仆本恨人,性多感慨。寄情杨柳,同《小雅》之仆夫;致托悲秋,望湘皋之远者。偶成四什,以示同人,为我和之。丁酉秋日,北渚亭书"。说明此诗是托物寄情,借杨柳以抒发悲秋的感慨。

诗的首联,写秋天到来,在西风刮打、落日余晖里的南京最让人伤感。销魂,谓灵魂离开肉体,形容极其哀愁。南朝梁江淹《别赋》:"黯然销魂者,唯别而已矣。"第一句点明"秋"的时序以及折柳赠别和悲秋的主题。第二句,用唐李白《忆秦娥》"西风残照,汉家陵阙"的典故,原典勾勒出在西风、落日的映衬下,汉王朝陵墓、宫阙凄冷荒凉的景色,深寓故国兴亡之感。这里移"汉家"于"白下","白下"指今江苏南京。那是六朝的首都,也是明朝的首都。在作者所在的时代,南京经过了一番剧变。在李自成起义军攻陷北京,明朝宗室朱由崧即皇帝位于南京;但到第二年南京就被清兵占领,并遭到严重破坏。"秋柳",也是"败柳""残柳",败亡的象征,所以,诗开头二句既照应标题"秋柳"二字,也以"秋柳"的意念暗喻南京这个南明首都的残败以及明政权的覆亡不可逆转。昔日富丽无比,不久之前又成为政治、经济中心,冠盖云集的南京，转瞬之间，只剩下了西风残照，一片荒凉。真是无比令人销魂、断肠。

颔联用《诗经·邶风》："燕燕于飞，差池其羽。"及南朝梁沈约《江南弄·阳春曲》"杨柳垂地燕差池"的典故，把昔日燕子参差飞舞充满生命力的景象与此时人物的憔悴、景色的迟暮烟霭惨淡相对照，进一步强化凄凉的意境。颈联上句用《黄骢叠》曲的典故，黄骢是唐太宗的爱马；此马死后，太宗命乐人作《黄骢叠》曲，以示悲悼。下句用"乌夜村"的典故，乌夜村是晋代何准隐居之地，其女儿即诞生于此，后来成为晋穆帝的皇后。对这位皇后来说，这个普通的农村乃是其日后荣华富贵的发祥之地。作者在此加上"梦远"二字，则意味着这样的荣华富贵之梦可能很遥远，或永不再现，正如死去的骏马黄骢已永不可复生一样。所以，诗人所感到的，并用来传导给读者的，是彻底的、不存在任何希望的幻灭，暗喻明王朝的彻底覆没。

尾联化用王之涣《出塞》"羌笛何须怨杨柳，春风不度玉门关"句意，从词句上一般认为用的是"桓伊三弄"及"玉关情"之典。"玉关情"指戍边征人思归之情。《后汉书·班超传》载：班超戍守西域，凡三十一年。年老思归，上和帝疏云："臣不敢望到酒泉郡，但愿生入玉门关。"唐李白《子夜吴歌》："长安一片月，万户捣衣声。秋风吹不尽，总是玉关情。""临风三弄笛"，传达的是哀怨之情，与"桓伊三弄"含意不合。倒不如用"闻笛"或"风笛"的典故解释为恰当。"闻笛"，指魏晋之间，向秀与嵇康、吕安友善，康、安为司马昭所杀，秀经嵇康山阳旧居，闻邻人笛声，感怀亡友，作《思旧赋》。后因以"闻笛"为悼亡之典。这里的"悼亡"可概指明王朝的覆亡。"风笛"用唐郑谷《淮上与友人别》"数声风笛离亭晚，君向潇湘我向秦"的典，表示与朋友的离别，也即诗中"临风三弄笛"之意，均表示哀怨之音，充满着哀愁之感，与语境相符。这两句是说，不要再听那悲哀的笛音，再想那些国亡家破、离愁别恨的事了，关于玉关的哀怨（意指征战导致的生灵涂炭）之类的事很难去判断和评论,表达了作者对历史的不可逆转的一种无可奈何与悲凉的情绪。

这首诗由感慨秋柳的摇落憔悴,转而引起对人生世事的伤感,传达出作者复杂而无奈的曲折情愫。全诗辞藻妍丽,对仗工整,用典精工,托物寄兴,意韵含蓄,境界优美,有着极强的艺术感染力。

【点评】

"元倡如初写黄庭,恰到好处。诸名士和作皆不能及。"([清]王士禛《渔洋山人自撰年谱》惠栋注引南城陈伯玑评)

"古之白下,六朝兴亡之地。残照西风,是何景象?他日差池,只今憔悴,盖亦乐极哀来之喻。陌上黄骢,愁随征马;江南梦远,永无归期。睹此柳色,真不啻听临风之弄笛,而肠断于玉关之不得生入也。"([清]伊应鼎《渔洋山人精华录会心偶笔》)

戏题蒲生《聊斋志异》卷后① 王士禛

姑妄言之妄听之②,豆棚瓜架雨如丝③。
料应厌作人间语④,爱听秋坟鬼唱时。

【注释】

①蒲生:即蒲松龄,清代杰出文学家。因室名聊斋,世称聊斋先生。著有短篇小说集《聊斋志异》。

②姑妄言之:姑且随便说说。语出《庄子·齐物论》:"予尝为女妄言之,女以妄听之。"宋叶梦得《避暑录话》卷上载,苏轼在黄州及岭南时,常同宾客放荡谈谐,有不能谈者,则强之说鬼。或辞无有,则曰:"姑妄言之。"

③豆棚瓜架:用竹木搭成的棚架,供蔓生豆藤瓜果之类攀附生长。房前屋后的豆棚瓜架,夏日为纳凉佳处。

④料应:揣度之词,估计是,想来应是。厌:嫌弃,憎恶,厌烦。

【解读】

这是一首七言绝句,是作者在清初短篇小说家蒲松龄的名著《聊斋志异》书后题写的诗。诗歌大意:在豆棚瓜架下纳凉,外面细雨如丝,在这样的雨天里,作者姑且随意讲着鬼的故事,听众也就姑且随意听着。想必是作者讨厌说人世间的话语,却喜欢听秋天坟地里的鬼吟唱出来的诗句。

这首诗作于康熙二十八年(1689),时作者居父丧在山东新城家中。作者与蒲松龄馆东毕家世代联姻,因此与蒲松龄有了交集。当时,作者是国子监祭酒迁詹事府少詹事、翰林院侍读学士,蒲松龄只是一名秀才,故称之"蒲生",两人地位悬殊。

蒲松龄与作者的交往,开始于康熙二十六年(1687)春天。两人会面的地点,当在淄川县城。当时,作者对蒲松龄的诗并没有过多注意,引起他重视的反倒是《聊斋志异》,因为此时他正在写作《池北偶谈》,所以对谈鬼说狐的《聊斋志异》颇感兴趣,阅读了部分篇章后对此大加赞美,认为可传之于后世。后来,作者两次致函蒲松龄,借阅《聊斋志异》稿本。可以说,作者是《聊斋志异》的第一位评点者,他的奖掖,也推动了《聊斋志异》的流行。

本诗的前两句以农民在雨天里豆棚瓜架下听讲神鬼故事的景象,隐寓《聊斋志异》言之无稽、听之有趣的意思,后两句以揣度的口气,说作者大概是厌谈人间事、喜说鬼怪事。此诗写得极其含蓄,意在言外。首句"姑妄言之"用苏轼强人说鬼的典故。末句"鬼唱时"出自李贺《秋来》诗句"秋坟鬼唱鲍家诗,恨血千年土中碧"。意思是说,秋夜坟场上,诗鬼们诵读着鲍氏的诗句,他们的怨血在土中化作碧玉,千年难消。"鲍家诗"指南朝宋鲍照的《拟行路难》组诗,共十八首,主要抒发对人生艰难的感慨,表达出身寒门的士人在仕途中的坎坷和痛苦。"恨血"句,用的是《庄子·外物》"苌弘死于蜀,藏其血,三年而化为碧"的掌故。这两句连在一起,婉转地道出了蒲松龄创作《聊斋志异》的底蕴,即像鲍照、李贺一样怀才不遇、困顿潦倒。

九月望日怀张历友

蒲松龄

临风惆怅一登台①,台下黄花次第开②。

名士由来能痛饮③,世人元不解怜才④。

蕉窗酒醒闻疏雨⑤,石径云深长绿苔⑥。

摇落寒山秋树冷,啼乌犹带月明来⑦。

【作者简介】

蒲松龄(1640—1715),字留仙,一字剑臣,号柳泉居士,世称聊斋先生。淄川(今山东淄博淄川区)人。十九岁应童子试,连取县、府、道第一名,名震一时。补博士弟子员。后屡试不第,七十一岁时至青州考贡,为岁贡生。一生潦倒,以塾师终老。有著作《聊斋志异》《聊斋文集》《聊斋诗集》《聊斋俚曲》等。

【注释】

①临风:当风,迎风。惆怅:因失意或失望而伤感、懊恼。唐杜甫《剑门》:"恐此复偶然,临风默惆怅。"

②黄花:黄色的花,指菊花。次第:次序,顺序。

③"名士"句:《世说新语·任诞》:"王孝伯言:名士不必须奇才,但使常得无事,痛饮酒,熟读《离骚》,便可称名士。"名士,旧多指名望高而不仕,或恃才放达、不拘小节的人。王孝伯,即王恭,东晋大臣。

④怜才:爱惜人才。唐杜甫《不见》诗:"不见李生久,佯狂真可哀。世人皆欲杀,吾意独怜才。"

⑤蕉窗:芭蕉阴下的窗户。疏雨:稀疏的雨声。

⑥石径:石头砌成的山间小路。绿苔:绿色的苔藓。

⑦啼乌：啼叫的乌鸦。

【解读】

这是一首怀念友人的七言律诗，路大荒整理《蒲松龄集》定为壬子年作。壬子年，即康熙十一年(1672)，作者时年三十二岁，正是屡举不中，正有"美人迟暮"之感。诗中表达了怀才不遇的惆怅，抒发了孤独寂寞及怀念朋友之情。九日，估计诗作于九月九日，重阳节。魏晋后，习俗于此日登高游宴，所以诗中有"登台"之举。

诗的首联，写登台所见之景，交代作者怀着郁结不解的心绪，台下菊花正次第开着，表明这是深秋季节。由菊花联想到东晋名士陶渊明，由陶渊明联想到其怀才不遇、坎坷的一生，这是颔联所要表达的，陶渊明爱菊是出了名的，也喜欢饮酒。这里用《世说新语·任诞》王孝伯的典故，是说那些恃才放达、不拘小节的人，可当名士之称。这两句是说，陶渊明是很爽快、能痛饮酒的人，他也很有才华，但当世的人并不了解他，也并不爱惜他。其实这也是作者的"夫子自道"。颈联和尾联，写作者现时的境况，兼表孤寂凄凉的情绪。芭蕉，在古代诗歌中的意象是表孤独忧愁与离情别绪，在这里主要是指作者的心怀郁结不开。酒醒后，听到窗外雨打芭蕉的声音，自然更觉得愁苦。起来看山间的石径，早已聚满了苔藓，说明久无人迹，也说明来访的人少以及自己心境的孤寂。尾联写秋日深山孤寂，草木凋零，啼叫的乌鸦带着月亮的光影飞来。前一句是简省而生动形象地表达了有志不伸、年华易老的慨叹。"后一句"中点出"月明"，古往今来，月多是用来思乡怀人，唐张九龄《望月怀远》有名句"海上生明月，天涯共此时"，这里作者也是用以表达怀念友人之意。本句照应题目，点出怀友。

全诗文字畅达，首尾呼应，用典贴切，对仗工整，感情诚挚，志气豪迈。

次青县题壁^①

吴 雯

去年九月长安来^②,鲤鱼风起船旗开^③。
今年三月旧山去^④,马上绿杨掠飞絮^⑤。
旧山风景复何如,昨日家人有报书。
当门万里昆仑水^⑥,千点桃花尺半鱼。

【作者简介】

吴雯(1644—1704),字天章,号莲洋。原籍奉天辽阳,后居山西蒲州(今山西永济)。诸生。康熙十八年(1679)试博学鸿词不中。游食南北,足迹几遍天下。其诗风格峻洁,有元好问之风,为王士禛、赵执信所赏。著有《莲洋集》。

【注释】

①次:留宿,停留。青县:明洪武八年(1375)改清州置,治所即今河北青县,属河北沧州,位于华北平原东部。题壁:谓将诗文题写于墙壁上。

②长安:古都城名。汉高祖七年(前200)定都于此。此后新、东汉(献帝初)、西晋(愍帝)、前赵、前秦、后秦、西魏、北周、隋、唐皆于此定都。唐以后诗文中常用作都城的通称。这里指北京。

③鲤鱼风:九月风,秋风。南朝梁简文帝《艳歌篇》:"灯生阳燧火,尘散鲤鱼风。"清吴兆宜注引《提要录》:"鲤鱼风,乃九月风也。"

④旧山:故乡,故居。

⑤掠:轻轻擦过,拂过。飞絮:飘飞的柳絮。

⑥当门:对着门。昆仑水:从昆仑山发源下来的河水。这里指黄河。昆仑,指昆仑山。在新疆西藏之间,西起帕米尔高原东部,东延入

287

青海境内。势极高峻,多雪峰、冰川。《庄子·天地》:"黄帝游乎赤水之北,登乎昆仑之丘。"

【解读】

这是一首七言古诗,写的是天涯游子对家乡的眷恋、向往情怀。诗题写于河北青县某旅店的墙壁上。

作者家居山西蒲州中条山南麓永乐镇。其地南滨黄河,境内有玉溪,为唐代诗人李商隐居处之地。作者一生足迹几遍天下。他早年到过北京;三十七岁时,应征召二至京师;十多年后再游京城。虽诗名倾动一时,却始终未得跻身仕途;一代才人,终于饮恨西还,老死牖下。这首诗是他旅游京津将返故乡,途经河北青县时题写在旅邸墙壁上的。

诗的前四句,写他去年九月,即康熙十七年(1678)从家乡到京师应试博学鸿词科,正是秋风乍起的时候,来时是坐船,寓鲤鱼跳龙门、旗开得胜之意。不料,没有考上,今年(康熙十八年,1679)三月份只得离开京城回家。这一次是骑马回去,正是柳絮飘飞的时节。这四句以景写情,"鲤鱼风""船旗开"喻示得意的心情,而"飞絮"则喻示考场失意,作者惆怅和愁苦的情绪。

后四句写对"旧山"、对家乡的向往和依恋。骑在马上,想念着家乡此时的风景,由家人来信报告,得知家门口正对着的黄河,岸上桃花盛开,鱼也有了尺半之长,那种如画之美、喜悦之情跃然纸上。最后两句,奇句振起,至为精警。"万里昆仑水",有"黄河之水天上来"万里奔腾,不舍昼夜之气概,象征着作者胸襟的恢宏豪迈;"桃花尺半鱼",化用唐张志和"桃花流水鳜鱼肥"句意,暗寓作者高隐渔樵、啸傲山水的意境。

全诗风格明快,气象宏肆,韵致韶丽,起伏自然,并有抑扬顿挫之妙。

【点评】

"千顷之波,不可清浊。天姿国色,粗服乱头亦好,皆非有意为之也。储水者期于江湖,而必使之潆洄澄澈,是终为溪沼耳。自矜容色,而故毁其衣妆,有厌弃之者矣。免于此二者,其惟吴天章乎!"([清]赵执信《谈龙录》)

明　妃①

吴　雯

不把黄金买画工②,进身羞与自媒同③。

始知绝代佳人意,即有千秋国士风④。

环佩几曾归夜月⑤,琵琶唯许托宾鸿⑥。

天心特为留青冢⑦,春草年年似汉宫。

【注释】

①明妃:汉元帝宫人王嫱字昭君,晋代避司马昭(文帝)讳,改称明君,后人又称之为明妃。南朝梁江淹《恨赋》:"若夫明妃去时,仰天太息。"宋王安石《明妃曲》:"明妃初出汉宫时,泪湿春风鬓脚垂。"《后汉书》卷八十九《南匈奴列传》:"昭君字嫱,南郡人也。初,元帝时,以良家子选入掖庭,时呼韩邪来朝,帝敕以宫女五人赐之。昭君入宫数岁,不得见御,积悲怨,乃请掖庭令求行。呼韩邪临辞大会,帝召五女以示之。昭君丰容靓饰,光明汉宫,顾景裴回,竦动左右。帝见大惊,意欲留之,而难于失信,遂与匈奴。"

②买画工:晋葛洪《西京杂记》卷二:"元帝后宫既多,不得常见,乃使画工图形,案图召幸之。诸宫人皆赂画工,多者十万,少者亦不减五万。独王嫱不肯,遂不得见。匈奴入朝,求美人为阏氏。于是上案图,

以昭君行。及去，召见，貌为后宫第一，善应对，举止闲雅。帝悔之，而名籍已定。帝重信于外国，故不复更人。"

③进身：指被录用或提升。自媒：自己给自己做媒人。指女子自择配偶，自荐。

④国士：一国中才能最优秀的人物。或指一国中最勇敢、有力量的人。《荀子·子道》："虽有国士之力，不能自举其身，非无力也，势不可也。"

⑤环佩：古人所系的佩玉。后多指女子所佩的玉饰。《礼记·经解》："行步则有环佩之声，升车则有鸾和之音。"唐杜甫《咏怀古迹》之三："画图省识春风面，环佩空归月夜魂。"几曾：何曾，那曾。

⑥琵琶：王昭君出嫁匈奴，临行时，元帝令在马上弹琵琶为乐，以解路途上的思乡念国之愁。后因以"马上琵琶"用为离人幽怨的典故。晋石崇《王明君词序》："昔公主（王昭君）嫁乌孙，（上）令琵琶马上作乐，以慰其道路之思。"宾鸿：鸿雁。《礼记·月令》："（季秋之月）鸿雁来宾。"

⑦天心：犹天意。青冢：指王昭君墓。在今内蒙古呼和浩特南。传说当地多白草而此冢独青，故名。唐杜甫《咏怀古迹》之三："一去紫台连朔漠，独留青冢向黄昏。"

【解读】

这是一首歌咏王昭君的七言律诗。诗歌大意：王昭君不用黄金买通画工，她的进身自有正当的途径，羞于与自衒自媒的人一样。方才知道这绝色的美人，就有千秋国士的风范。昭君什么时候曾在月夜中归来，只有将一腔心思融入琵琶让鸿雁向家园带去信息。上天知道昭君思汉情深，所以特地留一座青冢给她，青冢上的春草年年变绿，如在汉地一样。

本诗第一句叙述明妃那个有名的不行贿事件，第二句讲出她的心态，第三、四句是作者对她做法的评论，环环相扣，像水顺流，刀挥不断。前四句以扬的手法写昭君的高尚，后面四句写昭君的悲剧命运，造成情绪上抑的效果。这首诗发端突兀，结句悠然，剪裁新颖，用笔经济，见地极为深刻，感慨也极为深沉。

蒙山道中^①

洪　昇

乱石绕东蒙，崎岖古道通。

一身千里外，匹马万山中。

密树遥遮日，轻花细逐风。

望云双泪落，岂是为途穷^②！

【作者简介】

洪昇（1645—1704），字昉思，号稗畦。浙江钱塘（今杭州）人。清代戏曲家、诗人。与《桃花扇》作者孔尚任并称"南洪北孔"。康熙七年（1668）国子监生。二十年均科举不第。康熙二十八年（1689），因"国丧"期间演所著《长生殿》遭斥，革除国子监生资格。晚年醉酒登船，落水死。以词曲著名，除杂剧《长生殿》《四婵娟》外，有诗集《稗畦集》《稗畦续集》《啸月楼集》等。今人辑有《洪昇集》。

【注释】

①蒙山：又名东蒙山。在今山东中部。主峰龟蒙顶在平邑、蒙阴两县交界处。《论语·季氏》："夫颛臾，昔者先王以为东蒙主。"邢疏："山在鲁东，故曰东蒙。"

②途穷：喻走投无路或处境困窘。《晋书·阮籍传》："（阮籍）时率意独驾，不由径路，车迹所穷，辄恸哭而反。"南朝宋颜延之《五君咏·阮步兵》："物故不可论，途穷能无恸。"

【解读】

这是一首五言律诗。写在蒙山道中所见及所感。

这首诗主要是写景，末后两句兼抒怀。首联，写东蒙山乱石环绕的险峻，及道路的崎岖难通。颔联，写作者独自一人，从千里之外骑着马在万山中穿行，形容其孤寂之境。颈联，写景，浓密的树林遥遥遮住太阳，轻细的野花或柳絮之类被风吹得四处飘飞。尾联，"望云"一词，即"望断白云"之意，用《新唐书·狄仁杰传》的典故："亲在河阳，仁杰在太行山，反顾，见白云孤飞，谓左右曰：'吾亲舍其下。'瞻怅久之，云移乃得去。"喻想念父母。孤身无侣，一人在莽莽的东蒙山中，由白云而油然想念双亲，游子的悲怀可见，所以潸然泪下，并不是因为自己无路可走。

前面六句，均是为末后两句做铺垫，极写道路之艰苦，旅行之孤寂，引出游子远在天涯，而担心、想念父母之情绪，用典浑然无迹，末句反用阮籍"车迹所穷，辄恸哭而反"之意，以反问句振起诗章，使全诗神凝气足，有峻秀劲挺之妙。

王昭君二首（选一）　　　　　　刘献廷

汉主曾闻杀画师①，画师何足定妍媸②。
宫中多少如花女，不嫁单于君不知③。

【作者简介】

刘献廷（1648—1695），字继庄，一字君贤，别号广阳子。祖籍江苏吴县，父官太医，遂家居顺天大兴（今北京）。清初地理学家。尝作《新韵谱》，称声母为"韵母"，称韵母为"韵父"。早年避三藩之乱，南隐吴江。乱定，妻死，遂浪迹天涯。康熙二十六年（1687），入京参明史馆事,增订《明史·历志》《大清一统志·河南志》。著作极多,传世惟《广阳杂记》。

【注释】

①画师:画工,画家,这里指汉宫廷画师毛延寿等人。

②妍蚩(chī):同"妍蚩",美好和丑恶。《文选·陆机〈文赋〉》:"妍蚩好恶,可得而言。"刘良注:"妍,美;蚩,恶也。"

③单(chán)于:匈奴人对其部落联盟首领的专称。意为广大之貌。此称号始创于匈奴著名的冒顿单于之父头曼单于,之后该称号一直沿袭至匈奴灭亡。

【解读】

这是一首七言绝句,评论王昭君事件。

这首诗看似是为毛延寿等画师翻案,实则是对皇帝及后宫制度埋没人性的鞭挞。诗的前两句,叙写汉元帝杀毛延寿等画师之事。毛延寿,西汉京兆杜陵(今陕西西安东南)人。善画人像,美丑逼真。相传汉元帝曾命画宫女像,诸宫女皆贿赂之,独王嫱不肯,乃丑化其像。后匈奴单于求美人为阏氏,帝以王嫱行。临去召见,貌为后宫第一。追究其事,延寿等画工皆被处死。作者指出王昭君美貌但不肯贿赂画师,致使毛延寿等人丑化其相貌,使不得皇帝宠幸,这个不全是画师的错,皇帝自己应当负很大的责任,因为后宫美女众多,要选拔某人,仅凭画师的画像作为标准,以貌取人,至于以画像取人,不是过于简单了吗?怎么怪得了画师呢?结局本来就是这种制度缺乏合理性所导致的。所以,后两句,质问汉元帝,后宫中有多少美貌的女子因为没有嫁给单于得不到表现机会而被埋没了你知道吗?这是为被埋没的宫女鸣不平,也是在谴责皇帝的冷酷无情。

以上是表面的意思,作者更深层次的寓意,是借此谴责当时国家人才选拔制度的不合理,指斥在上者的颟顸无能,使大量人才被埋没。

北固山看大江

孔尚任

孤城铁瓮四山围^①，绝顶高秋坐落晖^②。
眼见长江趋大海^③，青天却似向西飞。

【作者简介】

孔尚任（1648—1718），字聘之，又字季重，号东塘、云亭山人。山东曲阜人，孔子六十四世孙。清初戏曲作家。康熙二十四年（1685）入国子监，为博士。官至户部员外郎。康熙二十九年（1690），创作杂剧《桃花扇》，九年后完成。当时与洪昇有"南洪北孔"之称。次年免官。后归家隐居。著有《湖海集》《长留集》《岸堂集》等。

【注释】

①铁瓮：指铁瓮城，镇江城的别名，在京口（今江苏镇江）北固山前，为三国时吴孙权所筑。瓮，指小口大腹的陶制汲水罐。

②落晖：夕阳，夕照。

③趋：疾行，奔跑，奔赴。

【解读】

这首七言绝句，标题"北固山看大江"，很明显，就是站在北固山上看长江景色，其目的是在描写北固山的形胜。

诗的前两句，是写景兼状物。深秋登临北固山，坐在夕阳下，观看镇江城的形势，非常险要，虽然是一座孤城，但四面青山合围，像一只铁瓮一样，坚固无比。这里说铁瓮，就是如铁打的一样，取其坚固之义。后两句，是单纯写景，景物呈飞去之势，用词很警策。向前远眺，眼看着长江奔赴大海；仰望天空，则看到白云仿佛是在向西飞驰。前两句是静态的，后两句是动态的。全诗动静结合，以静衬动，以动映险，将北固山的形势险要尽情地描画出来，构思很新颖别致。

题《桃花扇》传奇①

陈于王

玉树歌残迹已陈②,南朝宫殿柳条新③。

福王少小风流惯④,不爱江山爱美人。

【作者简介】

陈于王,字健夫,苏州人。入沈阳,隶汉军,后居顺天宛平(今北京丰台一带)。平生嗜好诗文,著有《西峰草堂杂诗》。

【注释】

①《桃花扇》传奇:是清初戏曲作家孔尚任经数年苦心创作,三易其稿写出的一部传奇剧本。该剧通过记叙男女主人公侯方域和李香君的爱情故事,反映明末南明朝廷灭亡的历史。

②玉树:指《玉树后庭花》,也作"后庭花",曲调名,南朝陈后主及其幸臣所制。

③南朝:我国南北朝时期,据有江南地区的宋、齐、梁、陈四朝的总称。因四朝都建都于建康,即今南京市,故后人或借指南京。

④福王:即朱由崧。明神宗孙,福王朱常洵子。崇祯十六年(1643)袭封福王。大顺军破京师后,凤阳总督马士英等迎入南京,称监国,旋称帝,建元弘光。次年五月,清兵逼南京,逃至芜湖,被执,次年死于北京。

【解读】

康熙三十八年(1699)六月,孔尚任经十年苦心经营,三易其稿,完成《桃花扇》传奇。《桃花扇》传奇问世后,作者有感于短命昏君弘光帝朱由崧重蹈南朝陈后主覆辙的历史事实,激愤难抑,题诗一首,借以抒发对南明王朝灭亡的痛惜和感慨。

诗的前两句,借南朝陈后主的《玉树后庭花》的典故,嵌合南明的史实,由"歌残"而至"柳条新",说明南京这个地方又上演了一出新的历史剧,这个剧本就是南明政权,过渡很自然巧妙,可说是浑融无迹。但南明终究也没有逃脱短暂覆亡的命运,作者总结原因,就是因为福王从小娇生惯养,风流成性,所以到了南京建立南明王朝,当上了弘光皇帝后,却不励精图治,反而沉湎酒色,宠任奸佞,导致迅速亡国,自己也被俘处死,教训是很深刻的。"不爱江山爱美人"一句,很警策,既通俗,又生动形象。

三闾祠①

查慎行

平远江山极目回②,古祠漠漠背城开③。
莫嫌举世无知己④,未有庸人不忌才⑤。
放逐肯消亡国恨⑥? 岁时犹动楚人哀⑦!
湘兰沅芷年年绿⑧,想见吟魂自往来⑨。

【作者简介】

查慎行(1650—1727),初名嗣琏,字夏重;后改字悔余,号初白、他山。海宁(今属浙江)人。黄宗羲弟子。康熙三十二年(1693)举人,四十二年(1703)以献诗赐进士出身,授翰林院编修。后归里。雍正四年(1726),因弟查嗣庭讪谤案,以家长失教获罪,被逮入京,次年放归,不久去世。诗学东坡、放翁,尝注苏诗。自朱彝尊去世后,为东南诗坛领袖。有《他山诗钞》《敬业堂诗集》。

【注释】

①三闾(lǘ)祠:奉祀三闾大夫的祠庙。位于湖南汨罗,为纪念屈原

而建。三闾,指屈原。战国时,屈原曾任三闾大夫,掌昭、屈、景三姓贵族。

②平远:平夷远阔。极目:纵目远眺,尽目力所及。王粲《登楼赋》:"平原远而极目兮,蔽荆山之高岑。"

③漠漠:这里形容荒凉寂寞。

④"莫嫌"句:屈原《离骚》:"国无人莫我知兮,又何怀乎故都!既莫足与为美政兮,吾将从彭咸之所居。"嫌,埋怨,不满。

⑤"未有"句:屈原当时曾为上官大夫、令尹子兰等小人所妒忌。《离骚》:"世溷浊而不分兮,好蔽美而嫉妒。"庸人,平庸的人,见识浅陋、没有作为的人。

⑥放逐:屈原曾经被流放。亡国恨:楚国灭亡在屈原逝世以后,但在屈原生前,楚国郢(yǐng)都就已经被秦兵攻破,屈原作有《哀郢》。

⑦"岁时"句:据《荆楚岁时记》记载,楚人为了纪念屈原,每年端午节都要举行龙舟竞渡之类的活动,一直相沿至今。岁时,每年一定的季节或时间。《礼记·哀公问》:"岁时以敬祭祀。"楚人,楚国人。

⑧湘兰沅(yuán)芷:"湘""沅"均为水名,今湖南境内的两条江流。"兰""芷"均为芳草名,屈原常用以比喻正人君子及自比。《楚辞·九歌·湘夫人》:"沅有芷兮澧有兰,思公子兮未敢言。"

⑨吟魂:诗人的灵魂。这里指屈原。

【解读】

此诗收在《敬业堂诗集·慎旃集》,作于康熙庚申年,即康熙十九年(1680)。作者时年三十一岁。康熙十八年(1679)夏,受同邑贵州巡抚杨雍建之招,入其幕府,参与平定"三藩之乱"。此诗就是在作者随军入黔,途经湖南汨罗屈原祠时,凭吊屈原所作。

首联以写景兴起。放眼望去,但见江流蜿蜒平缓,远山高峻苍郁;由远及近,收回目光,回头再看,那座古老的三闾祠,却萧条冷落,背城而立。作者面对眼前风物自然会兴起一种黍离之悲感。

由三闾祠自然想到屈原。颔联,联想屈原的平生遭际,屈原以光明正直、存心国家民族的忠贞之士,竟至落入谗言的陷阱而尽忠无路、报国无门,最终被驱逐流放。但作者并未给予屈原简单的同情,而是宕开一笔,以自古庸人都妒贤嫉能的事实告诉诗人,不要埋怨世界上没有理解你的人,要知道世上的庸人都是对有才华之士百般嫉妒的,与"不招人忌是庸才"之意相同。这两句表面上是劝慰,实则蕴含了对现实更为深广的慨叹及悲愤之情。

颈联,正面抒写屈原的忠贞之志,即使被放逐,都不能消除亡国之恨;并抒写楚国人对他的悼念之情。屈原在楚怀王和顷襄王时曾两度被放逐,但其对国家的忠贞之志始终不变,直到周赧王三十七年(前278),在得知秦国武安君白起率大军攻占了楚国都城郢时,屈原才在绝望之下投汨罗江自尽。楚国人为屈原忠君爱国的事迹所感动,所以在每年端午节都要举行赛龙舟、抛粽子的活动以祭奠屈原,以寄托哀思。

尾联回到现实的景物中,看到湘江上的兰草、沅江上的白芷年年都长得很茂盛,郁郁葱葱,想象屈原的灵魂在湘楚之地往来吟诗,托物寓意,借以抒发诗人对湘楚大地的永久眷念、英灵不昧以及作者怀想不忘的感情。

全诗沉郁而清幽,既表现了屈原的悲愤之意,也抒发了作者的哀痛之情。通观全篇,首联以写景生发,自然引入对屈原平生遭际命运的慨叹。中间两联论事,笔力遒劲,议论透辟,富于哲理。尾联与首联相呼应,并扣合题目,神完气足,收结全篇。

秋　花　　　　　　　　　查慎行

雨后秋花到眼明,闲中扶杖绕阶行。
画工那识天然趣,傅粉调朱事写生①。

【注释】

①傅粉调朱:涂抹、调弄脂粉,喻刻意修饰。写生:直接以实物或风景为对象进行描绘的作画方式。

【解读】

这是首七言绝句,描写秋花的天然动人之趣,表现了作者对画工刻意修饰、缺乏真实生命作品的批评。

诗歌大意:雨下过后,秋天的花呈现出新鲜动人的神韵,一入眼帘,眼睛就一亮。所以作者在悠闲的状态中,拄着拐杖,沿着屋前后的台阶四处游赏。这种天然的、鲜活的、富有生命力的状态,哪是那些涂抹、调弄脂粉的画工所能描摹的? 他们写生,刻意修饰出的作品仅只是形似,永远不能摹画出秋花那种天然、生机蓬勃的神韵。

作者这一思想,对所有创作者,不管是画画,还是文学,都是一个极难的课题,更不用说平常只是"傅粉调朱"的画工,就是妙入神品的大师,要画出花草树木或者鲜活生命那种生动的气韵也是很难达到。

秣陵怀古①　　　　　　纳兰性德

山色江声共寂寥,十三陵树晚萧萧②。
中原事业如江左③,芳草何须怨六朝④。

【作者简介】

纳兰性德(1655—1685),叶赫那拉氏,字容若,号楞伽山人。满洲正黄旗人。原名成德,因避太子保成讳改名性德。大学士明珠长子。自幼饱读诗书,文武兼修,十七岁入国子监,十八岁中举人,次年贡士。康熙十五年(1676)进士。授乾清门侍卫。诗文均工,尤长于词。生平淡于荣利,爱才喜客,所与游皆一时名士。集宋元以来诸家经解,刻《通志堂经解》。有《通志堂集》。

【注释】

①秣(mò)陵:地名,约为今南京,秦改金陵为秣陵,自汉、晋以迄南朝,治所屡有变革,隋以后废。

②十三陵:明代十三个皇帝陵墓的总称。位于北京昌平天寿山麓。

③中原事业:指迁都后的明王朝。江左:建都南京的几个政权。中原,地区名。广义指整个黄河流域,狭义指今河南一带。泛称中国。

④芳草:香草,比喻忠贞或贤德之人。《楚辞·离骚》:"何昔日之芳草兮,今直为此萧艾也。"

【解读】

标题"秣陵怀古",说明是在金陵,即现在的南京,兴起怀古的思情,其中抒发了作者对时势的感慨。

作者以晚秋景象起兴,实写眼前寂寥的山色水声,接着宕开一笔,凭空想象,虚写远在北京的明十三陵的萧萧晚树,历史的沧桑感顿生。接着,作者笔锋一转,站在历史的高度,把朝代兴亡更替的历史发展规律寄托在山色江声、芳草树木的具体形象之中。这里"芳草"一词,也即香草之意,比喻忠贞或贤德之人,作者所处时代离明朝灭亡尚近,入清的明遗民大多都抱有反清复明、不忘故国之思,作为清朝统治阶级的一员,对这些遗民委婉地进行劝讽,认为朝代兴亡更替是历史的必然,不必要为此而责备、埋怨前朝事业的好与坏,希望他们能够放下过去的哀怨。

全诗托物寓意,虚实相映,立论精辟新警,言辞婉约深沉,极有韵致。

过小孤山①

金 农

古县萧条对岸开②,大江行色榜人催③。

水风多处轻抬眼,浮出青山似覆杯④。

【作者简介】

金农(1687—1763),字寿门,号冬心先生。浙江仁和(今杭州)人。曾被荐举博学鸿词科,入京未试而返。中年遍游南北,以后居扬州近二十年,为"扬州八怪"之一。书法古劲,有创新,自称"漆书"。五十以后始从事绘画,画法独创一格。亦工诗。有《冬心先生集》。

【注释】

①小孤山:亦称"小姑山",因其形如妇女发髻,又称"髻山"。在今安徽宿松东南长江边,有"海门山"之称,誉为"海门天柱"。

②古县:指江西彭泽县,在小孤山南部,正对着江中的山。

③大江:指长江。行色:行旅出发前后的情状、气派。榜(bàng)人:船夫,舟子。榜,船桨,亦代指船。

④覆杯:倒扣酒杯。

【解读】

这是一首即景写情的名作。

首句写近景,交代作者所处的位置,人在古彭泽县的江边,"萧条"一词将当时的情境做了充分的概括;而船是正要向对岸开去,表明作者要离开彭泽县,到对岸的安徽宿松去,途中必经小孤山。次句写登船过江。"榜人催"三字,写船夫催着快走,也写出旅客的行色匆匆。三、四句紧扣题目,描写江中的小孤山。船行江中,忽然来到水大风多的地方,轻轻抬头望去,只见眼面前浮现出一座青山恰像一只倒扣的酒杯。

　　作者在一生漫游中写下了大量记游诗。这些诗看似平淡,实则有味,寥寥几笔就能勾勒出景物的特点,而且往往内含深意。比如这个"青山似覆杯",比喻精奇,形象生动,给人以耳目一新之感。而且,"覆杯"之喻信手拈来,仿佛可见诗人借酒浇愁而又不得的无可奈何之状,把诗人郁闷、孤寂的心情表现得深沉含蓄、淋漓尽致。

寄家人　　　　　沈绍姬

归来偕隐计犹虚①,垂老他乡叹索居②。
别久乍疑前劫事③,路歧才得去年书④。
梦如柳絮飞无定,愁似芭蕉卷未舒。
记得小园亲手植,一栏红药近何如⑤?

【作者简介】

　　沈绍姬,字香岩。浙江钱塘人。生平不详。寄居淮右(淮西),垂老不归。

【注释】

　　①偕隐:一起隐居。《左传·僖公二十四年》:"其母曰:'能如是乎?与女偕隐。'"

　　②索居:孤独地散处一方。《礼记·檀弓上》:"吾离群而索居,亦已久矣。"郑玄注:"群,谓同门朋友也;索,犹散也。"

　　③前劫:这里指前世。劫,佛教名词,梵文 kalpa 的音译,"劫波"(或"劫簸")的略称。意为极久远的时节。古印度传说世界经历若干万年毁灭一次,重新再开始,这样一个周期叫作一"劫"。一"劫"包括

"成""住""坏""空"四个时期。

④路歧：指路有分岔。歧，岔路，偏离正道的小路。

⑤红药：芍药花。

【解读】

这是首七言律诗，标题"寄家人"，犹如一封家书。诗中叙述了自己垂老索居的感慨，表达了因思念家人而无比愁苦的心情。

诗的首联两句语意前后倒置。诗人自感垂垂老矣，但却只身漂泊他乡，不免要为这种孤寂而叹息。他很想回到家乡同家人们一起隐居，可是，由于种种原因让他一时实现不了，因而说"计犹虚"。想回家，却暂时回不了家，而垂老他乡的孤寂心情又难以自已，这种内心的矛盾和痛苦是全诗的感情基调。

中间二联都写对家人的思念之情，但写法不同，颔联正面叙述，颈联则采用比喻。"前劫事"犹言前世事，诗人离开家乡已久，故回忆往事有恍若隔世之感。"路歧才得去年书"说明家乡音书久疏。诗人漂泊他乡，居无定所，加之当时交通不便，故去年家中的来信，直到今年才收到，这样自然会更加思念家人。

颈联两句都是用比喻手法来刻画自己的离恨别愁。柳絮飘飞不定，使人觉得如梦如幻，因此在前人诗词中，柳絮（杨花）常常与梦魂联系在一起。如五代顾敻的"教人魂梦逐杨花，绕天涯"（《虞美人》），冯延巳的"撩乱春愁如柳絮，悠悠梦里无寻处"（《蝶恋花》）。本诗以柳絮喻梦，显然受到它们的启发。形象地表现出作者思念家人而梦往神游、无所着落的心情。"愁似芭蕉卷未舒"则化用李商隐的名句"芭蕉不展丁香结，同向春风各自愁"（《代赠》二首其一）。用芭蕉的叶心紧紧裹着来比喻心情的愁闷不得舒展，非常贴切。这两句都借用前人作品中的意境，但读来浑成自然，明白晓畅。

羁旅他乡的心情是这样的痛苦，思念家人的心情又是这样的殷切，于是在书写家书时就想多多询问家中的情况。可是，他离家已久，平时音书稀少,千言万语,不知从何问起！无奈之中,尾联落笔只问了他亲手种在小园中的一栏红芍药的情况。看似匪夷所思,然而从诗的角度来看,却是绝妙的一笔。红药是诗人在家时亲手所栽,它寄托着诗人对家庭的深厚感情。以询问红药近况来代替向家人问好,避免了行文的平直呆板,使全诗更富情致,耐人咀嚼回味。

【点评】

"此寄家书,千头万绪,难于著语,故忆一栏红药,讯其荣悴也。"([清]沈德潜《清诗别裁集》)

竹 石　　　　郑 燮

咬定青山不放松,立根原在破岩中①。
千磨万击还坚劲②,任尔东西南北风。

【作者简介】

郑燮(1693—1766),字克柔,号板桥。江苏兴化人。雍正十年(1732)举人,乾隆元年(1736)进士。历官山东范县、潍县知县,有惠政。以请赈饥民忤大吏,乞疾归。做官前后均居扬州卖画,为"扬州八怪"之一。诗、书、画均旷世独立,亦工词。尤擅写兰竹,风格劲峭。又用隶体参入行楷,自称"六分半书"。有《板桥全集》。

【注释】

①立根:扎根。破岩:破开岩石。
②千磨万击:无数次的磨难打击。坚劲:刚劲有力,坚强不屈。

【解读】

这首诗为七言绝句的题咏《竹石》图之作。作者是清代中叶著名的诗人和艺术家,素有诗、书、画"三绝"之称,又是"扬州八怪"之一。他的怪在画画上,有一个显著特征,就是一生只画兰、竹、石,他将自己的人格精神都贯注在这三种坚劲、坚韧且有着高尚品格的物象中。他在《题画兰竹石》文中,曾称:"四时不谢之兰,百节长青之竹,万古不移之石,千秋不变之人,写三物与大君子为四美也。"他所画的兰、竹、石,体貌疏朗,风格劲健,其实就是对自己人格精神的写照。这首《竹石》,侧重写竹,兼及于石。大意说,竹子紧紧地咬定青山,毫不放松,这是因为它原本就扎根在岩石的缝隙当中;它经历过自然界的千磨万击反而更加坚劲,任凭你来自东西南北的狂风!

这首诗所赞颂的并非竹的柔美,而是竹的刚毅。前两句赞美立根于破岩中的劲竹的内在精神。开头一个"咬"字,一字千钧,极为有力,而且形象化,充分表达了劲竹的刚毅性格。再以"不放松"来补足"咬"字,劲竹的个性特征表露无遗。第二句中"破岩"二字,更显出竹生命力的顽强。后两句递进一层,写恶劣的环境对竹的磨炼与考验。不管风吹雨打,任凭霜寒雪冻,苍翠的青竹仍然"坚劲",傲然挺立。"千磨万击""东西南北风",极言考验之严酷。这首诗借物喻人,作者通过咏颂立根破岩中的劲竹,含蓄地表达了自己绝不随波逐流的高尚的思想情操。全诗语言质朴,寓意深刻。

新　竹　　　　　　　　郑　燮

新竹高于旧竹枝,全凭老干为扶持^①。
明年再有新生者,十丈龙孙绕凤池^②。

【注释】

①老干:老的树干。扶持:支持、帮助。

②龙孙:指新竹。宋梅尧臣《依韵和孙待制新栽竹》:"龙孙已见多奇节,凤实新生入翠枝。"凤池:凤凰池的省称,本是皇帝禁苑中的池沼,魏晋南北朝时,设中书省于禁苑,掌管机要,接近皇帝,故称中书省为"凤凰池",古诗中常以凤池喻宰相。这里指周围生长竹子的池塘。

【解读】

这也是一首题画的七言绝句。标题"新竹",借新竹为喻,描写新竹在老竹的扶持下,迅速生长,直至长到"十丈"之高,超过老竹,揭示青出于蓝而胜于蓝的自然规律。

诗开头两句写新与老的关系,蕴含哲理,意味深长。新竹有着旺盛的生命力,必然会超过旧竹,后来居上,这是事物发展的趋势;不过新竹毕竟稚嫩,需要老干的支持、帮助,只有这样,新竹才能茁壮成长。这自然朴素的诗句,颇为深刻地揭示了人生哲理:只有新生力量不断涌现,人类社会才能不断地发展前进;不过新生力量的成长壮大,又离不开老一辈的扶持和爱护,二者相辅相成。

结尾两句表达美好的祝愿,今年有新竹出世,明年再有新竹出世,越来越多,它们一定会迅速成长起来,形成郁郁葱葱的竹林。这里诗人用新生竹比喻青年,希望他们能够后来居上,更加强大。

这里可指上位者对于人才的扶持和培养,使年轻人能够脱颖而出,迅速成长;这样,一代一代地相互扶持、推动,人才就会越聚越多,直至呈蔚然大观之势,将来亦必会环绕在"老干"周围,形成推动社会进步、发展的巨大力量。其中也含有"十年树木,百年树人"的道理。

潍县署中画竹呈年伯包大中丞括① 郑 燮

衙斋卧听萧萧竹②，疑是民间疾苦声③。
些小吾曹州县吏④，一枝一叶总关情⑤。

【注释】

①潍县：明洪武九年（1376）改潍州置，属莱州府。治所即今山东潍坊。洪武二十二年（1389）改属平度州，隶莱州府。清属莱州府。署（shǔ）：公署，官署。旧称衙门。办理公务的机关。年伯：科举时代为对父亲同年登科者的尊称，明代中叶以后亦用以称同年的父亲或伯叔，后用以泛指父辈。中丞：汉代御史大夫下设两丞，一称御史丞，一称中丞。中丞居殿中，故以为名。东汉以后，以中丞为御史台长官。明清时用作对巡抚的称呼。

②衙斋：官衙中供官员居住和休息之所。萧萧：象声词，常形容马叫声、风雨声、流水声、草木摇落声、乐器声等。这里指竹枝叶摇动声。

③疾苦：指百姓生活中的困苦。

④些小：细小，微小。这里指官职卑微。吾曹：犹我辈，我们。

⑤关情：谓对人或事物注意、重视。

【解读】

这首诗是作者于乾隆十一至十二年间（1746—1747）任山东潍县知县时所作。包括是郑板桥的年伯，当时任山东布政使，署理巡抚。明清时巡抚又别称中丞，"大"表示尊敬之意。作者画了一幅《风竹图》送给包中丞，这是题写在画幅上的一首七言绝句。

诗的前两句托物取喻。第一句写的是作者在衙署书房里躺卧休息，这时听到窗外阵阵清风吹动着竹子，竹叶在风中摇动，声音呜咽，给人悲凉凄寒之感。第二句是作者由自然界的风竹之声联想到饥寒交迫中挣扎的老百姓的呜咽之声，充分体现了作者身在官衙、心系百姓的情怀。后两句畅叙胸怀，作者直陈自己虽然官职卑微，但只要是有关民众疾苦，无论事情大小，都会放在心上。"些小吾曹州县吏"，既是自己，又是所有的"州县吏"，当然推而广之，为民排忧解难，是所有为官者责任所在，这当中也包括了包中丞括。这句诗拓宽了诗歌的内涵，提升了诗歌的境界。末句照应开头，扣合题目，又语带双关，明面上写竹子的"一枝一叶"总牵动自己的情怀，实质上带出百姓生活的困苦，事无大小，都是要关注的、关心的，寓意深刻，叙写十分巧妙。

题画竹 郑　燮

四十年来画竹枝，日间挥写夜间思。
冗繁削尽留清瘦①，画到生时是熟时。

【注释】

①冗（rǒng）繁：多余烦琐。冗，芜杂，多余。清瘦：清秀劲健，清新刚劲。

【解读】

这是作者画竹的经验之谈。四十年来经常画竹子，日间挥毫书画，夜里琢磨寻思。把多余烦琐的枝叶削尽，留下清瘦的部分，体现它刚健精神的品质，这是作者四十年来画竹的心得。等到画进入一定的境界，那原来熟练地掌握的格式套路都不能用，一定要有新的感觉，别有新意的创造，才能出来神妙的作品。到这时，画艺才算真正成熟。

这是艺术创作中的一条宝贵的经验。平常我们看金庸的武侠小说，其中有所谓"无招胜有招"，就是武功进境到上乘，一切花拳绣腿、一切招式都没用了，就是简简单单，见招拆招，兵来将挡，水来土掩，而无往不胜。因为任何招数都是有一定架势、一定套路、一定规矩的,但只执着于规矩、套路,就会失去自然的发挥。如果不能自然地使用、自由地发挥,也就成了呆板机械的模仿,就会留给对手反击的机会。作者画画的这种"生"的境界,近似无技巧的境界,与武侠小说中有招到无招的境界极为类似。从冗繁到清瘦,我们从中可以看出作者对画竹领悟的过程。可以想象,刚开始画竹,他是把竹枝的一枝一叶都要画出来的,所谓"一枝一叶总关情"。但这样的表现只能是自然的忠实的复制和描摹,最高境界只是逼真而已,而非能表现竹子的精神,表现作者对竹子意义的独特理解,从而达到艺术化的境界。"清瘦"可以说是板桥对竹子意义特有的发现,这种发现也形成了一种独特的艺术风格。这种风格既有竹子的天然性质,也倾注了作者的情思。也许清瘦的竹子不那么像自然界的竹子,画着画着,相比过去的纯描摹而言似乎是"生"了,但这却是一个更高的创新的"熟"的境界。艺术创造只有当我们在一个熟练的阶段以后感觉到了"生",这个"生"不是"生硬""生疏""生涩"的"生",而是"生新""生活""生龙活虎"的"生",师心自用,自由发挥、自由创造,才能进入到另一个"熟"的天地。"生",其实是对当前自我的否定,由生到熟,再由熟到生,不断否定自己,不断上升,以达到完美。

秋夜投止①   严遂成

山当面立路疑穷,转过湾来四望通。

凉月满楼人在水,远烟著地树浮空。

熊罴之状乃奇石②,鹳鹤有声如老翁③。

清福此间殊不乏,可容招隐桂花丛④?

【作者简介】

严遂成(1694—?),字崧瞻,号海珊。浙江乌程(今湖州)人。雍正二年(1724)进士,官山西临县知县。乾隆元年(1736)举博学鸿词,值丁忧归。后补直隶阜城知县,迁云南嵩明知州,创凤山书院。后起历雄州知州,因事罢。在官尽职,所至有声。著有《海珊诗钞》十一卷、补遗二卷,《明史杂咏》四卷等。

【注释】

①投止:投奔托足,投宿。

②熊罴(pí):熊和罴,皆为猛兽。罴,熊的一种,俗称人熊或马熊。

③鹳鹤:鸟名,形似鹤,嘴长而直,顶不红,常活动于水旁,夜宿高树。

④招隐:征召隐居者出仕。楚辞有《招隐士》一文,西汉淮南王刘安的门客淮南小山作,一说为刘安所作。其内容为陈说山中的艰苦险恶,劝告所招的隐士(王孙)归来。桂花丛:化用《招隐士》中"桂树丛生兮山之幽,偃蹇连蜷兮枝相缭"句。

【解读】

这是作者写秋夜投宿的七言律诗。诗歌大意:来到这个地方,山当面而立,路似乎走到了尽头,转过一个水湾一看四面都有路,可以通行。冰凉的月光洒满住楼,人好像浸在水里一样,远处的烟霭贴在地上,树仿佛就浮在空中。那些像熊罴一样的东西其实就是奇特的石头,鹳鹤有时发出像老翁般的声音。清吉的福气在这里真是不少,桂花丛丛,散发清香,这么好的地方,可以容许将隐士招回到红尘中吗?

诗写得很清隽,也很通俗。叙写作者秋夜投宿所在的环境十分清幽美好,适合隐居,描述了作者意欲归隐的心情。首联化用陆游"山重水复疑无路,柳暗花明又一村"句意。颔联写在楼中的感觉,近景至远景,均很美妙。颈联写景,熊罴状奇石之状,写环境之奇特;鹳鹤有声,

310

显山景之幽逸。尾联总结全诗,指出这个地方可享清福,隐居在这里真的就像是神仙过的日子,表达作者流连不已之意。其中用楚辞《招隐士》的典,非常含蓄隽永。

这首诗有一个显著的特点,跟普通的律诗有点区别,它相当像散文的写法,打破了七律通常的板式结构,如第三联"熊黑之状乃奇石,鹳鹤有声如老翁",既是散体式结构,但通过句法锻炼,去掉了散文的松散疲沓,形成"硬语"句式,有助于松开律诗的板结。这种奇特的"硬语"句法,把整个诗静态的均衡给打破了,显得有山峰突起的不平——这就是常语所说"文似看山不喜平",正是作者所要达到的效果。

薛宝钗咏白海棠① 曹雪芹

珍重芳姿昼掩门②,自携手瓮灌苔盆③。
胭脂洗出秋阶影④,冰雪招来露砌魂⑤。
淡极始知花更艳,愁多焉得玉无痕⑥。
欲偿白帝宜清洁⑦,不语婷婷日又昏⑧。

【作者简介】

曹雪芹(约 1715 或 1721—约 1764),名霑,字梦阮,号雪芹。清满洲正白旗包衣(奴仆)。康熙间,曾祖曹玺、祖曹寅、父曹颙三代相继任江宁织造。雍正初,因故遭牵连,频被革职抄家。雪芹随家居北京,晚年移居西郊,贫病而卒。工诗善画,嗜酒健谈。以十年之力,著《红楼梦》,增删五次,终未完成。

【注释】

①薛宝钗:《红楼梦》中的女主角之一,与林黛玉并列为金陵十二

钗之首。

②珍重:爱惜,珍爱,保重。芳姿:美妙的姿容。

③手瓮:可提携的盛水陶器。

④胭脂:一种用于化妆和国画的红色颜料,亦泛指鲜艳的红色。
秋阶:秋天的台阶。

⑤露砌:露水沾湿的台阶。

⑥焉:疑问代词,相当于"怎么""哪里"。

⑦白帝:古代神话中五天帝之一,系西方之神。《周礼·天官·大宰》"祀五帝"唐贾公彦疏:"五帝者,东方青帝灵威仰,南方赤帝赤熛怒,中央黄帝含枢纽,西方白帝白招拒,北方黑帝汁光纪。"

⑧婷婷:美好貌,多形容女子的姿态。

【解读】

这首诗见《红楼梦》第三十七回。这是一首歌咏白海棠的七言律诗。诗歌大意:因为爱惜自己美妙的姿容,所以白天都将大门关起,自己提着手瓮来浇灌长满青苔的花盆。刚浇上水的白海棠像洗去胭脂的美女一样,在秋日的台阶上映出她美丽的身影;又好像在那洒满露水的台阶上招来洁白晶莹的冰雪做她的精魂。淡到极致才知道花更显出艳丽的姿态,忧愁很多怎么能使得白玉般的海棠没有瘢痕。花儿为要报答白帝雨露化育之恩,全凭自身保持清洁;这时候,她亭亭玉立,默然不语,迎来了又一个黄昏。

首联描绘主人公端庄矜持、幽静自守的性格。第一句一语双关,因"珍重芳姿"而致白昼掩门,既写主人公珍惜白海棠,又写她珍重自己,刻画出大家闺秀的风范。第二句写自提手瓮去浇花,表现主人公爱花惜花的行止。颔联用倒装句式,即"秋阶洗出胭脂影,露砌招来冰雪魂"。海棠色白,故云"洗出胭脂影",洗掉涂抹的胭脂而现出本色,这正是宝钗性爱雅淡、不爱浓艳的自我写照。"露砌"和"秋阶"同指白海棠生长的环境。"冰雪魂"指精魂如冰雪般洁白,也是既写白海棠,兼写主人公自己。颈联,写白海棠一洗胭脂,露出本色,而淡极更艳。下句以诘问句表明,白玉一般的花如果多愁,也会留有瘢痕,何况是人呢?这里似影射林黛玉之多愁善感。尾联,写报答白帝化育之恩,必以自身之洁白、清静自守来做保证,而婷婷不语,又迎来一个黄昏,用行止、姿态进一步证实主人公端重矜庄的性格,呼应开头,并扣紧题目。

这首诗以花写人,写花的洁白、珍重、淡雅、宁静、清洁自持,实际上是写薛宝钗自己,可以说,这首诗以白海棠关合自己,也是薛宝钗的内心独白和自我写照。因为这首诗占尽身份,所以《红楼梦》中李纨评此诗为第一。

【点评】

"珍重芳姿昼掩门,〔庚辰双行夹批:宝钗诗全是自写身份,讽刺时事。只以品行为先,才技为末。纤巧流荡之词、绮靡秾艳之语,一洗皆尽,非不能也,不屑而不为也。最恨近日小说中,一百美人诗词语气,只得一个艳稿。〕自携手瓮灌苔盆。胭脂洗出秋阶影,冰雪招来露砌魂。〔庚辰双行夹批:看他清洁自厉,终不肯作一轻浮语。〕淡极始知花更艳,〔庚辰双行夹批:好极!高情巨眼能几人哉!正'一鸟不鸣山更幽'也。〕愁多焉得玉无痕?〔庚辰双行夹批:看他讽刺林、宝二人,省手。〕欲偿白帝宜(一作'凭')清洁,〔庚辰双行夹批:看他收到自己身上来,是何等身份。〕不语婷婷日又昏。"(〔清〕脂砚斋评《红楼梦》)

所 见　　　　　袁 枚

牧童骑黄牛,歌声振林樾[①]。
意欲捕鸣蝉,忽然闭口立。

【作者简介】

袁枚(1716—1798),字子才,号简斋,晚号随园老人。浙江钱塘(今杭州)人。少负才名,乾隆四年(1739)进士。授翰林院庶吉士。乾隆七年(1742)外调江苏,任溧水、江浦、沭阳、江宁知县,有政绩。乾隆十四年(1749)辞官隐居江宁小仓山随园。诗主性灵,古文骈体亦自成一格。生性通达不羁,尤好宾客。有《小仓山房集》《随园诗话》《随园食单》《子不语》等。

【注释】

①振:通"震",震动,震惊。林樾(yuè):指道旁成荫的树林。樾,树荫。

【解读】

这是一首五言古诗。标题"所见",说明作者是描写他所见到的事物。这是一个场景:牧童骑在黄牛背上,嘹亮的歌声在林中回荡。他忽然想要捕捉树上鸣叫的知了,就马上停止歌唱,一声不吭地站立着。

作者通过偶然所见牧童骑牛唱歌想捕捉知了的一个场景,纯用白描手法,紧紧抓住小牧童一刹那间的表现,逼真地刻画出机灵的小牧童形象,同时也表达了作者对田园风光的喜爱之情。语言活泼自由,内容浅显明了。

苔^①

袁　枚

白日不到处,青春恰自来^②。
苔花如米小,也学牡丹开^③。

【注释】

①苔(tái):植物名。属隐花植物类,有青、绿、紫等色,多生于阴湿

地方,延贴地面,故亦叫地衣。《淮南子·泰族训》:"穷谷之污,生以青苔。"

②青春:指春天。春季草木茂盛,其色青绿,故称。《楚辞·大招》:"青春受谢,白日昭只。"王逸注:"青,东方春位,其色青也。"

③牡丹:著名观赏植物。花大色艳,号称"花王",历来广受人们的喜爱。

【解读】

这也是一首五言古诗。标题只一个"苔"字,表明是歌咏青苔的意思。诗歌大意:阳光照不到的地方,春天它恰恰自己会到来。青苔的花像米粒一样大小,竟然也要学花王牡丹一样尽情开放。

作者用极其平淡的语言赞颂了一个极其平凡的生命,无论多么卑微,春天到来的时候,它也要拥有它自己的青春、自己的美丽。这是每一个生命所拥有的平等权利,是不能被剥夺的。即使在阴冷潮湿的地方,在无人关注的所在,它凭着内心的坚毅、对青春的渴望,默默地、尽情地绽放自己的青春。这种向上的精神是让人十分感动的,也是值得人尊敬的。

马　嵬①
袁　枚

莫唱当年《长恨歌》②,人间亦自有银河③。
石壕村里夫妻别④,泪比长生殿上多⑤。

【注释】

①马嵬(wéi):古地名,在今陕西兴平西。相传晋人马嵬筑城于此,故称。《新唐书·玄宗本纪》:天宝十五载(756),"丁酉,次马嵬……赐贵妃杨氏死"。即此。白居易《长恨歌》:"马嵬坡下泥土中,

不见玉颜空死处。"

②长恨歌:长篇叙事诗。唐白居易作。写玄宗李隆基和贵妃杨玉环的爱情故事。

③银河:晴天夜晚,天空呈现的银白色的光带。银河由大量恒星构成。古亦称云汉,又名天河、天汉、星河、银汉。南朝陈江总《内殿赋新诗》:"织女今夕渡银河,当见新秋停玉梭。"

④石壕村:在今河南三门峡陕州区东南。唐杜甫《石壕吏》:"暮投石壕村,有吏夜捉人。老翁逾墙走,老妇出门看。"

⑤长生殿:唐代华清宫殿名。唐白居易《长恨歌》:"七月七日长生殿,夜半无人私语时。"

【解读】

这是首七言绝句。标题"马嵬",自然是怀古之作,借唐安史之乱时,天宝十五载(756)玄宗从长安西奔成都,赐缢杨贵妃于此,后白居易作《长恨歌》,咏叹唐玄宗、杨贵妃之事,作者触景生情,提出其不同流俗的见解,并抒发其心系民生的深沉感慨。

唐代天宝十四载(755)发生安史之乱,唐玄宗自京都长安逃往四川经过马嵬坡时,禁军哗变,杀死宰相杨国忠,并迫使唐玄宗命杨贵妃自缢。历代诗人对这一历史事件多有题咏。其中最著名的是白居易的长篇叙事诗《长恨歌》。《长恨歌》从杨玉环生前专宠后宫,写到缢死马嵬坡后玄宗相思之苦。前半部对玄宗荒淫误国有所揭露,但仍以同情态度美化李、杨艳史为真挚爱情。诗人缅怀历史,更重要的是看到了民生疾苦,所以对白居易的观点和歌咏并不以为然,因此创作此诗,也是对《长恨歌》情事的讽诫。

诗的前两句,作者认为百姓的生离死别不胜枚举,李杨二人并不值得同情。当年流传而且又写入《长恨歌》中的唐玄宗和杨贵妃七夕相会的爱情故事,并不值得歌颂,因为人世间还有能拆散夫妻的"银河",不知有多少夫妻经受了生离死别的痛楚,表现了作者对下层百姓疾苦深切的同情。后两句,作者写像石壕村里那儿子战死而媳妇守寡,老翁逾墙而老妪应征之类夫妻诀别的情景,比玄宗和贵妃的爱情悲剧更能催人泪下,揭露了社会上的种种不幸迫使诸多夫妻不能团圆的现实,寄寓了作者深刻的沉痛之情。

此诗别出心裁、不落俗套,将李、杨爱情悲剧放在民间百姓悲惨遭遇的背景下加以审视,强调广大民众的苦难远非帝妃可比。《长恨歌》和《石壕吏》是为人所熟知的著名诗篇,其创作背景均为安史之乱。它们一以帝王生活为题材,一以百姓遭遇为主旨,恰好构成鲜明的对照。

遣　兴① 　　　　袁　枚

但肯寻诗便有诗,灵犀一点是吾师②。
夕阳芳草寻常物,解用多为绝妙词③。

【注释】

①遣兴:抒发情怀,解闷散心。

②灵犀:有灵应的犀牛角。旧说犀角中有白纹如线直通两头,感应灵敏。因用以比喻两心相通。

③解用:能用,会用。

【解读】

这首七言绝句,标题"遣兴",自然是为抒发情怀所用。

这个"遣兴"只是作者兴之所至,随意写成的一首有关诗文创作心得的诗歌,并不单纯是抒发情怀。大约当时作者闲居无事,若有所思,突然灵机一发,境与心会,便写成了一篇绝妙的诗歌创作论。

诗的第一句,说明诗歌创作要用心去体认,用心去寻找。只要肯用心寻找,诗句就会涌上心头。第二句,强调诗人要真正地体认事物,有了体认,与诗歌所描写或歌咏的对象有了感应,灵感就会冒出来,就会写出好的诗歌。这是作者的经验之谈,作者认为这是诗歌创作的老师。三、四两句,是在前两句铺垫下作的结论,只要有了"寻诗"和"灵犀一点"这两个点的准备,并不需要什么生新、宏大的词句,即使是夕阳、芳草这些平常的事物,你只要懂得运用,就都能组合得体,化为绝妙的诗句。

这首诗歌创作论是说明诗歌创作既需要有主观的努力,也要有客观的与对象之间理性认识和感情融通的准备,达到了这两点,就能写出好的诗歌。"灵犀一点"化用唐李商隐《无题》诗"身无彩凤双飞翼,心有灵犀一点通"的典故,作者强调性灵的创作,就是说诗人的心要与事物建立感应的基础。

山行杂咏① 　　　　　　袁　枚

十里崎岖半里平②,一峰才送一峰迎。
青山似茧将人裹③,不信前头有路行。

【注释】

①杂咏:即随事吟咏,常用作诗题。

②崎岖:形容地势或道路高低不平。

③茧(jiǎn):完全变态昆虫蛹期的囊状保护物,通常由丝腺分泌的丝织成,多为黄色或白色,如家蚕和柞蚕的茧。

【解读】

这是一首七言绝句。诗的语言很通畅,意思也很明白,就是直叙在层峦叠嶂的群山内行走而随意抒发的感受。

首句写山路崎岖,十里的山路只有半里的路还算平整,其他的都是高低不平。次句写山峰绵延不尽,送走一座山峰,又一座山峰迎面而来。第三句用拟物化的手法,写重重叠叠的山峰像蚕茧一样将人包裹,有使人喘不过气来的感觉。这是作者的主观感受,身陷深山中所产生的绝望情绪,大约作者此时也已经疲累过度,而山路没完没了,所以容易产生这种想法。末句就直陈自己的怀疑,因为山重重叠叠,又很高峻,不像是有人烟的地方,所以使作者感受到前头应当是没有路可以通行了。全诗写山路的崎岖难行,很形象,也很真实。

富春至严陵山水甚佳^①(二首)　　纪　昀

其一

沿山无数好山迎,才出杭州眼便明。
两岸蒙蒙空翠合^②,琉璃镜里一帆行^③。

其二

浓似春云淡似烟,参差绿到大江边。
斜阳流水推篷坐^④,翠色随人欲上船。

【作者简介】

纪昀(1724—1805),字晓岚,一字春帆,号石云。直隶献县(今属河北)人。乾隆十九年(1754)进士。自编修累官至侍读学士。以姻家卢见曾案漏言,戍乌鲁木齐。释还后再授编修。三十八年(1773),被举为《四库全书》总纂,在馆十年,纂成全书,并撰《四库全书总目提要》。学宗汉儒,博览群书,工诗及骈文,尤长于考证训诂。嘉庆间官至协办大学士,加太子太保。谥文达。有《纪文达公遗集》《阅微草堂笔记》。

【注释】

①富春:古县名,秦置,汉因之,治所在今浙江杭州富阳区。东晋太元中避郑太后讳,改名富阳。五代吴越时复名富春,北宋太平兴国三年(978)又改富阳。这里当指富春江,是今钱塘江的一部分,自桐庐至杭州萧山区闻堰段。严陵:即严光。光字子陵,省称严陵。东汉会稽余姚(今属浙江)人。少曾与汉光武帝刘秀同游学。秀即帝位后,光改名隐遁。秀遣人觅访,征召到京,授谏议大夫,不受,退隐于富春山。后人称他所居游之地为严陵山。这里的"严陵"应为严陵山,即富春山。在今浙江桐庐西南四十里。《寰宇记》卷九十五"桐庐县"引《舆地志》云:"桐庐有严陵山,境尤胜丽,夹岸是锦峰绣岭,即子陵所隐之地,因名。"

②蒙蒙:即"濛濛",迷茫貌,浓盛貌。空翠:指山林中的雾气。

③琉璃:一种有色半透明的玉石,或指玻璃。

④推篷:推开船篷。

【解读】

这两首都是七言绝句,标题"富春至严陵山水甚佳",是写作者从富春江到严陵旅途所见,这一带山水风光很美。

第一首诗歌大意:沿途的山很多,迎面都是很美丽的山景,刚刚从杭州出发,我的眼睛就发亮了。两岸草木都在烟霭迷茫中融成一片,我乘着船像在半透明的琉璃镜子中穿行。

第二首诗歌大意:像春天的云彩那样浓厚,又像烟霭那样轻淡,绿树高低不齐的影子在阳光照射下映在大江的边上。夕阳西下,水在两旁流走,我推开船篷坐在舱里,两岸的绿色簇拥着仿佛要跟着人走上船来一般。

诗歌描绘了富春江沿途山明水秀的动人景色,犹如一幅幅充满诗情画意的山水画。语言清晰明朗,比喻贴切生动。第一首中"琉璃镜里一帆行",写出了富春江两岸景色的空灵之境。第二首中"翠色随人欲上船",用拟人化的手法表现了富春江绿意盎然以及山水草木蓬勃的生机活力。

岁暮到家^①　　　　蒋士铨

爱子心无尽,归家喜及辰^②。
寒衣针线密^③,家信墨痕新。
见面怜清瘦,呼儿问苦辛。
低徊愧人子^④,不敢叹风尘^⑤。

【作者简介】

蒋士铨(1725—1785),字心餘,一字苕生,号藏园。铅山(今属江西)人。乾隆二十二年(1757)进士,官翰林院编修。乾隆二十九年(1764)辞官后主讲蕺山、崇文、安定三书院。精通戏曲,工诗古文。有杂剧、传奇十六种,其中九种合称《藏园九种曲》。另有《忠雅堂文集》《忠雅堂诗集》。

【注释】

①岁暮:岁末,一年将终时。
②及辰:及时,正赶上时候。这里指过年之前能够返家。
③寒衣:御寒的衣服。
④低徊:徘徊,流连。人子:指子女。
⑤风尘:谓行旅辛苦劳顿。

【解读】

这是一首五言律诗。标题"岁暮到家",是指作者于乾隆十一年(1746)在农历的年终前夕赶到家中。这首诗描写作者回家之后,与家人团圆,尤其突出的是见到母亲之后惊喜中又含伤感的真实场景。

诗歌大意:父母爱子女的心是没有穷尽的,最高兴的是莫过于年底能及时回家。床上摆着御寒的棉衣,那是母亲为儿子一针一线、密密麻麻地缝制出来的;桌上摆着刚写好准备寄给儿子的书信,墨痕还是新的。见到儿子的面,就心疼地说儿子瘦了,因此将儿子唤过来,问在外面是怎样的辛苦。儿子则迟疑徘徊着,作为子女,未能尽孝养的责任,反而惹得母亲为自己操心,感到十分惭愧,再不敢向母亲诉说在外漂泊的辛苦劳顿。

这首诗用朴素的语言,细腻地刻画了久别回家后母子相见时真挚而复杂的感情。神情话语,如见如闻,游子在年底回家,正赶上过年,一家团圆。首联,"爱子心无尽"这两句,语言直白,但含义很深,表达了母亲见儿子归来高兴的心情。颔联,"寒衣针线密",体现了母亲对儿子的关切、爱护,用唐孟郊《游子吟》"慈母手中线,游子身上衣。临行密密缝,意恐迟迟归"的典故。颈联,"见面怜清瘦"两句,把母亲对儿子无微不至的关怀写得非常真实、生动。尾联,"低徊愧人子"两句,是作者自己心态的低徊。这里有未能尽孝养父母责任的惭愧,也有在外漂泊迄无成就的感愧,因此不敢诉说在外奔波之苦,也是怕再增加母亲的担心和难过。全诗质朴无华,没有矫饰,末句语意婉转,能引起读者的共鸣。

论诗五首(选二)　　　赵　翼

其二

李杜诗篇万口传①,至今已觉不新鲜。
江山代有才人出②,各领风骚数百年③。

其三

只眼须凭自主张④,纷纷艺苑漫雌黄⑤。

矮人看戏何曾见,都是随人说短长⑥。

【作者简介】

赵翼(1727—1814),字耘崧,一字耘松,号瓯北。江苏阳湖(今常州)人。乾隆二十六年(1761)进士。殿试第三,授编修,历广西镇安知府,官至贵西兵备道。中年即辞官家居,晚年主讲安定书院。长于史学,考据精赅。诗与袁枚、蒋士铨齐名。有《廿二史札记》《陔馀丛考》《瓯北诗话》《檐曝杂记》《皇朝武功纪盛》等。

【注释】

①李杜:唐李白与杜甫的并称。唐韩愈《调张籍》诗:"李杜文章在,光焰万丈长。"《新唐书·文艺传上·杜甫》:"甫旷放不自检,好论天下大事,高而不切。少与李白齐名,时号'李杜'。"

②江山:江河山岳,借指国家的疆土和政权。才人:有才能的人,有才情的人。

③风骚:指《诗经》中的《国风》和《楚辞》中的《离骚》,它们对后代文学有深远的影响,故常以"风骚"并举。借指诗文,或指文采、才情。

④只眼:独到的眼光,独到的见解。主张:主宰,做主。

⑤艺苑:犹艺林,文学艺术荟萃的处所,亦泛指文学艺术界。雌黄:即鸡冠石,黄赤色,可作颜料。古人写字用黄纸,有误,则用雌黄涂抹后改写。亦用于绘画。借指改易、驳正。后用信口雌黄比喻随口胡说,或妄加评论。

⑥短长:优劣,是非,短处和长处。

【解读】

作者《论诗》有五首,这是第二、三首。

第一首前两句指出,即使是李白、杜甫这样伟大的诗人,他们的诗篇读多了,时间长了,自然也就不新鲜了。这是一个历史的必然性。后两句作者认为其实每个时代也都有才人,每个时代都要有各自的时代精神和个性特点,要有自己创新的东西出来,来领袖这个诗坛。这篇诗论呼吁当时的文人们不要因循守旧,要大胆创新,创作出能流传千古的作品。后世人常常用这句诗来赞美人才辈出,或表示一代新人替换旧人,或新一代的崛起,就如滚滚长江,无法阻拦。

第二首是作者表白自己的艺术主张的一首诗。指出文艺批评应提倡有独到的见解,不可鹦鹉学舌,人云亦云。前两句指出当时艺苑现状鱼龙混杂,对于作品的批评大多信口雌黄,所以提出要有独到的眼光和自己的主张。后两句,用"矮人看戏"典故,比喻人看不到真正的东西,就会没有主见,只能随声附和。典出宋朱熹《朱子语类》卷二七:"如矮子看戏相似,见人道好,他也道好。"矮子看戏,被前面的人挡住目光,看不到戏台上的场景,别人在前面叫好,他也叫好。所以作者主张文艺批评,第一要能够看到真实的场景,第二要具有深厚的学养和阅历,能真正看得懂他人的作品,这样做出批评时才能独具慧眼,得出真切的见解。

淮上有怀①

姚鼐

吴钩结客佩秋霜②,临别燕郊各尽觞③。
草色独随孤棹远④,淮阴春尽水茫茫⑤。

姚鼐(1732—1815),字姬传,一字梦毂。清安徽桐城人。乾隆二十八年(1763)进士。选庶吉士,改礼部主事。历任山东、湖南乡试考官,会试同考官。乾隆三十八年(1773)任《四库全书》纂修官。次年书成,以御史记名。后辞官归里。主讲江南钟山、紫阳等书院四十年。工古文,与方苞、刘大櫆合为桐城派。选《古文辞类纂》以明义法。有《九经说》《三传补注》《惜抱轩全集》等。

【注释】

①淮上:指淮水之上,泛指淮河流域。

②吴钩:兵器,形似剑而曲。春秋吴人善铸钩,故称。后也泛指利剑。结客:结交宾客,常指结交豪侠之士。佩:古代系于衣带的装饰品,常指珠玉、容刀、帨巾、觿之类。

③燕郊:设宴于郊外。燕,通"宴",宴饮,宴请。觞:盛满酒的杯,亦泛指酒器。

④孤棹:独桨。借指孤舟。

⑤淮阴:古县名,以在淮河之南得名。在江苏淮安北部。

【解读】

这首七绝描写春末夏初淮阴郊外的景象,以及作者与豪侠之士在淮水之滨宴饮辞别时的情景,并抒发了对朋友的深厚感情。

首句写豪士的来历,身佩如秋霜般锋利的吴钩,平常结交豪侠之士。用唐李贺《南园》"男儿何不带吴钩,收取关山五十州"的典,表明这位豪士是一位具有远大志向、慷慨任侠的人物。第二句,写两人宴别的情景,饯别宴设在郊外,两人将盛满的酒杯各自一饮而尽。此句化用唐李白《金陵酒肆留别》"金陵子弟来相送,欲行不行各尽觞"之意,表明饮酒的豪爽,以及临行惜别之意。后两句,有宋欧阳修《踏莎行·候馆梅残》"离愁渐远渐无穷,迢迢不断如春水"的意象。豪士乘船离开,青翠的景色遍布两岸,一直伴随着孤舟伸向远方,也暗示着诗人愁苦的思绪随着孤舟而漂向远方;而诗人临江远眺,只见淮阴已是春末夏初,河水浩瀚一片迷茫。末句,真切地写出淮水春尽时的状态,也抒写了作者送别友人时孤寂、怅惘的心情。

白门感旧 汪 中

秋来无处不销魂,箧里春衫半有痕①。
到眼云山随处好,伤心耆旧几人存②。
扁舟夜雨时闻笛③,落叶西风独掩门。
十载江湖生白发,华年如水不堪论④。

【作者简介】

汪中(1745—1794),字容甫。江苏江都(今扬州)人,祖籍安徽歙县。幼孤贫,赖母授读。少长,借阅经史百家书籍,过目成诵,遂为通人。与阮元、焦循同为"扬州学派"的杰出代表。乾隆四十二年(1777)拔贡生。后绝意仕进。能诗,工骈文,精于史学。著有《述学》《广陵通典》《容甫先生遗诗》等。

【注释】

①箧(qiè):小箱子,藏物之具。大曰箱,小曰箧。
②耆(qí)旧:年高望重者。
③扁(piān)舟:小船。扁,狭小貌。
④华年:青春年华。指青年时代。不堪:不可,不能,不忍心。

【解读】

标题"白门感旧",自然是感怀在白门发生的往事。白门,是金陵的别称，也就是现在的南京，即王士禛《秋柳四首》中的"白下门"。与王士禛的诗一样，"悲秋"是这首诗的主题基调。

诗的首联，第一句说秋天到来了，没有一处地方不让人伤感。第二句显示诗人的穷困落魄，秋天了还穿着春季的衣服，因为悲愁的事很多，所以经常哽咽哭泣，春衫上留下很多眼泪的痕迹，也说明诗人是一个多愁善感的人。颔联，目光所及，云也好，山也好，反正是漂泊在外，我已经是随遇而安，所伤心的是以前结交的那些年高望重的人也没有几个活在世上了。这两句交代生活的无着与知交的零落，隐含着对人生短促无可奈何的感伤。颈联，是写景，寄情于景，借两幅凄冷的画面把诗人的"销魂""伤心"之意落实，予以形象的表现，使诗歌更显得含蓄浑厚。"闻笛"，本是悼念故人的典，魏晋之间，向秀与嵇康、吕安友善，康、安为司马昭所杀，秀经嵇康山阳旧居，闻邻人笛声，感怀亡友，作《思旧赋》。扣合标题"感旧"。唐皇甫松《梦江南》词有句"夜船吹笛雨潇潇"，与此意境相似，但这里是"扁舟夜雨时闻笛"，笛子声音是时隐时现，幽咽深沉；"扁舟"则如一片秋叶，孤零零在江面上漂浮，更显其空寂，又加上夜雨绵绵，凄神寒骨，营造出孤寂、萧条、凄苦的意境。前一句写虚景，后一句则写实景，也是孤寂萧条的意境，秋风吹打，落叶满地，独自一人，将房门关紧。喻示人生之迟暮，孤立之无侣，不仅房门关闭，心门也因之而关闭，一种凄绝之感自会油然而生，让读者不胜感慨。尾联，写漂泊江湖十年的生涯，使头发变白了，青春年华已经不再，自己之穷困潦倒依旧，不忍言说。此中人生的失意，难言的苦衷，尽在不言之中。这是作者暮年哀感的写照。

这首诗借秋风的凄楚，喻人世的艰难；借木叶的陨落，喻人生的凋零；借扁舟的一叶，喻人地的孤寂。此种萧瑟苍凉的心境，非经历穷困潦倒之境者，不易得之，也不易体会。此诗虚实结合，描写生动形象，寓情于景，感情沉郁真挚。

伊犁纪事诗四十三首①（其十一）　洪亮吉

毕竟谁驱涧底龙②，高低行雨忽无踪。

危厓飞起千年石③，压倒南山合抱松④。

【作者简介】

洪亮吉（1746—1809），字君直，一字稚存，号北江。江苏阳湖（今常州）人。乾隆五十五年（1790）进士。授编修。嘉庆四年（1799），上书军机王大臣言事，极论时弊。免死戍伊犁。次年，诏以"罪亮吉后，言事者日少"，释还。晚号更生，居家十年而卒。少时诗与黄景仁齐名，交谊亦笃，时号"洪黄"。文工骈体，与孔广森并肩。学术长于舆地，而论人口增加过速之害，实为近代人口学说之先驱。有《春秋左传诂》《卷施阁集》《更生斋集》《北江诗话》等。

【注释】

①伊犁：古地区名，清乾隆二十七年（1762）设总统伊犁等处将军以后，至光绪十年（1884）新疆建省以前伊犁将军的辖区。其时将军驻惠远城（今新疆霍城东南惠远镇），统辖天山南北路各驻防城，即当时新疆全境。纪事：记叙事实。纪，通"记"。

②毕竟：到底，究竟。

③危厓（yá）：高峻的悬崖。厓，同"崖"，山崖，山陡立的侧边。

④合抱：两臂环抱。多形容树身之粗大。

【解读】

嘉庆四年（1799），作者参与编修《清高宗实录》。同年八月二十四日，上书《乞假将归留别成亲王极言时政启》，直言朝政之弊端，言辞激烈，不避锋芒，触怒嘉庆皇帝，二十五日下狱。二十六日，军机大臣会

328

同刑部严讯,入奏照大不敬律拟斩立决。二十七日奉旨免死,发往伊犁,交将军保宁严加管束。至次年(1800)二月十日,方始到达戍所伊犁惠远城。作者流放时间并不长,四月二十七日就被赦免回籍,五月一日东还,居伊犁(今新疆境内)仅及百日。由此推算,作者在伊犁待的时间为两个多月。但在这极短的时间内,作者用自己的生花妙笔写下了《伊犁纪事诗四十三首》,为我们留下了一笔关于新疆自然风光和风土人情的宝贵财富。后来家居,追述伊犁百日行,又著《天山客话》,详细记载了伊犁的山川、物产、风貌等,这些都为后来研究西北地区的史地学者提供了十分宝贵的资料。

《伊犁纪事诗四十三首》主要叙述伊犁的边塞生活和边塞风光。这是其中第十一首。

作者在此诗后自注:"伊犁大风,每至飞石拔木。"

诗的前两句,叙写伊犁一带下雨的情况。伊犁地区降水丰沛,气候湿润,山清水秀,物产富饶,是著名的"新疆羊""伊犁马"的故乡。我们印象中新疆属于干旱地带,但伊犁地区为什么会雨水丰富呢? 这是因为伊犁地区是由西北—东南走向的北天山山脉与西南—东北向的南天山山脉夹峙形成的西部宽东部窄、西部低东部高、开口向西的三角形区域。伊犁河谷虽然远离海洋,但其向西(呈喇叭口形)敞开的地形,有利于接纳来自大西洋的湿润水汽。但在同一块区域的局部空间,不同地形,伊犁的降雨有其具体的特征,就是有时高处下,低处不下;或低处下,高处不下;有时下着下着,就突然雨霁风停。诗人不理解为什么会有这样的情况,所以发问,究竟是谁驱使涧底的龙要这样分布下雨呢? 在中国人的意念里,龙是掌管行雨之事的,所以诗人要问龙一个究竟。后两句,写亲眼所见,高峻的悬崖上一块大石倒向对岸,将南山的一棵两臂合抱那样粗大的松树压倒。这也是很奇特的现象。

全诗写景,形象生动地描绘了奇特的自然风光。

杂 感

黄景仁

仙佛茫茫两未成，只知独夜不平鸣①。
风蓬飘尽悲歌气②，泥絮沾来薄幸名③。
十有九人堪白眼④，百无一用是书生⑤。
莫因诗卷愁成谶⑥，春鸟秋虫自作声⑦。

【作者简介】

黄景仁(1749—1783)，字汉镛，一字仲则，号鹿菲子。江苏武进(今常州)人。四岁而孤。家贫，客游四方。后入学使朱筠幕。应乾隆东巡试，授武英殿书签官。捐纳为县丞，未官即卒，年仅三十五岁。擅长诗文，与同乡洪亮吉、孙星衍、赵怀玉等号称"毗陵七子"。著有《两当轩集》。

【注释】

①不平鸣：即成语"不平则鸣"，谓遇到不公正的待遇，就要发出不满的呼声。语出唐韩愈《送孟东野序》："大凡物不得其平则鸣。"

②风蓬：随风飘转的蓬草，常比喻漂泊无定的孤客。鲍照《芜城赋》："棱棱霜气，簌簌风威，孤蓬自振，惊砂坐飞。"悲歌：悲壮地歌唱。《淮南子·说林训》："善举事者若乘舟而悲歌，一人唱而千人和。"

③泥絮：同"沾泥絮"，沾泥的柳絮不再飘飞，比喻心情沉寂不复波动。宋赵令畤《侯鲭录》卷三："东坡在徐州，参寥自钱塘访之，坡席上令一妓戏求诗，参寥口占一绝云：'多谢尊前窈窕娘，好将幽梦恼襄王。禅心已作沾泥絮，不逐东风上下狂。'"薄幸：薄情，负心。唐杜牧《遣怀》诗："十年一觉扬州梦，赢得青楼薄幸名。"

④白眼：露出眼白，表示鄙薄或厌恶。《晋书·阮籍传》："籍又能

为青白眼,见礼俗之士,以白眼对之。"

⑤百无一用:谓毫无用处。

⑥谶(chèn):预言吉凶的文字、图箓。贾谊《鹏鸟赋》:"发书占之,谶言其度,曰:'野鸟入室兮,主人将去。'"李善注:"《说文》:'谶,验也。'有征验之书,河、洛所出书曰谶。"

⑦春鸟秋虫:韩愈《送孟东野序》:"是故以鸟鸣春,以雷鸣夏,以虫鸣秋,以风鸣冬。四时之相推敓(duó),其必有不得其平者乎?"

【解读】

这首七言律诗收入《两当轩集》卷一,"癸未至己丑",即乾隆二十八年至三十四年(1763—1769)。乾隆三十三年(1768),作者二十岁,应江宁乡试,不第。自感怀才不遇,心有不平,意有所郁结,遂发而为危苦之言。作者诗末自注:"或戒以吟苦非福,谢之而已。"作者年纪轻轻,但诗则大多为愁苦之音,朋友劝他这样镂心苦吟,非人生之福;业师邵齐焘也不忍其"自伤卑贱,所作诗词,悲感凄怨",屡加劝诫,但都没有收到效果。

诗人一生怀才不遇,穷困潦倒。这首诗是诗人对世事人生的深刻体悟,是对世态炎凉、人情冷暖的体悟。"十有九人堪白眼,百无一用是书生"是该诗的名句,道出了古往今来读书人的辛酸,此句在自嘲的同时,亦寄寓了极大的悲愤力量。

首联说自己学仙、学佛均无成就,只知写诗词发泄心中的愤慨。颔联哀叹自身慷慨悲歌的豪气已被落魄境遇消磨殆尽,甚至被人误解。诗中"不平鸣"三字用唐韩愈《送孟东野序》的典,"物不平则鸣",因为这一年作者应江宁乡试,未能中举。作者才气过人,年少成名,与同窗洪亮吉有"二俊"之称,恃才傲物,但不承想,科举一击不中,不免怨愤交加。他由此对考官不能慧眼识才,甚至对整个社会、制度,都有种种的不满,所以他要在诗中"鸣"自己的不平之气。其业师邵齐焘曾作《劝学一首赠黄生汉镛》,让他不必自苦其身。可惜,作者并未听取业师的意见,所以愁苦之情绪伴其终身,导致英年不永,三十五岁即辞世,他的诗真正成为吉凶的谶言。

颈联"十有九人堪白眼,百无一用是书生",正是因为有恃才傲物、怀才不遇的不平之气,所以他对社会上大多数人都看不上眼。"白眼",用晋阮籍"能为青白眼"的典故,表示对社会世俗之士的厌恶之情。"百无一用是书生",这句是作者独创的经典,作者慨叹这个世界不是属于我们这类书生的,在世人眼里,书生只是"百无一用"的代名词。这是作者的极度牢骚之语,是愤世嫉俗的"不平"之"鸣"。后来这句话经常被书生用来作自嘲之用。

尾联是对朋友和老师说的,老师和朋友都曾劝诫要他心平一些,不要过度作愁苦之音,但作者并不肯听他们的劝诫,而是继续我行我素。古人有"诗谶"之说,如果写诗作不吉利之语,往往在作者身上得到应验。虽然作者也担心自己的愁苦之音会成为"诗谶",所以用"莫因"二字,希望老天不要让此事成真,因为他给出的理由是,大自然中,就连春鸟、秋虫都能发出自己或欢欣或悲苦的声音,我作为一个人,为什么就不能发出自己真实的声音呢?

绮怀十六首①(其十五)　　　　黄景仁

几回花下坐吹箫②,银汉红墙入望遥③。
似此星辰非昨夜,为谁风露立中宵④。
缠绵思尽抽残茧,宛转心伤剥后蕉。
三五年时三五月,可怜杯酒不曾消。

【注释】

①绮(qǐ)怀:犹言风月情怀。绮,有花纹的丝织品。

②吹箫：汉刘向《列仙传·萧史》："萧史者，秦穆公时人也。善吹箫，能致孔雀、白鹤于庭。穆公有女，字弄玉，好之，公遂以女妻焉。"

③银汉：天河，银河。红墙：红色的墙。喻指富贵人家的邸宅。唐李商隐《代应》诗："本来银汉是红墙，隔得卢家白玉堂。"白玉堂，神仙所居，亦喻指富贵人家的邸宅。入望：进入视野。

④中宵：中夜，半夜。

【解读】

《绮怀》组诗共十六首，是一系列的情诗。作于乾隆四十年至四十一年(1775—1776)间，作者时年二十六七岁。作者年轻时曾与自己的表妹两情相悦，但故事却仅有一个温馨的开始和无言的结局。正因如此，在《绮怀》之中，也笼罩着如陆游《钗头凤》"山盟虽在，锦书难托"般的感伤。这种感伤，被那种无法排解的回忆的甜蜜和现实的苦涩纠缠着，使得诗人一步步地陷入"梦醒了无路可走的绝望"(鲁迅)。

本诗是组诗中的第十五首。首联，写作者好多次坐在花下吹箫，用"玉人吹箫"故事，传说春秋时秦有箫史善吹箫，穆公女弄玉慕之，穆公遂将弄玉嫁之。萧史教弄玉吹箫，作凤鸣声。后凤凰飞止其家，夫妇俱随凤凰飞去。事见汉刘向《列仙传》。后以"玉人吹箫"为男女相慕的典实。这里作者也仿效萧史吹箫，意在引起"玉人"的注意。可是被一堵红墙阻隔，虽然近在咫尺，却有如河汉一般，远在天涯，遥不可及。颔联最让人称道。"似此星辰非昨夜"意思是，今夜已非昨夜，昨夜的星辰，是记录着花下吹箫的浪漫故事，而今夜虽星辰依旧，但玉人已杳，剩下只是自己孤独一人。"为谁风露立中宵"，但诗人依然在半夜时分久久地站立在风露之中，这是为了谁呢？那自然是故地重游，在怀念那昨夜的星辰，那美好的记忆。这两句诗中传达出一种思念的幻灭和凄清欲绝的情绪。

颈联化用李商隐《无题》"春蚕到死丝方尽，蜡炬成灰泪始干"以及《代赠》"芭蕉不展丁香结，同向春风各自愁"句意。"缠绵思尽抽残

333

茧",指自己被对玉人的思念缠绵包裹,不可断绝,如春蚕吐丝,一直到尽了为止,也就是意味着"到死"为止;"宛转心伤剥后蕉",那种心的伤痛、宛转曲折的愁苦,就像芭蕉树叶被剥离之后,那剥烂、伤残的木桩一样,令人触目惊心。用"芭蕉"的意象,也是传达愁怀郁结不开之意。尾联,"三五年时三五月",根据句意,昨夜星辰,可能是指作者十五岁时的经历,一个月光明亮的十五日的夜晚。到二十六七岁时,已经相隔十余年,"可怜杯酒不曾消",作者对玉人的思念,对那一段美艳的爱情的回想,并不因为借酒浇愁而抹去,而是时间越久,记忆越发清晰,那种苦涩也更加深刻、深沉。这是一种爱情失落而无处寻觅的绝望,诗写得十分凄婉动人。

癸巳除夕偶成二首①　　黄景仁

其一

千家笑语漏迟迟②,忧患潜从物外知③。
悄立市桥人不识④,一星如月看多时。

其二

年年此夕费吟呻⑤,儿女灯前窃笑频⑥。
汝辈何知吾自悔,枉抛心力作诗人⑦。

【注释】

①除夕:一年最后一天的夜晚。旧岁至此夕而除,次日即新岁,故称。晋周处《风土记》:"至除夕,达旦不眠,谓之守岁。"

②漏(lòu):古代计时器,即漏壶。引申为时刻,时间。迟迟:渐渐

地,慢慢地。指时间过得很慢。

③忧患:忧虑,患难。《孟子·告子下》:"然后知生于忧患而死于安乐也。"潜:暗中,秘密地。物外:事物本体以外。南朝梁简文帝《神山寺碑》:"皇太子殿下,几圆上圣,智周物外。"《浮生六记·闲情记趣》:"见藐小微物,必细察其纹理,故时有物外之趣。"

④市桥:指市镇中的桥。江南城镇多傍水为街,市中多桥。

⑤吟呻:吟咏,推敲诗句。

⑥窃笑:暗笑,私底下发笑。频:屡次,接连。指次数多。

⑦枉抛:白费,空抛。枉,徒然,白费。抛,扔,投掷。

【解读】

这两首诗作于清乾隆三十八年,因为是除夕,所以公元当在 1774 年元月或二月间。作者时年二十五岁,在安徽督学朱筠幕中,除夕回家过年。《清黄仲则先生景仁年谱》在这两首诗下加按语:"按《合肥学舍札记》(清陆继辂撰)评此诗非流连光景之作。其明年有寿张之乱,谓作者有先见之明云。"可见诗人对社会即将发生的乱象已有预感,心中惆怅,又觉怀才不遇,心有所感,便以"偶成"命题,作成这两首诗。

第一首,前两句描写除夕过年时的热烈气氛,以及作者敏锐的预感。两句之间衔接突兀,但正因如此,反映了作者头脑的清醒和由微知著的忧患意识。后两句写诗人与众不同的特点,喜欢幽静,独自站在桥上,一个人看天上的星星,举止很怪异,也显得很孤独。两句存在着精神上的内在联系,正是越过事物本体之外,作者预感到将来有某些事件要发生。这种感觉应当是在督学幕中,或在外游历与社会接触所得,总之,在大年除夕之夜,作者做出了这种独自一人仰望星空的举动是很反常的。这可以有许多联想,从时局动荡的预感,到自己三次乡试不售的经历,种种担心、惭愧、愤激、悲伤之感,都丛集心头,使作者充满着强烈的忧患意识。

这首诗,作者没有正面着墨去写忧思、忧患,而只是记录其在除夕

335

之夜家家团聚、笑语欢歌的时刻悄立市桥上的特殊行为,从气氛的渲染和塑造自己默然无声凝视长空的形象给人一种感染。这样写,看似平淡,但含蓄深厚,把诗人忧愁郁闷的心情表达得更为深沉,更为强烈,更充满艺术表现力。

第二首,诗的前两句,作者写除夕夜自己惯例要吟诗,时而低眉蹙额,时而朗声长吟,这个举动,在年幼的儿女看来,是很滑稽可笑的,所以在灯前,他们看到父亲这样怪异的行为都一个劲儿地频频偷笑。这是写景,真实地再现了家人除夕欢快、温馨的一面。后两句,写诗人看到了儿女窃笑的模样,一半心疼、一半认真地对他们说,你们哪里知道,我也后悔呢,空费了很多精力去做一个百无一用的诗人。这种自嘲的语气,不是对儿女的责备,而是作者由内心的愧疚而产生的爱怜、自责情绪,反映了作者在儿女面前慈爱、可亲的一面。

这两首诗都是写除夕之夜,但所写地点,各不相同,一在市桥,一在室内;一冷寂,一温馨。既特立独行,又贴近生活,对比强烈,语言朴实自然,意象清新鲜明,感情蕴藉深沉。

宝珠洞^①　　　　　　　法式善

行到翠微顶^②,翠微全在下。
峭壁不洗濯^③,孤青自淡冶^④。
山声石上来,暮色天际写^⑤。
土灶然松柴^⑥,放出烟一把。

【作者简介】

法式善(1753—1813),乌尔济氏,原名运昌,字开文,号时帆。乾隆四十五年(1780)进士,授检讨,官至侍讲学士。乾隆帝盛赞其才,赐名"法式善",满语"竭力有为"之意。曾参与编纂武英殿分校《四库全书》。著有《存素堂文集》《陶庐杂录》《清秘述闻》等。

【注释】

①宝珠洞:在今北京西山八大处中第七处。位于翠微山顶。有正殿一座、配殿两座,殿后有岩洞,宽广约五米。因洞为砾石胶结岩,形如黑、白两色的珠子黏合在一起,故名"宝珠"。洞前有敞亭,名眺远亭。

②翠微:本指淡青色的山岚。唐杜甫《秋兴》诗八首之三:"千家山郭静朝晖,日日江楼坐翠微。"泛指青山。唐高适《赴彭州山行之作》诗:"峭壁连崌峒,攒峰叠翠微。"这里指北京西郊的翠微山。

③峭壁:陡峭的山崖。洗濯(zhuó):洗涤。

④淡冶:素雅而秀丽。元汤式《风入松·题马氏吴山景卷》曲:"但得仪容淡冶,何妨骨格岩崖!"

⑤写:映照。

⑥土灶:在地上挖成的炉灶。清赵翼《扈从途次杂咏·土灶》诗题自注:"掘地为灶。"然:同"燃"。

【解读】

这是作者游宝珠洞的一首五言古诗。作者来游之时,山上尚未建亭,他只是登上了宝珠洞所在的翠微山顶。这首《宝珠洞》诗,用白描的手法,绘写宝珠洞周遭自然、淡雅、幽远的景色,着笔不多,清而能绮,诗中多以淡墨传神,故能成为传诵一时的佳作。

起首两句,写登山的情况以及登上山顶俯瞰下面的景观,并表明宝珠洞的位置及其概貌。上下两句连用"翠微",但含意显然有别。上句"翠微"是山名,下句"翠微",状写山下青翠的山色。三、四句,写此洞之外,峭壁危崖,总体颜色是孤青一片,不须洗濯,淡冶天成。这里用"淡冶"一词,描绘翠微崖壁之山色,可见其来游是在春天。

五、六句,作者视线由近及远。先写听觉上的感受,耳边萦回着山间的清音,由眼前所见是青翠的崖壁和山石,推断这声音似乎是悠悠然由石上传来。因而"山声石上来"这句,称得上是意兴所到而信手拈来的妙句。次写远方所见,暮色已经笼罩着遥远的天际,由远而近,恍如从天边倾泻而至,显得非常自然生动。天已渐渐晚了,自然是游客下山的时分了。结尾两句,紧承前文,写下山时所见。此时山下人家,正在准备晚饭。土灶里燃着松柴,袅袅的松烟渐升渐高。这就为诗句平添了另一种画意,山中很静,这不断上升的松烟,恰是静中的动态。

　　全诗纯用画笔,清而能远,淡而能腴,动静相衬,空灵蕴藉中寓有实质。由画意写诗,故诗中有画。诗中的韵味,乃于画法中得之。为宝珠洞写生若此,可谓"不着一字,尽得风流"。

【点评】

　　"其于诗也,多蓄古今人集,阅览强记,而专为陶韦体,故以诗龛自题书室,又以陶庐为号。其于典籍卷轴,每有见闻,必著于录。手不工书,而记述之富,什倍于人。即此卷可见其大凡矣。在诸学侣中论诗最久。其英特之思,超悟之味,有过于谢蕴山、冯鱼山,而诣力之深邃,则稍逊之。"([清]翁方纲《陶庐杂录序》)

寄衣曲　　　　席佩兰

欲制寒衣下剪难[①],几回冰泪洒霜纨[②]。
去时宽窄难凭准[③],梦里寻君作样看。

【作者简介】

　　席佩兰(1760—1829后),名蕊珠,字月襟、韵芬。江苏昭文(今常熟)人。孙原湘妻。工诗,擅画兰。为袁枚随园女弟子之冠。著有《长真阁诗集》《傍杏楼调琴草》。

【注释】

①制：裁衣，制作。

②霜纨：洁白精致的细绢。南朝梁沈约《谢赐轸调绢等启》："霜纨雪委，雾縠冰鲜。"借指洁白精致的细绢制品。宋苏轼《江神子·孤山竹阁送怀古》词："翠蛾羞黛怯人看，掩霜纨，泪偷弹。"此处指衣袖或衣襟。

③凭准：凭以为准，指依据、根据。

【解读】

《寄衣曲》属新乐府辞，其多以此表达闺中少妇对远方爱人的思念。宋郭茂倩《乐府诗集》收有唐张籍的同题诗，虽然同样从少妇缝衣的"手"和征人穿衣的"身"两处着眼，表达了闺中的忆念，但语直而意浅，而作者此诗体制短小，语浅而情深，能从女性的视角，以其特有的敏感和灵性，传达出思妇愁苦而又蕴藉不尽的神韵。

诗的前两句，写出思妇想做一件棉衣给远在外地的丈夫，可是时间隔得久了，也不知道丈夫最近是胖还是瘦。做衣服要合体，最好的做法是量体裁衣，但丈夫不在身边，怎么办呢？这是思妇的为难之处，她不知道剪一个什么式样。因为丈夫在外久，思念之深，在推想怎样裁剪的同时，就触发了思妇怀想、挂念、关切丈夫的衷情，所以好多次都忍不住哭泣而将泪水洒落在衣袖上。句中将"冰泪"与"寒衣"对举，用"几回"暗承"难"字，就将"欲制寒衣"者无可奈何、茫然若有所失的心情淋漓尽致地表现出来。句中炼字，一个"冰"字，平常表达"冷"与"凉"之意，但推而申之，又以之暗示心迹，如鲍照《白头吟》"清如玉壶冰"，王昌龄《芙蓉楼送辛渐》"一片冰心在玉壶"，都有晶莹纯洁之意，与前句中"寒"相照应，既表明秋来凉至，泪洒觉寒，又隐现出主人公此时凄凉、落寞的心境，给读者心中留下一个冰清玉洁而又惆怅、憔悴的美丽思妇形象，意蕴丰厚。后两句，"去时宽窄难凭准，梦里寻君作样看"正面回答第一句提出的问题,写丈夫远别已久,当初记住的衣服宽窄尺寸,现在恐难适合了,只好到梦里寻找丈夫的模样来下剪。两句含蓄地抒发了对丈夫的爱怜之意、相思的煎熬之苦,婉曲动人,饶有意味,令人回味无穷。

古 镜

席佩兰

一片秦时月,清光万古新。
对君原是我,知尔阅多人①。
难使年华驻,翻嫌面目真②。
深藏如不露,何处著纤尘③。

【注释】

①阅:观看,经历,经过。

②翻嫌:反而讨厌。

③纤尘:微尘。唐张若虚《春江花月夜》诗:"江天一色无纤尘,皎皎空中孤月轮。"比喻微细污垢。宋范仲淹《试笔》诗:"况有南窗姬《易》在,此心那更起纤尘。"

【解读】

这是一首托物寓意的五言律诗,诗有禅意。标题"古镜",是借古镜为题,用来抒发年华易逝,不如"深藏"以修身养性的感慨。

诗的首联,写古镜的"古",用"秦时月"交代这片铜镜悠久的来历,是秦朝时代的,但镜面仍很清莹明亮,就像新的一样。颔联,上句写作者正在照镜子,下句写镜子曾阅历多人,有一种沧桑感潜生。颈联,写感慨,作者看到镜子中自己的模样,感叹青春不驻,容颜老去,因此忧然不怪。尾联,写作者将镜子深藏起来,不让它露面,也不使灰尘沾着镜面,保持镜子的莹洁。末两句有双关之义,一是感慨年华消逝,盛年不再,索性就不再照它,将它深藏起来;二是容颜老去,但心境则可常新,所以与其关注外貌,不如将心保藏,不让它惹上尘埃,意即深藏以修养身心,保持心的本来清净状态。尾联与首联呼应,同"一片冰心在玉壶"的意境有异曲同工之妙。

"何处著纤尘",化用唐禅宗六祖惠能的《菩提偈》"菩提本无树,明镜亦非台。本来无一物,何处惹尘埃"诗意,指人的智慧或心的状态本来都是清净纯洁的,只要不被遮蔽、污染,就会"万古长新",所以作者借"古镜"为喻,与其在外反复寻找(照镜),不如将"心"深藏,不使之被世俗尘垢所污染,也就是观照内心,修道得菩提之意。

读《桃花扇》传奇偶题十绝句(选二) 张问陶

其一

竟指秦淮作战场,美人扇上写兴亡①。
两朝应举侯公子②,忍对桃花说李香③。

其八

一声檀板当悲歌,笔墨工于阅历多。
几点桃花儿女泪,洒来红遍旧山河。

【作者简介】

张问陶(1764—1814),字仲冶,号船山。四川遂宁人。乾隆五十五年(1790)进士,历翰林院检讨、江南道监察御史、吏部郎中、山东莱州知府。辞官后游吴、越,卒于苏州。以诗著名,书画亦善。著有《船山诗草》二十卷。

【注释】

①美人扇:指象征着李香君命运与南明王朝兴亡的桃花扇。

②侯公子:《桃花扇》中人物。即侯方域(1618—1655),字朝宗,侯恂之子,明末清初河南商丘人。少时为复社、几社诸名士所推崇,与方以智、陈贞慧、冒襄号明季"四公子"。南明弘光时,以不受阮大铖笼络,险遭迫害。入清,应顺治八年(1651)乡试,中副榜。文章富才气,与魏禧、汪琬号清初"三大家"。有《壮悔堂文集》《四忆堂诗集》。

③李香:名香,时称香君。明应天府(今江苏南京)人。秦淮名妓,才色俱佳,侠而慧,识大体,知诗书。委身于侯方域,劝方域拒阮大铖和解阴谋。

【解读】

作者在乾隆五十六年(1791)《读桃花扇传奇偶题十绝句》共十首,二首亡佚,今存八首。这里两首是选自八首中的第一首和第八首。

《桃花扇》是孔尚任通过明末复社文人侯方域与秦淮名妓李香君的爱情故事来反映南明一代兴亡的历史剧。剧中讲述明朝末年,名列秦淮八艳之一的李香君与复社领袖侯方域结识,以桃花扇作为定情信物。阉党余孽阮大铖得知侯方域手头拮据,暗送妆奁用以拉拢。香君识破圈套,阮大铖怀恨。南明王朝建立后,阮诬告侯方域迫使他逃离南京。得势的阮大铖欲强迫香君改嫁党羽田仰遭拒,香君血溅定情诗扇。友人杨龙友将扇上血迹点染成折枝桃花,故名桃花扇。后,南明灭亡,侯、李重逢。但国已破,何为家? 他们撕破桃花扇,分别出家。

第一首是有感于戏剧中的侯方域与历史上的侯方域结局的不同而作的。前两句意思是说真把秦淮当作战场,围绕美人的扇子来写明代的灭亡。在崇祯皇帝自缢后,马士英等人在南京拥立福王建立了弘光小朝廷,苟安偷生。而一些相对进步一点的复社文人如侯方域等,在国难当头之际仍出入青楼妓院,无甚作为。因此可以说,这两句诗,既是对剧情的概括,也是对小朝廷中粉墨登场的各色人物的讽刺。正因为他们钩心斗角的派系之争,才导致一把扇子也成了一代兴亡的历史见证。

后两句,因团扇而追思扇的主人,侯方域曾将扇子作为定情信物送给李香君,李香君忠于爱情、坚持正义,不受奸党利诱和威逼,血溅团扇,而侯公子——虽然剧本中写他明亡后出家,而事实上他在入清后又应河南乡试,中副榜。在李香君面前,他应该自惭形秽。

在这首诗里,诗人设置了明暗两种对比。明的对比在侯、李二人之间,坚贞的李香君让变节的侯方域无地自容;暗的对比在扇子之小与兴亡事之大、秦淮的绮媚与战场的残酷之间。秦淮变战场,扇上写兴亡,不该如此的事却是已经如此了。诗在这种对比中暗寄嘲讽。

第二首主要是赞扬剧作的感染力。檀板是戏剧演出常用的乐器,"一声檀板当悲歌",亦即一个剧本当悲歌。次句是说剧作家能写出如此动人的作品是因为他生活阅历丰富。孔尚任虽然出生于清政权建立以后,但他在写作过程中对南明历史做了充分调查,与许多遗民也有深入的交往,"阅历多"一词所指,应该也包括这些。后两句说可以理解为因剧中充满伤悼气氛,很有感染力,故它足以引发人们对整个明王朝的无限哀思。由于作者是用形象的语言而不是思辨的语言来陈述(含赞扬)《桃花扇》的社会效果,因此这种陈述、赞扬本身也就充满诗情画意。读者通过诗句知道了《桃花扇》传奇的感染力,仿佛也和剧中人一起进入到伤悼明代灭亡的气氛之中。

吴兴杂诗①
阮 元

交流四水抱城斜②,散作千溪遍万家③。
深处种菱浅种稻④,不深不浅种荷花。

【作者简介】

阮元(1764—1849),字伯元,号芸台。江苏仪征人。乾隆五十四年(1789)进士,授编修。历任礼、兵、户、工部侍郎,山东、浙江学政,浙江、江西、河南巡抚及漕运总督、湖广总督、两广总督、云贵总督等职。道光间官至体仁阁大学士,加太傅。历官所至,以提倡学术、振兴文教为己任。在史馆倡修《儒林传》《文苑传》,在浙、粤等省设诂经精舍和学海堂。生平著述甚富,兼工书,尤精篆隶。校刊《十三经注疏》《文选楼丛书》,撰辑《经籍籑诂》《积古斋钟鼎彝器款识》《两浙金石志》《考工记车制图解》《畴人传》等,汇刻《学海堂经解》,自著有《揅经室集》。

【注释】

①吴兴:今浙江湖州。杂诗:谓兴致不一,不拘流例,遇物即言之诗。《文选》有杂诗一目,凡内容不属献诗、公宴、游览、行旅、赠答、哀伤、乐府诸目者,概列杂诗项。即有题如张衡《四愁》、曹植《朔风》等,内容相近,亦归此项,如曹植兄弟、王粲、刘桢等作皆即以"杂诗"二字为题,后世循之。

②交流:谓江河之水汇合而流。四水:湖州城附近有西苕溪、东苕溪,二水合成霅溪,另有一条东去的运河。斜:指侧斜或曲折地向前延伸。

③散作:分散成。

④菱(líng):水生草本植物,果实叫菱角,可食。

这是一首写浙江湖州的没有指定明确题材和内容的七言绝句。

吴兴，即今湖州，地处浙江北部，东邻嘉兴，南接杭州，西依天目山，北濒太湖，与无锡、苏州隔湖相望，是环太湖地区因湖而得名的城市。地势大致由西南向东北倾斜，西部多山，东部为平原水网区，河网湖荡密布。有东苕溪、西苕溪等众多河流。这首诗所描写的是环绕湖州城的平原水网区的景象。

这首诗前两句写吴兴周围河流纵横交错，分支遍及千家万户，既描绘出江南水乡的美丽风光，也为农民进行水生植物种植提供了自然条件。后两句不仅生动地描绘了农民进行种菱、种稻、种荷花等多种水生植物生产的繁忙场面，而且反映了农民因地制宜，根据湖泽沼地水位深浅，合理安排种植品种的科学态度。诗句平易浅近，既有一种纯真自然的情趣，也有发人深思的理趣。

杨　花①　　　　　　　舒　位

歌残杨柳武昌城，扑面飞花管送迎②。
三月水流春太老，六朝人去雪无声。
较量妾命谁当薄③，吹落邻家尔许轻④。
我住天涯最飘荡，看渠如此不胜情⑤。

【作者简介】

舒位（1765—1815），字立人，号铁云。直隶大兴（今北京）人，生长于吴县（今江苏苏州）。乾隆五十三年（1788）举人，屡试进士不第，贫困潦倒，游食四方，以馆幕为生。博学，善书画，尤工诗、乐府，书各体皆工。著有《瓶水斋诗集》《乾嘉诗坛点将录》等。

【注释】

①杨花：指柳絮。北周庾信《春赋》："新年鸟声千种啭，二月杨花满路飞。"

②"扑面"句：语意双关。明写飞花，实指歌妓。送迎，送往迎来，谓迎送狎妓的客人。

③较量：比较。妾：旧时女子自称的谦辞。

④尔许：犹言如许、如此。

⑤渠：他，它。不胜：无法承担，承受不了。

【解读】

这是一首咏杨花的七言律诗。诗歌大意：武昌城内笙歌渐渐消停，杨柳纷飞，飘飞的柳絮扑面而至，仿佛在送往迎来。三月春光随着流水落花远去，六朝咏絮的才女也已经无声无息地消逝。柳絮与薄命的红颜究竟哪一个更为命苦？两者身世一般，都是如此轻易地被吹落到别人家里。我沦落他乡，在天涯漂泊，看到柳絮翻飞，不能自主，禁不住十分惋惜、感伤。

大量用典，且挽合无间、浑融无迹，是这首律诗的特点。首联，用唐武昌妓《续韦蟾句》的典，唐代诗人韦蟾在宴席上集《楚辞》两句"悲莫悲兮生别离，登山临水送将归"，武昌妓在此基础上续写两句"武昌无限新栽柳，不见杨花扑面飞"，而组成一首七绝。"歌残杨柳武昌城"，就是咏叹武昌妓《续韦蟾句》的故事，"歌残"表明歌已经唱完，故事已经过去。"扑面飞花管送迎"，作者巧妙地摘出并化用武昌妓"杨花扑面飞"句，又挽合唐刘禹锡《杨柳枝词》"长安陌上无穷树，只有垂杨管别离"句意。这里扣合杨柳送别的含义。又"杨花"常与"水性"相连，柳絮飘扬，水性流动，与歌伎迎来送往的身份相合，所以这两句语义双关，既写杨花的飘零，亦写歌伎的沦落。

颔联"三月水流春太老",三月流水送将春归去,用明朱应辰《杨花》"三月江头飞送春"的典故。"六朝人去雪无声",用东晋才女谢道韫的典故,见《世说新语·言语第二》:"谢太傅寒雪日内集,与儿女讲论文义。俄而雪骤,公欣然曰:'白雪纷纷何所似?'兄子胡儿曰:'撒盐空中差可拟。'兄女曰:'未若柳絮因风起。'公大笑乐。即公大兄无奕女,左将军王凝之妻也。"谢道韫将雪花比作"柳絮",说出"未若柳絮因飞起"的名句。柳絮堕地无声,与雪相似。这两句都是形容春尽与柳絮飘飞之意。

　　颈联"较量妾命谁当薄",杨花柳絮有轻薄而易为飘零的特性,所以古人往往用来比拟薄命女郎。乐府旧题有《妾薄命》,这里将"妾薄命"字面拆开,将杨花和薄命女性进行对比,究竟哪一个命更薄些、更苦些?"吹落邻家尔许轻"用白描手法,写杨花轻易地飘落一地。也是语义双关,既描写杨花飘零、不能自主情状,也关合歌伎悲伤的身世。

　　尾联"我住天涯最飘荡,看渠如此不胜情",是说像"我"这样天涯漂泊的游子,本来自以为处境最为凄苦了,看到柳絮(歌伎)这样子,怜惜之情油然而生,几不自持了。

　　总结起来,诗的前四句描述春天将尽、杨花飘落之景,后四句感叹杨花的飘零,同时抒发对杨花(歌伎)的同情。这首诗的巧妙之处在于,诗人写杨花,实际是描写生活在社会最底层的生活无着的歌伎以及她们不幸的命运。

图书在版编目（CIP）数据

辽金元明清诗选读 / 伍恒山编著． -- 武汉 ： 崇文
书局，2023.9
　　（中华诗文选读丛书）
　　ISBN 978-7-5403-7374-0

　　Ⅰ．①辽… Ⅱ．①伍… Ⅲ．①古典诗歌－诗集－中国
－辽宋金元时代②古典诗歌－诗集－中国－明清时代
Ⅳ．① I222.74

　　中国国家版本馆CIP数据核字（2023）第 174247 号

出 品 人：韩　敏
选题策划：曾　咏　张　弛
责任编辑：刘雨晴
封面设计：杨　艳
责任校对：董　颖
责任印刷：李佳超

辽金元明清诗选读
LIAOJINYUANMINGQINGSHI XUANDU

出版发行　长江出版传媒　崇文书局
地　　址：武汉市雄楚大街 268 号 C 座 11 层
电　　话：(027)87677133　　邮政编码：430070
印　　刷：湖北新华印务有限公司
开　　本：880×1230　　1/32
印　　张：11.625
字　　数：245 千
版　　次：2023 年 9 月第 1 版
印　　次：2023 年 9 月第 1 次印刷
定　　价：47.00 元
（如发现印装质量问题，影响阅读，由本社负责调换）